FEÉRIA

antiga

Este livro pertence ao selo **Feéria antiga,** segmento da coleção Feéria que reúne as mitologias e narrativas fundacionais que inspiraram e ajudaram a construir o gênero de fantasia no mundo. Como editora da obra de J.R.R. Tolkien, a HarperCollins Brasil busca com este trabalho apresentar títulos fundamentais para o desenvolvimento da obra de Tolkien e outros grandes nomes da fantasia. Boa leitura!

FEÉRIA
antiga

Ilustrado por
ALAN LEE

MABINOGION

Tradução de
ERICK CARVALHO

Harper
Collins

RIO DE JANEIRO, 2024

Título original: *The Mabinogion*
Todos os direitos reservados à HarperCollins Brasil.
Copyright de tradução © Casa dos Livros Editora LTDA., 2021
Ilustrações © Alan Lee, 1982, 2000

Publisher	*Samuel Coto*
Editora	*Brunna Prado*
Assistente editorial	*Camila Reis*
Estagiária editorial	*Giovanna Staggmeier*
Produtor gráfico	*Lúcio Nöthlich Pimentel*
Preparação de texto	*Leonardo Dantas do Carmo*
Revisão	*Jaqueline de Carvalho* e *Wladimir Oliveira*
Projeto gráfico e capa	*Alexandre Azevedo*
Diagramação	*Sonia Peticov*

Dados Internacionais de Catalogação na Publicação (CIP)
(BENITEZ Catalogação Ass. Editorial, MS, Brasil)

M111   Mabinogion / tradução Erick Carvalho; ilustração Allan Lee. – 1. ed. –
1. ed.   Rio de Janeiro: Harper Collins Brasil, 2023.
384 p.; il.; 13,5 × 20,5 cm.

Título original: *Mabinogion*.
ISBN: 978-65-55112-89-4

1. Mitologia. 2. Literatura galesa – Apreciação e crítica. 3. Poesia galesa. 4. Tolkien, J.R.R. (John Ronald Reuel), 1892-1973. I. Lee, Allan.

09-2023/156   CDD: Ga869.9

Índice para catálogo sistemático:
1. Literatura galesa: Apreciação e crítica   Ga869.9

Bibliotecária: Aline Graziele Benitez CRB-1/3129

HarperCollins Brasil é uma marca licenciada à Casa dos Livros Editora LTDA.
Todos os direitos reservados à Casa dos Livros Editora LTDA.
Rua da Quitanda, 86, sala 601A — Centro
Rio de Janeiro — RJ — CEP 20091-005
Tel.: (21) 3175-1030
www.harpercollins.com.br

Sumário

Apresentação

Mabinogion: um tesouro da literatura medieval

Mabinogion possui algumas das melhores e mais conhecidas histórias da literatura medieval em língua celta. Seus contos desenvolvem temas variados, mas imprescindíveis para mergulhar na história do País de Gales: o folclore mítico com figuras e monstros, o maravilhoso presente em metamorfoses e magia, explicações onomásticas próprias da memória coletiva galesa, bem como os valores heroicos e cavalheirescos das lendas arturianas, encontradas em estado primordial e essencialmente galês.

Essas características, consideradas reconhecidamente galesas nos textos, são fruto da compilação inicial realizada na língua inglesa por Lady Charlotte Guest, quando traduziu e publicou *The Mabinogion* entre 1838 e 1849. De fato, por muito tempo, *Mabinogion* foi olhado com certo estranhamento. Os estudos dos manuscritos originais que deram origem ao texto clássico, como o *Livro Branco de Rhydderch* e o *Livro Vermelho de Hergest*, foram vistos como uma "janela para um mundo céltico perdido" e um "tesouro nacional do País de Gales". Ambas as denominações, obviamente, caíram em desuso, e atualmente olhamos para *Mabinogion* não como um conjunto monolítico e sagrado, como antigamente, mas pelo seu valor histórico e literário medieval, que é complexo e ramificado.

Talvez "ramificado" seja a melhor forma de descrever a complexidade dessa obra, principalmente seus quatro textos iniciais, conhecidos como "Os Quatro Ramos do

Mabinogi". Seu conteúdo, mais mitológico do que os demais textos da compilação de Guest, é a principal fonte para os estudos míticos das lendas galesas e a influência principal para o título *Mabinogion*, originado de uma interpretação equivocada de Lady Guest.

As demais narrativas que seguem, tanto os contos nativos independentes, como "O Sonho de Maxen Wledig", "Lludd e Llefelys", "Culhwch e Olwen" e "O Sonho de Rhonabwy", quanto as narrativas conhecidas como "os três romances", como "A Dama da Fonte", "Peredur filho de Efrog" e "Geraint, filho de Erbin", são marcadas por influências históricas e literárias diversas, tanto francesas quanto da tradição de corte galesa durante o período que chamamos de Baixa Idade Média.

Na verdade, com exceção dos quatro ramos iniciais, *Mabinogion* não pode ser considerado um grupo coeso de narrativas da época em que foi escrito. Se hoje é considerado assim, isso se deve em grande parte à pioneira tradução de Lady Guest e também, claro, ao nacionalismo e ao celtismo identitário galês que dominaram os séculos XIX e XX.

Essa "mentalidade céltica" é outro fator relevante para compreender a influência de *Mabinogion* na literatura de fantasia moderna, especialmente para autores que não apenas leram o texto, mas também o utilizaram como fonte, sendo o mais conhecido deles o professor de Oxford famoso por ter escrito *O Senhor dos Anéis*, J.R.R. Tolkien.

O Professor Tolkien não escondia seu conhecimento do galês médio e seu certo conhecimento dos textos medievais galeses do período, embora não fossem especificamente sua área prioritária de estudo. Objetivamente, o renomado pai da fantasia moderna pode ser considerado uma figura ambígua nesse tema, pois, embora estudasse e se deixasse influenciar filologicamente pelo galês médio (base de uma de suas línguas élficas, o sindarin), ele negava qualquer influência "céltica" em suas obras, sendo considerado um acadêmico "celtocético".

No entanto, alguns acadêmicos tolkienistas propõem atualmente de maneira bem elaborada que Tolkien apenas criticava as concepções românticas de celtismo do século XIX, o que explicaria sua rejeição a esse referencial. Nesse sentido, é possível afirmar que, na construção de sua fantasia medieval moderna, Tolkien, ao mesmo tempo em que criticava o celtismo inventado da época, também usava a literatura medieval galesa como fonte de inspiração para seu conhecido legendário.

Afinal, os paralelos entre a obra de Tolkien e *Mabinogion* são relativamente notáveis: bosques que guardam a passagem para o Outro Mundo feérico, personagens metamórficos, casais que enfrentam demandas sobrenaturais para ficarem juntos e damas misteriosas que habitam florestas protegidas por antiga magia são temas recorrentes tanto nas obras de Tolkien quanto nos onze contos que compõem *Mabinogion*.

Nesse contexto, elementos como a presença de animais de rara cor branca como indicadores da passagem entre o mundo real e o Outro Mundo feérico na natureza aparecem tanto na história de Pwyll de Dyfed, do primeiro ramo do *Mabinogi*, como em *O Hobbit*. Damas que guardam florestas misteriosas e repletas de simbolismo podem ser encontradas em "A Dama da Fonte" ou "Peredur", mas também nas figuras de Galadriel, em *O Senhor dos Anéis*, ou Melian, em *O Silmarillion*. Isso sem contar a história de amor imortal de Beren e Lúthien, um casal que enfrenta tarefas impossíveis para finalmente desfrutar de seu amor, em uma narrativa que ecoa fortemente as demandas enfrentadas por Culhwch para conquistar a mão de Olwen, filha do temível rei gigante Ysbaddaden.

Todos esses elementos estão presentes principalmente em *Mabinogion*, em suas diversas traduções nos últimos dois séculos. No entanto, o público brasileiro carecia de acesso a essas histórias, e é por essa razão que esta tradução se faz tão necessária. Ler *Mabinogion* é mergulhar não apenas nas bases da fantasia moderna, mas também se deparar com um dos textos da literatura medieval mais impressionantes e referenciados do ocidente.

Nesta tradução, o texto de *Mabinogion* se apresenta da forma mais clara e acessível possível. A intenção é que ele seja um material útil tanto para acadêmicos quanto para o público em geral, mesmo aqueles sem especialização. Por isso, há aqui uma proposta que equilibra certo rigor terminológico com fluidez em relação aos termos em nossa língua portuguesa. Em alguns momentos, o texto pode parecer diferente do que normalmente se lê em nossa língua, e isso é intencional. Essa tradução busca preservar a cadência e a essência original do texto em galês médio. Assim, você encontrará fórmulas textuais o mais próximas possível do original, dentro das possibilidades de fluidez em nossa língua. Nesse sentido, algumas modificações tiveram que ser feitas para melhor adequar o texto ao português. Por exemplo, foi necessário cortar algumas das coordenantes "e", próprias do texto medieval, assim como adaptar outras construções que não seriam reproduzíveis em nossa estrutura linguística latina. No entanto, sempre que possível, a formulação original foi mantida, o que também se reflete nos nomes de personagens e lugares, muitos deles acompanhados por notas explicativas no próprio texto.

Todas essas adaptações foram embasadas em traduções e estudos acadêmicos variados, e seguem uma proposta de adaptação que combina tradição literária e histórica com a experiência do leitor moderno. O objetivo é simples: disseminar a literatura medieval de língua celta no Brasil e contribuir para que mais pessoas tenham contato com o maravilhoso universo que somente *Mabinogion* pode proporcionar.

Maravilhoso cotidiano: o universo mágico de *Mabinogion* e o imaginário medieval

Aqui você encontrará uma mulher feita de flores que é transformada em coruja, uma cabeça decepada que continua viva, brigas de dragões que desolam todo o reino, a busca por uma navalha e uma tesoura que estão dentro da cabeça de um javali, cavaleiros que enfrentam serpentes, leões e gigantes para estarem com suas amadas. Esses são alguns exemplos, dentre tantos, do que podemos encontrar no *Mabinogion*, uma coletânea de textos galeses medievais que, tantos séculos após sua escritura, parecem ainda ter um poder de maravilhar qualquer pessoa que os leiam.

Mas por que esses contos permanecem com tal capacidade de encantamento? Para responder essa pergunta, precisamos primeiro conhecer a obra. *Mabinogion* é composto por onze textos em prosa e em galês médio, traduzidos para o inglês no século XIX por Charlotte Guest, que reuniu os contos sob este título. Ela foi uma inglesa que se mudou para o País de Gales em meados de 1800 e, sempre curiosa por textos antigos e medievais, logo se interessou pelas narrativas galesas. É importante lembrar que aquele era o contexto da explosão dos nacionalismos, do movimento romântico e, especialmente nas Ilhas Britânicas, do revivalismo céltico. Tudo isso significa que as pessoas buscavam a história e a origem de suas nações num passado antigo e medieval, passado este muitas vezes inventado.

Em relação às Ilhas, os celtas foram as personagens escolhidas para representarem essa origem gloriosa. No caso dos contos do *Mabinogion*, como alguns de seus textos não trazem referências diretas ao cristianismo, eles foram considerados como parte da "mitologia celta" insular. Fica claro, então, como e por que o *Mabinogion* aparece naquele momento. A ideia dos textos como uma herança céltica teve grande peso no senso comum e na comunidade acadêmica. Os estudos posteriores à publicação do *Mabinogion* enfatizavam essa conexão com os celtas e tiveram fôlego até meados do século passado. Pesquisadores e pesquisadoras dos textos tentavam provar que havia deuses e deusas celtas por trás das personagens, o que colocava as narrativas em um passado pagão pré-cristão. O contexto de produção dos contos é incerto, mas sabemos que os manuscritos galeses medievais aparecem a partir de *c.* 1250. A origem das narrativas pode ser mais antiga, mas elas são colocadas para uma audiência medieval que reconhecia dilemas contemporâneos nas histórias.

Então, qual é o conteúdo do *Mabinogion*? Já dissemos que se trata de onze narrativas em galês médio, ou seja, produzidas no galês medieval, falado e escrito entre os séculos XI e XIV na região oeste da Grã-Bretanha, atualmente conhecida como País de Gales. Os textos foram extraídos de dois manuscritos: o *Livro Branco de Rhydderch* (*c.* 1350) e o *Livro Vermelho de Hergest* (*c.* 1380). Especialistas nas histórias as dividem em três grandes grupos: "Os Quatro Ramos do Mabinogi", "Os Quatro Contos Nativos Independentes" e "Os Três Romances". "Os Quatro Ramos do Mabinogi" são de onde Guest retirou o nome para sua tradução. Ao final de cada uma das quatro histórias, elas encerram se referindo como *mabinogi*, seguindo a fórmula: "e aqui termina este ramo do *mabinogi*". "O Primeiro Ramo", no *Livro Branco*, é a única que traz a forma *mabynnogyon*, sendo a terminação *-(i/y)on* uma forma do plural em galês. Além disso, Davies diz que a palavra de *ramo*, ou *cainc* em galês, remete à ideia de que as histórias de desenvolvem a partir de um "tronco", ou núcleo, embora tal tronco esteja perdido há muito tempo. De qualquer forma, Guest teria acreditado que *Mabinogion* seria a forma correta de nomear sua coletânea, tratando-se de vários *mabinogi(on)*. O título é artificial, já que as narrativas não funcionam em conjunto e elas não eram encontrados reunidas em único *corpus* no Medievo, mas, dada a popularidade da tradução de Guest, a coletânea ficou conhecida como *Mabinogion*, sendo traduzida até hoje com o título.

Então temos "Os Quatro Ramos do Mabinogi". Esse conjunto de contos funcionariam como um grupo, mas não tão em harmonia assim. O que conecta cada uma das ramas é a presença do mesmo personagem em todas elas: Pryderi. Contudo, ele é protagonista apenas em "O Terceiro Ramo", aparecendo brevemente nas outras. Algumas análises antigas tentaram identificar Pryderi com Maponos, uma suposta divindade "céltica" local, porém essa correspondência é frágil, e, como dissemos, nem todas as ramas são sobre Pryderi. *Mabinogi* pode ter alguns sentidos, como "jovem" ou "juventude", ligado à palavra galesa *mab*, que pode significar "filho" ou "menino"; mas também pode ser "narrativa" ou "conto", próximo ao sentido de *estória* no português; uma outra ideia, que mescla os dois sentidos anteriores, é de que *mabinogi* está ligado à arte da recitação de contos, especialmente ao ensino dessa arte aos mais jovens.

Já apontamos antes que as histórias podem ser mais antigas que os textos escritos, passando pela voz num primeiro momento. De fato, é possível encontrar alguns indícios de oralidade nos textos, sobretudo em "Os Quatro Ramos"; nesse texto há referência aos contadores de histórias, *cyfarwydd*, quando o mago Gwydion se disfarça como um e vai ao reino de Pryderi, dizendo que é costume que se conte *histórias* (*cyfarwyddyd*) na primeira noite de sua estada na corte. Assim, o próprio texto pode nos indicar o modo como as histórias eram apreciadas e performadas. Em "O Segundo Ramo", uma informação é repetida e o texto reitera que ela foi mencionada *acima*, o que indica que o texto escrito também foi pensado para leitura. Já outros contos do *Mabinogion* sugerem que a história era conhecida segundo determinado livro. Todas essas referências demonstram a complexa tradição literária galesa.

"Os Quatro Ramos" são alguns dos exemplos mais originais dessa literatura. Começando pela história de Rhiannon, em "O Primeiro Ramo", que é acusada de devorar seu filho Pryderi e condenada a carregar nas costas todos os visitantes da corte e lhes contar sua sina. Mas o que ninguém sabe é que Pryderi foi magicamente raptado por uma garra sobrenatural, até ser devolvido à família. Ainda, em "O Segundo Ramo", a Irlanda e a Ilha dos Poderosos, ou Grã-Bretanha, é destruída por uma guerra que assola as duas famílias reais. O rei Bendigeidfran teve sua cabeça decepada, mas continuou vivo, até que as memórias tristes da batalha lhe retornaram. Os sobreviventes de tal guerra regressam e são protagonistas de "O Terceiro Ramo", mas uma névoa misteriosa desaparece com todos os habitantes do reino. Já em "O Quarto Ramo", conhecemos a história de Blodeuedd, criada a partir de flores e dada em casamento ao guerreiro Lleu. Contudo, como punição por trair o marido, ela é transformada em coruja. O que fascina nesse grupo de histórias é como elas são únicas em diversos motivos e situações, sem paralelos em outras culturas. Aqui, vemos o sobrenatural entrar em cena frequentemente, com situações que consideraríamos absurdas, mas vistas com total naturalidade pelas personagens, o que Jaques Le Goff chama de "maravilhoso cotidiano".[1]

Mas o maravilhoso também está presente em "Os Quatro Contos Nativos Independentes", quando, em "Lludd e Llefelys", três pragas acometem o reino e o rei Lludd precisa se livrar delas. A segunda delas, a luta de dois dragões, é a mais impressionante, pois o aprisionamento deles garante que nenhuma outra praga chegue à ilha.

---

[1] LE GOFF, J. *O maravilhoso e o cotidiano no Ocidente Medieval*. Lisboa: Edições 70, 1975.

Esse conto é outro exemplo da tradição literária galesa, pois está diretamente ligado a textos historiográficos insulares em latim, sobretudo àqueles concernentes ao Rei Artur. Em "O Sonho de Maxen Wledig", vemos o maravilhoso intrometer-se no cotidiano por meio de um sonho, em que o governante romano Maxen recebe a visão de uma donzela e não descansa até encontrá-la em Gales. Mas, para tê-la, Maxen teve de conquistar não apenas as Ilhas Britânicas, mas boa parte do continente. Esse conto poderia ser uma memória da própria conquista romana da Grã-Bretanha ocorrida no primeiro século de nossa era. O interessante é que os galeses medievais parecem muito preocupados com sua "romanidade", por vezes se considerando herdeiros diretos dos romanos e troianos, que fundaram a *Britannia* na mitologia insular.

O maravilhoso se manifesta pelo sonho em outra história de "Os Quatro Contos Nativos", em "O Sonho de Rhonabwy". Agora entramos no mundo arturiano do *Mabinogion*, já que nesse conto, em um sonho, Rhonabwy encontra Artur prestes a entrar em combate. Mas este não é o rei das conquistas, de Camelot, dos cavaleiros, mas um Artur que é humilhado em público e não faz algo a respeito, posterga o combate com o inimigo e prefere jogar *gwyddbwyll* com seus guerreiros enquanto seus homens são atacados por corvos. Poderíamos dizer que "O Sonho de Rhonabwy" inverte uma memória arturiana, já que um Artur valente e protetor não correspondia aos eventos em Gales a partir do século XIII. E esse imaginário arturiano é oposto ao que encontramos em "Culhwch e Olwen", possivelmente o conto em prosa sobre Artur mais antigo e um dos mais originais. Nessa história, Culhwch é um jovem príncipe que busca sua amada Olwen, mas precisa da ajuda de seu primo Artur para isso. O pai da donzela, o gigante Ysbaddaden, impõe quarenta tarefas quase impossíveis para que o casamento ocorra. Uma delas é conseguir a tesoura e lâmina que estão dentro da cabeça de Twrch Trwyth, um enorme javali que causa destruição por onde passa. Artur, o chefe dos reis da Grã-Bretanha, entra em combate direto com a criatura, até que os objetos são removidos e o javali desaparece no mar. Aqui temos um exemplar de como Artur já apareceu na literatura galesa, um guerreiro implacável, que até os animais o obedecem. Em "Culhwch e Olwen" ainda encontramos a lista de cerca de 260 guerreiros e donzelas da corte arturiana, que Culhwch nomeia para pedir auxílio de Artur. Nessa lista, encontramos nomes de personagens literários e da história da Grã-Bretanha, bem como aliterações colocadas ali para completarem o sentido de lista. De qualquer forma, ela reafirma a complexa teia de referências e significados da literatura galesa. Por isso, leitor e leitora, não se assuste quando chegar a essa parte e passar por páginas e páginas de nomes e epítetos!

O universo arturiano é expandido finalmente em "Os Três Romances". Aqui encontramos histórias mais próximas do que conhecemos popularmente sobre Artur: histórias de cavaleiros e justas, a presença da Távola Redonda, palácios e castelos que guardam aventuras. É curioso que "Os Três Romances" sejam muito parecidos com os textos do poeta francês do século XII Chrétien de Troyes. Entre suas obras, estão "Yvain", "Perceval" e "Erec e Enide", cujas contrapartes galesas são, respectivamente, "A Dama da Fonte", "Peredur" e "Geraint". De forma geral, "Os Três Romances" lidam com o tema da cavalaria e do amor cortês, ou seja, falam do mundo dos cavaleiros que precisam ser honrosos, corajosos e respeitáveis para provarem seu valor perante a corte e, principalmente, para suas damas.

Em "A Dama da Fonte", Owain descobre um poço mágico que lhe concede uma batalha contra um cavaleiro obscuro. Ao assumir seu lugar após derrotá-lo, Owain permanece anos longe da corte de Artur e precisa retornar. Mas ele não pode abandonar sua dama do poço. Assim, vemos um personagem dividido entre o mundo da cavalaria e do amor, enfrentando todo tipo de aventuras para garantir seu lugar entre os dois polos. Em "Peredur", acompanhamos a evolução de um personagem jovem e desconhecedor do mundo cavaleiresco a um dos mais valentes cavaleiros de Artur. Peredur segue muito de perto uma jornada do herói, passando por todo tipo de provas e recebendo ajudas mágicas para que, ao fim, tenha seu valor provado. Já em "Geraint", é reconhecível o lugar da misoginia medieval, pois Geraint exerce todo seu poder e violência sobre sua amada Enide, proibindo-a até mesmo de lhe dirigir uma palavra sequer. Mas é a rebeldia de Enide que garante a salvação de Geraint ao enfrentar outros cavaleiros.

Quem conhece os textos de Chrétien de Troyes, trovador francês do século XII, percebe a semelhança entre os contos. Então, "Os Três Romances" são traduções galesas dos textos franceses ou vice-versa? Ou todos vêm de um núcleo comum? É difícil afirmar com precisão qual hipótese é a correta. Contudo, sabemos que os franceses governaram a Grã-Bretanha a partir do século XI e os ingleses iniciaram um processo de conquista em Gales. Então, podemos imaginar que certos ideais cavaleirescos, expressos pela literatura, se fizeram presentes entre as cortes galesas, a ponto de conhecermos exemplares de "obras continentais" em Gales. A literatura galesa medieval é vasta em textos nesse sentido, variando de histórias em galês sobre Cristo a narrativas sobre Carlos Magno. A Grã-Bretanha nunca permaneceu isolada, pelo contrário, esteve em interação com o continente, vivendo ricos contatos culturais, e a literatura prova isso.

Agora que já conhecemos o *Mabinogion*, resta dar uma resposta à pergunta do início: por que essas histórias ainda têm o poder de nos maravilhar? Poderíamos dar uma resposta acadêmica, com conceitos e análises de todos os tipos, mas talvez isso não cobriria a experiência pessoal de cada um e cada uma que lê o *Mabinogion*. Descobri essa obra na metade da graduação, com a tradução de Guest, e ela me encantou nas primeiras páginas. Ao lê-la, me senti caminhando pelo mundo dos desenhos animados que assistia quando criança e fiquei maravilhado com os nomes de lugares como "o Monte do Luto", "o Castelo das Maravilhas", "a Corte dos Filhos do Rei das Torturas". Também me encantaram os dragões, a serpente que concede a quantidade de ouro que alguém desejar, a mulher feita de flores que se torna coruja, os magos que mudam de forma. Acho que essas histórias tocaram com delicadeza nas fantasias e aventuras que queria viver quando criança, nas histórias fantásticas que me confortavam quando eu estava só. Se *mabinogi(on)* eram histórias contadas à juventude, então talvez hoje elas tenham cumprido seu objetivo, porque talvez o *Mabinogion* seja exatamente isso: histórias que conversam com a criança encantada dentro de cada um de nós. Boa leitura!

Matheus Campos
Pesquisador de História Antiga e Medieval
e mestrando na área de estudos literários pela
Universidade Federal de Goiás (UFG)

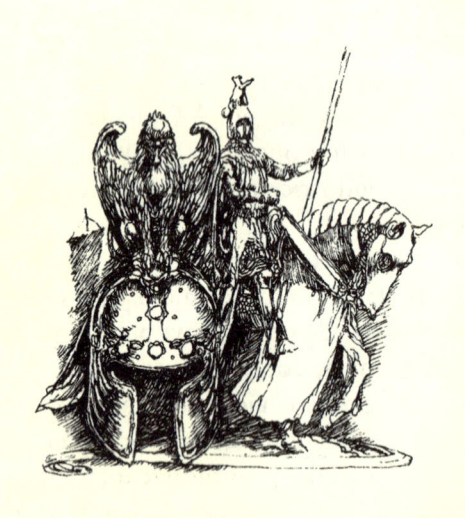

Glossário de Personagens

Esta lista tem como proposta enumerar e contextualizar alguns dos personagens mais relevantes da obra como um todo, para o melhor entendimento e leitura do texto.

A

Amhar (Amr), filho de Artur: aparece no conto "Geraint, filho de Erbin" como um dos criados de Artur.

Angharad Law Eurog: Angharad Mão Dourada é uma das donzelas pela qual Peredur se apaixona.

Aranrhod, filha de Dôn: mãe de Lleu e Dylan, irmã de Gwydion e Gilfaethwy e sobrinha de Math, filho de Mathonwy, o governante de Gwynedd.

Arawn: rei do Outro Mundo (Annwfn), de acordo com "O Primeiro Ramo do Mabinogi".

Artur: conhecido como o grande chefe dos reis da Grã--Bretanha, aparece como um grande chefe tribal em "Culhwch e Olwen" e como imperador em outros contos. Sua famosa corte é itinerante e varia entre Caerleon e Celliwig na Cornualha.

B

Bedwin: bispo de Artur.

Bedwyr: filho de Bedrwd, um dos companheiros de Artur e um dos mais próximos de Cai.

Beli: filho de Manogan (ou Mynogan) é o senhor da Ilha da Bretanha, pai de Lludd, Caswallon, Nyniaw e Llefelys.

Bendigeidfran: filho de Llŷr é o rei coroado da Ilha da Bretanha, irmão de Branwen e Manawydan e também meio-irmão de Efnysien. Às vezes ele é mencionado apenas como Brân (que significa "Corvo" ou mesmo "Guerreiro").

Bleiddwn: filho dos irmãos Gwydion e Gilfaethwy, concebido quando ambos estavam na forma de lobo e loba.

Blodeuedd: seu nome significa "flores". Ela foi criada a partir das flores por Marh e Gwydion como uma esposa para Lleu, mas foi transformada em uma coruja por conta de sua infidelidade praticada com Gronw Pebyr. Com isso, seu nome se modifica para Blodeuwedd (ou seja, "Cara de Flor").

Branwen: filha de Llŷr e irmã de Bendigeidfran e Manawydan por parte de mãe, sendo meia-irmã de Efnysien. Ela foi dada em casamento a Matholwch, rei da Irlanda, e desta união nasce Gwern. Foi uma das três pessoas que morreu por ter o coração partido por tristeza.

C

Cadwr: filho de Gwrion, é *jarl* da Cornualha e desempenha um papel de conselheiro para Artur, além de acompanhar Geraint em sua jornada.

Cai: filho de Cynyr, é um dos companheiros mais importantes do bando de Artur. Entre seu aspecto heroico e nervoso, Cai é representado muitas vezes como sendo alto e belo, além de desempenhar também o papel de senescal da corte de Artur.

Caradog, filho de Brân: um dos homens deixados para trás para cuidar da Bretanha enquanto Bendigeidfran marchava para a Irlanda.

Caradog, filho de Llŷr: primo de Artur, também chamado pelo epíteto de Freichfras (Braço Forte).

Caswallon: filho de Beli, é retratado como o usurpador da Ilha da Bretanha durante a ausência de Bendigeidfran em sua campanha na Irlanda.

Caw de Prydyn: oriundo da terra dos pictos, é o encarregado de cuidar da presa de Ysgithrwyn Pen Baedd durante a contenda de Ysbaddaden.

Cigfa: filha de Gwyn Glohoyw, aparece como esposa de Pryderi.

Cilydd: filho de Celyddon Wledig, é o pai de Culhwch.

Clust, filho de Clustfeinydd: "Ouvido, filho de Ouvidor", é um dos guardiões da corte de Artur.

Creiddylad: filha de Lludd Llaw Eraint e donzela disputada por Gwythyr, filho de Greidol, e Gwyn, filho de Nudd.

Culhwch: filho de Cilydd e Goleuddydd, é primo de Artur. Quando sua madrasta roga uma maldição sobre ele para que apenas possa se casar com Olwen, filha do Gigante Ysbaddaden, tem início uma enorme demanda que envolve Artur e seu séquito.

Custennin: filho de Mynwyedig, é um pastor e tio de Olwen.

Cymidei Cymeinfoll: esposa de Llasar Llaes Gyfnewid é o proprietário original do Caldeirão do Renascimento. Escapou da morte certa na Irlanda e seguiu para a Bretanha.

Cynan: filho de Eudaf, irmão de Elen, esposa de Maxen. Surge como fundador da Bretanha francesa.

Cynddylig Gyfarwydd: um dos homens de confiança de Artur.

Cynon: filho de Clydno, é um dos homens de Artur e um dos responsáveis pelo desencadear da aventura de Owain.

D

Dillus Farfog: Dillus, o Barbudo. Sua barba foi utilizada para fazer uma correia em uma das tarefas de Ysbaddaden.

Diwrnach Wyddel: Diwrnach, "o Irlandês" é o dono de um caldeirão mágico procurado por Artur.

Drem, filho de Dremidydd: "Visão, filho de Vidente", é um dos guardiões da corte de Artur.

Dyfyr: filho de Alun Dyfed, acompanha Geraint em sua jornada.

Dylan Eil Ton: Dylan, "Filho da Onda" é o filho de Aranrhod que assim que nasceu foi viver no mar.

E

Echel Forddwyd Twll: um dos companheiros de Artur.

Edern: filho de Nudd, é conhecido como "O Cavaleiro do Gavião". Adversário de Geraint.

Edlym Gleddyf Coch: Edlym "Espada Vermelha", parceiro de Peredur.

Efnysien: filho de Euroswydd, irmão de Nysien e meio--irmão de Bendigeidfran, Branwen e Manawydan.

Efrog: *jarl* de terras do norte e pai de Peredur.

Eidoel: filho de Era, é um prisioneiro que deve ser liberto de acordo com uma das tarefas de Ysbaddaden.

Elen Luyddog: Elen "das Hostes" é a esposa de Maxen e irmã de Cynan e Gadeon.

Elifri: principal escudeiro de Artur e provavelmente identificado como Elifri Anaw Cyrdd ("das muitas artes"), acompanha Geraint até a Cornualha.

Enid: filha do *jarl* Ynywl, esposa de Geraint.

Erbin: filho de Custennin, é pai de Geraint e tio de Artur.

Eudaf: filho de Caradog, é pai de Elen Luyddog, Cynan e Gadeon.

Euroswydd: pai de Nysien e Efnysien.

G

Gadeon: filho de Eudaf e irmão de Elen. Faz parte da comitiva de Cynan que marcha até Roma para auxiliar Maxen.

Garannaw: filho de Golithmer e parte da comitiva de Geraint até a Cornualha.

Garselyd Wyddel: Garselyd, o Irlandês é um dos companheiros de Artur.

Geraint: filho de Erbin, é um dos companheiros de Artur e marido de Enid.

Gildas: filho de Caw, é um clérigo na corte de Artur.

Gilfaethwy: filho de Dôn, irmão de Gwydion e sobrinho de Math, rei de Gwynedd.

Glewlwyd Gafaelfawr: guardião dos portões de Artur.

Glwyddyn saer: chefe dos artesãos de Artur.

Goewin: filha de Pebin, era a virgem que servia apoiando os pés de Math, rei de Gwynedd.

Gofannon: filho de Dôn, é responsável por dar o golpe que vitima seu sobrinho, Dylan.

Gogigwr: um dos guardiões dos portões de Artur.

Gogyfwlch: outro dos guardiões dos portões de Artur.

Golcuddydd: "Luz do Dia", é filha de Anlawdd Wledig e mãe de Culhwch.

Gorau: filho de Custennin. Seu nome significa "O Melhor". É um dos homens de Artur e o responsável por cortar a cabeça de Ysbaddaden.

Graid: filho de Eri, prisioneiro de Gwyn ap Nudd.

Gronw Pebyr: Gronw, "o Forte". Senhor de Penllyn, é o pivô da traição de Blodeuedd, sendo eventualmente morto por Lleu.

Gruddieu: filho de Muriel, é um dos sete que escapam da Irlanda durante os eventos do segundo ramo.

Gwair, filho de Gwystyl: um dos homens de Artur.

Gwalchmai: filho de Gwyar, é um dos homens de Artur. Seu nome tem origem no animal gavião. Popularmente conhecido como Galvão.

Gwarthegydd: filho de Caw, é um dos homens de Artur e saqueador de gado.

Gwawl: filho de Clud e prometido de Rhiannon.

Gwenhwyfar: esposa de Artur.

Gwern: filho de Matholwch, rei da Irlanda, e de Branwen. É jogado no fogo por seu tio Efnysien.

Gwiffred Petit: chamado de *Y Brenin Bychan* (O Pequeno Rei) pelos galeses.

Gwilym: filho do rei da França e um dos companheiros de Geraint até a Cornualha.

Gwrgi Gwastra: um dos homens de Pryderi, abriga Math, filho de Mathonwy.

Gwrhyr Gwalstawd Ieithoedd: Gwrhyr "Tradutor de Línguas", um dos homens de Artur.

Gwri Wallt Eurin: nome dado a Pryderi quando adotado por Teyrnon Twrf Liant.

Gwydion: filho de Dôn, sobrinho de Math, rei de Gwynedd.

Gwyn: filho de Nudd, é um dos homens de Artur que luta todos os anos contra Gwythyr pela mão de Creiddylad.

Gwythyr: filho de Greidol. Um dos homens de Artur. Além de enfrentar Gwyn, filho de Nudd, a cada ano, é responsável por salvar um formigueiro em chamas durante as tarefas de Ysbaddaden.

Ħ

Hafgan: um dos reis de Annwfn, o Outro Mundo.

Heilyn: filho de Gwyn Hen, é aquele que abre a porta proibida que dava para a Cornualha e Aber Henfelen.

Huandaw: um dos guardiões dos portões de Artur.

Hyfaidd Hen: pai de Rhiannon.

Hyfaidd Hir: um dos mensageiros de Bendigeidfran.

I

Iddig: filho de Anarog, também um dos mensageiros de Bendigeidfran.

Iddog: filho de Mynio, também chamado de Iddog Cordd Prydain (Agitador da Bretanha).

Iorwerth: filho de Maredudd, irmão de Madog, Senhor de Powys.

Isgofan Hael: um dos homens de Artur.

Ll

Llacheu: filho de Artur.

Llaesgymyn: um dos guardiões dos portões da corte de Artur.

Llasar Llaes Gyfnewid: proprietário original do Caldeirão do Renascimento, escapou da morte certa na Irlanda e seguiu para a Bretanha com sua esposa, Cymidei Cymeinfoll.

Llefelys: filho de Beli, rei da França e irmão de Lludd.

Lleu Llaw Gyffes: "Aquele de Cabelos Claros e Mão Habilidosa", é filho de Aranrhod e sobrinho de Gwydion. Sua esposa, Blodeuedd, é criada para ele a partir de flores.

Lludd: filho de Beli, é o rei da Ilha da Bretanha e irmão de Llefelys.

Llwyd: filho de Cil Coed, é o mágico que joga um feitiço sobre Dyfed para se vingar da corte que insultou seu amigo Gwawl.

Luned: dama de companhia da Dama da Fonte.

M

Mabon, filho de Mellt: é dos caçadores de Artur.

Mabon, filho de Modron: prisioneiro que deve ser resgatado em uma das tarefas de Ysbaddaden.

Madog, filho de Maredudd: senhor de Powys.

Madog, filho de Twargadarn: filho da "Torre Forte", é o guarda florestal de Artur na Floresta de Dean.

Manawydan: filho de Llŷr, irmão de Bendigeidfran e Branwen, e meio-irmão de Efnysien. Também se torna o segundo marido de Rhiannon.

March: filho de Meirchawn, primo de Artur.

Math: filho de Mathonwy. Senhor de Gwynedd e tio de Gwydion e Gilfaethwy.

Matholwch: rei da Irlanda e marido de Branwen.

Maxen Wledig: imperador/senhor (Gwledig) de Roma, Maxen (Magnus Maximus) se apaixona por Elen em um sonho.

Medrawd: sobrinho de Artur e seu adversário na batalha de Camlan.

Menw: filho de Teirgwaedd, é um guerreiro de Artur.

Morgan Tud: principal médico de Artur.

N

Nysien: filho de Euroswydd, irmão de Efnysien e meio--irmão de Bendigeidfran, Branwen e Manawydan.

O

Odiar, o Franco: senescal da corte de Artur.

Olwen: filha de Ysbaddaden Bencawr e, eventualmente, esposa de Culhwch.

Ondiaw: filho do duque da Borgonha e um dos companhei-ros de Geraint.

Osla Gyllellfawr: Osla "Faca Grande" é um dos homens de Artur, no entanto, aparece como um de seus adversários em "O Sonho de Rhonabwy".

Owain, filho de Nudd: irmão de Edern e Gwyn.

Owain, filho de Urien: um dos homens de Artur e protago-nista da história "A Dama da Fonte".

Þ

Penarddun: filha de Beli, filho de Manogan; é mãe de Nysien e Efnysien.

Pendaran Dyfed: pai de criação de Pryderi na corte. Em "O Segundo Ramo do Mabinogi" ele faz parte do grupo de homens que ficou para cuidar da Ilha da Bretanha enquanto Bendigeidfran marcha para a Irlanda.

Penpingion: um dos guardiões dos portões de Artur.

Peredur: filho de Efrog, é um dos homens de Artur e prota-gonista da história "Peredur, filho de Efrog". Também é chamado de Baladr Hir (Lança Longa).

Pryderi: filho de Pwyll e Rhiannon, desaparece na noite de seu nascimento e é encontrado por Teyrnon Twrf Liant, que o nomeia Gwri Wallt Euryn (Gwri Cabelo Dourado). Seu nome, Pryderi, significa algo como "Preocupação".

Pwyll: príncipe de Dyfed, marido de Rhiannon e pai de Pryderi. Depois de sua passagem por Annwfn, é chamado também de Pwyll Pen Annwfn (Pwyll Chefe de Annwfn).

R

Rhiannon: filha de Hyfaidd Hen, esposa de Pwyll e mãe de Pryderi. Depois da morte de Pwyll, ela se casa com Manawydan.

Rhiogonedd: filho do rei da Irlanda e um dos companheiros de Geraint.

Rhonabwy: um dos homens enviados por Madog, filho de Maredudd, na busca por seu irmão Iorwerth.

Rhuawn Bebyr: Rhuawn, o Radiante, filho de Deorthach Wledig.

Rhyferys: caçador-mor de Artur.

T

Taliesin: um dos sete homens que escaparam da Irlanda durante os acontecimentos de "O Segundo Ramo", ele é considerado o Chefe dos Poetas e uma provável alusão ao poeta Taliesin do século VI, presente na corte de Urien Rheged e de seu filho Owain.

Teyrnon Twrf Liant: senhor de Gwent Is Coed, ele e sua esposa adotam Pryderi (Gwri Wallt Euryn) como seu filho.

U

Unig Glew Ysgwydd: Unig Ombros Fortes é um dos mensageiros de Bendigeidfran que é deixado na Ilha da Bretanha enquanto Bendigeidfran marcha para a Irlanda.

W

Wlch Minasgwrn: outro dos mensageiros de Bendigeidfran que é deixado na Ilha da Bretanha enquanto este marcha para a Irlanda.

Wrnach Gawr: Wrnach, o Gigante, cuja espada deve ser tomada como uma das tarefas de Ysbaddaden.

Y

Y Brenin Bychan: "O Pequeno Rei", também chamado de Gwiffred Petit, um dos companheiros de Geraint.

Ynywl: pai de Enid, esposa de Geraint.

Ysbaddaden Bencawr: "Espinho Chefe dos Gigantes", é pai de Olwen e responsável por criar uma lista de tarefas para aquele que desejar desposar sua filha.

Guia de Pronúncia

Esta tradução optou por utilizar a maior parte dos nomes originais de personagens e lugares, tanto para preservar algumas características próprias do texto como para melhorar a imersão do leitor.

No entanto, é necessário compreender os diferentes modos de se pronunciar no galês médio essas diferentes consoantes, vogais e ditongos, pois, embora a pronúncia seja fonética, ela possui certas diferenças se comparadas ao português.

Consoantes

Em geral se pronunciam como no português, com exceção de:

C	Como em *casa* ou *caco*, nunca como em *cimento*.
Ch	Como em *rato* ou *resto*, puxado da garganta.
Dd	Como no inglês *this*. Parecido com *dia*, mas se pronuncia com a ponta da língua entre os dentes
f	Como em *vaso*, nunca como em *faca*.
ff	Como em *foca*.
G	Como em *gato* e *gosto*, nunca como em *gesto*.
H	Sempre aspirada como no inglês *hat*, nunca silenciosa. Parecido com *rato*.
Ll	Se pronuncia colocando a língua no início do céu da boca e depois soprando ar pelas laterais.

R	Como o r quando vibrado em *tridente*.
Rh	Se pronuncia colocando a língua em posição de *r* e depois soprando ar pelas laterais.
S	Como em *selva*, nunca como em *rosa*.
Th	Se pronuncia colocando a ponta da língua entre os dentes e passando o ar por eles enquanto pronuncia o som de *t*. É um som sibilado, como no inglês *thanks* ou *thin*, nunca como *tatu* ou *teto*.

Vogais

As vogais podem ser longas ou curtas. As vogais *A, E, I* e *O* são iguais no português. Em geral, temos variações na pronúncia de:

U	Se pronuncia como *i* em todas as palavras.
W	Se pronuncia como a letra *u* em *duro* ou *murro*.
Y	Em monossílabos, ditongos e sílabas finais se pronuncia como *i*, mas em todos os demais casos sua pronúncia se aproxima do "*â*" anasalado em português, como em *ânsia*.

Ditongos

Ae, ai, au	Como em *sai* ou *abstrai*.
Aw	Como em *aula*.
Ei, eu, ey	Também como em *sai* ou *abstrai*.
Ew	Como em *meu* ou *leu*.
Iw, uw	Como em *viu* ou *pariu*.
Oe, oi	Como em *boi*.
Ow	Como em *amou* ou *ditou*.
Wy	Como em *fui* ou *cuidar*.

Exemplos de pronúncia de nomes comuns das histórias:

Aranrhod	A-rán-hrod
Bendigeidfran	Ben-digáid-vran
Bedwyr	Bé-duir
Blodeuedd	Blo-dái-eth
Cai	Cai
Cigfa	Kíg-va
Culhwch	Kíl-hurr
Enid	É-nid
Gilfaethwy	Gil-fái-thui
Gwalchmai	Gualrr-mai
Gwenhwyfar	Güen-húi-var
Gwydyon	Gúi-dion
Llefelys	Lle-vé-lis
Lleu Llaw Gyfes	Llai Llau Gâfes
Lludd	LLith
Luned	Lí-ned
Manawydan	Ma-na-uí-dan
Matholwch	Ma-thól-urr
Olwen	ól-uen
Peredur	Pe-ré-dir
Pryderi	Prâd-éri

Pwyll	Puill
Rhiannon	Hri-á-non
Rhonabwy	Hro-ná-bui
Ysbaddaden	Âs-ba-thá-den

Mabinogion

O Primeiro Ramo do Mabinogi

Pwyll,[1] príncipe de Dyfed, era senhor dos sete *cantrefs*[2] de Dyfed. Certa vez ele estava em Arberth, uma de suas principais cortes, e teve vontade de caçar. A parte de seu domínio em que ele desejava caçar era Glyn Cuch. Partiu naquela noite de Arberth[3] e chegou até Pen Llwyn Diarwya, onde dormiu.

Cedo, no dia seguinte, ele se levantou e foi a Glyn Cuch para soltar seus cães na floresta. Tocou sua trompa e começou a reunir a caça, foi atrás dos cães e se separou de seus companheiros. Enquanto estava ouvindo o latir de sua matilha, ele pôde

---

[1] O nome Pwyll significa "bom senso". [N. T.]

[2] *Cantref* é a unidade administrativa básica de Gales medieval e relevante para compreendermos a estrutura política, territorial e jurídica desse período. Cada reino era dividido em *cantrefs* que possuíam certa autonomia. Os sete *cantrefs* de Dyfed eram: Cemais, Pebidiog, Rhos, Penfro, Daugleddyf, Emlyn e Gwarthaf. [N. T.]

[3] Arberth é identificado como o povoado de Narberth, em Pembrokeshire. Essa passagem revela o costume dos reis de manterem diferentes cortes em pontos afastados para facilitar o passatempo da caçada e também para manterem contato com seus diferentes vassalos. [N. T.]

escutar o latir de outra matilha, mas estes possuíam um latir diferente e estavam vindo em direção a sua própria matilha. Ele podia ver uma clareira na floresta, um campo plano; e quando sua própria matilha estava chegando à borda da clareira, ele viu um cervo na frente da outra matilha. E, no meio da clareira, a matilha que estava perseguindo o cervo o alcançou e o derrubou.

Então Pwyll olhou para a cor da matilha, sem se preocupar em olhar para o cervo. De todos os cães que ele tinha visto no mundo, ele nunca tinha visto cães daquela cor, pois eles eram de um branco reluzente, e suas orelhas eram vermelhas.[4] Enquanto a brancura dos cães brilhava, o mesmo acontecia com a vermelhidão de suas orelhas. Ele, então, foi até os cães, afastou a matilha que matara o cervo e alimentou sua própria matilha com ele.

Enquanto alimentava os cães, ele viu um cavaleiro vindo atrás da matilha em um grande cavalo tordilho escuro, com uma trompa de caça em volta do pescoço e vestindo roupas de caça de tecido cinza claro.

O cavaleiro veio até ele e falou:

"Senhor, eu sei quem tu és, mas não vou cumprimentá-lo."[5]

"Bem", respondeu Pwyll, "talvez tua posição seja tal que tu não sejas obrigado a isso."

"Deus sabe", prosseguiu o cavaleiro, "que não é o nível de minha posição que me impede."

"Senhor, o que mais, então?", indagou Pwyll.

"Por Deus", disse ele, "tua própria falta de educação e descortesia."

"Que descortesia, senhor, tu viste em mim?"

---

[4] Nas narrativas galesas e irlandesas, a cor branca e a vermelha são indicativos do sobrenatural. [N. T.]

[5] Aqui se apresenta um ponto comum nos relatos do *Mabinogion*, que são as fórmulas de apresentação. Essas fórmulas seguem um padrão: o personagem de posição mais baixa deve saudar primeiro o de posição mais alta, que quase sempre responde com uma fórmula pronta envolvendo uma benção divina. [N. T.]

"Não vi descortesia maior em um homem", afirmou o cavaleiro, "do que afastar a matilha que matou o cervo e alimentar sua própria matilha com ela. Isso foi uma descortesia: e, embora eu não vá me vingar de ti, por Deus, vou te envergonhar no valor de cem cervos."

"Senhor", disse Pwyll, "se eu fiz algo errado, recuperarei tua amizade."[6]

"Como tu vais recuperá-la?", questionou o homem.

"De acordo com sua posição, mas eu não sei quem tu és."

"Sou um rei coroado na terra de onde venho."

"Senhor", disse Pwyll, "bom dia para ti. E de que terra tu vens?"

"De Annwfn",[7] respondeu ele. "Eu sou Arawn, rei de Annwfn."

"Senhor", prosseguiu Pwyll, "como ganharei tua amizade?"

"Assim é como poderá fazer", anunciou ele. "Um homem cujo território é próximo ao meu está sempre guerreando comigo. Ele é Hafgan, um rei de Annwfn. Livrando-me dessa opressão — e tu podes fazer isso facilmente —, ganharás minha amizade."

"Farei isso com prazer", afirmou Pwyll. "Diga-me como posso fazer isso."

"Eis como: farei uma aliança firme contigo e te colocarei em meu lugar em Annwfn. Darei-te a mulher mais bela que tu já viste para dormir contigo todas as noites, e te darei meu rosto e forma para que nenhum camareiro, oficial ou qualquer outra pessoa de meu séquito possa saber que tu não és eu. Tudo isso", prosseguiu Arawn, "desde amanhã até o final do ano, e então nos encontraremos novamente neste lugar."

---

[6] Segundo a tradição aqui presente, Pwyll violou uma das regras de caça, segundo a qual não se deve roubar o animal morto pela caçada de outro senhor. Para esta falta é necessária uma compensação. [N. T.]

[7] Este é o nome do Outro Mundo galês. O Outro Mundo é um território comum nas tradições célticas galesas e irlandesas, como um local com regras de tempo e espaço diferenciadas. [N. T.]

"Muito bem", concordou Pwyll, "mas, mesmo se eu estiver lá até o final do ano, como vou encontrar o homem de quem tu me falas?"

"Daqui a um ano ele e eu nos encontraremos no vau. Esteja lá em minha forma", disse Arawn. "Tu deverás dar-lhe apenas um golpe — ele não sobreviverá. E, embora ele possa te pedir para dar outro, tu não deves fazê-lo, por mais que ele implore. Pois não importa quantos golpes mais eu o dava, no dia seguinte ele estava lutando contra mim tão bem quanto antes."

"Muito bem", assentiu Pwyll, "mas o que devo fazer com meu reino?"

"Eu providenciarei para que nenhum homem ou mulher em teu reino perceba que eu não sou tu, pois tomarei o teu lugar", respondeu Arawn.

"Com prazer", disse Pwyll, "e eu seguirei meu caminho."

"Teu percurso será suave, e nada vai impedi-lo até que chegues em meus domínios; eu vou escoltá-lo."

Arawn escoltou Pwyll até que ele avistasse a corte e a residência.

"Eis aqui o reino sob tua autoridade", disse Arawn. "Siga até a corte; não há ninguém lá que não te reconhecerá. E, ao observar os afazeres de lá, tu saberás o costume da corte."

Ele seguiu até a corte. Lá viu aposentos de dormir, salões, quartos e os edifícios mais belamente adornados que alguém já tinha visto. Foi então ao salão tirar as botas. Camareiros e rapazes vieram ajuda-lo, e todos o cumprimentaram quando chegaram. Dois cavaleiros vieram retirar suas roupas de caça e vesti-lo com um traje dourado de seda brocada.

O salão foi preparado. Com isso, ele podia ver um bando de guerreiros e séquitos chegando, os homens mais belos e bem equipados que alguém já tinha visto, e com eles a rainha, também a mulher mais bela já avistada, vestindo um traje dourado de seda brocada brilhante. Em seguida, eles foram se lavar, se dirigiram às mesas e se sentaram assim:[8] a rainha de um lado e o *jarl*,[9] ele supôs, do outro. A rainha e ele começaram a conversar e, durante a conversa, ele descobriu que ela era a mulher mais nobre e mais graciosa em temperamento e discurso que já tinha visto. Eles passaram o tempo comendo e bebendo, cantando e festejando. De todas as cortes que ele vira na terra, aquela era a com mais comida e bebida, vasos de ouro e joias reais.

Chegou a hora de eles dormirem, então a rainha e ele assim o fizeram. Logo que se deitaram, ele virou o rosto para o lado da cama, de costas para ela. Desse momento até o dia seguinte, ele não disse uma palavra. No dia seguinte houve uma conversa amigável e se trataram com ternura. Qualquer que fosse o afeto que existisse entre eles durante o dia, nenhuma noite até o final do ano foi diferente daquela primeira.

Ele passou o ano caçando, cantando e festejando, com afeto e conversas com seus companheiros, até a noite do encontro, que foi bem lembrado tanto pelo habitante da parte mais remota do reino como por ele mesmo. Então ele foi para a reunião, acompanhado dos nobres de seu reino. Assim que chegou ao vau, um cavaleiro se levantou e falou assim:

"Nobres senhores, ouçam com atenção. Este confronto é entre os dois reis e apenas entre eles dois. Cada um reclama ao outro terras e territórios; todos deveis se afastar e deixar a luta entre os dois."

Com isso, os dois reis se aproximaram do meio do vau para a luta. No primeiro ataque, o homem que estava no lugar de Arawn atingiu Hafgan no meio da bossa de seu escudo, de modo que ele se partiu ao meio, e toda sua armadura se despedaçou. Hafgan foi atirado ao chão, a um

---

[8] De acordo com as leis e tradições galesas no medievo, deve haver uma ordem para se sentar em encontros e banquetes, respeitando a hierarquia dos participantes e a hospitalidade. Esse tema é recorrente nos contos do *Mabinogion*. [N. T.]

[9] O *jarl* é uma posição de nobreza de origem nórdica que, durante a baixa Idade Média insular, correspondia ao conhecido título de conde. [N. T.]

braço e haste de sua lança de distância, por detrás do rabicho de seu cavalo, sofrendo um golpe fatal.

"Senhor", disse Hafgan, "que direito terias sobre minha morte? Eu não te reivindicava nada. Nem conheço qualquer razão para que me mates; mas, pelo amor de Deus, já que começou, então termine!"

"Senhor", disse o outro, "posso me arrepender de ter feito o que te fiz. Encontra alguém que te mate; eu não te matarei."

"Meus fiéis nobres", chamou Hafgan, "tirem-me daqui; minha morte agora é certa. Não há como sustentá-los mais."

"Meus nobres", disse o homem que ocupava o lugar de Arawn, "tomem conselho e descubram quem deve se tornar meu vassalo."

"Senhor", responderam os nobres, "todos deveriam, pois não há outro rei em todo o Annwfn, exceto tu."

"Deveras, aqueles que vêm com submissão, é certo recebê-los", comentou ele. "Aqueles que não vierem voluntariamente, que sejam obrigados pela força da espada."

Então ele recebeu a lealdade dos homens e começou a tomar posse da terra. E, ao meio-dia do dia seguinte, ambos os reinos estavam sob seu poder. Então Pwyll partiu para seu ponto de encontro e foi para Glyn Cuch. Quando lá chegou, Arawn, rei de Annwfn, estava lá para encontrá-lo. Ambos estavam contentes em ver o outro.

"Bom", disse Arawn, "que Deus retribua por tua amizade; Eu escutei sobre ela."

"Bem", respondeu o outro, "quando retornares a tua terra, verás o que fiz por ti."

"O que tu fizeste por mim, que Deus te retribua por isso." Então Arawn devolveu a Pwyll, príncipe de Dyfed, sua forma e aparência, e ele mesmo recuperou as suas. Arawn partiu para sua corte em Annwfn e ficou feliz em ver seus homens e seu séquito, pois não os via há um ano. Eles, porém, não sentiram sua falta, e sua chegada não era nenhuma novidade. Ele passou aquele dia feliz e prazerosamente, sentado e conversando com sua esposa e seus nobres. Quando foi mais apropriado dormir do que festejar, eles assim o fizeram. Arawn foi para sua cama, e sua esposa foi até ele. A primeira coisa que ele fez foi conversar com sua esposa, se entregar a prazeres afetuosos e fazer amor com ela. Mas ela não estava acostumada com isso por um ano, e refletiu sobre isso.

"Meu Deus, por que teu humor está diferente esta noite do que tem sido durante o último ano?", indagou ela.

Ela ponderou por um bom tempo. Depois disso, ele acordou e tentou conversar, uma segunda vez e uma terceira, mas ela não respondeu.

"Por que não me respondes?", questionou ele.

"Eu te digo: porque eu não tenho falado tanto nesta cama faz um ano."

"Como pode ser?", indagou ele. "Nós sempre conversamos."

"Que vergonha a minha", disse ela. "No último ano, a partir do momento em que nos cobríamos na roupa de cama, não havia mais prazer ou conversa, nem sequer virava seu rosto para mim, deixando-me só!"

Então ele pensou: "Querido Senhor Deus, eu tinha um amigo cuja lealdade era firme e inabalável." Na sequência, disse à esposa: "Senhora, não me culpe. Por Deus, não dormi nem me deitei contigo no último ano." Com isso, ele contou a ela toda a história.

"Eu confesso a Deus", disse ela, "fez um bom negócio para que teu amigo tenha lutado contra as tentações da carne e mantido sua palavra a ti."

"Senhora", respondeu ele, "esses foram exatamente os meus pensamentos enquanto estava em silêncio agora."

"Não me admira!", exclamou ela.

Pwyll, príncipe de Dyfed, foi para seu reino e sua terra. Ele começou a questionar os nobres da terra sobre como havia sido seu senhorio durante o último ano em comparação a como era antes.

"Senhor", comentaram eles, "nunca foste tão perspicaz; nunca foste um jovem tão gentil; nunca estiveste tão pronto para distribuir tua riqueza; nunca comandaste melhor que durante este último ano."

"Por Deus", disse ele, "é certo que agradeçam ao homem que estava convosco. Esta é a história, tal como aconteceu." E Pwyll contou tudo a eles.

"Bem, senhor", responderam, "graças a Deus tiveste essa amizade. E o senhorio que tivemos este ano, seguramente não nos privará dele?"

"Por Deus, não", disse Pwyll.

Desse momento em diante, Pwyll e Arawn começaram a fortalecer sua amizade, e enviaram um ao outro cavalos, cães de caça, falcões e qualquer tesouro que eles pensaram que agradaria ao outro. Como ele passou aquele ano em Annwfn, e governado lá com tanto êxito, unido os dois reinos por meio de sua coragem e valor, o nome Pwyll, príncipe de Dyfed, caiu em desuso, e dali em diante ele foi chamado de Pwyll Pen Annwfn.[10]

Certa vez, Pwyll estava com um grande séquito em Arberth, uma de suas cortes principais, onde um banquete fora preparado para ele. Após a primeira sessão, Pwyll levantou-se para dar um passeio e dirigiu-se ao topo de um monte que ficava ao norte da corte, chamado Gorsedd[11] Arberth.

"Senhor", disse alguém da corte, "o que é estranho sobre esse monte é que qualquer nobre que sente nele não sairá de lá sem que uma entre duas coisas aconteça: ou ele será ferido, ou então verá algo maravilhoso."

"Não tenho medo de ser ferido estando entre um grupo tão numeroso como esse. Quanto a algo maravilhoso, eu ficaria feliz em ver isso. Eu sentarei no monte", declarou ele.

E assim o fez. Enquanto estavam sentados, eles puderam ver uma mulher vestindo um traje dourado e brilhante de seda brocada, montada em um cavalo grande, alto e branco,

---

[10] Ou seja, Pwyll Chefe de Annwfn. [N. T.]
[11] Gorsedd é um termo para designar uma colina ou um túmulo. Em geral, é comum que coisas sobrenaturais aconteçam em um Gorsedd. [N. T.]

vindo pelo caminho que atravessava o monte. Qualquer um que o visse pensaria que o cavalo tinha um passo lento e constante enquanto surgia junto ao monte.

"Homens", disse Pwyll, "algum de vós reconhece a cavaleira?"

"Não, senhor", responderam eles.

"Que alguém vá ao seu encontro para descobrir quem ela é", orientou ele.

Um deles se levantou, mas, quando chegou na estrada para encontrá-la, ela já tinha passado.

Ele a perseguiu o mais rápido que pôde a pé. Mas, quanto maior sua velocidade, mais ela se afastava. Quando ele viu que era inútil persegui-la, retornou para Pwyll e disse-lhe:

"Senhor, é infrutífero para qualquer pessoa no mundo persegui-la a pé."

"Muito bem", respondeu Pwyll, "vai para a corte, pega o cavalo mais rápido que tu conheces e vai atrás dela."

Então, o homem pegou o cavalo e foi embora. Chegando em uma planície aberta, esporeou o cavalo. Quanto mais o esporeava, mais ela se afastava. Mesmo que ela estivesse no mesmo ritmo de quando havia começado, seu cavalo ficou cansado; quando percebeu que o passo do cavalo estava diminuindo, ele voltou para onde Pwyll estava.

"Senhor", comentou, "é inútil para qualquer um perseguir aquela dama. Não conheço nenhum cavalo mais rápido do que este no reino, mas foi infrutífero persegui-la."

"Sim", respondeu Pwyll, "deve haver alguma explicação mágica aqui. Voltemos para a corte."

Eles retornaram para a corte e assim o dia se passou. No dia seguinte, levantaram-se e passaram o tempo até a hora de comer. Depois da primeira refeição, Pwyll disse: "Bem, aqueles entre nós que vieram ontem, que subam ao topo do monte. E tu", direcionou-se para um de seus rapazes, "traz o cavalo mais rápido que conheças no campo."

E o jovem assim o fez. Partiram para o monte, junto com o cavalo. Quando estavam prestes a se sentar, viram a dama no mesmo cavalo, usando o mesmo traje e vindo pelo mesmo caminho.

"Ali está a cavaleira de ontem", disse Pwyll. "Esteja preparado, rapaz, para descobrir quem ela é."

"Senhor, o farei com prazer", respondeu o jovem.

Com isso, a cavaleira chegou até eles. O rapaz montou então no cavalo, mas, antes que ele se acomodasse na sela, ela o havia passado, colocando uma boa distância entre eles. Seu ritmo não era diferente do dia anterior. Ele pôs seu cavalo a passo lento e pensou que, embora o animal estivesse andando devagar, conseguiria alcançá-la. Mas isso foi inútil. Soltou as rédeas do cavalo, mas não estava mais perto dela do que se estivesse a pé; e, quanto mais ele instigava seu cavalo, mais ela se afastava dele, mesmo que seu ritmo não fosse mais rápido do que antes.

Como viu ser inútil persegui-la, ele voltou e foi até onde Pwyll estava.

"Senhor", disse ele, "o cavalo não pode fazer nada melhor do que vistes."

"Percebi que é inútil persegui-la", respondeu Pwyll.

"Mas, por Deus", comentou o jovem, "ela tem uma mensagem para alguém neste local, se sua obstinação não a impedisse de entregá-la. Voltemos para a corte."

Eles retornaram para a corte e passaram aquela noite cantando e festejando, até ficarem satisfeitos. No dia seguinte, eles se entretiveram até a hora da refeição. Quando terminaram de comer, Pwyll disse: "Onde estão aqueles que estavam comigo ontem e no dia anterior no topo do monte?"

"Aqui estamos, senhor", responderam eles.

"Vamos ao monte sentar", disse ele.

"E tu", disse ele ao seu cavalariço, "sela bem meu cavalo, leva-o para a estrada e traz minhas esporas."

O cavalariço assim o fez. Eles chegaram ao monte e se sentaram. Não estavam lá por muito tempo quando avistaram a cavaleira vindo pelo mesmo caminho, da mesma maneira e no mesmo ritmo.

"Cavalariço", chamou Pwyll, "eu vejo a cavaleira. Dê-me meu cavalo."

Pwyll montou em seu cavalo e logo em seguida ela o ultrapassou. Ele foi atrás dela e deixou seu jovial e inquieto cavalo seguir em seu próprio ritmo. Ele pensou que no segundo ou terceiro salto a alcançaria, mas ele não estava mais perto dela do que antes. Ele incitou seu cavalo a ir o mais rápido possível, mas viu que era inútil persegui-la.

Então Pwyll disse: "Donzela, pelo homem que mais ama, espera por mim."

"Aguardarei com prazer", respondeu ela, "e teria sido melhor para o cavalo se tu tivesses pedido isso há um tempo!"

A donzela parou e esperou, puxou para trás a parte de seu toucado que cobria o rosto, fixou seu olhar nele, e começaram a conversar.

"Senhora", disse ele, "de onde vens e para onde vais?"

"Tratando de alguns afazeres", comentou ela, "e estou feliz em vê-lo."

"Te dou boas-vindas", disse ele.

E subitamente ele pensou que o rosto de cada donzela e de cada mulher que ele já tinha visto não eram atraentes em comparação com o rosto dela.

"Senhora", disse ele, "poderias me contar algo acerca de teus afazeres?"

"Por Deus que o farei", disse ela. "Meu principal objetivo era tentar te conhecer."

"Esse, para mim, é o melhor afazer que poderia ter", comentou Pwyll. "Poderias me dizer quem tu és?"

"Sim, senhor", disse ela. "Eu sou Rhiannon,[12] filha de Hyfaidd Hen, e devo ser dada em casamento contra minha vontade. Mas eu nunca quis nenhum homem, por causa do meu amor por ti. E eu ainda não quero, a menos que tu me rejeites. E é para descobrir tua resposta sobre o assunto que eu vim."

---

[12] O nome Rhiannon é hipoteticamente relacionado com a deusa Rigantona, cujo nome significa "Grande Rainha". No *Mabinogion* ela possui algumas características mágicas relacionadas ao seu cavalo e outros animais, como os pássaros de Rhiannon que aparecem em "O Segundo Ramo" e também em "Culhwch e Olwen". No entanto, no decorrer da narrativa ela se mostra apenas uma figura aristocrática filha de Hyfaidd, o velho (Hen). [N. T.]

"Por Deus", respondeu Pwyll, "esta é a minha resposta para ti: se eu pudesse escolher entre todas as mulheres e donzelas do mundo, eu te escolheria."

"Ótimo, se é isso que desejas, antes que eu seja entregue a outro homem, marca um encontro comigo", disse ela.

"Quanto antes melhor, no que me diz respeito", afirmou Pwyll. "Organize o encontro onde quiser."

"Sim, senhor", assentiu ela, "daqui a um ano, na corte de Hyfaidd, terei um banquete preparado, pronto para quando chegar."

"Com prazer", respondeu ele, "estarei nessa reunião."

"Senhor, adeus, e lembre-se de manter tua promessa. Eu seguirei meu caminho", concluiu Rhiannon.

Separaram-se, e ele foi para junto de seu séquito e seus homens. Quaisquer perguntas que eles fizessem sobre a donzela, ele mudava para outros assuntos. Então eles passaram o ano até o momento combinado e Pwyll se preparou com noventa e nove cavaleiros. Partiu para a corte de Hyfaidd Hen. Chegou lá e lhe deram boas-vindas. Havia uma reunião, alegria e grandes preparativos aguardando por ele, e toda a riqueza da corte estava à sua disposição. O salão foi preparado e eles foram até as mesas. E foi assim que eles se sentaram: Hyfaidd Hen em um lado de Pwyll e Rhiannon do outro; depois disso, cada um de acordo com sua categoria. Eles comeram, festejaram e conversaram. Quando começaram a festejar depois da refeição, eles viram entrar um rapaz alto, régio, de cabelos acobreados, vestindo uma roupa de seda brocada. Quando chegou ao final do corredor, cumprimentou Pwyll e seus companheiros.

"Seja bem-vindo, amigo, e venha sentar-se", disse Pwyll.

"Não", disse o rapaz, "sou um suplicante e farei meu pedido."

"Faça com prazer", respondeu Pwyll.

"Senhor", disse ele, "meu negócio é contigo, e vim pedir-te um favor."

"Tudo o que pedir a mim, desde que esteja em meu alcance, será teu", respondeu Pwyll.

"Oh!", disse Rhiannon, "por que deu tal resposta?"

"Ele deu, senhora, e na presença dos nobres", comentou o rapaz.

"Amigo", disse Pwyll, "qual é o teu pedido?"

"A mulher que mais amo, com quem dormirás esta noite. Vim para pedi-la, e aos preparativos e provisões que estão aqui."

Pwyll ficou em silêncio, pois não havia resposta que ele pudesse dar.

"Fique em silêncio pelo tempo que quiser", disse Rhiannon. "Nunca um homem foi mais lento em intelecto do que tu."

"Senhora", respondeu ele, "eu não sabia quem ele era."

"Esse é o homem a quem eles queriam me dar contra minha vontade", ela acrescentou, "Gwawl, filho de Clud, um homem poderoso e com muitos seguidores. E, já que deu tua palavra, entrega-me a ele por medo de trazer desgraça sobre ti."

"Senhora", disse ele, "não sei que tipo de resposta é essa. Nunca poderei fazer o que disseste."

"Dá-me a ele", retrucou ela, "e cuidarei para que ele nunca me possua."

"Como será isso?", indagou Pwyll.

"Vou te dar uma pequena bolsa. Guarde-a em segurança contigo. Ele está pedindo o banquete, os preparativos e as provisões, mas esses não estão em teu poder para dar. Mas darei o banquete ao séquito e aos homens", comentou ela, "e essa será tua resposta sobre o assunto. Quanto a mim, marcarei um encontro, daqui a um ano, para ele dormir comigo; e, no final do ano, tu estarás no pomar lá em cima, com noventa e nove cavaleiros, e tenhas esta bolsa contigo. Quando ele estiver no meio de seu entretenimento e farra, entre sozinho, vestindo roupas esfarrapadas e carregando a bolsa, e não peça nada além de encher a bolsa com comida", prosseguiu. "Vou providenciar para, mesmo que toda a comida e bebida dos sete *cantrefs* forem colocados nela, não ficará mais cheia do que antes. Assim, quando eles coloca-rem uma boa quantidade nela, ele perguntará: 'Será que a tua bolsa ficará cheia em algum momento?' E tu responde-rás: 'Não, a menos que um nobre extremamente poderoso se levante e comprima a comida na bolsa com ambos os pés e diga que já foi colocado o suficiente ali.' E cuidarei para que ele comprima a comida na bolsa. Quando ele vier, vire a bolsa para que ele fique de pernas para o ar; em seguida, dê um nó nos cordões da bolsa; tenha uma boa trompa de caça no pescoço e, quando ele estiver amarrado na bolsa, dê um sinal a seus cavaleiros para que eles caiam sobre a corte."

"Senhor", insistiu Gwawl, "já é hora de eu ter uma res-posta ao meu pedido."

"Tanto quanto teu pedido estiver ao meu alcance, o terá", disse Pwyll.

"Amigo", disse Rhiannon, "quanto ao banquete e aos preparativos que estão aqui, eu dei isso aos homens de Dyfed e ao séquito da comitiva e guerreiros que estão aqui. Não permitirei que sejam dados a mais ninguém. Mas, daqui a um ano, um banquete será preparado nesta corte, quando tu, amigo, dormirá comigo."

Gwawl partiu para seu reino; Pwyll retornou para Dyfed. Cada um deles passou aquele ano até a hora do banquete na corte de Hyfaidd Hen. Gwawl, filho de Clud, veio ao banquete que havia sido preparado para ele, adentrou a corte recebeu as boas-vindas. Mas Pwyll Pen Annwfn foi para o pomar, com noventa e nove cavaleiros, como Rhiannon havia ordenado, e a bolsa com ele. Pwyll vestiu trapos miseráveis e calçou gran-des botas esfarrapadas. Ao perceber que eles estavam para começar a festejar após a refeição, se encaminhou para o salão; quando chegou ao fim do corredor, cumprimentou Gwawl, filho de Clud, e sua companhia de homens e mulheres.

"Que Deus te faça prosperar", desejou Gwawl, "que sejas bem-vindo."

"Senhor", disse Pwyll, "que Deus te retribua. Eu tenho um pedido para ti."

"Teu pedido é bem-vindo", disse ele. "E se for razoável, então, de boa vontade o terá."

"É razoável, senhor", garantiu ele. "Peço apenas para repelir a fome. Este é o meu pedido, para encher esta pequena bolsa que tu vês com comida."

"É um pedido modesto, e o receberá com prazer. Traga comida para ele", disse Gwawl.

Um grande número de criados se levantou e começou a encher a bolsa. Mas não importa o que fosse colocado nela, não estava mais cheia do que antes.

"Amigo", disse Gwawl, "tua bolsa ficará cheia em algum momento?"

"Nunca, por Deus", respondeu ele, "não importa o que seja colocado nela, a menos que um nobre dotado de terras, território e autoridade se levante e comprima a comida na bolsa com os dois pés e diga: 'Já foi colocado o suficiente aqui.'"

"Meu herói!", disse Rhiannon para Gwawl, filho de Clud. "Levanta-te rápido!"

"Eu irei, com prazer", afirmou ele. Então, levantou-se e colocou os dois pés na bolsa, com isso, Pwyll virou a bolsa para que Gwawl ficasse de ponta-cabeça nela; rapidamente ele fechou a bolsa, deu um nó nas cordas e tocou sua trompa. Imediatamente o séquito desceu até a corte, prendeu todo o grupo que viera com Gwawl e amarrou cada homem separadamente. Pwyll jogou fora os trapos, as botas esfarrapadas e as roupas maltrapilhas.

Conforme cada um dos homens de Pwyll entrava, ele dava um golpe na bolsa e perguntava: "O que há aqui?"

"Um texugo", diziam os outros.

Assim é como jogavam: cada um desferia um golpe no saco com o pé ou com uma vara; e assim brincaram com a bolsa. Cada um, ao entrar, perguntaria: "Então, que jogo estão jogando?" "Texugo no Saco", diriam os outros. E essa foi a primeira vez que se jogou "Texugo no Saco".[13]

---

[13] O jogo de "Texugo no Saco" é um relato onomástico que pode ser associado com uma prática insular de colocar um saco em uma toca de texugo para capturá-lo e agredi-lo até a morte. [N. T.]

"Senhor", disse o homem dentro do saco, "se ao menos me ouve, me matar em um saco não é uma morte digna."

"Senhor", comentou Hyfaidd Hen, "o que ele diz é verdade. Tu deverias ouvi-lo; não é uma morte digna para ele."

"Eu concordo", respondeu Pwyll. "Seguirei teu conselho."

"Isto é o que eu recomendo", apontou Rhiannon. "Estás em uma posição tal que espera-se que satisfaça suplicantes e músicos. Deixa que Gwawl dê a todos de tua parte e deixa-o jurar que não reivindicará ou buscará vingança. Isso é punição suficiente para ele."

"Ele aceita isso com prazer", informou o homem de dentro do saco.

"E eu também aceito com prazer", assentiu Pwyll, "seguindo o conselho de Hyfaidd e Rhiannon."

"Esse é o nosso conselho", disseram eles.

"Então eu aceito", definiu Pwyll. "Encontre fiadores para ti."[14]

"Nós responderemos por ele", disse Hyfaidd, "até que seus homens estejam livres para fazê-lo."

Em seguida, Gwawl foi solto da bolsa, e também seus principais homens foram libertos.

"Agora peça fiadores a Gwawl", disse Hyfaidd. "Nós sabemos quem poderemos aceitar." E Hyfaidd listou os fiadores.

"Elabore suas próprias condições", propôs Gwawl.

"Estou satisfeito com as que Rhiannon estabeleceu", mencionou Pwyll.

Os fiadores atuaram de acordo com essas condições.

"Senhor", disse Gwawl, "estou machucado e recebi muitos ferimentos, preciso me banhar e, com sua permissão, partirei. E deixarei aqui nobres em meu nome para responder a tudo que possa solicitar."

"Com prazer", concordou Pwyll. "Faça como propõe."

---

[14] Segundo as leis da época, acordos desse tipo demandavam um fiador (*meicheu*), que seriam mediadores responsáveis por garantir seu cumprimento. [N. T.]

Gwawl partiu para seu reino. Em seguida, o salão foi preparado para Pwyll e seus seguidores, e também para os homens da corte. Foram sentar-se às mesas e, assim como fizeram no ano anterior, cada um sentou-se da mesma maneira naquela noite. Comeram e festejaram, e chegou a hora de dormir. Pwyll e Rhiannon foram para a câmara e passaram aquela noite com prazer e contentamento.[15] Cedo, no dia seguinte, disse Rhiannon:

"Senhor, levanta-te e começa a satisfazer os músicos, e não recusa ninguém que peça um presente hoje."

"Farei isso com prazer", respondeu Pwyll, "hoje e todos os dias, enquanto durar este banquete."

Pwyll se levantou e pediu silêncio, pedindo a todos os suplicantes e músicos que se apresentassem e dizendo que cada um ficaria satisfeito de acordo com seu desejo e capricho; e isso foi feito. O banquete prosseguiu, e ninguém foi recusado enquanto ele durou. Quando o banquete terminou, Pwyll dirigiu-se a Hyfaidd:

"Senhor, com sua permissão, partirei para Dyfed amanhã."

"Muito bem", disse Hyfaidd, "que Deus abrande teu caminho; combina uma hora e uma data para que Rhiannon o siga."

"Por Deus", respondeu Pwyll, "vamos sair daqui juntos."

"É esse o teu desejo, senhor?", indagou Hyfaidd.

"É, por Deus", afirmou Pwyll.

No dia seguinte, eles viajaram para Dyfed e foram para a corte em Arberth, onde um banquete havia sido preparado para eles. Os melhores homens e mulheres da região e do reino se reuniram diante deles, e nenhum homem ou mulher deixou Rhiannon sem ter recebido um presente notável, seja um broche, um anel ou uma pedra preciosa. E eles governaram a terra com prosperidade naquele ano e no seguinte.

---

[15] De acordo com a tradição, o casamento deveria conter algumas regras, como a existência de uma data, um banquete e sua consumação. Além disso, segundo as leis, a mulher possuía certa autonomia para se separar de seu marido caso este não correspondesse a certas características físicas esperadas. [N. T.]

Mas no terceiro ano os nobres da terra começaram a se preocupar ao ver um homem a quem amavam tanto quanto seu senhor e irmão de criação[16] sem um herdeiro, e eles o convocaram até eles. O lugar onde se encontraram foi Preseli, em Dyfed.

"Senhor", disseram eles, "sabemos que não é tão velho quanto alguns dos homens deste reino, mas tememos que não obtenha um herdeiro com a esposa que possuíste. Por causa disso, toma outra esposa com quem possa ter um herdeiro. Tu não viverás para sempre — e, embora queiras ficar como está, não permitiremos."

"Bem", respondeu Pwyll, "não estamos juntos há muito tempo e muito pode acontecer. Posterguem o assunto até o final do ano. Daqui a um ano, combinaremos um encontro e acatarei a vossa decisão."

A reunião foi marcada. Antes que todo o período tivesse transcorrido, um filho nasceu para ele em Arberth. Na noite de seu nascimento, mulheres foram trazidas para vigiar o menino e sua mãe, mas as mulheres adormeceram, assim como a mãe do menino, Rhiannon. Seis mulheres foram convocadas até a câmara e vigiaram parte da noite; porém, antes da meia-noite cada uma adormeceu e acordou com o canto do galo. Quando acordaram, olharam para onde haviam colocado o menino, mas não havia sinal dele lá.

"Oh", disse uma das mulheres, "o menino desapareceu."

"De fato", comentou outra, "nos queimar vivas ou nos matar seria uma punição muito pequena para o que ocorreu."

"Existe alguma coisa no mundo que possamos fazer?", indagou uma das mulheres.

"Sim, existe", respondeu outra. "Tenho um bom plano."

"Qual?", elas perguntaram.

---

[16] O termo irmão de criação se relaciona com a prática do *fosterage* comum na região insular e presente nas narrativas irlandesas e galesas do período, como o *Mabinogion*. Esta prática consistia em criar filhos de outras famílias ensinando, por vezes, certo ofício. Assim, era comum existir vínculos de criação como esse de importância equivalente aos vínculos de sangue. [N. T.]

"Tem uma cadela de caça aqui", disse ela, "e ela acaba de ter filhotes. Vamos matar alguns dos filhotes e manchar o rosto e as mãos de Rhiannon com o sangue, jogar os ossos ao lado dela e jurar que ela mesma assassinou o filho. E a palavra de nós seis será mais forte que a dela."

Elas concordaram com isso.

Perto do amanhecer, Rhiannon acordou e disse: "Minhas mulheres, onde está o menino?"

"Senhora", disseram elas, "não nos pergunte pelo menino. Não temos nada além de hematomas e golpes por lutar contigo; e temos certeza de que nunca vimos uma mulher lutar como o fez, pois foi infrutífero para nós lutarmos contigo. Tu mesma destruíste teu filho, então não nos pergunte por ele."

"Pobres criaturas", comentou Rhiannon, "pelo amor do Senhor Deus que tudo sabe, não digam mentiras sobre mim. Deus, que sabe tudo, sabe que é mentira. E se estão com medo, pela minha confissão a Deus, eu as protegerei."

"Deus sabe", elas responderam, "que não permitiremos que nos ocorra nenhum mal por ninguém no mundo."

"Pobres criaturas", disse ela, "não sofrerão nenhum dano se disserem a verdade."

Para tudo o que ela disse, por justiça ou piedade, ela recebeu apenas a mesma resposta das mulheres.

Então Pwyll Pen Annwfn se levantou, junto com sua companhia e séquito, e o incidente não pôde ser escondido. A notícia se espalhou por todo o reino e todos os nobres escutaram. Eles se reuniram para fazer representações a Pwyll, para pedir-lhe que se divorciasse de sua esposa por ter cometido tão terrível ultraje. Mas Pwyll deu esta resposta:

"Eles não têm motivo para me pedir o divórcio de minha esposa, a menos que ela não tenha filhos. Eu sei que ela tem um filho e não vou me divorciar dela. Se ela fez algo errado, que seja punida por isso."

Rhiannon convocou homens sábios e eruditos.

Quando lhe pareceu ser melhor aceitar sua punição do que discutir com as mulheres, ela se submeteu à pena.

A punição imposta era assim: permanecer naquela corte em Arberth por sete anos. E deveria se sentar ao lado de um bloco de montaria que ficava do lado de fora do portão e todos os dias contar toda a história para qualquer um que ela achasse que não soubesse, e se oferecer para carregar convidados e estranhos em suas costas até a corte, se eles permitissem. Mas raramente alguém se permitia ser carregado. E assim ela passou parte do ano.

Naquela época, Teyrnon Twrf Liant[17] era o senhor de Gwent Is Coed e era o melhor homem do mundo. Em sua casa havia uma égua, e em todo o seu reino nenhum garanhão ou égua era mais belo. Todo primeiro de maio ela dava à luz, mas ninguém sabia o que acontecia com seu potro. Uma noite, Teyrnon falou com sua esposa: "Minha esposa, somos descuidados, perdendo os filhotes de nossa égua todos os anos, sem ficar com um deles."

"O que podemos fazer sobre isso?", indagou ela.

"Que a vingança de Deus caia sobre mim", comentou ele, "se eu não descobrir que destino se abate sobre os potros — hoje é véspera de maio."

Mandou trazer a égua para dentro, armou-se e começou a vigília noturna. À medida que começou a escurecer, a égua deu à luz um potro grande e perfeito que ficou de pé imediatamente. Teyrnon se levantou para examinar a robustez do potro; ao fazer isso, ouviu um barulho alto e, após o barulho, uma enorme garra entrou pela janela e segurou o potro pela crina. Teyrnon desembainhou a espada e cortou o braço daquela criatura na altura do cotovelo, de modo que aquela parte do braço e o potro com ela ficassem do lado de dentro. Então ele ouviu um barulho e um grito ao mesmo tempo. Abriu a porta e saiu correndo atrás do barulho. Por conta da escuridão da noite, ele não pôde ver a causa do barulho;

---

[17] O nome Teyrnon é hipoteticamente derivado da divindade Tigernonos, cujo nome significa "O grande senhor". Seu epíteto Twrf Liant [Rugir das Águas] seria interpretado com o rio Severn em Gwent Is Coed (abaixo da mata), uma das subdivisões do reino de Gwent. [N. T.]

mas correu atrás dele e o seguiu. Lembrou-se que deixou a porta aberta e voltou. Perto da porta estava um menininho coberto em uma manta de seda brocada. Levantou o menino e viu que ele era forte para a idade.

Teyrnon trancou a porta e se dirigiu ao quarto onde estava sua esposa.

"Minha senhora", chamou ele, "estás dormindo?"

"Não, meu senhor", respondeu ela. "Eu estava dormindo, mas quando entrou eu acordei."

"Aqui está um filho para ti, se quiseres", disse ele, "algo que nunca teve."

"Senhor, o que aconteceu?", indagou ela.

"Eu vou te contar tudo", respondeu Teyrnon, e ele contou toda a história.

"Bem, senhor", disse ela, "como o menino está vestido?"

"Com um manto de seda brocada", disse ele.

"Então ele é filho de gente nobre", concluiu ela. "Senhor, seria um prazer e um deleite para mim, caso concorde, chamar mulheres de minha confiança e dizer que estive grávida."

"Concordo contigo com prazer", assentiu ele.

E assim foi feito. Eles batizaram o menino da maneira que era feita naquela época. Deram-lhe o nome de Gwri Wallt Euryn,[18] pois todos os cabelos de sua cabeça eram amarelos como ouro. O menino foi educado na corte até completar um ano de idade. Antes de completar um ano de idade, ele caminhava com firmeza e era mais robusto que um menino de três anos bem desenvolvido e bem crescido.[19] Ao segundo ano de criação, ele era tão robusto quanto um menino de seis anos. E, antes do final do quarto ano, ele estava negociando com os cavalariços para dar água aos cavalos.

---

[18] Gwri "Wallt Euryn" ("Cabelo Dourado") foi batizado "da maneira que era feita naquela época", o que demonstra ser uma marca de que se trata de um relato pré-cristão. [N. T.]

[19] O crescimento do menino é sobrenatural, uma característica comum dos heróis da literatura de língua céltica. Em algumas narrativas o herói tem seu surgimento relacionado ao de um animal com o qual mantém algum tipo de conexão. [N. T.]

"Senhor", disse sua esposa a Teyrnon, "onde está o potro que salvaste na noite em que encontraste o menino?"

"Ordenei que fosse dado aos cavalariços", respondeu ele, "e disse-lhes que cuidassem dele."

"Não seria bom, senhor, domá-lo e entregá-lo ao menino?", indagou ela. "Pois, na noite em que encontraste o menino, o potro nasceu e tu o salvaste."

"Não discordarei disso", disse Teyrnon. "Permitirei que o dês para ele."

"Senhor", respondeu ela, "que Deus te pague. Darei-o a ele."

Em seguida, o cavalo foi dado ao menino, e ela foi até os criados e cavalariços para dizer-lhes que cuidassem do animal e o domassem até que o menino pudesse cavalgá-lo, e para relatar seu progresso.

Enquanto isso, eles ouviram notícias de Rhiannon e sua punição. Por conta do que havia encontrado, Teyrnon Twrf Liant escutou as notícias e perguntava constantemente sobre o assunto, até que ouviu de muitas pessoas que visitaram a corte, reclamações crescentes sobre o desgraçamento do infortúnio de Rhiannon e sua punição. Teyrnon ponderou sobre isso e olhou atentamente para o menino. Ele percebeu que nunca tinha visto um filho e um pai tão parecidos como o menino e Pwyll Pen Annwfn. A aparência de Pwyll era conhecida por Teyrnon, pois ele havia sido um vassalo seu. Então a dor se apoderou dele por conta do quão errado era ficar com o menino sabendo que era filho de outro homem. Assim que teve a primeira chance de falar em particular com sua esposa, disse a ela que não era certo eles mante-rem o menino, nem permitir que uma nobre tão boa como Rhiannon fosse punida tão terrivelmente por isso, quando o menino era o filho de Pwyll Pen Annwfn.

A esposa de Teyrnon concordou em enviar o menino para Pwyll.

"E obteremos três coisas, senhor, como resultado disso", comentou ela. "Agradecimento e gratidão por libertar Rhiannon de sua punição; agradecimento de Pwyll por criar o menino e o ter restituído; e, em terceiro lugar, se o menino provar ser um homem cortês, ele será sempre nosso filho de criação e sempre fará o melhor por nós."

Eles concordaram com isso. No dia seguinte, Teyrnon preparou-se com dois outros cavaleiros, e o menino era o quarto, montado no cavalo que Teyrnon lhe dera. Eles seguiram até Arberth e não tardaram a chegar. Ao se aproximarem da corte, eles viram Rhiannon sentada junto ao bloco de montaria. Quando se aproximaram, ela disse:

"Meus senhores, não prossigais. Carregarei cada um de vós até a corte. Essa é a minha punição por matar meu próprio filho e o destruir."

"Minha senhora", iniciou Teyrnon, "não creio que qualquer um desses vá montado em tuas costas."

"Se alguém quiser, que o faça", disse o menino. "Eu certamente não vou."

"Deus sabe, meu amigo", comentou Teyrnon, "nós também não."

Eles seguiram para a corte e houve grande alegria com sua chegada. Um banquete estava prestes a começar na corte; o próprio Pwyll acabara de retornar de um giro por Dyfed. Eles foram para o salão e se lavaram. Pwyll deu as boas-vindas a Teyrnon e eles foram se sentar.

Assim eles se sentaram, Teyrnon entre Pwyll e Rhiannon, com os dois companheiros de Teyrnon mais adiante e o menino entre eles. Quando eles terminaram de comer, quando começava a celebração, eles conversaram. Teyrnon contou toda a história sobre a égua e o menino, e como sua esposa e ele haviam tomado o menino para si e o criado.

"Eis aqui o teu filho, minha senhora", disse Teyrnon. "E quem quer que tenha contado mentiras te prejudicou. Quando eu soube de tua dor, entristeci-me e fiquei aflito. Imagino que não há ninguém nesta companhia que não reconheça que o menino é filho de Pwyll."

"Ninguém duvida", concordaram todos.

"Por Deus", disse Rhiannon, "que alívio para minha preocupação se isso for verdade."

"Minha senhora", comentou Pendaran Dyfed, "nomeou teu filho apropriadamente de Pryderi;[20] Pryderi Penn Annwfn me parece mais apropriado."

"Asseguremo-nos que teu próprio nome não seja mais condizente", respondeu Rhiannon.

"Qual é o seu nome?", perguntou Pendaran Dyfed.

"Nós o chamamos de Gwri Wallt Euryn."

"Pryderi será seu nome", disse Pendaran Dyfed.

"Este nome é mais adequado", disse Pwyll. "Nomearemos o menino com a palavra que sua mãe proferiu quando recebeu as alegres notícias sobre ele."

E eles concordaram com isso.

"Teyrnon", disse Pwyll, "que Deus te pague por criar este menino até agora. É de todo apropriado, caso ele se torne um homem cortês, que o compense por isso."

"Senhor", respondeu Teyrnon, "em respeito à mulher que o criou, não há ninguém no mundo que esteja mais preocupada com o menino que ela. Seria de todo correto que ele se lembre do que fizemos por ele, de minha parte e da dela."

"Por Deus, enquanto eu viver, manterei tanto a ti como a teu reino, enquanto eu puder manter o meu próprio", afirmou Pwyll. "Se ele viver até a maturidade, é mais apropriado que ele o mantenha. E com teu consentimento, e dos nobres, posto que o criou até agora, darei o menino aos cuidados de Pendaran Dyfed de hoje em diante. Serão companheiros e pais adotivos dele."

"Esse é um bom conselho", assentiram todos.

Então o menino foi dado para Pendaran Dyfed, e os nobres do reino se aliaram a ele. Teyrnon Twrf Liant e seus companheiros regressaram para seu reino, repletos de amor e alegria. E ele não partiu sem que lhe fossem ofertadas as mais belas joias, os melhores cavalos e os cães mais premiados. Mas ele não quis nada.

---

[20] Aqui temos um trecho onomástico. Pryder significa "preocupação"; assim Rhiannon obtém a libertação de sua preocupação (pryder) na lenda. [N. T.]

Eles ficaram em seu próprio reino depois disso, e Pryderi, filho de Pwyll Penn Annwfn, foi criado cuidadosamente, como era esperado, até que se tornou o rapaz mais belo e o mais talentoso do reino em todas as proezas. Assim se passaram os anos, até que a vida de Pwyll Pen Annwfn chegou ao fim, e ele morreu. Pryderi reinou nos sete *cantrefs* de Dyfed prosperamente, amado por seu reino e por todos ao seu redor. Logo após, ele conquistou os três *cantrefs* de Ystrad Tywi e os quatro *cantrefs* de Ceredigion — e estes são chamados os sete *cantrefs* de Seisyllwch. Pryderi, filho de Pwyll Pen Annwfn, se ocupou com estas conquistas até que decidiu tomar uma esposa para si. A esposa que desejava era Cigfa, filha de Gwyn Glohoyw, filho de Glohoyw Walltlydan, filho de Casnar Wledig, nobres da ilha.

E assim termina este ramo do *Mabinogion*.

O Segundo Ramo do Mabinogi

Bendigeidfran,[1] filho de Llŷr, era rei coroado desta ilha e investido com a coroa de Londres. Em uma tarde ele se encontrava em Harlech, Ardudwy, uma de suas cortes. Estava sentado sobre a pedra de Harlech, sobre o mar, com seu irmão Manawydan, filho de Llŷr,[2] e dois de seus irmãos por parte de mãe, Nysien e Efnysien, cercado de nobres, como era apropriado para um rei. Seus dois irmãos por parte de mãe eram os filhos de Euroswydd com sua mãe Penarddun, filha de Beli, filho de Mynogan. Um deles era um bom rapaz, que podia trazer paz entre dois exércitos quando estes estivessem mais coléricos.

---

[1] O nome "Bendigeid + Brân" significa algo como Corvo Sagrado, e seus muitos dotes sobrenaturais podem relacioná-lo com uma divindade transformada em figura histórica pelos narradores. [N. T.]

[2] Este é o personagem central do terceiro ramo e seu nome encontra paralelo com o deus dos mares do ciclo mitológico irlandês, Manannán mac Lir. No entanto, a versão galesa dessa figura não possui atributos mágicos. [N. T.]

Este era Nysien. O outro podia causar uma luta até mesmo entre os dois dos mais queridos irmãos.

Enquanto estavam sentados lá, eles viram treze barcos vindo do sul da Irlanda, os quais se dirigiam até eles velozmente e com facilidade, com o vento atrás, se aproximando com grande velocidade.

"Eu posso ver os barcos ali, vindo audaciosamente até a costa", disse o rei. "Diga aos homens da corte para colocar suas armaduras e verem quais são as suas intenções."

Os homens se armaram e foram encontrá-los. Assim que viram os barcos de perto, tiveram a certeza de que nunca haviam visto barcos em melhor condição que aqueles, com seus belos, bem decorados e refinados estandartes em seda brocada.

Subitamente um dos barcos ultrapassou os outros, e eles viram um escudo ser levantado sobre o convés com a ponta erguida para cima em sinal de paz. Os homens se aproximaram deles e iniciaram uma conversação. Os outros saíram de seus barcos e aproximaram-se da costa saudando o rei, que podia escutá-los de onde estava, da pedra alta acima de suas cabeças.

"Que Deus vos dê prosperidade", desejou ele. "Bem-vindos. De quem são esses barcos e quem é o teu chefe?"

"Senhor", disseram eles, "eis Matholwch, rei da Irlanda, é a ele que pertencem estes barcos."

"O que ele deseja?", perguntou o rei. "Ele deseja aportar?"

"Não, senhor", responderam eles, "a menos que sua solicitação seja aceita. Ele tem uma proposta para ti."

"Que proposta ele tem?", perguntou o rei.

"Ele deseja unir vossas duas famílias, senhor", disseram eles. "Ele veio pedir a mão de Branwen,[3] filha de Llŷr, e, se de comum acordo, ele deseja unir a Ilha dos

---

[3] O nome Branwen, por vezes Bronwen, significa "peito branco", um atributo feminino comum (como também aparece em Culhwch e Olwen). [N. T.]

Poderosos[4] com a Irlanda para que juntas possam se tornar mais fortes."

"Muito bem", assentiu o rei, "que ele então aporte para que nós possamos nos aconselhar sobre o assunto."

A resposta foi levada a Matholwch.

"Eu irei com prazer", disse ele. Ele aportou e foi bem recebido. Uma grande multidão esteve na corte naquela noite, entre o séquito de Matholwch e os membros da corte local.

A primeira coisa feita no dia seguinte foi tomar conselho. Eles decidiram então entregar Branwen a Matholwch. Ela era uma das Três Principais Donzelas da Ilha,[5] a moça mais bela do mundo. Combinaram uma data para Matholwch dormir com ela em Aberffraw[6] e assim partiram de Harlech. Eles todos seguiram para Aberffraw, Matholwch e seu séquito em seus barcos, Bendigeidfran e seu próprio séquito por terra. Ali um banquete teve início e eles se sentaram. Assim é como fizeram: o rei da Ilha dos Poderosos com Manawydan, filho de Llŷr, de um lado e do outro Branwen, filha de Llŷr, junto de Matholwch. Eles não estavam em uma casa, mas em tendas, pois Bendigeidfran nunca poderia caber em uma casa.

Começaram a celebração e continuaram os festejos e conversas. Quando eles perceberam que era melhor dormir que continuar a festejar, eles foram dormir. Naquela noite Matholwch dormiu com Branwen. No dia seguinte, todos na corte se levantaram, e os oficiais começaram a discutir sobre o alojamento dos cavalos e cavalariços, albergando-os em cada região próxima do mar. Então um dia, Efnysien, o irascível homem do qual falamos anteriormente, passou, por um acaso, pelos alojamentos dos cavalos de Matholwch e perguntou de quem eram aqueles animais.

---

[4] Ynys Y kedeirn, ou seja, a Grã-Bretanha. [N. T.]
[5] Aqui temos uma tríade. O *Mabinogion* usa muito desse recurso mnemônico não apenas para lembrar, mas também para enfatizar a relevância de determinada característica para a história. [N. T.]
[6] A principal corte dos príncipes de Gwynedd, localizada em Anglesey (Môn). [N. T.]

"Esses são os cavalos de Matholwch, rei da Irlanda", disseram.

"O que eles fazem aqui?", perguntou Efnysien.

"O rei da Irlanda está aqui. Ele dormiu com Branwen, sua irmã, e esses são os seus cavalos."

"É isso que eles fizeram com donzela tão bela, minha própria irmã, dada sem minha permissão? Eles não poderiam ter me insultado mais", comentou ele.

Ele foi até os cavalos e cortou seus lábios até os dentes, suas orelhas até suas cabeças e suas crinas até o dorso. E até onde ele podia segurar as pálpebras, as cortou até o osso. Assim, ele mutilou os cavalos, de tal maneira que eles não tinham mais qualquer utilidade.

As notícias chegaram em Matholwch:

"Bem, senhor", disse um, "fostes insultado e isto foi feito propositalmente."

"Deus sabe, pois acho estranho que eles tenham tentado me insultar ao passo que me concederam tão bela donzela, de posição tão elevada e tão amada por sua família."

"Senhor", comentou outro, "é perfeitamente evidente. Não há nada que possa fazer além de retornar para os barcos." Então Matholwch rumou para seus barcos.

As notícias chegaram em Bendigeidfran, de que Matholwch estava deixando a corte sem pedir e sem permissão. Mensageiros foram enviados para perguntá-lo por que eles estavam de partida. Os mensageiros eram Iddig, filho de Anarog, e Hyfaidd Hir. Estes homens o alcançaram e o perguntaram qual era sua intenção e por qual motivo ele estava de partida.

"Deus sabe", disse ele. "Se eu soubesse eu não teria vindo até aqui."

"Eu fui totalmente insultado. Ninguém se envolveu em expedição tão terrível quanto esta. Algo inexplicável aconteceu comigo."

"O que foi?", perguntaram.

"Me foi dada Branwen, filha de Llŷr, uma das Três Principais Donzelas da Ilha, filha de um rei da Ilha dos

Poderosos, dormi com ela e, logo após, fui insultado. O que considero inexplicável é que o insulto não foi feito antes de que tão excepcional donzela fosse dada a mim."

"Deus sabe, senhor, que este insulto não foi feito com a aprovação de quem realmente manda na corte", disseram eles, "nem de alguém de seu conselho e, embora considere isto uma desgraça, esse insulto e decepção é pior para Bendigeidfran."

"Sim", respondeu ele, "é possível. Mas Bendigeidfran ainda não pode desfazer o insulto apenas por isso."

Os homens retornaram com a resposta para Bendigeidfran e contaram o que disse Matholwch.

"Bem", comentou Bendigeidfran, "não é bom que ele se vá irritado e nós não podemos permitir isso."

"Concordamos, senhor", disseram eles. "Mande mensageiros atrás dele outra vez."

"Eu enviarei", comentou. "Levantem-se, Manawydan, filho de Llŷr, Hyfaidd Hir e Unig Glew Ysgwydd. Vão atrás dele", disse ele, "e digam a ele que receberá um cavalo sadio para cada um que foi mutilado, e além disso, ele receberá como compensação[7] por sua honra uma vara de prata tão grossa quando seu dedo mindinho e tão grande quanto ele próprio e um prato de ouro tão largo quanto seu rosto. E diga a ele que tipo de homem fez isso e como isso foi feito contra minha vontade; que um irmão por parte de mãe fez isso e que não é fácil para mim matá-lo ou aniquilá-lo. Que Matholwch venha e me veja", ele disse, "e eu farei a paz com qualquer termo que ele deseje."

Os mensageiros foram atrás de Matholwch, repetiram as palavras de maneira amigável e ele os escutou.

---

[7] A compensação por sua honra (gwynepwerth) era algo que deveria ser pago por algum insulto ou ofensa para assim impedir maiores derramamentos de sangue. De acordo com as leis galesas, o valor de honra que o rei de Aberffraw consistia em "algumas vacas para cada território, uma vara de ouro tão alta quanto ele e tão grossa quanto seu dedo mindinho e um prato de ouro tão largo quanto seu rosto e tão grosso quanto a unha de um agricultor que tivesse trabalhado por sete anos. [N. T.]

"Homens", ele disse, "nós tomaremos conselho."

Foi a conselho e eles decidiram que se eles recusassem a oferta, era mais provável que recebessem mais humilhação que compensação. Então Matholwch mudou de ideia e aceitou. Eles foram até a corte em paz. As tendas e pavilhões foram dispostos como se fossem salões e foram comer. E da mesma maneira como sentaram no início do banquete, assim eles sentaram agora.

Bendigeidfran e Matholwch começaram a conversar. Mas pareceu a Bendigeidfran que a conversa de Matholwch era tediosa e triste enquanto antes sempre fora animada. Pensou que o rei estaria desanimado por conta do tamanho diminuto da compensação que ele recebeu pelo insulto sofrido.

"Senhor", disse Bendigeidfran, "tua conversa não está tão animada quanto na outra noite. Se for porque sente que tua compensação foi muito pequena, eu adicionarei o que mais desejar e amanhã entregarei teus cavalos."

"Senhor", disse ele, "que Deus te pague."

"Eu incrementarei tua compensação", Bendigeidfran respondeu. "Eu te darei um caldeirão[8] cuja peculiaridade é que se depositares dentro dele um de teus homens mortos no dia de hoje, amanhã ele estará tão bom quanto como sempre esteve, com exceção que ele não será capaz de falar."

Matholwch o agradeceu por isso e ficou muito contente por conta do caldeirão. No dia seguinte os cavalos foram entregues a ele tanto quanto haviam cavalos domesticados para dar. De lá Matholwch foi levado para outro domínio[9] e potros foram entregues a ele até que seu pagamento estivesse quitado. Por essa razão, este domínio foi chamado de Telebolyon[10] dali em diante.

---

[8] O caldeirão ocupa um papel significativo nas narrativas galesas e irlandesas, muitas vezes como símbolo de abundância e vida. [N. T.]

[9] O termo aqui traduzido por domínio é originalmente escrito como um "commot/cymwd", que era uma unidade menor que um *cantref*, mas que possuía sua própria autonomia jurídica. [N. T.]

[10] Telebolyon é um domínio em Anglesey. Aqui temos a união de "Tal" (pagamento) e "ebolyon" (potros), ou seja, "Pagamento dos Potros". [N. T.]

Na segunda noite, eles sentaram juntos.

"Senhor", disse Matholwch, "onde conseguiu o caldeirão que me deu?"

"Eu o consegui com um homem que esteve em teu país", respondeu Bendigeidfran. "E pelo que sei, foi lá que ele o encontrou."

"Quem era ele?", perguntou.

"Llasar Llaes Gyfnewid", respondeu Bendigeidfran. "Ele veio até aqui da Irlanda, com Cymidei Cymeinfoll, sua esposa. Eles escaparam da casa de ferro na Irlanda, quando esta ficou incandescente ao redor deles. Fico surpreso em saber que nada sabe sobre isso."

"Eu sei, senhor", comentou ele. "E eu te contarei tanto quanto sei. Certo dia, eu estava caçando na Irlanda sobre o topo do monte acima do lago chamado Lago do Caldeirão, quando vi um homem grande com cabelo ruivo vindo do lago com um caldeirão em suas costas. Ele era enorme, um homem monstruoso, com uma maldade horrível em si; uma mulher o seguia. E se ele era enorme, a mulher era o dobro de seu tamanho. Eles vieram até mim e me saudaram. 'Bem', eu disse, 'como vão as coisas contigo?' 'Estão assim, senhor', respondeu o homem. 'Esta mulher vai conceber em um espaço de um mês e uma quinzena, e o menino que nascerá desta gravidez será totalmente armado como guerreiro no espaço de um mês e uma quinzena.' Eu os levei e os mantive. Por um ano eles ficaram comigo.

"Durante este ano ninguém se ressentiu deles, mas depois disso as pessoas começaram a se aborrecer. E antes do término do quarto mês do segundo ano, eles estavam causando ódio nas pessoas, ao saqueá-los por todo território, insultando, ameaçando e atormentando homens e mulheres nobres. A partir desse momento, meu povo se levantou contra mim e me indagou sobre me livrar deles, colocando-me uma escolha, meu reino ou eles. Eu deixei esse assunto para o conselho de meu reino decidir o que deveria ser feito. Eles não sairiam por conta própria, tampouco deveriam sair dali contra sua vontade por conta de sua habilidade em lutar.

"Então, com este dilema, foi decidido construir um aposento feito completamente de ferro. Quando o aposento estava preparado, todos os ferreiros da Irlanda e todos aqueles que possuíam tenazes e martelos foram convocados. Carvão foi empilhado no topo do aposento e foi preparado para a mulher, seu marido e seus filhos uma grande quantidade de comida e bebida. Quando ficou claro que eles estavam embriagados, os ferreiros começaram a colocar fogo ao redor do aposento, soprando os foles que foram colocadas ao redor da casa, cada homem com duas foles, assoprando até que a casa estava com seu entorno incandescente. A família, então, se reuniu em conselho no centro do aposento, o marido esperando até que o ferro da parede estivesse branco. E por conta do grande calor, ele se jogou contra a parede com seu ombro, escapando por ali com sua mulher em seguida. E apenas ele e sua mulher escaparam. Depois disso, senhor", comentou Matholwch com Bendigeidfran, "presumo que ele veio a ti."

"Ele veio de fato", disse Bendigeidfran, "e me deu o caldeirão."

"Que tipo de boas-vindas tu os deste, senhor?"

"Eu os dispersei por todas as partes de minha terra. Eles são inúmeros e prosperam em todos os cantos, fortalecendo todos os lugares que se encontram com os melhores homens e armas já vistos."

Naquela noite eles continuaram a conversar, cantar e festejar por tanto tempo quanto desejaram. Quando eles perceberam que era melhor dormir do que ficar sentados, eles foram dormir. E assim aproveitaram o banquete. Ao final, Matholwch partiu com Branwen rumo à Irlanda. Eles partiram de Abermenai com seus treze barcos e chegaram à Irlanda.

Na Irlanda eles receberam enorme boas-vindas. Não houve homem de posição ou mulher nobre da Irlanda que, ao visitar Branwen, não recebeu broche, anel ou joia real valiosa, e era impressionante ver esses objetos saindo da corte. Além disso, ela ganhou renome naquele ano, prosperando com honra e amigos. Enquanto isso ocorria, ela engravidou e, quando o tempo apropriado se passou, deu à luz um menino. Eles o nomearam Gwern, filho de Matholwch. O menino foi entregue para ser criado no melhor lugar para homens da Irlanda.

Então, no segundo ano, um falatório de insatisfação ocorreu na Irlanda por conta do insulto que Matholwch recebeu em Gales e a desgraça sofrida com relação a seus cavalos. Seus irmãos de criação e os homens mais próximos o instigaram sobre o assunto abertamente. Houve um enorme tumulto na Irlanda que deu paz para Matholwch até que se vingasse do insulto. Eles levaram Branwen dos aposentos de seu marido e a obrigaram a cozinhar para a corte. E fizeram com que o açougueiro viesse todos os dias depois de ela ter cortado a carne para dar uma bofetada em sua orelha.[11] E assim foi como ela foi castigada.

"Agora, senhor", disseram seus homens para Matholwch, "proíba os barcos, botes e coracles, pois assim ninguém poderá ir até Gales. E qualquer um que chegar aqui vindo de Gales, os prenda e não os permita retornar em caso deles descobrirem o que está acontecendo." Todos concordaram com isso.

E assim continuaram por não menos que três anos. Enquanto isso, Branwen criou um estorninho na borda de sua artesã e o ensinou a falar, contando ao pássaro que tipo de homem seu irmão era. Ela escreveu uma carta dizendo de seu castigo e desonra que foi amarrada na base das asas do pássaro e enviada até Gales. O pássaro chegou até a ilha e encontrou Bendigeidfran em Caer Saint em Arfon, onde ele estava em conselho um dia. O pássaro pousou em seu ombro e eriçou suas penas até que a carta foi vista, fazendo Bendigeidfran perceber que o pássaro era domesticado. Ele, então, examinou a carta e, quando a leu, Bendigeidfran se entristeceu por saber como Branwen estava sendo castigada,

---

[11] De acordo com as leis galesas sobre a corte, dar uma bofetada em uma rainha era uma das três maiores ofensas que poderia ser feita. Essas ofensas eram consideradas legalmente um *sarhaed* e deveriam receber compensações. [N. T.]

e aqui e acolá enviou mensageiros para convocar toda a ilha. Ele, então, estava com um contingente de cento e cinquenta e quatro regiões com ele, e o próprio Bendigeidfran denunciou o castigo que sofria sua irmã. Então, eles tomaram conselho e concordaram em zarpar para a Irlanda, deixando para trás sete homens como chefes, com sete cavaleiros e Caradog, filho de Brân, no comando. Estes homens foram deixados em Edeirnion; por conta disso que a região foi chamada de Saith Marchog.[12] Os sete homens eram Caradog,[13] filho de Brân, Hyfaidd Hir, Unig Glew Ysgwydd, Iddig, filho de Anarog, Ffodor, filho de Erfyll, Wlch Minasgwrn, Llashar, filho de Llasar Llaesgyngwyd, e Pendaran Dyfed, que nesta época era um jovem rapaz. Estes sete foram deixados para servir como senescais[14] para cuidar da ilha, e Caradog, filho de Brân, era o chefe deles.

Bendigeidfran e o exército que mencionamos zarpou para a Irlanda, e como não era profundo o mar neste lugar, Bendigeidfran o atravessou caminhando. Existiam apenas dois rios, chamados de Lli e Archan, mas logo o mar se expandiu e cobriu os reinos. Bendigeidfran caminhou com todos os instrumentos de corda em suas costas e seguiu até a costa da Irlanda.

Os porqueiros de Matholwch estavam no litoral, ocupados com seus porcos. E, por conta do que viram no mar, eles foram até Matholwch.

"Senhor, saudações", disseram os porqueiros.

"Que Deus vos dê prosperidade", respondeu ele. "Trazeis alguma novidade?"

"Senhor, nós temos notícias extraordinárias. Nós avistamos uma floresta sobre o mar, em um lugar onde nunca vimos uma árvore antes."

---

[12] Ou seja, a "Colina dos sete cavaleiros" que fica localizada na região de Powys em Gales. [N. T.]

[13] Apesar de listado, Caradog, filho de Brân, não entra na conta, pois é o chefe. [N. T.]

[14] O cargo de senescal era listado nas leis galesas sobre a corte como um dos cargos de importância que uma corte necessariamente deveria ter. [N. T.]

"Que estranho", disse Matholwch. "Víreis algo além disso?"

"Sim, senhor", eles disseram, "nós vimos uma enorme montanha em movimento junto da floresta. E havia um cume muito elevado sobre a montanha, com um lago em cada lado do cume. E a floresta, a montanha e todo o resto estava em movimento."

"Bem", comentou Matholwch, "não existe ninguém aqui que possa saber algo sobre isso, a menos que Branwen saiba de algo. Vá e pergunte a ela."

Mensageiros foram até Branwen.

"Senhora", disseram eles, "o que acha disso?"

"Embora eu não seja uma 'senhora'", ela disse, "eu sei o que é isso. Os homens da Ilha dos Poderosos estão chegando, sabendo de meu castigo e desonra."

"O que é esta floresta que eles avistaram sobre o mar?", perguntaram eles.

"Os mastros dos barcos com suas vergas", disse Branwen.

"Oh! E o que é a montanha que se vê junto dos barcos?", eles indagaram.

"Meu irmão Bendigeidfran, atravessando o mar caminhando", respondeu ela. "Não existe barco grande o suficiente para ele."

"E o que eram o elevado cume e o lagos em cada um dos lados?"

"Ele mesmo, olhando furioso para esta ilha. Os dois lagos ao redor do cume são seus dois olhos em cada lado do nariz."

Então eles reuniram rapidamente todos os homens da Irlanda e das regiões costeiras que podiam lutar e tomaram conselho.

"Senhor", disseram seus homens para Matholwch, "não há o que se fazer além de se retirar para além do Llinon[15] (um rio na Irlanda) e deixá-lo entre eles e nós, destruindo

---

[15] Um rio na Irlanda. [N. T.]

a ponte que atravessa o rio. Existem pedras magnéticas em seu leito, e barcos nem botes podem cruzá-lo."

Eles então recuaram através do rio e destruíram a ponte. Bendigeidfran desembarcou com sua frota e se aproximou da ribanceira.

"Senhor", disseram seus nobres, "tu sabes a peculiaridade deste rio: ninguém pode navegar por ele e nem há uma ponte." "O que devemos fazer sobre a ponte?", eles disseram.

"Nada", respondeu Bendigeidfran, "exceto que aquele que é o líder que seja uma ponte." "Eu mesmo serei a ponte", ele disse.

Esta foi a primeira vez que este dito foi pronunciado, e ainda é usado como provérbio.

Então, depois que Bendigeidfran se deitou sobre o rio, barreiras foram colocadas sobre ele e suas hostes cruzaram até o outro lado. Logo após se levantar, os mensageiros de Matholwch se aproximaram dele e o saudaram. Falavam em nome de Matholwch, seu parente, e o informaram que desejava nada além do bem para Bendigeidfran.

"E Matholwch passará o reinado da Irlanda para Gwern, filho de Matholwch, seu sobrinho, filho de sua irmã, e o investirá em sua presença para compensar a injustiça e a ofensa feita a Branwen. Faz os preparativos para Matholwch onde desejar, seja aqui ou na Ilha dos Poderosos."

"Bem", disse Bendigeidfran, "se eu mesmo não posso ter o reinado, talvez tome conselho sobre sua mensagem. Mas até surgir melhores termos, nenhuma resposta conseguirás de mim."

"Muito bem", assentiram eles. "Nós te traremos a melhor resposta que conseguirmos. Espera nossa mensagem."

"Eu esperarei se retornarem rapidamente", disse ele.

Os mensageiros se foram e voltaram para Matholwch.

"Senhor", disseram eles. "Prepara uma melhor resposta para Bendigeidfran. Ele não deu ouvidos à resposta que levamos para ele."

"Meus homens", disse Matholwch, "qual é seu conselho?"

"Senhor", eles disseram, "Somente uma coisa pode ser feita. Ele nunca foi capaz de caber dentro de uma casa", eles disseram. "Constrói uma casa em sua honra, de modo que haja espaço para ele e os homens da Ilha dos Poderosos em um lado da casa e para o senhor e tua hoste do outro. Coloca o teu reinado a sua disposição e presta homenagem a ele. E pela honra de o ter construído uma casa, pois ele nunca teve uma que o coubesse, ele fará as pazes contigo."

Os mensageiros levaram a oferta para Bendigeidfran e ele tomou conselho. O que decidiram foi aceitar a proposta por conta da recomendação de Branwen, pois ela temia que o país fosse devastado.

Os termos da paz foram estabelecidos e a casa foi construída, larga e espaçosa. Mas os irlandeses tinham um plano ardiloso. Eles colocaram uma estaca em cada um dos lados de cada uma das centenas de colunas da casa, e penduraram um saco de couro em cada estaca com um homem armado em cada uma delas. Efnysien entrou na casa à frente da hoste da Ilha dos Poderosos e deu uma olhadela feroz e implacável pela casa. E percebeu os sacos de couro nos pilares.

"O que são esses sacos?", perguntou para um dos irlandeses.

"Farinha, amigo", respondeu ele.

Efnysien cutucou o saco até encontrar a cabeça do homem e a espremeu até que pêde sentir seus dedos afundarem até o cérebro através do osso. Ele se afastou desse e colocou sua mão sobre outro saco e perguntou: "O que nós temos aqui?"

"Farinha, amigo", disse o irlandês.

Efnysien praticou do mesmo truque em cada um deles, de tal maneira que não sobrou homem vivo entre os duzentos, com exceção de um apenas. E ele chegou até este último e perguntou: "O que nós temos aqui?"

"Farinha, amigo", disse o irlandês.

Efnysien cutucou o saco até encontrar a cabeça do homem, e da mesma maneira que ele espremeu as cabeças dos demais, ele espremeu essa. Podia sentir a armadura sobre essa. Não o soltou até o matar, e então cantou um *englyn*:[16]

> *Existe neste saco um tipo de farinha diferente,*
> *Campeões, combatentes, beligerantes em batalha*
> *Contra guerreiros preparados para a luta iminente.*

Então as hostes entraram na casa. Os homens da Ilha da Irlanda entraram na casa em um lado e o os homens da Ilha dos Poderosos do outro. Tão logo eles se sentaram houve reconciliação entre eles, e o menino foi investido com o reinado. Então quando a paz foi feita, Bendigeidfran chamou o menino até ele. O menino foi de Bendigeidfran até Manawydan e todos que o viam o amavam. Depois de Manawydan, Nysien, filho de Euroswydd, o chamou. E o menino foi afavelmente.

"Por que meu sobrinho, filho de minha irmã, não veio até mim?", indagou Efnysien. "Mesmo que ele não fosse rei da Irlanda, eu gostaria de demonstrar meu afeto para com o menino."

"Que ele vá de boa vontade", respondeu Bendigeidfran. E o menino foi até ele alegremente.

"Confesso perante a Deus", disse Efnysien para si, "que a transgressão que cometerei agora é uma que a parentela jamais esperará." E ele se levanta, pega o menino pelos pés, e imediatamente, antes que alguém na casa possa alcançá-lo, joga o menino de cabeça no fogo ardente. Quando Branwen vê seu filho queimando no fogo ela tenta se jogar no fogo de onde ela estava sentada entre seus dois irmãos. Mas Bendigeidfran a segura com uma das mãos e empunha um escudo com a outra. Então todos na casa se levantaram. E esse foi o maior tumulto já feito por um grupo em uma casa, enquanto cada um deles buscava suas armas. Então Morddwyd Tyllion disse:

---

[16] Um *englyn* é uma forma tradicional de poesia galesa, composta por três versos com rimas ao final de cada um deles e, por vezes, rimas aliterativas também. [N. T.]

"Cães de Gwern, tenham cuidado com Morddwyd Tyllion."

E enquanto todos buscavam suas armas, Bendigeidfran mantinha Branwen entre seu escudo e seu ombro.

Os irlandeses começaram a acender o fogo embaixo do Caldeirão do Renascimento. Jogaram os cadáveres dentro do caldeirão até que este estivesse cheio e eles poderiam se levantar na manhã seguinte lutando tão bem quanto antes exceto que não poderiam falar. Quando Efnysien viu os cadáveres e também que não havia lugar para os homens da Ilha dos Poderosos, ele disse para si: "Oh Deus, ai de mim que causei essa pilha de mortos da Ilha dos Poderosos, que vergonha sinto por não poder salvá-los."

E se esgueirou entre os corpos dos irlandeses. Neste momento, dois irlandeses desnudos vêm até ele e o jogam dentro do caldeirão como se ele fosse um irlandês. Ele, por sua vez, se estica então dentro do caldeirão de tal maneira que o caldeirão se despedaça em quatro partes, bem como seu próprio coração. Por conta disso a vitória foi para os homens da Ilha dos Poderosos. Não houve realmente vitória, salvo sete homens que escaparam, e Bendigeidfran foi ferido no pé com uma lança envenenada.

Os sete homens que escaparam eram Pryderi, Manawydan, Glifiau, filho de Taran, Taliesin, Ynog, Gruddieu, filho de Muriel, e Heilyn, filho de Gwyn Hen. Então Bendigeidfran ordenou que sua cabeça fosse cortada.

"Pegueis minha cabeça", ele disse, "e a levais até Gwynfryn em Londres e a enterreis com a face voltada para a França. E muito tempo se passará. Fareis banquetes em Harlech por sete anos, com os pássaros de Rhiannon cantando para vós. E encontrareis tão boa companhia na cabeça quanto sempre foi quando ela estava em mim. Em Gwales, em Penfro, ficareis por oitenta anos. E enquanto não abrirdes a porta que dá para Aber Henfelen, de frente para Cornualha, podereis permanecer lá, e a cabeça não apodrecerá. Mas, uma vez que abrais a porta, não podereis mais ficar. Rumais até Londres para enterrar a cabeça. E agora partais através do mar."

Então sua cabeça foi cortada[17] e estes sete homens zarparam pelo mar com a cabeça, sendo Branwen como a oitava entre eles. Desembarcaram em Aber Alaw, em Talebolyon. Ali se sentaram e descansaram. Branwen, então, olhou para o que conseguia ver das ilhas da Irlanda e da Ilha dos Poderosos.

"Oh, filho de Deus", disse ela, "ai de mim por ter nascido. Duas boas ilhas assoladas por minha causa!" Ela deu um grande suspiro e com isso seu coração se partiu.

Eles fizeram um túmulo quadrado para ela e a enterraram lá, às margens de Alaw.

Então, os sete homens seguiram até Harlech carregando a cabeça. Enquanto eles caminhavam, encontraram uma companhia de homens e mulheres.

"Possuem alguma notícia?", perguntou Manawydan.

"Não", disseram eles, "exceto que Caswallon, filho de Beli, conquistou a Ilha dos Poderosos e foi coroado rei em Londres!"

"O que aconteceu com Caradog, filho de Brân, e os sete homens que foram deixados com ele nesta Ilha?"

"Caswallon os atacou e seis homens foram mortos. O coração de Caradog se partiu de tamanho pesar por ver a espada matar seus homens sem saber o que os matou. Caswallon colocou um manto mágico de tal maneira que ninguém o poderia ver matando os homens; eles só conseguiam ver a espada. Caswallon não queria matar Caradog, pois era seu sobrinho, filho de seu primo. (E ele foi uma das Três Pessoas que tiveram seus corações partidos por tristeza.)[18] Pendaran Dyfed, que era o jovem rapaz entre os sete homens escapou para a floresta", disseram eles.

Então eles foram para Harlech, sentaram e se serviram de muita comida e bebida. Justo quando eles começaram a

---

[17] Segundo relatos gregos e romanos, bem como alguns achados arqueológicos, as antigas sociedades célticas possuíam um culto guerreiro para com cabeças cortadas de adversários. [N. T.]

[18] As outras pessoas seriam a própria Branwen já citada e também Ffaraon Dandde, personagem mencionada no conto "Lludd e Llefelys". [N. T.]

comer e beber, três pássaros apareceram e começaram a cantar uma canção para eles, e todas as canções que eles já escutaram antes eram grosseiras se comparadas a essa.

Eles tiveram de forçar a visão sobre o mar para captar um vislumbre dos pássaros, contudo, o canto deles era tão claro como se os pássaros estivessem junto deles. E assim, eles se banquetearam por sete anos.

Ao final dos sete anos eles partiram para Gwales, em Penfro. Lá existia uma agradável residência real para eles, sobre o mar e com um enorme salão para onde se dirigiram. Eles podiam ver duas portas abertas, uma terceira porta, que estava na direção da Cornualha, fechada.

"Vejam ali", disse Manawydan, "a porta que nós não devemos abrir."

Naquela noite eles lá ficaram satisfeitos e contentes. E de todas as tristezas que eles viram e sofreram, eles de nada lembraram, nem de nenhuma penúria do mundo.

E assim eles passaram oitenta anos, como se nunca recordassem de ter passado um tempo mais prazeroso e alegre. Não era mais desagradável do que quando eles chegaram pela primeira vez, nem ninguém poderia notar que o tempo havia passado ao olhar entre si. Ter a cabeça ali não era mais desagradável do que quando Bendigeidfran esteve vivo entre eles. Por conta dos oitenta anos, esse lugar se chamou A Assembleia da Nobre Cabeça. (A Assembleia de Branwen e Matholwch foi aquela que foi para a Irlanda.)

Certo dia, Heilyn, filho de Gwyn, disse: "Pelas minhas barbas,[19] que vergonha terei, a menos que eu abra a porta para descobrir se aquilo que eles dizem sobre ela é verdade."

Ele abriu a porta e olhou para Cornualha e para Aber Henfelen. E quando ele olhou, todas as perdas que eles sofreram, todos os companheiros e entes queridos que

---

[19] A barba era um símbolo de orgulho masculino; de acordo com as leis galesas sobre as mulheres, desejar que a vergonha caia sobre a barba de um marido requeria compensação para com o marido, visto que isso insultava diretamente sua virilidade. [N. T.]

perderam, e todo o mal que os havia sucedido estavam tão claros quanto eles os tivessem encontrado naquele mesmo lugar. Principalmente o que aconteceu ao seu senhor. Daquele momento em diante eles não poderiam mais descansar até seguir para Londres com a cabeça. E, embora a estrada fosse longa, eles chegaram finalmente em Londres e enterraram a cabeça em Gwynfryn. E este enterramento foi uma das Três Ocultações Afortunadas e uma das Três Revelações Desafortunadas[20] quando desenterrada, pois nenhuma opressão poderia atravessar o mar até a ilha enquanto a cabeça estivesse em seu lugar oculto. E é assim como a História conta, uma aventura chamada "Os Homens que zarparam da Irlanda".

Na Irlanda ninguém foi deixado vivo, com exceção de cinco mulheres grávidas em uma caverna no ermo irlandês. Estas cinco mulheres deram à luz ao mesmo tempo para cinco filhos. Elas criaram estes cinco filhos até que eles fossem grandes rapazes e seus pensamentos passaram a se voltar para mulheres e as desejassem. Então cada rapaz dormiu com a mãe do outro e viveram e governaram naquele lugar, e o dividiram entre os cinco. As cinco províncias da Irlanda ainda refletem esta divisão. E eles procuraram os lugares onde as batalhas ocorreram e encontraram ouro e prata até se tornarem ricos.

E assim termina este ramo do *Mabinogi* que trata do golpe em Branwen que foi um dos Três Golpes Desafortunados da Ilha. Sobre a Assembleia de Brân, quando o exército de cento e cinquenta quatro regiões foram para Irlanda vingar o golpe em Branwen. Sobre o Banquete de sete anos em Harlech, o cantar dos pássaros de Rhiannon e a Assembleia da Cabeça de oitenta anos.

---

[20] Os três ocultamentos das lendas galesas falam sobre os ossos de Gwerthefyr, o abençoado e dos dragões que Lludd enterrou em Dinas Emrys (como relatado no conto "Lludd e Llefelys"). Sobre as revelações, é descrito que a cabeça foi desenterrada pelo próprio Rei Artur ao assumir para si a defesa da Ilha da Bretanha. [N. T.]

O Terceiro Ramo do Mabinogi

Depois que os sete homens mencionados anteriormente enterraram a cabeça de Bendigeidfran em Gwynfryn, em Londres, com seu rosto voltado para a França, Manawydan olhou para a cidade de Londres e para seus companheiros, soltou um grande suspiro, e uma imensa tristeza e melancolia se apoderou dele.

"Ah Deus todo poderoso, pobre de mim!", lamentou-se ele. "Sou o único sem um lugar para ir esta noite."

"Senhor", disse, Pryderi, "não fica tão triste. Teu primo Caswallon é rei sobre a Ilha dos Poderosos, e, mesmo que ele tenha prejudicado a ti, tu nunca reivindicaste terra ou país. Tu és um dos Três Líderes Não Exigentes."

"Bem, embora este homem seja meu primo, eu fico extremamente descontente de ver alguém tomar

o lugar de meu irmão Bendigeidfran, e eu nunca poderia me alegrar sob o mesmo teto que ele."

"Considerarias algum outro conselho?", perguntou Pryderi.

"Eu preciso de um", respondeu ele, "Qual conselho seria?"

"Os sete *cantrefs* de Dyfed foram deixados para mim", comentou Pryderi, "e Rhiannon, minha mãe, vive lá. Eu te darei ela, junto da autoridade sobre os sete *cantrefs*. Embora não tenha outros reinos além desses, não existem melhores. Minha esposa é Cigfa, filha de Gwyn Glohoyw", continuou ele. "E, embora o reino seja meu por nome, que os benefícios de seu uso sejam teus e de Rhiannon. E se tu desejares algum dia um reino teu, talvez possas tomar esse."

"Eu nunca desejei um, senhor", respondeu Manawydan, "Deus te pague por tua amizade."

"Será a melhor amizade que posso oferecer, se desejares."

"Sim, amigo", respondeu ele. "Que Deus te pague. Eu vou contigo visitar Rhiannon e o reino."

"Está fazendo o correto", disse Pryderi. "Eu tenho certeza que jamais escutou uma conversa melhor que a de Rhiannon. Quando ela estava em sua época, não havia mulher mais bela, e mesmo agora não ficarás desapontado com sua aparência."

Eles seguiram viagem. Embora a estrada fosse longa, eles enfim chegaram a Dyfed. Um banquete foi preparado para eles, esperando sua chegada em Arberth, organizado por Rhiannon e Cigfa. Então Manawydan e Rhiannon sentaram-se juntos e começaram a conversar. Como resultado dessa conversa, sua alma e coração se sensibilizou com ela, e ele ficou encantado como nunca havia visto uma mulher mais graciosa ou bela que ela.

"Pryderi", comentou ele, "eu concordo com sua proposta."

"O que foi isso?", indagou Rhiannon.

"Minha senhora", disse Pryderi, "eu a dei como esposa para Manawydan, filho de Llŷr."

"Eu concordo com prazer sobre o que foi acertado", respondeu Rhiannon.

"Eu também", adicionou Manawydan, "e que Deus pague ao homem que me deu amizade tão inabalável." Antes que o banquete terminasse, ele dormiu com ela.

"Prossigam com o que restou do banquete", disse Pryderi, "eu irei para Lloegyr,[1] prestar homenagem a Caswallon, filho de Beli."

"Senhor", mencionou Rhiannon, "Caswallon está em Kent, então podes continuar com o banquete e esperar até que ele se aproxime."

"Então nós vamos esperar por ele", disse Pryderi. Eles terminaram o banquete e começaram a percorrer por Dyfed, onde caçaram e se divertiram.

Enquanto vagaram pelo território, eles nunca viram lugar mais agradável para viver, nem para caçar, nem terra mais abundante em mel e peixe. E, durante esse tempo, a amizade cresceu entre os quatro, tanto que ninguém desejou se separar um do outro, seja dia ou noite. Nesse ínterim, Pryderi veio prestar homenagem a Caswallon em Oxford, onde foi recebido com grande acolhimento e com agradecimentos pela homenagem prestada. Quando ele retornou, Pryderi e Manawydan se banquetearam e relaxaram.

Começaram um banquete em Arberth, pois era uma das cortes principais, e toda celebração começava de lá. Naquela noite após a primeira refeição, enquanto os servos comiam, eles se levantaram e foram em direção a Gorsedd Arberth junto de uma comitiva. Enquanto eles estavam lá sentados, escutaram um enorme barulho; com a intensidade desse barulho, caiu um manto de névoa de tal maneira que eles não podiam ver uns aos outros. Após a névoa, tudo ficou iluminado. Quando eles olharam para onde antes tinham visto os rebanhos, manadas e moradias, eles agora não viam nada, nem edifício, nem animal, nem fumaça, nem fogo, nem homem, nem residência, apenas os edifícios da corte vazios, desolados, desabitados, sem pessoas e sem animais neles; seus próprios companheiros haviam

---

[1] Inglaterra. [N. T.]

desaparecido, e nada sabiam de seu paradeiro. Apenas os quatro permaneceram.

"Santo Deus!", exclamou Manawydan. "Para onde foram o séquito da corte e nossos companheiros? Vamos dar uma olhada."

Eles foram até o salão. Não havia nada. Foram até o quarto e os dormitórios. Eles não viram nada. Na adega e na cozinha, nada havia além de desolação.

Os quatro continuaram com o banquete. Caçaram e se divertiram. Cada um deles começou a vagar pelo lugar e país para ver se poderia encontrar tanto algum edifício quanto uma moradia. Mas não conseguiram encontrar nada, apenas animais selvagens. Quando eles acabaram com o banquete e as provisões, começaram a viver da carne que caçavam, de peixe e do favo de abelhas. E então eles passaram um ano alegremente, bem como um segundo. Mas, ao fim, eles se cansaram.

"Deus sabe", comentou Manawydan, "não podemos viver assim. Vamos para Lloegyr e buscar um ofício pelo qual poderemos ganhar a vida."

Eles partiram para Lloegyr, chegaram em Hereford e se ocuparam do ofício de selaria. Manawydan começou a moldar pitos e os coloriu com lápis-lazúli da maneira que ele vira Llasar Llaesgyngwyd fazer, e também preparou o esmalte azul como o outro homem fazia. E por isso que agora se chama "Esmalte Llasar", pois Llasar Llaesgyngwyd o fez. Enquanto esse trabalho pôde ser feito por Manawydan, nenhum pito ou sela foi comprado de nenhum outro seleiro em toda Hereford.

Todos os seleiros se deram conta de que estavam perdendo seus ganhos, e que nada estava sendo comprado deles, exceto os itens que Manawydan não fornecia. Então, eles se juntaram e concordaram em matá-lo junto de seu companheiro. Mas, enquanto isso, os dois receberam um aviso e discutiram se deveriam deixar o povoado.

"Por Deus", comentou Pryderi, "meu conselho é de não sair do povoado, mas de matar esses vilões."

"Não", disse Manawydan, "se nós os enfrentarmos, ganharemos uma má reputação e terminaríamos presos. Para nós, seria melhor seguir para outro povoado e ganhar a vida lá."

Então os quatro foram para outro povoado.

"Que ofício nós deveríamos assumir?", perguntou Pryderi.

"Nós faremos escudos", sugeriu Manawydan.

"Nós sabemos alguma coisa disso?", perguntou Pryderi.

"Nós tentaremos", disse ele.

Eles começaram a fazer escudos, moldando de acordo com o desenho de bons escudos que haviam visto anteriormente, e colorindo da mesma maneira que coloriam as selas. O trabalho prosperou de tal maneira que nenhum outro escudo foi comprado no povoado exceto os que eles não poderiam fornecer. Eles trabalhavam rápido e faziam em larga escala. Assim continuaram, até que seus vizinhos se irritaram com eles e concordaram em tentar matá-los. Mas eles receberam um aviso e escutaram que os homens possuíam a intenção de levá-los à morte.

"Pryderi", disse Manawydan, "esses homens querem nos matar."

"Nós não aceitaremos isso desses vilões. Vamos até eles para matá-los."

"Não", respondeu ele, "Caswallon saberia disso, bem como seus homens, e estaríamos arruinados. Nós vamos para outro povoado."

E eles foram para outro povoado.

"Qual ofício nós devemos assumir?", perguntou Manawydan.

"Qualquer ofício que conheçamos", respondeu Pryderi.

"Não", disse o outro, "nós praticaremos a sapataria, pois sapateiros não tem o costume de nos enfrentar ou nos impedir como os demais."

"Eu nada sei sobre este ofício", comentou Pryderi.

"Mas eu sei", disse Manawydan, "e te ensinarei como costurar, e não vamos nos preocupar em curtir o couro, mas comprá-lo já preparado e trabalhar sobre ele."

Então ele passou a comprar o melhor couro cordovão que se podia arrumar no vilarejo, e não comprou nenhum outro couro além do couro para as solas. Fez amizade com os melhores ourives do povoado, que fizeram fivelas folheadas a ouro para os sapatos. E ele mesmo observou o processo até que aprendeu como fazê-lo. Por conta disso, ficou conhecido como um dos Três Sapateiros de Ouro.[2]

Enquanto um sapato ou bota poderia ser fornecido por ele, nada foi comprado de nenhum sapateiro do povoado. Os sapateiros se deram conta que eles estavam perdendo seus ganhos, pois, enquanto Manawydan cortava o couro, Pryderi o costurava. Os sapateiros se reuniram em conselho e concordaram em matá-los.

"Pryderi", disse Manawydan, "os homens querem nos matar."

"Por que deveríamos aceitar isso desses vilões salteadores, ao invés de matar todos eles?", questionou Pryderi.

"Não", ponderou Manawydan, "nós não os enfrentaremos, nem ficaremos em Lloegyr por mais tempo. Nós partiremos rumo a Dyfed, para fazer uma visita."

Mesmo que o caminho fosse longo, eles enfim chegaram até Dyfed e se encaminharam para Arberth, onde acenderam uma fogueira e se mantiveram por meio da caça, passando um mês assim. Juntaram seus cães e caçaram, e assim viveram um ano.

Numa certa manhã, Pryderi e Manawydan saíram para caçar. Prepararam seus cães e saíram da corte. Alguns de seus cães foram na frente e se aproximaram de um pequeno matagal ali perto. Mas, pouco depois de adentrarem no matagal, eles saíram rapidamente com seus pelos arrepiados de medo e retornaram até os homens.

"Vamos nos aproximar do matagal para ver o que tem dentro", propôs Pryderi. E assim o fizeram.

---

[2] Os outros dois sapateiros seriam Caswallon, filho de Beli, e Lleu Llaw Gyffes. [N. T.]

Ao se aproximarem, um javali extremamente branco saiu de lá. Encorajados pelos homens, os cães o atacaram. O javali, então, saiu do matagal e se afastou um pouco. Até que os homens o cercaram, o javali manteve os cães a distância sem retroceder, mas, quando os homens se aproximaram, ele conseguiu recuar mais uma vez e escapar. Eles seguiram o javali, até que viram uma enorme fortaleza elevada, construída recentemente, em um lugar em que, antes, eles nunca viram pedra ou edifício algum. O javali estava correndo velozmente até a fortaleza, com os cães em seu encalço. Quando o javali e os cães chegaram lá, os homens se maravilharam ao ver a fortaleza. Do topo do morro eles avistaram e escutaram os cães. Embora eles tenham aguardado um bom tempo, não escutaram o som de um único cão ou qualquer outro barulho vindo deles.

"Senhor", disse Pryderi, "eu irei até a fortaleza saber de notícias dos cães."

"Deus sabe", comentou Manawydan, "que não é uma boa ideia ir até a fortaleza. Nós nunca a vimos antes. Se quer o meu conselho, não deveria entrar lá. Pois aquele que lançou o feitiço nestas terras fez também essa fortaleza aparecer."

"Deus sabe", respondeu Pryderi, "que eu não abandonarei meus cães."

Apesar do conselho recebido de Manawydan, Pryderi se aproximou da fortaleza. Quando entrou, nem homem nem fera, nem javali nem cães, nem casa ou alojamento pôde ser visto na fortaleza. Mas ele pôde ver, no centro do pavimento, um poço todo trabalhado em mármore. Na borda do poço havia uma tigela dourada sobre uma laje também de mármore, segurada por quatro correntes presas tão acima que não se podia ver o seu final. Ele ficou encantado com a beleza do ouro e o belo trabalho feito na tigela. Então, se aproximou da tigela e a segurou. Mas, ao mesmo tempo em que ele segurou a tigela, suas mãos grudaram nela e seus pés grudaram na laje sobre a qual estava parado, e o poder da fala foi retirado dele de tal maneira que ele não conseguia dizer qualquer palavra. E lá ele ficou.

Manawydan esperou por ele até o entardecer. Com o tempo, quando ele estava certo de que não receberia notícias de Pryderi ou dos cães, ele retornou até a corte. Quando entrou, Rhiannon olhou para ele.

"Onde está teu companheiro e os cães?", indagou ela.

"Isso foi o que aconteceu", disse ele, e contou toda a história.

"Deus sabe", respondeu Rhiannon, "que foste um companheiro ruim e perdeste teu bom amigo." Com estas palavras ela partiu na direção em que Manawydan havia dito que estava Pryderi e a fortaleza. Ela encontrou os portões da fortaleza entreabertos e adentrou-a. Assim que entrou, descobriu Pryderi segurando a tigela e foi até ele.

"Meu Senhor", disse ela, "o que estás fazendo aqui?" Então ela também segurou a tigela. No mesmo instante, suas mãos grudaram na tigela e seus pés na laje, de tal maneira que ela também não podia proferir uma única palavra. Então, ao anoitecer, houve um enorme barulho com um manto de névoa a cair, e, então, a fortaleza desapareceu com eles dentro.

Quando Cigfa, filha de Gwyn Glohoyw, esposa de Pryderi, viu que ela e Manawydan estavam sozinhos na corte, lamentou-se de tal forma que não importava mais se vivia ou morria. E Manawydan percebeu isso.

"Deus sabe", disse ele, "que te enganas se o teu lamento é por medo de mim. Eu coloco Deus como meu fiador que nunca encontrará amigo mais verdadeiro enquanto Deus assim desejar. Eu juro por Ele, mesmo que estivesse no auge de minha juventude, que eu seria leal a Pryderi. E, por tua conta, eu também seria leal, então nada temas", continuou. "Por Deus, terás a amizade que desejares ter comigo, com o que posso oferecer, enquanto Deus quiser que estejamos nesta penúria e infortúnio."

"Deus te pague, pois assim pensava", disse Cigfa. Então a donzela se alegrou e ganhou coragem por conta disso.

"Bem, minha amiga", prosseguiu Manawydan, "não há motivos para permanecermos aqui. Nós perdemos nossos cães e não temos como nos manter. Vamos para Lloegyr, pois será mais fácil nos sustentarmos lá."

"De bom grado, senhor", disse ela, "façamos isso."

Juntos, então, eles seguiram jornada até Lloegyr.

"Senhor", indagou ela, "qual ofício escolherá? Escolha um que seja decente."

"Eu escolherei nenhum outro diferente da sapataria, como fiz anteriormente", respondeu ele.

"Senhor", disse ela, "este ofício, apesar de ser decente, não é apropriado para um homem com tua habilidade e posição."

"Bem, mas é o que eu farei", insistiu ele.

Ele deu início ao seu ofício e moldou seu trabalho com o melhor couro cordovão que ele pôde encontrar no povoado. Como havia feito anteriormente em outro lugar, ele começou a incrementar os sapatos com fivelas douradas, até que o trabalho de todos os sapateiros no povoado se tornasse improdutivo e inferior se comparado ao seu. Enquanto um sapato ou bota fosse fornecido por ele, nada foi comprado de nenhum outro. E assim ele passou um ano lá, até que os sapateiros ficaram com inveja e enciumados, e avisos chegaram até ele dizendo que os sapateiros haviam decidido matá-lo.

"Senhor", questionou Cigfa, "por que deveríamos aceitar isso desses vilões?"

"Nós não aceitaremos", disse ele, "mas retornaremos para Dyfed."

E eles retornaram para Dyfed. Quando Manawydan voltou, trouxe consigo um fardo de trigo para Arberth e lá se estabeleceu. Nada deu para ele mais prazer que ver Arberth e a terra onde ele antes caçava com Pryderi e Rhiannon. Acabou se acostumando em catar peixes e animais selvagens em suas tocas. Algum tempo depois, ele começou a cultivar o solo, semeou um pequeno campo, depois um segundo e um terceiro. E, de fato, o trigo que germinou era o melhor do mundo, seus três campos floresceram da mesma forma, de modo que ninguém havia visto um trigo mais fino do que aquele. As estações do ano se passaram. O tempo da colheita chegou e ele voltou para olhar um de seus campos já amadurecidos. "Eu farei a colheita amanhã", disse ele. E regressou aquela noite para Aberth.

Ao amanhecer do dia seguinte ele foi com a intenção de fazer a colheita no campo. Quando ele chegou, as espigas foram todas levadas, deixando apenas os talos pelados. Ele ficou enormemente surpreso com isso e foi olhar o outro campo já amadurecido.

"Deus sabe", disse ele, "que eu colherei este campo amanhã."

No dia seguinte ele foi com a intenção de fazer a colheita no campo. Quando ele chegou, não havia mais nada além dos talos pelados.

"Oh, Senhor Deus! Quem está tentando me destruir completamente?", lamentou ele. "Isso é o que sei: Aquele que começou esta destruição está agora a terminá-la, pois destruiu esta terra e a mim também."

Ele foi olhar o terceiro campo. Quando chegou, notou que nunca antes alguém viu trigo tão fino amadurecido.

"Que vergonha", disse ele. "Se eu não fizer uma vigília esta noite, aquele que carregou o outro trigo virá para levar este, e eu descobrirei quem é."

Ele pegou em armas e começou sua vigília sobre o campo. E contou para a Cigfa tudo o que aconteceu.

"Bem", disse ela, "o que tens em mente?"

"Eu manterei vigília sobre o campo esta noite", respondeu ele.

E foi manter guarda sobre o campo. Enquanto estava de vigília, por volta da meia-noite, escutou o barulho mais alto do mundo e foi ver o que era. Era um enorme exército de ratos, impossível de ser contado ou medido. A próxima coisa que ele percebeu foi que os ratos estavam indo para o campo, e cada um subia em um talo e o curvava para baixo, quebrando a espiga e levando-a embora, deixando o talo para trás. Até onde ele pôde perceber não havia um único talo sem um rato nele. E eles fugiram carregando as espigas

consigo. Então, enfurecido e irritado, ele avançou sobre os ratos. Ele não conseguia ficar de olho neles mais do que nos mosquitos ou pássaros no ar. Mas ele percebeu que um deles era bem gordo e impossibilitado de se mover rapidamente. Ele foi atrás desse e capturou-o, colocou-o em sua luva e amarrou a abertura da luva com um cordão, segurando-o e levando-o até a corte.

Manawydan foi até o quarto onde se encontrava Cigfa, acendeu o fogo e pendurou pelo cordão a luva em um gancho.

"O que tem aí, senhor?", perguntou Cigfa.

"Um ladrão que capturei me roubando", respondeu ele.

"Que tipo de ladrão, senhor, cabe em uma luva?", indagou ela.

"Eu te contarei tudo", comentou ele, e a contou como seus campos foram destruídos e desolados, e como os ratos passaram pelo último campo diante de seus olhos.

"Um deles era bem gordo e por isso o capturei dentro da luva. Eu o enforcarei amanhã. E, por Deus, se eu capturasse todos eles, enforcaria todos."

"Senhor", disse ela, " não estou surpresa. Mas, ainda assim, não é apropriado para um homem de sua posição enforcar esse tipo de criatura. Se quer fazer a coisa certa, deveria não se importar com a criatura, mas soltá-la."

"Que vergonha seria", reclamou ele, "se deixasse de enforcar todos eles se os tivesse capturado. Mas o que eu capturei eu enforcarei."

"Bem, senhor", disse ela, "não existe razão pela qual ajudaria esta criatura, exceto para te impedir de cair em desgraça. Então, faças o que desejares, senhor."

"Se eu soubesse de algum motivo no mundo pelo qual deveria ajudar a criatura, seguiria teu conselho; mas, já que não tenho, minha senhora, pretendo destruí-lo."

"Então faças com prazer", respondeu ela.

Seguiu então até Gorsedd Arberth, levando o rato junto de si e fincando duas forquilhas no ponto mais alto do morro. Enquanto fazia isso, ele viu um clérigo que se aproximava, vestindo roupas velhas, surradas e pobres. E fazia já sete anos desde que Manawydan havia visto homem ou fera, com exceção das quatro pessoas que estavam juntas até que duas delas desaparecessem.

"Senhor", disse o clérigo, "um bom dia!"

"Que Deus te dê prosperidade e boas-vindas", respondeu Manawydan. "De onde vens, clérigo?"

"Venho de Lloegyr, senhor, onde eu estava cantando. Por que me perguntas?", contestou ele.

"Porque pelos últimos sete anos eu não vi nenhuma pessoa aqui, exceto quatro exilados e agora você."

"Bem, senhor", disse ele, "Eu mesmo estou apenas de passagem em direção a minha terra. Mas de que tipo de ofício te ocupas no momento, senhor?"

"Estou enforcando um ladrão que eu peguei me roubando", respondeu ele.

"Que tipo de ladrão, senhor?", perguntou o clérigo. "Posso ver uma criatura em tua mão que se parece com um rato. Não é apropriado para um homem de tua posição cuidar de tal criatura. Deixe-a ir!"

"Por Deus que não deixarei", afirmou Manawydan. "Eu o peguei roubando e o estou punindo de acordo com a lei, que é o enforcamento."[3]

"Senhor", disse ele, "ao invés de ver um homem de tua posição envolvido neste tipo de função, eu te darei esta libra que recebi como caridade para que deixe a criatura ir."

"Por Deus que eu não a venderei, nem a deixarei ir."

"Como desejares, senhor", assentiu ele. "Se não fosse impróprio ver um homem da tua posição tocando tal criatura, não me preocuparia." E assim o clérigo se foi.

Enquanto Manawydan colocava a viga mestra nas forquilhas, ele viu um sacerdote se aproximando montado em um cavalo bem equipado.

"Bom dia, senhor", disse ele.

---

[3] De acordo com as leis galesas sobre furto, caso não conseguisse provar sua inocência, deveria pagar a soma de sete libras em troca de sua liberdade. Caso não fosse possível, ele poderia ser banido ou condenado à morte por enforcamento pela quebra de confiança com as pessoas de sua comunidade. [N. T.]

"Que deus te dê prosperidade e bênçãos", respondeu Manawydan.

"Deus te abençoe. De que tipo de ofício te ocupas no momento, senhor?", perguntou o sacerdote.

"Estou enforcando um ladrão que peguei me roubando", respondeu.

"Que tipo de ladrão, senhor?", indagou ele.

"Uma criatura com forma de rato que me roubou; por isso a estou matando da maneira que se deve fazer com um ladrão."

"Senhor, ao invés de vê-lo lidar com esta criatura, eu a comprarei de ti. Deixe-a ir."

"Por Deus, eu não a venderei nem a deixarei ir."

"A verdade, senhor é que não custa nada. Mas, ao invés de ver-te desonrar-te com esta criatura, eu te darei três libras para deixá-la ir."

"Por Deus, eu não quero nenhum pagamento além do que é devido, o enforcamento!"

"Muito bem, senhor, faças o que desejares." E o sacerdote se foi.

Manawydan amarrou o cordão em volta do pescoço do rato. Enquanto o levantava, pôde ver a comitiva de um bispo com sua bagagem e seu séquito, além do próprio bispo, que se aproximava dele. Então Manawydan adiou seu trabalho.

"Senhor bispo", disse ele, "tua benção."

"Que Deus te abençoe", respondeu o bispo. "De que tipo de ofício te ocupas no momento?"

"Estou enforcando um ladrão que peguei me roubando", comentou Manawydan.

"Não é um rato que eu vejo em tua mão?", disse ele.

"Sim, foi ele que me roubou."

"Bem", comentou o bispo, "já que eu cheguei exatamente quando estava para destruir esta criatura, eu a comprarei. Eu darei sete libras por ela, e, ao invés de ver um homem com a tua posição destruindo uma criatura tão imprestável, deixa-a ir e terás o dinheiro."

"Por Deus, eu não a deixarei ir", respondeu ele.

"Já que não vai abrir mão disso, eu te darei vinte e quatro libras em dinheiro vivo para deixá-la ir."

"Outra vez, eu não a deixarei ir nem por esse valor, por Deus."

"Já que não vai liberar a criatura por esse valor", comentou o bispo, "eu te darei todos os cavalos que puderes ver nesta planície, e as sete cargas de bagagem que estão nos sete cavalos."

"Por Deus, não", insistiu Manawydan.

"Já que não desejas isso, diga teu preço."

"Eu direi", respondeu ele, "solte Rhiannon e Pryderi."

"Muito bem, assim será feito", assentiu o bispo.

"Por Deus, isso não é o suficiente."

"O que mais desejas?"

"Remove a magia e o encantamento sobre os sete *cantrefs* de Dyfed."

"Também ganharás isso, agora deixa o rato ir."

"Por Deus que não deixarei", disse Manawydan. "Desejo saber quem é o rato."

"Ela é minha esposa; se ela não fosse, eu não procuraria sua libertação."

"Como ela veio até mim?"

"Roubando", disse ele. "Eu sou Llwyd, filho de Cil Coed, e fui eu quem colocou o encantamento sobre os sete *cantrefs* de Dyfed, e fiz isso para vingar Gwawl, filho de Clud, por minha amizade com ele; e me vinguei de Pryderi porque Pwyll Pen Annwfn jogou Texugo no Saco com Gwawl, filho de Clud, o que foi feito imprudentemente na corte de Hyfaidd Hen. Sabendo que tu vivias no país, meu séquito veio até mim e me perguntou se não poderia transformá-los em ratos para que, assim, pudessem destruir teus grãos. Nas primeiras noites eles vieram sozinhos, também na segunda noite, e destruíram os dois campos. Mas, na terceira noite, minha esposa e as damas da corte vieram até mim e me pediram para transformá-las também, e assim o fiz. Minha esposa estava grávida. Se ela não estivesse grávida, não a terias capturado. Mas, já que ela estava e tu assim o fizeste, eu te darei Pryderi e Rhiannon, e removerei a magia e o encantamento sobre Dyfed. Eu te contei quem ela é, agora deixa-a ir."

"Por Deus, eu não a deixarei ir", respondeu Manawydan.

"O que mais desejas?", questionou o bispo.

"Isto é o que desejo", disse ele. "Que nunca haja qualquer outro feitiço nos sete *cantrefs* de Dyfed, e que nenhum mais seja lançado."

"Podes contar com isso, agora deixa-a ir."

"Por Deus, eu não a deixarei ir", insistiu ele.

"O que mais deseja?"

"Isto é o que desejo", disse ele. "Que nenhuma vingança seja praticada sobre Pryderi e Rhiannon, nem sobre mim, por conta disso."

"Podes contar com isso. E, por Deus, como sabes negociar. Se não tivesses dito isso", comentou ele, "todo o estrago teria recaído sobre tua própria cabeça."

"Sim", respondeu Manawydan, "por isso propus a condição."

"Agora liberta minha esposa."

"Por Deus, eu não a libertarei até que veja Pryderi e Rhiannon livres comigo."

"Vê, lá vem eles", disse ele. Então apareceram Pryderi e Rhiannon.

Manawydan se levantou para encontrá-los e dar-lhes as boas-vindas, e se sentaram juntos.

"Senhor, liberta minha esposa agora, pois já conseguiu tudo aquilo que pediu."

"Libertarei-a de bom grado", disse ele. Então ela foi solta, e Llwyd a tocou com uma varinha mágica que a transformou na mais bela jovem que já se viu.

"Olha a terra ao teu redor", disse ele, "e verás todas as casas e habitações como estavam em seu auge."

Então Manawydan se levantou e olhou ao seu redor, conseguindo ver toda a terra habitada e repleta com rebanhos e casas.

"Em que tipo de cativeiro estavam Pryderi e Rhiannon?", perguntou Manawydan.

"Pryderi tinha as marretas de portão da minha corte em volta do pescoço, enquanto Rhiannon usava as coleiras dos burros depois de puxar feno. E esses foram seus cativeiros."

Por isso que essa história é chamada de "Mabinogi da marreta e da coleira". E assim termina este ramo do *Mabinogi*.

O Quarto Ramo do Mabinogi

Math, filho de Mathonwy, era senhor de Gwynedd; e Pryderi, filho de Pwyll, era senhor de vinte e um *cantrefs* no sul — conhecidos como os sete *cantrefs* de Dyfed, os sete de Morgannwg, os quatro de Ceredigion e os três de Ystrad Tywi. Naquele tempo, Math, filho de Mathonwy, não podia viver sem que seus pés estivessem sobre o colo de uma virgem, exceto quando o furor de uma guerra o impedia.[1] A donzela que estava com ele era Goewin, filha de Pebin de Dol Pebin, em Arfon. Ela era a mais bela donzela de sua idade conhecida na época. Math, por sua vez, encontrou retiro em Caer Dathyl, em Arfon. Ele estava impedido de

---

[1] De acordo com as leis galesas, uma das funções reais presentes na corte era o de "Apoiador de pés (*troediog*)", cuja função era de apoiar os pés do rei em banquetes, coçá-lo e acompanhá-lo, um cargo de grande importância. [N. T.]

dar uma volta em sua terra, mas Gilfaethwy, filho de Dôn, e Gwydion, filho de Dôn — seus sobrinhos, filhos de sua irmã —, junto de seu séquito fizeram o circuito em seu lugar.

A donzela sempre estava com Math, mas Gilfaethwy, filho de Dôn, ansiou pela donzela e a amava ao ponto de não saber o que fazer sobre isso. E eis que sua cor, seu rosto e sua aparência estavam se deteriorando por causa de seu amor por ela, de modo que não era fácil reconhecê-lo. Certo dia, Gwydion, seu irmão, o fitou com atenção.

"Rapaz", indagou ele, "o que aconteceu contigo?"

"Por quê?", respondeu o outro. "O que tem de errado comigo?"

"Percebo que perdeste tua cor e constituição. O que está acontecendo contigo?"

"Senhor meu irmão", disse Gilfaethwy, "não faz sentido contar a ninguém o que está acontecendo comigo."

"O que é isso, meu amigo?"

"Conheces a peculiaridade de Math, filho de Mathonwy", comentou Gilfaethwy. "Qualquer que seja o sussurro entre as pessoas — não importa o quão baixo seja —, uma vez que seja levado pelo vento, Math saberá."

"É verdade", assentiu Gwydion. "Não digas mais nada. Eu sei de teus pensamentos, estás apaixonado por Goewin."

Quando Gilfaethwy se deu conta de que seu irmão sabia o que estava em sua mente, ele deu o mais intenso suspiro do mundo.

"Amigo, para de suspirar", disse Gwydion, "não vai a lugar algum assim. A única coisa a se fazer é dar um jeito para que Gwynedd, Powys e Deheubarth entrem em guerra, para que possas conseguir a donzela; e anima-te, pois vou te arranjar isso."

Então eles foram até Math, filho de Mathonwy.

"Senhor", disse Gwydion, "soube que criaturas nunca antes vistas nesta ilha chegaram ao sul."

"Como são chamadas?", perguntou Math.

"Suínos, senhor."

"Que tipo de animais são esses?"

"Pequenos animais cuja carne é melhor que a de vaca. Eles são pequenos e seu nome é variável. Eles agora são chamados de porcos."

"Quem são seus donos?"

"Pryderi, filho de Pwyll. Eles foram enviados para ele de Annwfn por Arawn, rei de Annwfn." (E é dito que até hoje este nome se conserva desta maneira para designar metade do porco: metade suína.)

"Bem", indagou Math, "como podemos pegá-los?"

"Eu vou com onze homens disfarçados de bardos, senhor, pedir pelos suínos."

"Ele pode te negar", disse Math.

"Meu plano não é ruim, senhor", insistiu ele. "Eu não retornarei sem os suínos."

"Muito bem", disse Math. "Então sigas teu caminho."

Gwydion e Gilfaethwy, junto com dez homens, seguiram jornada até Ceredigion, ao local agora chamado Rhuddlan Teifi, onde Pryderi possuía uma corte. Entraram disfarçados de bardos e receberam as boas-vindas. Gwydion estava sentado próximo de Pryderi naquela noite.

"Bem", disse Pryderi, "nós gostaríamos de escutar uma história de algum desses jovens ali."

"Nosso costume, senhor", comentou Gwydion, "é que, na primeira noite que estamos com um grande homem, o bardo principal possa atuar. Contarei histórias de bom grado."[2]

Gwydion era o melhor contador de histórias do mundo. Naquela noite, ele entreteve a corte com divertidas anedotas e histórias, até o momento em que todos na corte o admiravam e Pryderi apreciou conversar com ele. Quando terminou, Gwydion disse:

"Senhor, é melhor que alguém diferente de minha pessoa te apresente meu pedido?"

---

[2] Segundo os costumes, o chefe de poemas/canções (*pencerdd*) — aqui indicado como o bardo principal da corte — ocupava um *status* jurídico fixado pelas leis galesas, além de obter o direito de se sentar de frente para o rei no salão e conferir conselhos e instruções em suas canções/versos. [N. T.]

"De fato, não", respondeu Pryderi. "Língua excelente é a tua."

"Então este é o meu pedido, senhor: pedir pelos animais que te foram enviados de Annwfn."

"Bem", respondeu ele, "essa seria a coisa mais fácil do mundo, se não houvesse um acordo entre meu povo e mim a respeito deles; a saber, que eu não deveria me separar deles até que eles tivessem criado o dobro do seu número na terra."

"Senhor", disse Gwydion, "eu posso te libertar dessas palavras. Eis como: não me dê os porcos esta noite, tampouco os recuse a mim. Amanhã eu te mostrarei algo que poderás trocar por eles."

Naquela noite Gwydion e seus companheiros foram a seus alojamentos para conferenciar.

"Meus homens", comentou Gwydion, "nós não conseguiremos os suínos apenas pedindo por eles."

"Bem", disseram eles, "qual é o plano então para pegarmos eles?"

"Eu os asseguro que os pegaremos", garantiu Gwydion. Então ele recorreu a suas habilidades e começou a demonstrar sua magia. Conjurou doze garanhões e doze cães, cada um preto com um peito branco, doze coleiras com doze guias, e qualquer um que as visse pensaria que elas eram de ouro; e doze selas sobre os cavalos, e onde deveria haver ferro havia ouro, e os freios eram do mesmo acabamento.

Gwydion veio até Pryderi com os corcéis e os cães.

"Bom dia, senhor", disse ele.

"Que Deus te dê prosperidade", respondeu Pryderi. "Bem-vindo."

"Senhor", comentou Gwydion, "aqui está a maneira de te libertar das palavras que disse na noite passada sobre os porcos, já que não os daria nem os venderia. Podes trocá-los por algo melhor. Te darei estes doze cavalos, totalmente equipados como estão, com suas selas e freios, e estes doze cães com suas coleiras e guias, e os doze escudos dourados que podes ver ali." (Ele os havia conjurado a partir de cogumelos.)

"Bem", informou Pryderi, "nós tomaremos conselho." E então decidiram dar a Gwydion os porcos e aceitar em troca os cavalos, cães e escudos.

Ali se despediram e partiram com os porcos.

"Meus corajosos homens", disse Gwydion, "nós devemos nos apressar. A magia vai durar apenas até amanhã."

Naquela noite eles viajaram até as terras altas de Ceredigion, lugar que até os dias de hoje é chamado de "Vilarejo Suíno". No dia seguinte eles avançaram e atravessaram as Elenid. Passaram a noite entre Ceri e Arwystli, na cidade que hoje é também chamada de "Vilarejo Suíno" por conta disso. De lá eles continuaram e, naquela noite, chegaram até um *commot* em Powys que, também por causa deles, se chamou "Córrego dos Porcos". Lá passaram a noite. Daquele lugar eles seguiram viagem até o *cantref* de Rhos, onde passaram a noite em uma cidade que hoje ainda é chamada de "Vilarejo Suíno".

"Homens", disse Gwydion, "nós fortalecemos Gwynedd com esses animais. Hostes estão em nosso encalço." Chegaram na cidade mais alta de Arllechwedd, e lá fizeram um chiqueiro para os porcos, e por isso o nome de "Criadores" foi dado à cidade. Então, depois de fazer um chiqueiro para os porcos, eles seguiram caminho até Math, filho de Mathonwy, em Caer Dathyl.

Quando chegaram, hostes estavam sendo reunidas.

"O que está acontecendo aqui?", perguntou Gwydion.

"Pryderi está reunindo vinte e um *cantrefs* atrás de vocês", disseram eles. "É espantoso o quão lento vocês viajaram."

"Onde estão os animais que foram buscar?", indagou Math.

"Um chiqueiro foi feito para eles no *cantref* abaixo", respondeu Gwydion.

Eis que ouviram as trombetas convocando os homens para o combate. Eles se armaram e marcharam até chegar a Pennardd, em Arfon.

Mas, naquela noite, Gwydion, filho de Dôn, e Gilfaethwy, seu irmão, retornaram para Caer Dathyl. E na cama de

Math, filho de Mathonwy, Gilfaethwy e Goewin, filha de Pebin, foram colocados para dormir juntos. Ela e suas damas foram forçadas a proceder de maneira desonrosa, e, naquela noite, ela foi tomada contra sua vontade.

Ao amanhecer, rumaram até onde estava Math, filho de Mathonwy, com sua hoste. Quando chegaram, os homens estavam prestes a tomar conselho a respeito de se deveriam esperar por Pryderi e seus homens do sul. Então eles também se juntaram à deliberação. Decidiram esperar na parte mais fortificada de Gwynedd em Arfon. Assim, esperaram bem no meio de dois domínios, Maenor Bennardd e Maenor Coed Alun.

Pryderi os atacou ali, um grande massacre de ambos os lados resultando no recuo forçado dos homens do sul. Recuaram até o lugar onde hoje ainda é chamado de Nant Call[3] e até ali eles foram perseguidos. Uma carnificina colossal ocorreu, até que escaparam para um lugar chamado Dol Benmaen. Foi então que eles se reagruparam e buscaram fazer a paz, Pryderi oferecendo reféns como garantia: entregou Gwrgi Gwastra e vinte e três filhos de nobres.

Depois disso, eles viajaram em paz até Y Traeth Mawr;[4] mas assim que chegaram a Y Felenrhyd, pois os soldados de infantaria não puderam ser impedidos de atirar, Pryderi enviou mensageiros solicitando que ambos os exércitos fossem convocados, e que o assunto fosse deixado aos cuidados dele e de Gwydion, filho de Dôn, já que Gwydion causara tudo aquilo. Os mensageiros foram até Math, filho de Mathonwy, que os respondeu:

"Eu concordo, e, por Deus, se for do agrado de Gwydion, filho de Dôn, eu permitirei de bom grado. Não forçarei ninguém a ir e lutar se pudermos evitar."

"Deus sabe", disseram os mensageiros, "que Pryderi diz ser apenas justo que o homem responsável por isso o

---

[3] Vale Discreto/Prudente. [N. T.]
[4] Estuário/Praia Grande. [N. T.]

enfrente em combate singular, deixando as duas hostes de lado."

"Por Deus", comentou Gwydion, "não pedirei aos homens de Gwynedd para lutar em meu lugar quando eu mesmo posso lutar contra Pryderi. De bom grado aceito o combate singular contra ele." A mensagem foi enviada para Pryderi.

"Eu concordo", disse Pryderi. "Eu também não pediria a ninguém para tirar satisfações em meu lugar."

Afastaram então os homens, se armaram e foram lutar. E por conta da força, do valor, da magia e do encantamento, Gwydion triunfou sobre Pryderi, que foi morto. Enterraram-no em Maentwrog sobre Y Felenrhyd e lá está seu túmulo.

Os homens do sul regressaram para sua terra lamentando amargamente, e não por menos. Eles perderam seu senhor e muitos de seus melhores homens, cavalos e a maior parte de suas armas. Os homens de Gwynedd regressaram para casa alegres e exultantes.

"Senhor", disse Gwydion para Math, "não deveríamos entregar para os homens do sul seus nobres, e aquele que pegamos como refém, em troca de paz? Não deveríamos prendê-los."

"Que os libertem, então", assentiu Math.

Esse rapaz e os reféns que estavam com ele foram liberados para seguir os homens do sul.

Então Math seguiu para Caer Dathyl. Gilfaethwy, filho de Dôn, e seu séquito estavam com ele, mas se reuniram para um circuito por Gwynedd, como era seu costume, e por isso não seguiram para a corte. Math seguiu para seus aposentos, onde o lugar fora preparado para que ele pudesse descansar seus pés sobre o colo da donzela.

"Senhor", disse Goewin, "deves buscar por outra virgem para recostar teus pés, pois agora sou uma mulher."

"Como isso pode ser?"

"Eu fui abusada, senhor, sem segredo algum, nem eu consigo suportar isso em silêncio; todos na corte o sabem.

Foram teus sobrinhos, senhor, os filhos de tua irmã — Gwydion, filho de Dôn, e Gilfaethwy, filho de Dôn. Eles me violaram e trouxeram vergonha, me abusaram em teu aposento e em tua própria cama."

"Bem", respondeu ele, " farei o que eu puder. Primeiro, te arrumarei uma compensação e depois vou buscar uma para mim. Te tomarei como esposa e te darei autoridade sobre meu reino."

Nesse ínterim, Gwydion e Gilfaethwy não se aproximaram da corte, mas continuaram a circular pelo país até que uma proibição foi expedida, negando-lhes comida e bebida. De início não se aproximaram de Math, mas logo foram até ele.

"Senhor", disseram eles, "um bom dia."

"Bem", respondeu Math, "vieram aqui para fazer as pazes?"

"Senhor, estamos à sua mercê."

"Se fosse por mim, eu não teria perdido todos aqueles homens e armas. Não podem compensar minha vergonha, para não mencionar a morte de Pryderi. Mas, já que vieram submeter-se ao meu julgamento, eu os punirei."

Então ele pegou sua varinha mágica e transformou Gilfaethwy em uma corça de bom tamanho, e, acertando Gwydion de súbito — ele não conseguiu escapar, embora tenha tentado —, atingiu-o com a mesma varinha mágica, de tal maneira que ele se transformou em um veado.

"Já que estão vinculados um ao outro, farei com que vivam juntos e se acasalem, assumindo a natureza dos animais selvagens em cuja forma estão; e, quando eles fizerem filhotes, vocês também farão. E retornem a mim daqui a um ano a partir de hoje."

No dia certo, ao final de um ano, eis que se escutou uma agitação abaixo das paredes do salão e os cães da corte latiram em resposta.

"Veja o que está lá fora", disse Math.

"Senhor", respondeu um deles, "eu já olhei. Tem um veado e uma corça e, junto deles, um pequeno cervo."

Então Math se levantou e também foi até o lado de fora. Quando lá chegou ele pôde ver esses três animais, a saber: um veado, uma corça e um robusto cervo. Ele levantou sua varinha mágica e disse:

"Aquele que foi uma corça no último ano será um javali selvagem neste ano. E aquele que foi um veado no último ano, será uma javalina neste ano."

Então ele os acertou com sua varinha mágica.

"O menino, no entanto, eu o tomarei para criar e batizar."

E o chamaram de Hyddwn.

"Agora vá, e deixe que um seja um javali e o outro uma javalina selvagem. E que a natureza dos suínos selvagens seja a de vocês também. Que venham aqui abaixo deste muro com sua cria no espaço de um ano a partir de hoje."

Ao final do ano, eis que escutaram os cães latindo abaixo das paredes do salão, e toda a corte se reuniu ao redor deles para ver. Então Math se levantou e também foi até o lado de fora. Quando lá chegou, ele pôde ver esses três animais, a saber, um javali, uma javalina selvagem e, junto deles, um pequeno javali de bom tamanho, bem grande para sua idade.

"Sim", comentou ele, "eu tomarei este aqui e o batizarei."

Acertou-o com sua varinha mágica de tal maneira que o transformou em um grande e belo rapaz de cabelos ruivos. E o chamaram de Hychddwn.

"E quanto a vocês, aquele que foi um javali no último ano será uma loba neste ano, e aquele que foi uma javalina selvagem no último ano será um lobo neste ano."

Então os acertou com sua varinha mágica e os transformou em um lobo e uma loba.

"E que tomem a natureza dos animais cuja forma agora assumem. Que venham até aqui, abaixo deste muro, no espaço de um ano a partir de hoje."

Naquele mesmo dia, ao final de um ano, eis que eles puderam escutar uma perturbação e um latido abaixo das paredes do salão. Math se levantou, saiu do salão, e pôde ver um lobo, uma loba e um parrudo lobacho com eles.

"Eu tomarei este aqui e o batizarei. Seu nome eu já tenho, Bleiddwn. Três meninos vocês têm e os três são:

"Os três filhos do perverso Gilfaethwy,

"Três campeões leais

"Bleiddwn, Hyddwn e Hychddwn, o alto."[5]

Então ele acertou ambos com sua varinha mágica de tal maneira que eles retornaram para sua forma própria.

"Homens", comentou Math, "punidos satisfatoriamente foram pela deslealdade que me fizeram e por isso receberam a grande desonra que foi ter três filhos um com o outro. Preparem um banho para estes homens, lavem suas cabeças e o vistam adequadamente." E assim foi feito.

Depois de serem adequadamente arrumados, eles foram até Math.

"Homens", disse ele, "resgataram a paz e a minha amizade. Agora me aconselhem sobre qual virgem eu devo buscar."

"Senhor", disse Gwydion, filho de Dôn, "é fácil te aconselhar: Aranrhod, filha de Dôn, sua sobrinha, filha de sua irmã."

Ela então foi levada até Math. A donzela, ao entrar, foi questionada:

"Donzela, és virgem?"

"Não poderia ser de outra maneira."

Então, Math pegou sua varinha mágica e a abaixou, dizendo: "Passe por cima disso e, se fores virgem, eu saberei."

Ela, então, passou por cima da varinha mágica e, ao fazer isso, deixou cair um menino grande e louro que soltou um choro bem alto. Logo após o choro do menino, ela se dirigiu até a porta, , ao fazer isso, deixou cair uma pequena coisa. Antes que alguém pudesse olhar uma segunda vez para aquilo, Gwydion a pegou e envolveu em um lençol de seda brocada, guardando em um pequeno baú ao pé de sua cama.

"Bem", disse Math, filho de Mathonwy, "sobre o grande menino louro, eu o batizarei. E o chamarei de Dylan."

---

[5] Os nomes aqui são fruto do contexto de seu nascimento, visto que *blaidd* significa "lobo", *hydd*, "cervo", e *hwch*, "suíno". [N. T.]

O menino, então, foi batizado e, assim que isso foi feito, seguiu direto para o mar. Então, assim que chegou ao mar, ele assumiu a natureza do mar para si e nadou tão bem quanto os melhores peixes. Por essa razão ele foi chamado de Dylan Eil Ton,[6] e nenhuma onda jamais se quebrou sob ele. O golpe que o matou foi dado por Gofannon,[7] seu tio. Sendo um dos Três Golpes Lamentáveis.

Certo dia, enquanto Gwydion estava em sua cama, ao acordar, escutou um choro vindo do baú aos seus pés. Embora não fosse muito agudo, era intenso o suficiente para que ele escutasse. Então, se levantou de súbito e abriu o baú.

Ao fazê-lo, foi possível ver um pequeno menino balançando seus braços para fora do lençol e o jogando para o lado. Pegou o menino em seus braços e o levou até o povoado, onde ele sabia de uma mulher que podia amamentá-lo e mesmo criá-lo por meio de um acordo. Assim foi feito e, ao final de um ano, todos se surpreenderam com sua robustez, própria de um menino de dois anos. Ao final do segundo ano, ele era já um menino grande e que já podia caminhar até a corte por conta própria. Até mesmo Gwydion se admirou ao vê-lo chegar na corte. O menino, então, cresceu acostumado com Gwydion e o amou mais que qualquer outro. Assim, foi criado na corte até completar quatro anos de idade.

Certo dia, o menino seguiu Gwydion enquanto ele dava um passeio até Caer Aranrhod junto com ele. Quando chegou na corte, Aranrhod se levantou para recebê-los, dando as boas-vindas a eles.

"Que Deus te dê prosperidade", disse Gwydion.

"Que menino é esse atrás de ti?", perguntou Aranrhod.

"Esse menino é teu filho", respondeu ele.

---

[6] O nome Dylan significa "mar", e seu epíteto "Eil Ton" é algo como "Filho da Onda". [N. T.]

[7] Gofannon pode estar associado com a divindade irlandesa Goibniu, que era o ferreiro dos Tuatha Dé. [N. T.]

"Ai de mim, homem! O que te deu para me desonrar e continuar me humilhando mantendo minha desonra por tanto tempo assim?"

"Se tua maior desonra é que eu tenha criado um menino tão bom quanto este, então tua desonra é um problema pequeno."

"Qual é o nome do menino?", indagou ela.

"Só Deus sabe", respondeu ele, "ainda não demos um nome."

"Bem", comentou ela, "eu profetizo, então, que ele não terá um nome até que eu mesma o dê."

"Por Deus", disse Gwydion, "és uma mulher perversa, mas o menino terá um nome mesmo que isso não seja do teu agrado. E quanto a ti, é por causa dele que que tens tamanha raiva, já que não mais pode ser chamada de virgem e nunca mais assim serás chamada."

Então ele partiu, enraivecido, para Caer Dathyl, onde passou aquela noite. Ao amanhecer, levantou-se e levou o garoto com ele, seguindo pela costa entre Caer Dathyl e Aber Menai. Lá ele avistou umas algas pardas e outras verdes, que, por mágica, foram transfiguradas em um barco. A partir das diferentes algas ele conjurou um couro cordovão, em boa quantidade, e o coloriu, de modo que ninguém nunca havia visto couro mais bonito que aquele. Então amarrou uma vela no barco e os dois navegaram até o cais do porto de Caer Aranrhod. Ali eles começaram a fazer sapatos e a costurá-los. Neste momento eles foram avistados na fortaleza. Quando Gwydion percebeu que eles foram vistos, modificou suas aparências de modo que eles não poderiam ser reconhecidos.

"Quem são as pessoas naquele barco?", perguntou Aranrhod.

"Sapateiros", disseram os servos de Aranrhod.

"Vão e descubram que tipo de couro eles possuem e que tipo de trabalho estão fazendo." Eles foram e, quando chegaram, Gwydion estava tingindo o couro cordovão de dourado. Os mensageiros retornaram e contaram o que viram para Aranrhod.

"Bom", comentou ela, "meça meu pé e peça aos sapateiros que façam sapatos para mim." Gwydion fez os sapatos,
mas não com o tamanho correto, e sim maiores. Levaram
os sapatos para ela, e eis que os calçados eram demasiado grandes.

"Estes são grandes demais", reclamou ela. "Serão pagos
por eles, mas que façam alguns que sejam menores."

Então Gwydion fez outros bem menores que o seu pé e
enviou-os de volta.

"Diga a ele que nenhum destes sapatos cabe em mim",
disse ela.

Assim fizeram, e Gwydion respondeu:

"Bem, não farei mais sapatos para ela até que eu possa
ver os seus pés."

Disseram isso a ela, que disse:

"Bem, então eu irei até ele."

Quando Aranrhod chegou de barco, ele estava cortando
os moldes e o menino, costurando.

"Senhora, um bom dia!"

"Que Deus te dê prosperidade", disse ela. "Espantei-me
em saber que não conseguia fazer um sapato que sirva."

"Não podia, mas agora eu posso."

Subitamente uma carriça pousou no convés do barco.
O menino mirou-a e acertou sua pata, entre o tendão e o
osso. Aranrhod riu e comentou:

"Deus sabe que mão habilidosa tem esse de cabelos
claros."

"De fato", respondeu Gwydion, "e que Deus te castigue. Pois ele agora tem um nome, e é uma beleza de nome.
De hoje em diante ele se chamará Lleu Llaw Gyffes."[8]

Então tudo despareceu, restando apenas algas pardas e verdes. Ele não mais praticou aquele ofício, mas, por conta desse
episódio, foi chamado de um dos Três Sapateiros de Ouro.

---

[8] Seu nome também é uma explicação onomástica, visto que significa "Aquele de
cabelos claros e mão habilidosa". [N. T.]

"Deus sabe", disse ela, "que nada ganharás de bom por me maltratar assim."

"Até agora eu não te maltratei", respondeu ele.

Então ele transformou o menino de volta a sua forma original, e ele mesmo também tomou sua forma anterior.

"Bem", disse ela, "eu profetizo que este menino jamais tomará armas até que eu mesma as dê a ele."

"Por Deus", respondeu Gwydion, "isso é próprio de tua malícia, mas ele tomará armas."

Então eles seguiram para Dinas Dinlleu.[9] Lleu Llaw Gyffes foi então treinado até que pudesse cavalgar qualquer cavalo e desenvolvesse seu corpo em tamanho, aparência e constituição. Gwydion percebeu que ele estava desejoso por cavalos e armas e o chamou:

"Rapaz", disse ele, "nós dois sairemos em missão amanhã, então se alegre mais do que possa estar agora."

"Eu estarei", respondeu o rapaz.

Cedo, no dia seguinte, eles se levantaram e seguiram costa acima, até Bryn Arien. Ao chegar no topo de Cefn Cludno selaram os cavalos e seguiram até Caer Aranrhod. Então eles mudaram de aparência, se aproximando do portão disfarçados como dois homens jovens, mesmo que Gwydion aparentasse ser mais circunspecto que qualquer rapaz.

"Porteiro! Entra e diz que há bardos de Morgannwg aqui!" E o porteiro entrou.

"Que Deus vos dê boas-vindas! Deixe que entrem", disse Aranrhod.

Houve muita alegria quando eles chegaram. O Salão foi preparado e foram comer. Quando terminaram a refeição, ela e Gwydion conversaram sobre contos e histórias. Gwydion era um ótimo contador de histórias.

Quando chegou o momento para se encerrar o festim, um quarto foi preparado e eles foram dormir. Bem antes do amanhecer, Gwydion se levantou e conjurou sua magia e poder. Quando o dia então amanheceu, havia correria para

---

[9] Algo como "Cidadela de Lleu". [N. T.]

lá e para cá, bem como o som de trombetas de guerra e gritaria por toda a região. Depois do amanhecer, escutaram batidas na porta do aposento e Aranrhod pediu que a abrisse. O jovem rapaz se levantou e abriu a porta, e ela entrou, então, acompanhada de uma donzela.

"Homens", disse ela, "estamos em má situação."

"Sim", respondeu ele, "nós escutamos trompas e gritos. O que sabes sobre isso?"

"Deus sabe", disse ela, "pois não podemos sequer ver a cor do mar, tantos são os barcos aglomerados que rapidamente se aproximam da costa. O que devemos fazer?"

"Senhora", comentou Gwyddion, "não há nada que possamos fazer além de nos encastelarmos na fortaleza para defendê-la da melhor maneira possível."

"De acordo, e que Deus te pague. Protegei-vos. Encontrareis armas suficientes aqui."

Então ela foi atrás de armas e retornou com duas donzelas carregando armas para os dois homens.

"Senhora", disse ele, "arma este jovem, pois eu serei armado pela ajuda dessas donzelas. Já escuto o clamor dos homens a se aproximar!"

"Eu o farei de bom grado." E com boa vontade o armou completamente.

"Já terminaste de armar este jovem?", perguntou Gwydion.

"Sim", respondeu ela.

"Também já terminei. Agora podes já remover nossas armas, pois não mais necessitamos delas."

"Oh", exclamou ela, "por que não? Veja a frota que cerca todo o lugar."

"Mulher, não há nenhuma frota aqui."

"Oh, que tipo de levante experimentamos aqui?"

"Um levante para quebrar a praga lançada em teu filho", disse ele, "e para que ele conseguisse armas. Agora ele tem armas, e não graças a ti."

"Por Deus", disse ela, "que homem maligno. Muitos rapazes poderiam ter perdido a vida no levante que provocou neste *cantref* hoje. Eu profetizarei então que ele nunca terá uma esposa da espécie que atualmente habita a terra."

"Sim, sempre foste uma mulher perversa e ninguém deveria te ajudar. Mesmo assim ele terá uma esposa."

Eles seguiram até Math, filho de Mathonwy, e fizeram a reclamação mais enfática do mundo contra Aranrhod, relatando como Gwydion conseguiu as armas para Lleu.

"Muito bem", comentou Math, "que nós dois consigamos por meio de nossa mágica e encantamentos, uma esposa para ele a partir de flores."

Naquele tempo, Lleu era já um homem em estatura e o mais belo rapaz já visto.

Então eles pegaram flores de carvalho, flores de giesta e flores de ulmeira para, juntas, conjurarem a donzela mais bela e formosa já vista. Eles a batizaram da maneira como era o costume naquele tempo, e a chamaram de Blodeuedd.[10]

Assim que Blodeuedd e Lleu dormiram juntos durante o banquete, Gwydion disse:

"Não é fácil para um homem sem terras se manter."

"Eu sei", assentiu Math. "Eu o darei o melhor *cantref* que um jovem pode ter."

"Senhor, que *cantref* é esse?"

"O *cantref* de Dinoding", disse ele. "Que agora é chamado de Eifionydd, em Ardudwy."

Lleu estabeleceu uma corte no *cantref* em um lugar chamado Mur Castell, nas terras altas de Ardudwy. Ali ele se assentou e governou. E todos ficaram contentes com ele e seu governo.

Certo dia, Lleu foi até Caer Dathyl para visitar Math, filho de Mathonwy. No dia em que ele partiu para Caer Dathyl, Blodeuedd estava vagando pela corte e escutou o som de uma trompa de caça. Logo após o som, um veado cansado passou por ela com cães e caçadores em seu encalço, e, logo em seguida, um bando de homens a pé.

---

[10] Seu nome significa literalmente "Flores". [N. T.]

"Mande um rapaz descobrir quem eles são", disse ela a um criado.

O rapaz foi enviado e perguntou quem eles eram.

"Esse é Gronw Pebr, aquele que é senhor de Penllyn", disseram eles.

O rapaz contou isso para Blodeuedd, enquanto Gronw seguiu no encalço do veado. Ao chegar às margens do rio Cynfael, ele enfim capturou o veado e o matou. Ali ele ficou, esfolando o veado e atraindo seus cães, até que a noite caiu sobre ele. Ao fim do dia e com o início da noite, ele passou pelos portões da corte.

"Deus Ssabe", disse Blodeuedd, "que o senhor vai nos desprezar por deixá-lo ir a esta hora para outra terra sem o convidarmos para entrar."

"Deus sabe, senhora", responderam os mensageiros, "que o correto seria convidá-lo mesmo."

Os mensageiros foram até ele e o convidaram para entrar. Gronw aceitou o convite com prazer e foi até a corte. Blodeuedd o recebeu e deu as boas-vindas.

"Senhora, que Deus te pague pelas boas-vindas", disse ele.

Gronw despiu-se de suas roupas de cavalgar e foi se sentar. Blodeuedd observou-o e, desde esse momento, não teve parte sua que não foi preenchida de amor por ele. Ele também a notou e o mesmo pensamento o tomou da mesma maneira. Não conseguiu esconder o fato de que a amava e disse isso a ela. Blodeuedd ficou exultante ao conversar aquela noite sobre a atração e o amor que sentiam um pelo outro. E não esperaram passar aquela noite para dormirem juntos e fazerem amor.

No dia seguinte, ele pediu permissão para partir.

"Deus sabe", disse ela, "que não me deixarás esta noite." E naquela noite também estiveram juntos, conversando sobre como deveriam ficar juntos.

"Apenas uma coisa pode ser feita", comentou ele. "Descobre com Lleu como a morte poderia chegar até ele, com o pretexto de que se preocupa com ele."

No dia seguinte, ele pediu permissão para partir.

"Deus sabe que não te aconselho a me deixar hoje."

"Deus sabe que, se não me aconselhas, então não irei. No entanto, eu diria que existe o perigo de que o senhor que comanda esta corte retorne."

"Sim", respondeu ela, "amanhã eu te deixarei partir."

No dia seguinte, ele pediu permissão para partir, e ela não o impediu.

"Agora", disse ele, "lembra-te do que te disse, continua a falar com ele como se ainda o amasses. E descubra como a morte poderia chegar para ele."

Lleu retornou naquela noite. Passaram o dia conversando, cantando e festejando. Naquela noite foram dormir juntos, e ele falou com ela uma vez e uma segunda, mas não obteve resposta alguma.

"Qual é o problema", indagou ele, "estás bem?"

"Estou pensando em algo que não esperarias de mim", comentou ela. "A saber, me preocupo com tua morte, se fores antes de mim."

"Bem", disse ele, "que Deus te pague por tua preocupação. Mas, a menos que Deus o faça, não é fácil me matar."

"Então, por amor a Deus e a mim, vais me dizer como poderiam te matar? Pois minha memória é melhor que a tua quando se trata de evitar o perigo."

"Eu o farei com prazer", afirmou ele. "Não é fácil me matar com um golpe. É necessário que se passe um ano inteiro fabricando a lança para me acertar, mas trabalhando nela apenas quando as pessoas estiveram na Missa aos domingos."

"Estás certo disso?", perguntou ela.

"Deus sabe que sim", respondeu ele. "Eu não posso ser morto dentro de um espaço fechado, nem fora, tampouco posso ser morto a cavalo ou a pé."

"Bem", disse ela, "como podem te matar?"

"Eu te direi", disse ele. "Preparando um banho para mim às margens de um rio, construindo um telhado sobre a tina e cobrindo bem. E trazendo também um bode para colocar ao lado da banheira, pois eu devo colocar um pé nas costas do bode e o outro para fora da tina. Aquele que me acertar nesta posição me levará à morte."

"Bem", respondeu ela, "obrigada a Deus por isso, pois é possível evitar facilmente."

Assim que recebeu a informação ela a enviou para Gronw Pebr, que tratou de fazer a lança, ficando pronta um ano após aquele dia. Neste dia, Blodeuedd foi avisada.

"Senhor", disse ela, "eu estava a pensar em como fazer o que me disse antes. Me mostraria como você ficaria sobre a lateral da tina e o bode se eu preparar o banho?"

"Sim", respondeu Lleu.

Ela avisou Gronw e disse para que ele ficasse à sombra do morro que agora é chamado de Bryn Cyfergyr,[11] às margens do rio Cynfael. Reuniu então todos os bodes que ela conseguiu encontrar no *cantref*, prendeu-os e levou até as margens do rio de frente para Bryn Cyfergyr.

No dia seguinte, ela disse para Lleu:

"Senhor, preparei o teto e o banho. Está tudo certo."

"Muito bem", disse ele, "vamos dar uma volta e vê-los, com prazer." No dia seguinte, foram ver a tina.

"Entrarias no banho, senhor?"

"O farei de bom grado." E entrou na tina e se banhou.

"Senhor", disse ela, "estes são os animais que você disse serem chamados de bodes."

"Sim", confirmou ele, "que peguem um deles e o tragam até aqui."

Trouxeram um bode e, então, ele se levantou da tina, vestiu suas calças, e colocou um pé sobre a beirada da tina e o outro sobre as costas do bode. De súbito, Gronw se levantou da colina chamada Bryn Cyfergyr e, apoiado sobre um só joelho, mirou em Lleu com a lança envenenada e o acertou em seu dorso de tal maneira que o transpassou, mas a ponta continuou dentro. Em seguida, Lleu levantou voo sob a forma de uma águia e soltou um grito terrível, nunca mais sendo visto.

---

[11] "Morro do Golpe". [N. T.]

Assim que Lleu desapareceu, eles seguiram para a corte e dormiram juntos naquela noite. No dia seguinte, Gronw se levantou e tomou posse de Ardudwy. Após dominar o território, o governou de maneira a manter tanto Ardudwy como Penllyn sob seu controle. Até que as notícias chegaram até Math, filho de Mathonwy, que se sentiu triste e pesaroso, e Gwydion mais ainda.

"Senhor", disse Gwydion, "nunca descansarei até ter notícias de meu sobrinho."

"Sim", respondeu Math, "que Deus te dê forças."

Então ele seguiu caminho errante, vagando por Gwynedd e todas as partes de Powys. Tendo peregrinado por todas as partes, ele chegou até Arfon, onde, em Maenor Bennardd, ele deu na casa de um camponês. Gwydion desmontou ao chegar na casa e lá passou aquela noite. O homem da casa adentrou com sua família e, por último, chegou o porqueiro. O homem da casa disse então ao porqueiro:

"Rapaz, por um acaso veio com sua porca esta noite?"

"Sim", disse ele, "ela acabou de voltar ao chiqueiro."

"Onde foi esta porca?", perguntou Gwydion.

"Todos os dias, quando se abre o chiqueiro, ela sai. Ninguém consegue segurá-la, e ninguém sabe para onde vai, como se entrasse dentro da terra."

"Pelo meu nome, poderias não abrir o chiqueiro até que eu esteja próximo dela contigo?", disse Gwydion.

"Sim, com prazer", assentiu ele. E eles foram dormir naquela noite.

Quando o porqueiro viu o amanhecer, ele acordou Gwydion, que se levantou, se vestiu e foi com ele ficar ao lado do chiqueiro. O chiqueiro foi aberto pelo porqueiro e, assim que foi aberto, a porca saiu de lá em ritmo acelerado com Gwydion em seu encalço. Seguiram rio acima até chegar em um vale que agora é chamado de Nantlleu,[12] quando ela diminuiu o ritmo e foi procurar alimento.

---

[12] "Vale de Lleu". [N. T.]

Então, Gwydion foi para debaixo da árvore para ver do que a porca se alimentava e pôde ver que ela comia carne podre e vermes. Olhou para a copa da árvore e pôde ver que uma águia estava pousada no topo. Enquanto a águia se sacudia, as larvas e a carne podre caíam dela, e a porca as comia. Cogitou, então, que a águia era Lleu e cantou um *englyn*:

> "Um carvalho cresce entre dois lagos,
> Escuro é o céu e o vale
> A menos que esteja enganado
> Isso é por conta das flores de Lleu."

A águia desceu até chegar no meio da árvore. Gwydion, então, cantou outro *englyn*:

> "Um carvalho nas terras altas
> Chuva não o molha, calor não o derrete;
> Sustenta nove vezes vinte martírios
> E, no topo, Lleu Llaw Gyffes."

A águia, então, desceu até o galho mais baixo da árvore. Com isso, Gwydion cantou um *englyn* para ela:

> "Um carvalho cresce na encosta
> O refúgio de um belo príncipe
> A menos que esteja enganado
> Lleu em meu colo pousará."

Então ela pousou junto dos joelhos de Gwydion, que a acertou com sua varinha mágica, transformando Lleu de volta a sua forma original. Mas ninguém nunca havia visto um homem de aparência mais miserável, pois não se via nada além de pele e ossos. Seguiu, então, para Caer Dathyl, onde todos os melhores médicos encontrados em Gwynedd foram levados até ele. Antes do final do ano, estava completamente recuperado.

"Senhor", disse Lleu para Math, filho de Mathonwy, "Já é hora para que eu tenha compensação do homem que me causou esse sofrimento."

"Deus sabe", respondeu Math, "que ele não pode continuar assim, te devendo uma compensação."

"De acordo", assentiu ele. "Quanto antes eu obtenha minha compensação, melhor."

Então eles convocaram todos em Gwynedd e marcharam para Ardudwy. Gwydion foi à frente e chegou até Mur Castell. Quando Blodeuedd escutou que eles estavam chegando, pegou suas donzelas e seguiram para a montanha. Ao atravessar o rio Cynfael, seguiram para uma corte que estava sobre a montanha. Estavam tão apavoradas que podiam somente viajar com suas faces olhando para trás. E não conseguiram perceber quando caíram no lago e se afogaram, exceto Blodeuedd.

Gwydion, então, a alcançou e disse: "Eu não te matarei. Eu farei pior. Eu te deixarei com a forma de um pássaro. E, por causa da humilhação que trouxeste para Lleu Llaw Gyffes, nunca mais ousará mostrar tua face durante o dia, por medo de todos os pássaros. E todos os pássaros serão hostis a ti. Será o instinto deles atacar-te e molestar-te onde te encontrarem. E não perderás o teu nome, no entanto, pois sempre serás chamada de Blodeuwedd."[13]

E Blodeuwedd é coruja na língua atual. Por esse motivo os pássaros detestam a coruja, e até hoje a coruja ainda é chamada de Blodeuwedd.

Já da parte de Gronw Pebr, este seguiu até Penllyn e, de lá, enviou mensageiros que perguntaram a Lleu Llaw Gyffes se ele preferia terras, território, ouro ou prata pelo insulto.

"Por Deus, não", avisou Lleu. "O mínimo que eu aceitarei dele é isto: ele deve vir até o lugar onde eu estava quando ele acertou a lança em mim, enquanto eu estarei no lugar em que ele estava. E ele deve me deixar jogar a lança nele.

---

[13] Seu nome muda de "Flores" para "Cara de Flor". [N. T.]

É o mínimo que eu aceitarei dele." Transmitiram, então, a mensagem a Gronw Pebr.

"Sim", disse ele, "eu devo fazer isso. Meus leais nobres, meu séquito e meus irmãos de criação, existe algum dentre vocês que tomaria o golpe em meu lugar?"

"Seguramente que não", disseram eles. Como eles se recusaram a ficar e tomar o golpe no lugar de seu senhor, eles ficaram conhecidos daquele dia em diante como um dos Três Séquitos Desleais.

"Pois eu o tomarei", disse ele.

Então ambos foram para as margens do rio Cynfael. Lá ficou Gronw Pebr onde Lleu Llaw Gyffes estava antes quando Gronw mirou nele, e Lleu ficou onde Gronw estava antes. Gronw Pebr disse, então, a Lleu:

"Senhor, já que foi por ardil de uma mulher que te fiz o que fiz, peço, em nome de Deus: vejo uma pedra na margem do rio, deixa-me pôr isso entre o golpe e meu corpo."

"Deus sabe que não te recusarei a isso."

"Que Deus te pague."

Gronw pegou a pedra e a colocou entre o golpe e seu corpo. Então Lleu atirou a lança sobre ele, que transpassou a pedra e acertou seu corpo de tal maneira que suas costas foram destruídas, e ele morreu. E a pedra ainda está lá, às margens do rio Cynfael, em Ardudwy, com um buraco no meio. Por essa razão é ainda chamada de Llech Gronw.[14]

Lleu Llaw Gyffes tomou posse de sua terra uma segunda vez e a governou prosperamente. De acordo com o que se conta, ele foi senhor de Gwynedd depois disso. E assim termina este ramo do *Mabinogi*.

---

[14] "Lápide de Gronw". [N. T.]

Peredur, filho de Efrog

jarl Efrog possuía um domínio no Norte com seus sete filhos,[1] e ganhou a vida não muito por sua terra, mas por conta de torneios, batalhas e guerras. Como algumas vezes acontecia com aqueles que por seguirem a guerra são mortos, assim aconteceu com ele e seus seis filhos. O sétimo era chamado de Peredur, sendo o mais jovem dos sete filhos. Ele não possuía idade suficiente para ir para guerra ou batalha, pois, se tivesse estado em uma, ele teria sido morto como seu pai e seus irmãos. Sua mãe era uma mulher sábia e inteligente. Ponderou muito sobre seu filho e suas terras e decidiu fugir com o menino para terras ermas, deixando para trás

---

[1] Esta relação de Peredur com o Norte pode ser explicada pela palavra *Efrog*, que vem do galês médio *Efrawg* e é derivada do latim *Eburacum*, ou seja, *York*. [N. T.]

os territórios habitados. Não levou nada além de suas damas de companhia, crianças e homens humildes e mansos que não poderiam ou sequer fariam lutas ou guerras. Na presença do menino ninguém se atrevia a mencionar sobre cavalos ou armas, para que não se sentisse estimulado por essas coisas. E todos os dias o menino ia ao extenso bosque para brincar e jogar dardos de azevinho.

Certo dia, Peredur avistou um rebanho de cabras que pertenciam à sua mãe, com duas corças próximas a elas. O menino parou e se maravilhou ao ver aqueles dois animais sem chifres, enquanto todos os outros possuíam chifres, e pressupôs que aqueles dois deveriam ter se perdido por um longo tempo e, por essa razão, perderam seus chifres. Com vigor e rapidez ele, então, pastoreou as corças junto com as cabras até uma casa feita para as cabras na extremidade mais distante do bosque. Em seguida, voltou para sua própria casa.

"Mãe", disse ele, "eu vi algo maravilhoso lá fora: duas de suas cabras se assilvestraram e perderam seus chifres em razão de viverem no ermo por tanto tempo entre as árvores. E ninguém teve mais problemas que eu ao colocá-las para dentro."

Então todos se levantaram e foram olhar. Quando viram as cervas, eles se maravilharam de que alguém teve o vigor e a rapidez de capturá-las.

Um dia eles avistaram três cavaleiros vindo por uma trilha de cavalo na encosta da floresta. Estes eram Gwalchmai, filho de Gwyar; Gwair, filho de Gwystyl; e Owain, filho de Urien, que cuidava da retaguarda, perseguindo o cavaleiro que havia compartilhado as maçãs da corte de Artur.[2]

"Mãe", indagou Peredur, "quem são aqueles lá?"

"Anjos, meu filho", respondeu ela.

---

[2] Apesar de existir alguns textos que mencionam as aventuras de Gwalchmai (também conhecido pelo nome em inglês Gawain), em nenhum registro é encontrado este episódio das maçãs compartilhadas da corte de Artur, que provavelmente foi perdido. [N. T.]

"Eu vou ser um anjo com eles", disse Peredur. E foi pelo caminho para se encontrar com os cavaleiros.

"Dize-me, amigo", comentou Owain, "avistaste um cavaleiro passando aqui ontem ou hoje?"

"Eu não sei o que é um cavaleiro", disse ele.

"O mesmo que eu", afirmou Owain.

"Se me responderes o que eu te perguntarei, então te direi o que queres saber."

"Assim o farei, de bom grado", disse Owain.

"O que é isso?", perguntou ele, apontando para a sela do cavalo.

"Uma sela", respondeu Owain.

Peredur perguntou o que era cada coisa, para que servia e como era usada. Owain o respondeu em detalhes sobre todas as coisas e como eram usadas.

"Trilhai vosso caminho", disse Peredur. "Vi o que me perguntaram. E eu mesmo os seguirei como um cavaleiro imediatamente." Então Peredur retornou para sua casa e sua mãe.

"Mãe", disse ele, "aqueles não eram anjos, mas cavaleiros."

Então subitamente ela caiu desmaiada. Mas Peredur foi até onde estavam os cavalos que transportavam lenha para eles e que traziam comida e bebida desde as terras habitadas até o ermo. Tomou o cavalo que lhe parecia mais forte, um tordilho ossudo. Ajustou um alforje como uma sela e retornou até onde estava sua mãe. Com isso, a condessa se recuperou do desmaio.

"Então", indagou ela, "desejas seguir em jornada?"

"Sim", respondeu ele.

"Espera, pois te darei palavras de conselho antes que te vás."

"Diz rápido, então", disse ele. "Eu esperarei."

"Vai até a corte de Artur", orientou ela, "lugar onde encontrarás os melhores homens, os mais generosos e valentes. Sempre que vires uma igreja, reza um pai-nosso. Se vires comida e bebida, se estiveres necessitado e ninguém tiver a cortesia ou bondade de te oferecer, serve-te. Se escutares um grito, vai até ele, sobretudo se for um grito de mulher. Se vires uma bela joia, pega-a e doa-a para outra pessoa, pois, ao fazer isso, serás louvado. Se vires uma bela dama, faz amor com ela, mesmo se ela não te desejar, pois te fará um homem melhor e mais valente que antes."

Peredur imitou com galhos retorcidos todos os arreios de cavalo que havia visto. Partiu com um punhado de dardos bem afiados em sua mão. E, por duas noites e dois dias, viajou pelo ermo sem comida ou bebida. Então chegou a uma grande floresta desolada, com uma bela clareira que podia ser vista a distância; nela conseguia ver um pavilhão e, com a impressão de que se tratava de uma igreja, rezou o pai-nosso. Aproximou-se do pavilhão. A entrada estava aberta e havia uma cadeira dourada perto da porta, e uma bela donzela de cabelos ruivos sentava-se na cadeira com uma tiara dourada em sua fronte e pedras cintilantes na tiara, bem como um grosso anel de ouro em sua mão. Peredur desmontou e entrou. A donzela o saudou e deu boas-vindas. Na extremidade do pavilhão ele podia ver uma mesa e duas jarras repletas de vinho, dois pedaços de pão branco e cos-teletas de carne de leitão.

"Minha mãe", comentou Peredur, "disse-me para, sempre que vir comida e bebida, eu me servir."

"Então vai até a mesa, senhor", disse a donzela, "e que Deus te dê boas-vindas."

Peredur foi até a mesa e tomou metade da comida e bebida para si, deixando a outra metade para a donzela. Quando terminou de comer, ele se levantou e foi até ela.

"Minha mãe me disse para pegar uma bela joia sempre que eu vir uma."

"Então pega-a, amigo", respondeu ela. "Eu certamente não te negarei."

Peredur tomou o anel, ajoelhou-se e beijou a donzela. Tomou seu cavalo e seguiu viagem.

Depois disso, o cavaleiro que era o dono do pavilhão chegou — o Orgulhoso da Clareira — e viu as marcas do cavalo.

"Dize-me", comentou ele com a donzela, "quem esteve aqui depois que eu saí?"

"Um homem de aparência estranha, senhor", disse ela. E descreveu a aparência de Peredur e seu jeito.

"Dize-me", continuou ele, "ele esteve contigo?"

"Não, por minha fé", respondeu ela.

"Pela minha fé, eu não acredito em ti. E até que eu o encontre para vingar minha raiva e desonra, não ficarás duas noites em um único lugar." E o cavaleiro se levantou e foi atrás de Peredur.

Enquanto isso, Peredur continuava sua jornada até a corte de Artur. Antes que chegasse até lá, outro cavaleiro foi até a corte e entregou um grosso anel de ouro para um homem do portão para cuidar de seu cavalo. Ele adentrou ao salão onde estava Artur com seu séquito, Gwenhwyfar com suas donzelas e um mordomo,[3] que servia Gwenhwyfar em um cálice. Então o cavaleiro agarrou o cálice da mão de Gwenhwyfar, derramou a bebida que estava nele sobre seu rosto e peito, e deu em Gwenhwyfar um tapa na orelha.

"Se existir alguém", disse ele, "que queira lutar comigo por este cálice e vingar o insulto a Gwenhwyfar, que me siga até o prado, eu o esperarei lá."

O cavaleiro tomou seu cavalo e seguiu em direção ao prado. Então todos baixaram a cabeça por receio de serem chamados a vingar o insulto a Gwenhwyfar. Eles presumiram que pessoa alguma cometeria tal crime a menos que possuísse força e poder ou magia e encantamento tais que ninguém pudesse se vingar dele.

Com isso, Peredur chegou ao salão em seu tordilho ossudo e com seus arreios desarrumados e desleixados. Cai estava em pé no meio do salão.

"Dize-me, homem alto logo adiante, aquele é Artur?", perguntou Peredur.

---

[3] O mordomo é um dos cargos oficiais da corte de um rei, de acordo com as leis galesas, e deveria preparar os aposentos do rei, repassar ordens e servir bebidas para ele. [N. T.]

"O que desejas com Artur?", indagou Cai.

"Minha mãe me disse para vir até Artur para ser ordenado um cavaleiro."

"Por minha fé", respondeu Cai, "seu cavalo e armas são relapsos em demasia."

Então o séquito o notou e começou a fazer troça dele, jogando-lhe gravetos. Eles estavam de fato extasiados porque alguém como ele chegara, pois, assim, o outro incidente seria esquecido.

Subitamente entrou um anão que, um ano antes, esteve na corte de Artur, junto de outra anã, procurando a hospitalidade de Artur, que logo receberam. Durante um ano inteiro eles não falaram uma palavra sequer, até que, quando viu Peredur, o anão disse:

"Ah, Deus te dê boas-vindas, bom Peredur, filho de Efrog, chefe dos guerreiros e fina flor da cavalaria."

"Deus sabe", disse Cai, "que é sordidez passar um ano inteiro mudo na corte de Artur, podendo escolher qualquer um para beber e conversar, e chamar um homem como esse, na presença do imperador e seu séquito, de chefe dos guerreiros e fina flor da cavalaria." E deu-lhe um tapa na orelha de tal maneira que ele caiu de cabeça no chão quase morto e desmaiado.

Então veio a anã.

"Ah", disse ela, "que Deus te dê boas-vindas, bom Peredur, filho de Efrog, fina flor dos guerreiros e luz da cavalaria."

"Bem, moça", respondeu Cai, "é sordidez passar um ano inteiro muda na corte de Artur, sem dizer uma palavra a ninguém, e hoje chamar um tipo como esse, na presença de Artur e seus guerreiros, de fina flor dos guerreiros e luz da cavalaria." E a chutou até que ela caísse quase morta e desmaiada.

"Homem alto", comentou Peredur, "dize-me, onde está Artur?"

"Calado", disse Cai. "Vai até o cavaleiro que saiu daqui em direção ao prado, pega o cálice dele, derruba-o e toma seu cavalo e suas armas. Após isso, serás ordenado cavaleiro."

"Homem alto, assim o farei." E virou a cabeça do cavalo e seguiu até o prado. Quando lá chegou, o cavaleiro estava cavalgando, orgulhoso de seu poder e habilidade.

"Dize-me", comentou o cavaleiro, "avistaste alguém da corte vindo atrás de mim?"

"O homem alto que lá estava disse-me para derrubar-te, pegar o cálice e tomar o cavalo e as armas para mim."

"Silêncio", disse o cavaleiro. "Volta para a corte e, de minha parte, pede a Artur que venha ele ou algum outro para lutar comigo. Se não vier rapidamente, eu não o esperarei."

"Por minha fé", respondeu Peredur, "decide se será com ou sem o teu consentimento que eu tomarei o cavalo, as armas e o cálice."

Então o cavaleiro o atacou furiosamente, acertando um poderoso e doloroso golpe com a base de sua lança entre o ombro e o pescoço.

"Jovem", advertiu Peredur, "essa não a maneira como os criados de minha mãe jogavam comigo, mas eu jogarei contigo nestes termos." Então, mirou com a ponta afiada do dardo, acertando o cavaleiro em seu olho de tal maneira que o dardo saiu pela nuca, e ele caiu ao solo totalmente morto.

"Deus sabe", disse Owain, filho de Urien, para Cai, "que agiu de forma sórdida com aquele homem tolo que enviou ao encalço do cavaleiro. E uma das duas coisas aconteceu, ou ele foi derrubado ou morto. Se foi derrubado, o cavaleiro vai se considerar um nobre, e Artur e seus guerreiros estarão desgraçados eternamente. Se ele foi morto, eles ainda sim estarão desgraçados, mas, além disso, isto será culpa tua. E eu perderei minha decência se eu não for ver o que aconteceu com ele."

Então Owain seguiu até o prado. Quando lá chegou, Peredur estava arrastando o homem atrás de si por todo o campo.

"Senhor", disse Owain, "espera. Eu removerei a armadura."

"Essa túnica de ferro nunca sairá", respondeu Peredur, "já é parte dele mesmo."

Então Owain removeu a armadura e as vestes.

"Aqui está, amigo", comentou ele, "agora tens o cavalo e a armadura que são melhores do que aqueles que possuía. Fica com eles de bom grado, venha comigo até Artur e serás ordenado um cavaleiro."

"Perderei minha decência se eu for", disse Peredur. "Mas leva o cálice para Gwenhwyfar, e diz a Artur que onde quer que eu vá eu serei seu homem. E, se eu puder ser de alguma utilidade e o servir, eu assim o farei. Diz a ele que eu nunca colocarei os pés em sua corte até que eu confronte o homem alto que lá está e vingue o insulto ao anão e a anã."

Então Owain seguiu seu caminho até a corte e contou a história para Artur, Gwenhwyfar e para cada membro do séquito, e também a ameaça a Cai.

Peredur seguiu seu caminho e, enquanto caminhava, encontrou um cavaleiro.

"De onde vens?", perguntou o cavaleiro.

"Eu venho da corte de Artur", respondeu ele.

"És um homem de Artur?"

"Eu sou, por minha fé", afirmou ele.

"Um bom lugar para se reconhecer como homem de Artur."

"Por quê?", indagou Peredur.

"Eu te direi o motivo", disse ele. "Sempre saqueei e pilhei Artur e matei todos os seus homens que conheci."

Sem mais delongas, eles se atacaram. Não demorou muito para Peredur o acertar de tal maneira que ele caiu da traseira de seu cavalo direto ao chão. O cavaleiro pediu clemência.

"Receberás clemência", afirmou Peredur, "se jurar que vais até a corte de Artur para dizer que eu o derrubei em seu serviço e honra. Diz a ele que eu nunca colocarei os pés em sua corte até que eu confronte o homem alto que lá está e vingue o insulto ao anão e a anã."

O Cavaleiro, tendo feito então a promessa, seguiu para a corte de Artur. Ele contou toda sua história, bem como a ameaça a Cai.

Peredur seguiu seu caminho e, na mesma semana, encontrou dezesseis cavaleiros, derrubando cada um deles.

E todos eles seguiram caminho até a corte de Artur com a mesma história do primeiro cavaleiro que ele derrubou e a mesma ameaça a Cai. Este, por sua vez, recebeu reprimenda de Artur e seu séquito, o que o deixou preocupado.

Peredur seguiu caminho. Finalmente ele chegou em uma floresta grande e desolada com um lago em sua borda. Do outro lado do lago havia uma grande corte com uma bela fortaleza ao redor. Na margem do lago havia um homem de cabelos grisalhos sentado em uma almofada de seda brocada e vestindo uma roupa também de seda brocada, com rapazes pescando em um pequeno barco no lago. Como o homem de cabelos grisalhos viu Peredur se aproximando, ele se levantou e seguiu para a corte. Ele era coxo. Peredur também seguiu para a corte e, como a porta estava aberta, ele adentrou o salão. Quando ele entrou, o homem de cabelos grisalhos estava novamente sentado em uma almofada de seda brocada, e um grande fogo aceso começava a queimar. Alguns membros do séquito se levantaram para receber Peredur e o ajudaram a desmontar e retirar sua armadura. O homem deu um tapinha na ponta da almofada com a mão e pediu ao escudeiro que viesse e se sentasse ali. Eles se sentaram juntos e conversaram. Quando chegou o momento, eles prepararam a mesa e foram comer. Peredur foi colocado para sentar e comer próximo do homem. Quando terminaram de comer, o homem perguntou a Peredur se ele sabia golpear bem com a espada.

"Acredito que, se eu fosse ensinado, eu saberia", afirmou Peredur.

"Se sabe como manejar um graveto e um escudo", comentou ele, "então sabe como golpear com a espada."

O homem de cabelos grisalhos tinha dois filhos, um rapaz de cabelos loiros e outro de cabelos ruivos.

"Levantem-se, rapazes", disse ele, "vão jogar com gravetos e escudos." E os rapazes começaram a jogar. "Dize-me, amigo", prosseguiu, "qual dos rapazes joga melhor?"

"Creio que o rapaz de cabelos loiros poderia já ter sangrado o rapaz de cabelos ruivos se ele quisesse", respondeu Peredur.

"Amigo, pega o graveto e o escudo do rapaz de cabelos ruivos e faz o rapaz de cabelos louros sangrar, se puderes."

Peredur se levantou e tomou o graveto e o escudo, acertando o rapaz de cabelos louros até que sua sobrancelha caiu sobre seu olho e o sangue começou a jorrar.

"Bem, amigo", comentou o homem, "vem e te senta agora. Serás o melhor espadachim desta ilha. Eu sou teu tio, o irmão de tua mãe. Ficarás comigo por um tempo, aprendendo boas maneiras e etiqueta. Esquece por agora as palavras de tua mãe, pois eu serei teu professor e te farei um cavaleiro. De agora em diante, isso é o que precisas fazer: se vires algo que pensas ser estranho, não perguntes sobre, a menos que alguém te explique por cortesia. E isso não será tua falta, mas minha, pois eu sou o teu professor." Eles receberam todo o tipo de honrarias a cortesias e, quando chegou a hora, foram dormir.

Ao raiar do dia, Peredur se levantou, pegou seu cavalo e partiu com a permissão de seu tio. Ele chegou a uma grande floresta com uma pradaria elevada em sua borda. Além da pradaria ele podia ver uma grande fortaleza e uma bela corte. Peredur foi até a corte e, encontrando a porta aberta, seguiu para o salão. Quando ele entrou, um belo homem de cabelos grisalhos estava sentado em um dos lados do salão com muitos rapazes ao seu redor. Todos se levantaram para receber o escudeiro, e a cortesia e atenção recebidas foram excelentes. Ele foi colocado para se sentar próximo do nobre dono da corte, e eles conversaram. Quando era a hora de comer, ele também foi colocado para se sentar e comer próximo do nobre. Quando terminaram de comer e beber pelo tempo que desejaram, o senhor perguntou se ele sabia como golpear com a espada.

"Se eu for ensinado", respondeu Peredur, "então eu saberei, claro." Havia uma enorme coluna de ferro no chão do salão, com uma braçada de guerreiro de circunferência.

"Pega a espada", disse o homem a Peredur, "e golpeie aquela coluna de ferro." Peredur levantou e golpeou a coluna de tal maneira que tanto a coluna como a espada se quebraram em duas partes.

"Junta as duas peças e deixa-as unidas." Peredur juntou as duas peças e elas voltaram a se unir como antes. Ele, então, golpeou uma segunda vez de tal maneira que tanto a coluna como a espada se quebraram em duas partes. E, como antes, elas voltaram a se unir. Ele golpeou uma terceira vez de tal modo que tanto a coluna como a espada se quebraram em duas partes outra vez.

"Junta as duas peças novamente e deixa-as unidas." Peredur as juntou uma terceira vez, mas nem a coluna, nem a espada ficaram unidas.

"Bem, rapaz, vai te sentar", disse o homem. "Que Deus te abençoe. És o melhor espadachim do reino. Acabou de ganhar dois terços de tua valentia, e a terceira parte ainda está para vir. Quando ganhares todas elas, não capitularás para ninguém. E eu sou teu tio, irmão de tua mãe, irmão do homem em cuja corte tu estavas na noite passada." Peredur se sentou próximo de seu tio e eles conversaram.

Subitamente ele pôde ver dois rapazes entrarem no salão, seguindo até um quarto carregando uma lança de grandes proporções e com três rastros de sangue fluindo da ponta até o chão. Quando todos viram os rapazes vindo naquela direção, eles todos começaram a chorar e se lamentar, pois não era fácil para ninguém suportar isso. Mesmo assim o homem não interrompeu sua conversa com Peredur. Tampouco o homem explicou para Peredur o que foi aquilo, nem Peredur perguntou sobre. Após um breve silêncio, subitamente duas donzelas entraram com uma grande bandeja entre elas, e a cabeça de um homem na bandeja com muito sangue ao seu redor. E então todos gritaram e lamentaram de tal maneira que não foi fácil para ninguém ficar sob aquele teto. Finalmente todos pararam, se sentaram pelo tempo que acharam necessário e beberam. Depois disso, o quarto foi preparado para Peredur e eles foram dormir.

Bem cedo no dia seguinte, Peredur se levantou e partiu com a permissão de seu tio. De lá ele chegou em uma floresta, e bem no seu interior ele pôde ouvir um grito. Ele foi até o lugar de onde se ouvia o grito e, ao chegar, avistou uma

bela mulher de cabelos ruivos, com um cavalo selado ao seu lado e um cadáver de um homem em seus braços. Quando ela tentava colocar o cadáver sobre a sela, o cadáver caía no chão e ela gritava.

"Dize-me, irmã", comentou Peredur, "por que estás gritando?"

"Ai de mim, maldito Peredur!", lamentou a mulher. "Pouco alívio trazes para o meu tormento."

"Por que eu seria maldito?", perguntou ele.

"Porque és a causa da morte de tua mãe, pois, quando partiu contra a vontade dela, uma dor lancinante se apoderou dela, o que causou sua morte. És maldito, pois és a causa da morte dela. E o anão e a anã que viu na corte de Artur, aquele era o anão de teu pai e de tua mãe. Eu sou tua irmã de criação e este é meu marido, morto pelo cavaleiro que está na floresta. Não chegue perto dele, pois também encontrará tal sina."

"Estás errada, irmã", disse ele, "em me culpar. Por ter ficado tanto tempo contigo eu dificilmente o vencerei. E, se ficasse mais, eu nunca o derrotaria. Quanto a ti, pare de te lamentar agora, pois a ajuda está mais perto que antes. Eu enterrarei o homem, irei contigo até onde este cavaleiro está e, se eu conseguir me vingar, assim o farei."

Depois de enterrar o homem, eles foram até o local na clareira onde o cavaleiro cavalgava com seu cavalo. De pronto o cavaleiro perguntou a Peredur de onde ele vinha.

"Eu venho da corte de Artur."

"És um homem de Artur?"

"Eu sou, por minha fé."

"Um bom lugar para se reconhecer como homem de Artur."

Sem mais delongas eles se atacaram e Peredur imediatamente o derrubou. O cavaleiro pediu clemência.

"Receberás clemência com a condição de tomar esta mulher como esposa e tratá-la tão bem como trataste outras mulheres, visto que mataste seu marido sem motivo; segue até a corte de Artur e diz a ele que eu te derrubei em honra e serviço de Artur. E diz a ele que eu nunca colocarei os pés em sua corte até que eu confronte o homem alto que lá está e vingue o insulto ao anão e a anã."

Peredur aceitou o juramento dele e o cavaleiro ajustou a mulher apropriadamente em um cavalo próximo, foi até a corte de Artur e contou a Artur sua aventura e a ameaça a Cai. Cai recebeu reprimenda de Artur e do seu séquito por ter afastado da corte de Artur um rapaz tão bom quanto Peredur.

"O escudeiro nunca virá para a corte", disse Owain. "Nem Cai se atreverá a sair."

"Por minha fé", respondeu Artur, "eu procurarei pelas terras desoladas da Ilha da Bretanha até o encontrar, e os obrigarei a fazer o pior um com o outro."

Enquanto isso, Peredur seguiu seu caminho até chegar em uma floresta grande e deserta. Ele não podia ver nem rastro de homem ou de rebanho, apenas vegetação e matagal. Quando chegou ao final da floresta, pôde ver uma fortaleza enorme, coberta por hera e com muitas torres robustas. Perto do portão a vegetação era mais alta que nas outras partes.

Subitamente, um rapaz magro com cabelo ruivo apareceu sobre a ameia acima dele.

"Faz tua escolha, senhor", disse ele. "Que eu abra o portão ou que diga ao homem encarregado que tu estás na entrada."

"Diz que eu estou aqui e, se ele quiser que eu entre, eu entrarei."

O rapaz retornou rapidamente e abriu o portão para Peredur, que seguiu para o salão. Quando ele entrou no salão, viu dezoito rapazes magros e ruivos, da mesma altura e mesma aparência, da mesma idade e com a mesma vestimenta do rapaz que abrira o portão para ele. Sua cortesia e hospitalidade eram excelentes. Eles o ajudaram a desmontar e retiraram sua armadura. Sentaram-se e conversaram.

Subitamente cinco donzelas saíram de um quarto e entraram no salão. Peredur teve a certeza de que nunca teve visão tão bela quanto a da primeira donzela entre elas. Ela usava um velho vestido esfarrapado de seda brocada que outrora fora bom; onde sua pele podia ser vista através dele, era mais branca do que as flores do cristal mais branco; seu cabelo e suas sobrancelhas eram mais pretos do que azeviche; duas pequenas manchas vermelhas em suas bochechas, mais vermelhas do que a coisa mais vermelha. A donzela deu boas-vindas a Peredur, o abraçou e se sentou ao seu lado. Não muito depois, ele viu duas freiras entrarem, uma carregando um jarro cheio de vinho e a outra com seis pedaços de pão branco.

"Senhora", disseram eles, "Deus sabe que esta noite o convento lá não tinha mais do que essa quantidade de comida e bebida." E foram comer. Peredur viu que a donzela queria dar mais comida e bebida para ele que qualquer outra pessoa.

"Irmã", comentou ele, "eu compartilharei a comida e a bebida."

"Não, amigo", disse ela.

"Pela minha barba se eu não fizer." Peredur pegou o pão e compartilhou igualmente com todos, o mesmo com a bebida. Quando terminaram a refeição, disse Peredur: "Eu ficaria grato se eu puder ter um lugar confortável para dormir." Assim, um quarto foi preparado para ele, e Peredur foi dormir.

"Irmã", disseram os rapazes para a donzela, "isso é o que te advertimos."

"O quê?", disse ela.

"Vai até o escudeiro no quarto próximo e te oferece para ele da maneira que ele desejar, seja como esposa ou amante."

"Isso não é algo apropriado", afirmou ela. "Eu, que nunca estive com um homem, me oferecer para ele antes de ser cortejada. Eu não posso fazer isso de forma alguma."

"Por nossa fé em Deus", disse ele, "se não fizer isso, nós te deixaremos aqui com teus inimigos."

Com isso a donzela se levantou chorosa e seguiu para o quarto. Com o barulho da porta se abrindo, Peredur acordou.

A donzela tinha lágrimas escorrendo por seu rosto.

"Dize-me, irmã", indagou Peredur, "por que estás chorando?"

"Eu te direi, senhor", respondeu ela. "Meu pai era o dono desta corte, junto do melhor domínio senhorial do mundo. Agora o filho de outro *jarl* me pediu em casamento para meu pai. Eu não ficaria com ele por minha própria vontade, e meu pai não me entregaria contra minha vontade a ele ou a qualquer outra pessoa. Mas meu pai não teve outro filho além de mim, e, depois que ele morreu, o reino ficou em minhas mãos. Eu, então, não tenho mais vontade de ter com o homem o que tinha antes. Então o que ele fez foi começar uma guerra contra mim e tomou meu reino, com exceção desta única casa. E porque os homens que tu viste são tão corajosos — eles são meus irmãos de criação — e a casa é tão forte, nunca seremos dominados enquanto a comida e a bebida durarem. Agora tudo se esgotou, não fosse pelas freiras que viste nos alimentando, já que estão livres para viajar pelas terras e pelo reino. Mas agora elas também não possuem nem comida ou bebida. E não mais tardar que amanhã o *jarl* vai cair sobre esse lugar com toda a sua força. Se ele me capturar, meu destino não será melhor caso ele me entregue aos seus cavalariços. Então eu venho me oferecer a ti, meu senhor, da maneira que desejares, em troca de nos ajudar a escapar ou nos defender aqui."

"Vai dormir, irmã", disse ele. "Eu não vos deixarei sem ter feito algumas dessas coisas que me pediste." A donzela se retirou e foi dormir.

Cedo no dia seguinte, a donzela levantou, foi até Peredur e o saudou.

"Que Deus te abençoe, amiga", respondeu ele. "Tens alguma notícia?"

"Nenhuma além de boas notícias, senhor, com tanto que estejas bem; mas o *jarl* e toda sua força caiu sobre a casa. Ninguém nunca viu tantos pavilhões ou cavaleiros clamando por lutas entre si."

"Muito bem", disse Peredur, "prepara meu cavalo que eu me levantarei."

Eles prepararam o cavalo e ele se levantou e rumou para o prado. Quando ele chegou, um cavaleiro estava cavalgando e levando em seu cavalo o sinal de combate levantado. Peredur o derrubou de seu cavalo direto ao chão. E muitos foram derrubados naquele dia.

Ao cair da tarde, já ao final do dia, um cavaleiro extraordinário veio lutar com ele e Peredur o derrubou também. Ele pediu por clemência.

"Quem és?", perguntou Peredur.

"Em verdade", disse o cavaleiro, "o chefe do séquito do *jarl*."

"Quantas partes da terra da condessa te pertencem?"

"Em verdade, um terço."

"Muito bem", respondeu Peredur, "nesta noite, em sua corte, devolve um terço de teu reino para ela em sua totalidade, junto com todo o lucro que obtiveste com isso, além de comida e bebida para cem homens, e cavalos e armas para eles; e tu serás seu prisioneiro, mas não perderás tua vida." O que foi feito imediatamente.

A donzela ficou radiante com tanta felicidade naquela noite: um terço do seu reino eram seus, muitos cavalos, armas e comida e bebida para sua corte. Eles descansaram pelo tempo que quiseram e, então, foram dormir.

Cedo, no dia seguinte, Peredur seguiu para a pradaria e derrotou muitos nesse dia. Ao final do dia, um extraordinário e arrogante cavaleiro apareceu e Peredur o derrotou também. Ele pediu por clemência.

"Quem és?", perguntou Peredur.

"O regente da corte", disse o cavaleiro.

"Quanto do reino da donzela te pertence?"

"Um terço", respondeu ele.

"Então devolva um terço de teu reino para a donzela, e todo o lucro que obtiveste com isso, além de comida e bebida para duzentos homens, e cavalos e armas para eles. E tu serás seu prisioneiro." O que foi feito imediatamente.

Ao terceiro dia, Peredur veio até a pradaria e derrotou mais naquele dia que em todos os outros dias. Finalmente o

jarl veio para lutar com ele e Peredur o derrubou no chão. Ele pediu por clemência.

"Quem és?", perguntou Peredur.

"Eu não me esconderei", disse ele. "Eu sou o *jarl*."

"Muito bem", respondeu Peredur, "então devolve todo o domínio para a donzela e também o teu domínio, além de comida, bebida, cavalos e armas para trezentos homens. E tu mesmo estarás sob a autoridade dela."

Desta maneira, por três semanas, Peredur conseguiu tributos e homenagens para a donzela. Quando ele a estabeleceu e assegurou seu reino, disse a ela:

"Com tua permissão, eu seguirei meu caminho."

"Irmão, é isso o que desejas?"

"Sim, por minha fé. Se não fosse por meu amor para contigo, eu teria partido há muito tempo."

"Amigo", disse ela, "quem és de fato?"

"Peredur, filho de Efrog do Norte. Se estiveres em aflição ou perigo, avisa-me, e eu te defenderei se puder."

Então Peredur partiu e, bem distante dali, se encontrou com uma dama cavalgando um cavalo magro e suado. Ela saudou o cavaleiro.

"De onde vens, irmã?", indagou Peredur.

Ela explicou sua situação e o motivo de sua jornada. Era a esposa do Orgulhoso da Clareira.

"Bem", disse Peredur, "eu sou o cavaleiro que se responsabilizará por tua aflição. Qualquer pessoa que tenha te feito disto se arrependerá."

De súbito um cavaleiro se aproxima, perguntando a Peredur se ele havia visto um certo cavaleiro que ele estava a procurar.

"Calado", respondeu Peredur. "Eu sou aquele que procuras, e, por minha fé, a donzela é inocente." Assim sendo, eles lutaram um contra o outro e Peredur derrubou o cavaleiro. Ele pediu por clemência.

"Receberás clemência ao voltar pelo caminho de onde vieste para que todos saibam que a garota foi inocentada, e que isto sirva de compensação pelo insulto de te derrubar."

Assim o cavaleiro prometeu e Peredur seguiu seu caminho. Em uma montanha não muito distante ele pôde ver um castelo. Rumou para lá e golpeou os portões com sua lança, e, subitamente, um belo rapaz de cabelos ruivos abriu os portões. Era um guerreiro em estatura e força, mas um menino em idade. Quando Peredur adentrou ao salão havia uma alta e bela mulher sentada em uma cadeira com numerosas damas de companhia ao seu redor. A boa dama lhe deu as boas-vindas e, quando chegou o momento, eles foram comer. Após a refeição, a dama disse:

"Faria bem, senhor, se fosses dormir em outro lugar."

"Não posso dormir aqui?"

"Aqui existem nove bruxas, amigo", respondeu ela, "e junto delas o pai e a mãe. São as bruxas de Caerloyw[4] e, ao nascer do dia, nós estaremos mais perto de encontrar com a morte do que de escaparmos, pois eles conquistaram e assolaram toda esta terra, exceto esta única casa."

"Bem", disse Peredur, "aqui é onde eu quero ficar esta noite; se algum problema aparecer e eu for de alguma utilidade, assim eu procederei. Eu certamente não causarei nenhum dano." E foram dormir.

Ao amanhecer, Peredur escutou um grito. Ele se levantou rapidamente, com camisa, calças e sua espada no pescoço, e saiu. Quando lá chegou, uma bruxa estava agarrando o vigia, que gritava. Peredur atacou a bruxa e a golpeou na cabeça com a espada até que o seu elmo e coifa se espalharam como um prato sobre sua cabeça.

"Clemência, belo Peredur, filho de Efrog, pelo amor de Deus!"

"Como sabes, bruxa, que eu sou Peredur?"

"Foi previsto e predestinado eu que sofreria tamanha dor por tuas mãos e que tu receberias um cavalo e armas de mim. Ficarás comigo por um tempo enquanto eu te ensinarei como cavalgar teu cavalo ou empunhar tuas armas."

---

[4] Caerloyw ("a cidade que brilha"), outro nome para Gloucester. [N. T.]

"Pois é assim que tu receberás clemência", afirmou ele. "Jura que nunca farás nenhum outro malefício para com as terras da condessa."

Peredur se assegurou do juramento e, com a permissão da condessa, seguiu seu caminho com a bruxa até a corte das bruxas. E lá ficou por três semanas consecutivas. Então Peredur escolheu seu cavalo, armas e seguiu seu caminho. Ao final do dia, ele chegou num vale em que, na sua parte mais remota, se encontrava a cela de um eremita. O eremita lhe deu boas-vindas, e ele ficou lá naquela noite.

Cedo na manhã seguinte ele se levantou e, quando saiu, percebeu que havia nevado na noite anterior. Um falcão havia matado um pato próximo da cela e, com o barulho do cavalo, o falcão levantou voo e um corvo caiu sobre a carne do pássaro. Peredur se levantou e comparou a negrura do corvo com o cabelo da mulher que ele mais amava, tão preto como azeviche, e a brancura da neve com sua pele tão branca. Também comparou a vermelhidão do sangue na neve branca com as duas manchas vermelhas em suas bochechas.

Enquanto isso, Artur e seu séquito procuravam por Peredur. "Alguém aqui sabe quem é aquele cavaleiro de pé com a longa lança sobre aquele vale?"

"Senhor", respondeu um deles, "Eu irei e descobrirei quem ele é."

Então o escudeiro se aproximou de Peredur e o perguntou o que ele estava fazendo ali e quem ele era. Mas Peredur estava tão absorto em seus pensamentos sobre a mulher que ele mais amava que não deu qualquer resposta. O escudeiro atacou Peredur com a lança, mas Peredur se virou sobre ele e o jogou do cavalo diretamente ao chão. Vinte e quatro cavaleiros vieram em sequência e ele não respondeu a nenhum deles, mas tratou cada um da mesma maneira, derrubando cada um deles de seus cavalos em direção ao chão com um único golpe. Então Cai veio até ele e abordou Peredur com palavras duras e rudes, mas Peredur o golpeou com a lança abaixo de sua mandíbula, o derrubando a uma grande distância e de tal maneira que seu braço e clavícula foram quebrados. Quando ele estava desmaiado e quase morto, tal foi a dor infligida, seu cavalo retornou galopando desvairado. Quando todo o séquito viu seu cavalo chegando sem o seu cavaleiro, correram para onde o encontro havia acontecido. Quando lá chegaram, eles pensaram que Cai tinha sido morto. No entanto, eles se deram conta de que, se ele recebesse a ajuda de um médico que pudesse colocar seu osso no lugar e atar bem suas articulações, ele ficaria bem. Peredur não se distraiu de seus pensamentos tanto quanto antes, apesar de ver a multidão ao redor de Cai, levado ao pavilhão de Artur, que trouxe médicos habilidosos para ele. Arthur estava arrependido dos ferimentos que Cai recebeu, pois ele o amava em demasia. Então Gwalchmai disse:

"Ninguém deveria distrair um cavaleiro ordenado de seus pensamentos de maneira descortês, pois ele pode ou estar sofrendo por uma perda ou pensando na mulher que mais ama. Esta descortesia, talvez, tenha sido feita pelo homem que o encontrou por último. Se desejares, senhor, eu irei e verei se o cavaleiro já se apartou dos pensamentos profundos, e, se ele assim o fez, eu o perguntarei gentilmente para vir ter contigo."

Cai, demonstrando aborrecimento, lhe devolveu palavras raivosas e ciumentas:

"Gwalchmai, estou seguro de que vais trazê-lo pelas rédeas. No entanto, pouca será a honra e a fama que receberás ao vencer um cavaleiro cansado, exausto de tanto lutar. Mesmo assim, foi como venceste muitos deles, e, enquanto tens tua língua com doces palavras, um manto de fino linho é armadura suficiente para ti. E não precisarás quebrar lança ou espada lutando com um cavaleiro que se encontra neste estado."

Gwalchmai, então, respondeu para Cai:

"Poderias ter dito algo mais agradável se quisesses. Pois não é apropriado que descarregue tua raiva e irritação sobre mim. Entretanto, espero trazer o cavaleiro de volta comigo sem quebrar nem meus braços, nem meus ombros."

Artur, então, disse a Gwalchmai:

"Falas como um homem sábio e razoável. Vai, veste uma boa armadura e escolhe teu cavalo."

Gwalchmai se armou e seguiu lentamente nas passadas de seu cavalo até onde estava Peredur. Ele estava descansando sobre o cabo da lança, meditando sobre os mesmos pensamentos. Gwalchmai se aproximou dele sem qualquer sinal de hostilidade para com ele e disse:

"Se eu soubesse que isso te agradaria como me agrada, eu conversaria contigo. No entanto, eu sou um mensageiro de Artur, implorando para que venhas ter com ele. Dois homens vieram antes de mim com a mesma incumbência."

"Isso é verdade", comentou Peredur, "mas eles foram descorteses. Lutaram comigo, o que não me agrada, pois eu não gosto de ser apartado de meus pensamentos. Estava a pensar na mulher que eu mais amo. Pois esta é a razão pela qual me lembrava dela: eu olhava para a neve, para o corvo e para as gotas de sangue do pato que o falcão matou na neve. Eu pensava que a brancura de sua pele era como a neve, o negrume de seu cabelo e sobrancelhas eram como o corvo e que as duas manchas vermelhas em suas bochechas eram como as duas gotas de sangue."

Gwalchmai disse:

"Estes pensamentos não eram desonrosos, e não é surpresa alguma que tenhas te sentido magoado ao ser apartado deles."

Peredur indagou:

"Dize-me, Cai está na corte de Artur?"

"Ele está. Ele foi o último cavaleiro que lutou contra ti. E nada de bom conseguiu ao te confrontar: ele quebrou o braço direito e a clavícula na queda que sofreu com o golpe de tua lança."

"Bom", afirmou Peredur, "não era meu intento ter iniciado minha vingança ao insulto do anão e anã desta maneira."

Gwalchmai se surpreendeu ao escutá-lo mencionar o anão e a anã. Ele se aproximou dele e o abraçou, perguntando qual era o seu nome.

"Eu sou chamado de Peredur, filho de Efrog", disse ele. "E tu, quem és?"

"Sou chamado de Gwalchmai", respondeu ele.

"Fico feliz em te ver", comentou Peredur. "Em todas as terras por onde estive eu escutei de tuas proezas militares e de tua integridade. Eu imploro por tua amizade."

"Terás, por minha fé, e me dá também a tua."

"Terás, com muito prazer", assentiu Peredur.

Eles partiram juntos, em alegre concordância, até onde estava Artur. Quando Cai escutou que eles estavam a voltar, disse:

"Eu sabia que Gwalchmai não precisaria lutar com o cavaleiro. Nem é surpresa alguma que tenha a fama que tem. Ele faz mais com suas belas palavras do que com a força das armas."

Peredur e Gwalchmai chegaram até o pavilhão de Gwalchmai para retirar suas armaduras, e Peredur se vestiu com o mesmo tipo de vestimenta que Gwalchmai usava. Eles foram, então, de mãos dadas até onde estava Artur e o saudaram.

"Senhor", comentou Gwalchmai, "aqui está o homem que tu estavas a procurar por um bom tempo."

"Bem-vindo, senhor", disse Artur. "Deverias ficar comigo. Pois, se eu soubesse que teu progresso seria como foi, não terias me deixado quando o fez. Mas, mesmo, isso foi previsto pelo anão e pela anã, aqueles que Cai feriu, e que agora tu vingaste."

Então se aproximou a rainha com suas damas de companhia e Peredur as saudou. Elas estavam contentes em vê-lo e lhe deram as boas-vindas. Artur mostrou grande respeito e honra a Peredur, e retornaram a Caerleon.

Na primeira noite que Peredur passou em Caerleon, na corte de Artur, aconteceu de ele estar passeando pelo castelo após o jantar e, de repente, Angharad Law Eurog se encontrar com ele.

"Por minha fé, irmã", comentou Peredur, "és uma donzela amável e admirável. Eu poderia te amar acima de qualquer outra mulher, se desejares."

"Eu te dou minha palavra", respondeu ela, "que eu não te amo e que nunca te desejarei."

"E eu te darei minha palavra", disse Peredur, "que eu nunca mais falarei com qualquer cristão até que confesses que me amas acima de qualquer outro homem."

No dia seguinte, Peredur partiu percorrendo a grande estrada que seguia junto da cumeeira de uma grande montanha. Na outra extremidade da montanha ele podia ver um vale arredondado com as bordas arborizadas e pedregosas, e no fundo do vale havia também prados, com terras aradas entre os prados e a floresta. No coração da floresta ele pôde ver grandes casas negras construídas de maneira precária. Ele desmontou e levou seus cavalos para dentro da floresta. A uma certa distância dentro da floresta ele pôde ver uma rocha bem íngreme com um caminho que levava até a lateral da rocha, onde um leão acorrentado dormia. Ele pôde ver também um fosso profundo, de grandes proporções, bem abaixo do leão, e repleto de ossos de homens e animais. Peredur sacou sua espada e golpeou o leão, de maneira que ele caiu e ficou pendurado pela corrente sobre a fossa. Com o segundo golpe ele acertou a corrente, de maneira que ela se quebrou e o leão caiu dentro da fossa.

Peredur seguiu conduzindo seu cavalo pela lateral da rocha, até que ele conseguiu chegar ao vale. No meio do vale ele podia avistar um belo castelo, para onde se dirigiu. No prado próximo ao castelo estava sentado um homem alto de cabelos grisalhos. Ele era mais alto do que qualquer homem que ele já havia visto. Dois rapazes atiravam entre si os cabos de osso de baleia de suas facas; um era um rapaz de cabelos ruivos e o outro, um rapaz de cabelos loiros. Peredur foi até o homem de cabelos grisalhos e o saudou.

"Pelas barbas do meu guarda!", disse o homem de cabelos grisalhos. E Peredur se deu conta de que o leão era o guarda. Então o homem de cabelos grisalhos, junto de seus rapazes, entrou no castelo e Peredur o seguiu. Ele pôde perceber que se tratava de um belo e nobre lugar. Foram até o salão, e mesas estavam postas com muita comida e bebida sobre elas. Ele, então, viu uma velha e uma jovem vindo de um quarto e ambas eram as mulheres mais altas que ele já tinha visto. Eles se lavaram e foram comer. O homem de cabelos grisalhos se dirigiu para a cabeceira da mesa com a velha ao lado dele; Peredur e a donzela foram colocados um ao lado do outro; e os dois rapazes os serviam. A donzela olhou para Peredur e se entristeceu. Peredur perguntou para a donzela o motivo de sua tristeza.

"Amigo, desde o primeiro momento em que te vi, és o homem que eu amei sobre todos os outros. Estou de coração partido ao ver a sina que cairá amanhã sobre tão nobre jovem quanto tu. Viste as várias casas negras no coração da floresta? Todos eles são vassalos de meu pai, o homem de cabelos grisalhos ali, e todos eles são gigantes. Amanhã eles serão enviados para te matar. Este vale é chamado de Vale Arredondado."

"Bela donzela, poderias providenciar que meu cavalo e armadura fiquem no mesmo aposento que eu esta noite?"

"Eu assim o farei de bom grado, por Deus."

Quando chegou o momento de dormir e não de festejar, eles foram para cama e a donzela providenciou que o cavalo e a armadura de Peredur ficassem no mesmo aposento que ele.

No dia seguinte, Peredur escutou o brado de homens e cavalos ao redor do castelo. Peredur se levantou e se armou com seu cavalo, partindo para o prado. A velha e a donzela se aproximaram do homem de cabelos grisalhos.

"Senhor", disseram a ele, "aceita a palavra do escudeiro de que ele não dirá nada sobre o que viu aqui, e vamos garantir que ele cumpra."

"Por minha fé, não o farei", respondeu o homem de cabelos grisalhos.

lutou contra a tropa e ao meio-dia ele havia matado um terço deles sem ninguém ter sequer o machucado. Então a velha disse:

"O escudeiro matou muitos dos seus homens. Demonstra clemência para com ele."

"Por minha fé, eu não demonstrarei", respondeu ele. A velha e a bela donzela assistiam a tudo das ameias do castelo. Então Peredur atacou o jovem de cabelos loiros e o matou.

"Senhor", pediu a donzela, "demonstra clemência pelo escudeiro."

"Por Deus, eu não demonstrarei." Então Peredur atacou o rapaz de cabelos ruivos e o matou.

"Teria sido melhor demonstrar clemência para o escudeiro antes dos teus dois filhos estarem mortos. Pois não será fácil escapar, se de alguma maneira conseguir."

"Vai, donzela, e implora ao escudeiro que demonstre clemência por nós, mesmo que nós não tenhamos demonstrado por ele." A donzela foi até Peredur e pediu clemência para o seu pai e para todos os homens que escaparam com vida.

"Sim, sob a condição de que teu pai e todos os seus seguidores prestem homenagem ao imperador Artur e que digam para ele que foi Peredur, seu vassalo, que fez este serviço."

"Nós vamos de bom grado, por Deus."

"Além disso, serão batizados. Eu enviarei uma mensagem para Artur pedindo que ele os entregue esse vale e também para teus herdeiros de hoje para sempre."

Então eles entraram e o homem de cabelos grisalhos e a mulher alta saudaram Peredur. "Desde que eu domino este vale, eu nunca vi um cristão sair daqui vivo, além de ti", afirmou o homem de cabelos grisalhos. "Nós prestaremos homenagem a Artur e receberemos a fé e o batismo."

"Agradeço a Deus que não quebrei minha promessa para com a mulher que mais amo, ou seja, não troquei palavras com nenhum cristão", disse Peredur. Eles então pernoitaram ali.

Cedo, na manhã seguinte, o homem de cabelos grisalhos seguiu com seu séquito até a corte de Artur, prestando homenagem a Artur e sendo por ele batizados. O homem de cabelos grisalhos disse a Artur que fora Peredur quem o havia vencido, e Artur deu o vale ao homem de cabelos grisalhos e seus seguidores para governar em seu nome, como Peredur havia pedido. E, com a permissão de Artur, o homem de cabelos grisalhos partiu para o Vale Arredondado.

Peredur, por sua parte, viajou na manhã seguinte por um longo trecho em meio ao ermo sem encontrar nenhuma habitação. Enfim, ele encontrou uma casa pequena e muito pobre. Lá soube de uma serpente que descansava sobre um anel dourado e não deixava nenhuma habitação em pé em um raio de sete milhas. Peredur foi até onde a serpente se encontrava e lutou contra ela com fúria e valentia, com orgulho e ousadia, matando-a eventualmente e pegando o anel para si. Por muito tempo ele vagou assim, sem dizer uma palavra a nenhum cristão, até que começou a perder sua cor e aparência por conta da saudade que nutria da corte de Artur, da mulher que ele mais amava e de seus companheiros.

De lá, ele seguiu viagem para a corte de Artur. No caminho, o séquito de Artur cruzou seu caminho, com Cai à frente como emissário. Peredur reconheceu a todos, mas nenhum deles o reconheceu.

"De onde vens, senhor?", perguntou Cai duas vezes e também uma terceira, mas Peredur não o respondeu.

Cai o golpeou com sua lança em sua coxa, e ele, com receio de ter de falar algo e quebrar seu juramento, recuou e seguiu sem buscar vingança. Então, disse Gwalchmai:

"Por Deus, Cai, que comportamento execrável atacar um escudeiro desta maneira apenas porque ele não pode falar."

Gwalchmai retornou então para a corte de Artur:

"Senhora", disse ele para Gwenhwyfar, "consegues ver o quão terrível Cai tratou esse escudeiro, apenas porque ele não podia falar? Que ele tenha tratamento médico quando retornar e eu te pagarei por isso."

Antes de os homens retornarem de sua missão, um cavaleiro veio até o prado próximo da corte de Artur exigindo um oponente para duelar. O oponente foi encontrado, e o cavaleiro o derrubou. Por uma semana ele derrubou um cavaleiro por dia.

Um dia, Artur e seu séquito seguiam para a igreja e avistaram o cavaleiro com o sinal de batalha levantado.

"Homens", disse Artur, "pela valentia dos homens, eu não sairei daqui até conseguir meu cavalo e armas para derrubar aquele patife ali."

Então os servos saíram para conseguir o cavalo e as armas de Artur. Peredur se encontrou com os servos no caminho, tomou o cavalo e as armas e seguiu para o prado. Quando todos o viram se levantar para enfrentar o cavaleiro, foram em direção dos morros e demais elevações para observar a luta. Peredur fez um sinal ao cavaleiro com sua mão, incitando-o a começar. O cavaleiro o atacou, entretanto, Peredur permaneceu parado em seu lugar. Mas, de súbito, ele esporeou seu cavalo e se lançou sobre o cavaleiro, furioso e valente, agressivo e irado, ávido e orgulhoso. E deu-lhe um golpe que foi amargo e brutal, doloroso e ousado de uma maneira que só um guerreiro poderia golpear, bem abaixo do queixo, levantando-o para fora de sua sela e o jogando a uma grande distância.

Peredur retornou e deixou o cavalo e a armadura com os servos tal como antes e seguiu para a corte a pé. Por conta disso, Peredur foi chamada de O Cavaleiro Mudo. E assim Angharad Law Eurog o encontrou.

"Por Deus, senhor, é uma pena que não possas falar. Se pudesse eu te amaria acima de todos os homens. E por minha fé, mesmo que não possas falar, eu ainda te amarei acima de todos."

"Que Deus te pague, irmã. Por minha fé, eu também te amo." Então ela percebeu que ele era Peredur. Ele reatou sua amizade com Gwalchmai, com Owain, filho de Urien, e com todo o séquito. E permaneceu na corte de Artur.

Artur estava em Caerleon ar Wysg e foi caçar com Peredur. Peredur soltou seu cão sobre um cervo e este matou o cervo em um lugar desolado. A certa distância ele pôde ver sinais de assentamento e se aproximou do lugar. Ele pôde ver um salão, e na porta do salão podia ver três jovens bem morenos e carecas jogando *gwyddbwyll*.[5] Quando ele

---

[5] O jogo de *gwyddbwyll* é jogado em um tabuleiro de madeira e tem paralelo com o jogo de *fidchell* irlandês. O jogo consiste em mover peões do centro para fora do tabuleiro enquanto seu oponente tenta impedir movendo peões a partir das bordas. [N. T.]

entrou, viu três donzelas sentadas em um divã, vestidas com roupas de ouro, próprias de mulheres nobres. Sentou-se no divã com elas; uma das donzelas olhou atentamente para Peredur e começou a chorar. Peredur a perguntou por que ela chorava.

"Porque me dói muito ver um jovem tão belo ser morto", comentou ela.

"Quem me mataria?"

"Se não fosse tão perigoso que tu fiques aqui, eu te diria."

"Por maior que seja o perigo em ficar, eu te escutarei", respondeu ele.

"Esta corte pertence ao meu pai que mata todos aqueles que vêm até aqui sem permissão."

"Que tipo de homem é o teu pai que mata a todos desta forma?"

"Um homem que é violento e malicioso com seus vizinhos e que não dá compensações a ninguém por isso."

Peredur, então, viu os rapazes se levantando e arrumando as peças do tabuleiro. Escutou um grande barulho e depois viu entrar um enorme homem moreno com um olho apenas. As donzelas se levantaram para recebê-lo, removeram sua armadura e foram se sentar. Quando ele se deu por si e se acalmou, olhou para Peredur e perguntou quem era aquele cavaleiro.

"Senhor", disse a donzela, "o mais belo e nobre homem que jamais viu. E, pelo amor de Deus, e por teu orgulho, sê paciente com ele."

"Por amor a ti eu serei paciente e o conservarei a vida esta noite."

Então Peredur se uniu a eles junto ao fogo e comeu, bebeu e conversou com as donzelas. Após isso, já embriagado, Peredur disse:

"Estou surpreso que digam que és tão forte; afinal, quem te arrancou o olho?"

"Uma de minhas regras é que aquele que me faz esta pergunta não escaparia com vida nem com favor ou pagamento."

"Senhor", pediu-lhe a donzela, "apesar de ele te falar de forma tola por estar embriagado e fora de si, mantém a tua palavra e a promessa que me fez agora mesmo."

"Eu farei de bom grado, por amor a ti. Eu pouparei de bom grado a vida dele esta noite." E eles deixaram esse assunto por isso mesmo naquela noite.

No dia seguinte, o homem moreno se levantou, colocou sua armadura e disse a Peredur. "Levanta-te, homem, e encontra a tua morte."

"Homem moreno, faz uma dessas duas coisas se desejas lutar comigo: ou retira tua própria armadura ou dá-me uma armadura adicional para lutar contigo", disse Peredur.

"Homem!", respondeu ele. "Poderias lutar se tivesse armamentos? Pega o que desejares."

Então a donzela trouxe para Peredur as armas que ele queria. Ele e o homem moreno lutaram até que o homem moreno pedisse clemência a Peredur.

"Homem moreno, tu receberás clemência sob a condição de que me digas quem és e quem arrancou o teu olho."

"Senhor, eu te direi: foi ao lutar com a Serpente Negra do Cairn. Existe uma colina chamada a Colina do Lamento, e nesta colina existe um *cairn*[6]. Neste *cairn* há uma serpente cuja cauda encontra-se numa pedra com atributos mágicos: aquele que a segurar em uma mão terá todo o ouro que desejar na outra mão. Eu perdi meu olho ao lutar contra aquela serpente. Meu nome é o Opressor Negro, e a razão pela qual me chamaram assim é porque eu aterrorizei todos os homens que se aproximaram de mim e não dei compensação a ninguém."

"Bem", indagou Peredur, "o quão longe daqui é esta colina que mencionaste?

"Eu te direi as etapas de tua jornada aqui, e também te direi o quão longe é. O dia que daqui partir tu chegarás na corte dos Filhos do Rei do Sofrimento."

---

[6]Um *cairn* é uma pilha de pedras utilizada como marco geográfico ou funerário. É prática comum levantar um *cairn* para marcar lugares de memória ou apenas por indicação geográfica. [N. T.]

"Por que eles são chamados assim?"

"Um monstro do lago os mata um por dia. Quando partires de lá, tu chegarás na corte da Condessa das Façanhas."

"Quais são suas façanhas?"

"Ela tem um séquito de trezentos homens. E para todo estranho que chega na corte são contadas as façanhas de seu séquito. É por isso que o séquito de trezentos homens se senta ao lado da senhora, não por desrespeito aos convidados, mas para narrar suas façanhas. Na noite em que partir de lá, tu chegarás na Colina do Lamento, e lá, ao redor da colina, tu encontrarás os donos de trezentos pavilhões guardando a serpente."

"Já que tu foste um opressor por tanto tempo, eu vou me assegurar de que nunca mais o serás." E Peredur o matou.

Então, a donzela que começara a falar com ele disse: "Se tu eras pobre ao chegar aqui, agora ficarás rico com o tesouro do homem moreno que mataste. Vês muitas donzelas belas nesta corte. Podes ter aquela que desejares."

"Senhora, eu não vim de minhas terras para tomar uma esposa, mas eu vejo uns bons rapazes ali. Que as donzelas e os rapazes formem pares uns com os outros, como desejarem. Eu não quero nenhuma riqueza, pois não preciso."

Peredur partiu de lá e chegou, então, na corte do Filhos do Rei do Sofrimento. Quando chegou na corte, ele pôde ver apenas mulheres que se levantaram e o saudaram. Começaram a conversar e ele pôde ver se aproximando um cavalo selado com um cadáver em cima. Uma das mulheres levantou e tirou o cadáver da sela, banhou-o em uma banheira com água quente que estava junto à porta e aplicou um unguento precioso nele. O Homem se levantou, vivo, e veio até Peredur para saudá-lo e dar boas-vindas. Dois outros cadáveres entraram montados e a donzela deu aos dois o mesmo tratamento que ao anterior. Então Peredur perguntou ao senhor por que eles eram assim, e eles responderam que havia um monstro na caverna que os matava todos os dias. Naquela noite eles deixaram o assunto por isso mesmo.

No dia seguinte, os rapazes se levantarem e Peredur pediu para que o permitissem acompanhá-los, pelo bem de suas amadas. Eles o rechaçaram:

"Se tu morreres lá ninguém poderá te trazer de volta à vida."

Então eles partiram com Peredur os seguindo, mas quando eles desapareceram de maneira que ele não mais os pôde ver, de súbito, ele se viu de frente com a mais bela mulher que jamais vira, sentada sobre a colina.

"Sei para onde pretendes ir. Vais para matar o monstro, mas ele te matará e não porque é valente, mas porque ele é sagaz. Ele vive dentro de uma caverna que tem um pilar de pedra em sua entrada que o permite ver a todos que entram, mas ninguém o pode ver. E com uma lança de pedra envenenada ele mata a todos a partir desse pilar nas sombras. Se prometeres me amar acima de todas as mulheres eu te darei uma pedra que te fará ver o monstro ao entrar, mas ele não vai te ver."

"Eu prometo, por minha fé", assentiu Peredur. "Da primeira vez que te vi, eu te amei. Onde eu poderia te encontrar?"

"Quando procurares por mim, olha para a Índia." Então a donzela desapareceu, depois de deixar a pedra nas mãos de Peredur.

Ele prosseguiu até um vale com um rio, cercado por árvores, mas com prados planos nas margens. De um lado do rio ele podia ver um rebanho de ovelhas brancas, e do outro lado ele podia ver um rebanho de ovelhas negras: quando uma das ovelhas brancas balia, uma das ovelhas negras atravessava e ficava branca, e quando uma das ovelhas negras balia, uma das ovelhas brancas atravessava e ficava preta. Nas margens do rio ele pode ver uma árvore alta cuja metade estava a queimar das raízes até a copa, mas a outra metade estava verdejante. Além disso, ele podia ver um escudeiro sentado no topo de uma colina com dois galgos malhados de peito branco na coleira, deitados ao lado dele. Ele estava certo de que nunca havia visto um escudeiro de aparência tão nobre. Na floresta mais à frente ele podia escutar os cães de caça perseguindo um cervo. Ele saudou o escudeiro e ele saudou Peredur. Peredur pôde ver, então, três caminhos saindo da colina: dois eram largos e o terceiro, mais estreito. Peredur perguntou para onde levavam os três caminhos.

"Um desses caminhos vai para minha corte, e eu te aconselho a fazer uma destas duas coisas: ou seguir até a corte e minha esposa que lá está ou ficar aqui para ver os cães de caça conduzindo o cervo cansado da floresta até terreno aberto. Tu verás os melhores cães de caça que jamais viste, os mais valentes ao enfrentar um cervo e matá-lo na água próxima de nós dois. E, quando chegar o momento para comermos, meu servo trará meu cavalo até mim e tu serás bem recebido lá esta noite."

"Que Deus te pague. Eu não ficarei, mas continuarei meu caminho."

"O segundo caminho leva até um vilarejo aqui perto. Tu podes comprar comida e bebida lá. Já o caminho que é mais estreito que os demais leva até a caverna do monstro."

"Com tua permissão, escudeiro, eu irei por lá."

Peredur, então, foi até a caverna, com a pedra em sua mão esquerda e a lança em sua mão direita. Ao entrar ele viu o monstro e intentou a lança sobre ele, cortando sua cabeça fora. Quando ele saiu da caverna, viu na entrada os três companheiros. Eles saudaram Peredur, disseram ter sido profetizado que ele mataria aquela ameaça. Peredur entregou a cabeça para os rapazes e eles o ofereceram a possibilidade de escolher como esposa uma das suas três irmãs, junto com metade do reino deles.

"Eu não vim aqui para arrumar uma esposa, mas, se eu desejasse uma esposa, provavelmente seria tua irmã como primeira opção."

Peredur seguiu seu caminho. Ele escutou um barulho atrás de si e, quando se voltou, pôde ver um homem montado em um cavalo vermelho e vestido em uma armadura vermelha. O homem o alcançou e saudou Peredur em nome de Deus e dos homens. Peredur saudou o rapaz gentilmente.

"Senhor, eu venho te pedir algo."

"O que desejas?", indagou Peredur.

"Leva-me como teu homem."

"Se eu assim o fizer, quem eu levarei comigo?"

"Não te esconderei quem sou. Me chamo Edlym Gleddyf Goch,[7] um *jarl* de uma região do leste."

"Estou surpreso que te ofereças como homem de alguém que não tem mais terras que tu. Eu também tenho apenas um domínio senhorial. Mas, já que desejas te tornar meu homem, eu te levarei de bom grado."

Então chegaram na corte da condessa. Eles foram bem recebidos na corte e foram instruídos que estes sentariam abaixo do séquito, não por falta de respeito para com eles, mas porque era o costume da corte, pois a qualquer um que derrubasse seu séquito de trezentos homens seria permitido comer e beber perto dela, e ela o amaria acima de qualquer homem. Quando, então, Peredur derrubou todo o seu séquito de trezentos homens e se sentou ao lado dela, ela disse:

"Eu agradeço a Deus por ter um jovem tão belo e valente como tu, já que eu não tenho o homem que mais amei."

"Quem és o homem que mais amaste?"

"Por Deus, Edlym Gleddyf Goch era o homem que mais amei, mas eu nunca mais o vi."

"Por Deus", respondeu ele, "Edlym é meu companheiro e aqui está ele. Foi por ele que desafiei teu séquito, mas ele teria feito melhor que eu, caso ele quisesse. Eu o entregarei a ti."

"Que Deus te agradeça, belo rapaz. Pois eu aceitarei o homem que mais amo." E naquela noite Edlym e a condessa dormiram juntos.

No dia seguinte, Peredur seguiu para a Colina do Lamento.

"Por tua mão, senhor, eu irei contigo", disse Edlym.

Eles chegaram a um lugar onde podiam ver a colina e os pavilhões. "Vai até aqueles homens ali", disse Peredur a Edlym, "e diz a eles para virem até aqui para prestarem homenagem a mim."

Edlym foi até eles e disse:

---

[7] Ou seja, "Edlym Espada Vermelha". [N. T.]

"Vinde prestar homenagem ao meu senhor."

"Quem é o teu senhor?", indagaram eles.

"Meu senhor é Peredur Baladr Hir",[8] disse Edlym.

"Se fosse lícito matar um mensageiro, tu não retornarias ao teu senhor vivo por ter feito um pedido tão arrogante a reis, *jarls* e barões como ir prestar homenagem ao teu senhor."

Edlym retornou a Peredur, que disse para ele voltar até lá e oferecer-lhes uma escolha: ou prestar homenagem ou lutar com ele. Eles escolherem lutar, e Peredur derrubou os donos de centenas de pavilhões naquele dia. No dia seguinte ele derrubou os donos de outra centena. Mas uma terceira centena decidiu prestar homenagem a ele, e Peredur os perguntou o que estavam fazendo ali. Eles responderam que estavam guardando a serpente até que esta morresse.

"Depois nós lutaríamos uns contra os outros pela pedra, e aquele entre nós que fosse o vitorioso ficaria com a pedra."

"Esperem aqui, eu vou enfrentar esta serpente."

"Não, senhor", disseram eles, "nós vamos juntos enfrentar a serpente."

"Não", insistiu Peredur, "eu não quero isso. Se a serpente for morta, eu não receberia mais glórias que qualquer um entre vós." Ele marchou até o lugar onde a serpente estava e a matou, retornando até eles.

"Somem o que gastaram desde que aqui chegaram que eu os pagarei em ouro", disse Peredur. Ele os pagou o valor que cada um disse que devia e pediu nada além de eles se reconhecerem como seus homens.

E disse a Edlym:

"Vá até a mulher que mais ama que eu seguirei meu caminho e te recompensarei por ter se tornando meu homem." E então deu a pedra para Edlym.

"Que Deus te pague e que Deus te acompanhe na jornada."

Peredur seguiu seu caminho. Ele chegou, então, a um vale com um rio, e pôde ver a mais bela mulher que jamais

---

[8] Peredur Lança Longa. [N. T.]

vira, além de muitos pavilhões de diferentes cores. Mas ele ficou mais surpreso ao ver a quantidade de moinhos de água e moinhos de vento. Um homem alto, de cabelos ruivos e a aparência de um artesão veio até ele. Peredur indagou quem ele era.

"Eu sou o principal moleiro de todos esses moinhos."

"Posso me albergar contigo?", perguntou Peredur.

"Sim, de bom grado", respondeu ele.

Peredur foi até a casa do moleiro e viu que ele possuía uma moradia bela e agradável. Perguntou ao moleiro se podia pegar algum dinheiro emprestado para comprar comida e bebida para ele e para os demais membros da casa, pois ele logo pagaria antes de ir embora. Ele também perguntou ao moleiro por que havia tamanho tumulto, e o moleiro respondeu a Peredur:

"Das duas uma: ou és estrangeiro ou és louco. A imperatriz de Constantinopla está aqui e deseja apenas os homens mais valentes, já que não necessita de riquezas. Não era possível arrumar comida para os milhares que aqui estão, e por essa razão há tantos moinhos."

Naquela noite, eles descansaram, e no dia seguinte Peredur se levantou e armou a si próprio e a seu cavalo para irem até o torneio. Ele podia ver um pavilhão entre os outros pavilhões, o mais belo que ele jamais viu. Também podia ver uma bela donzela esticando sua cabeça por dentro de uma janela no pavilhão. Ele nunca antes viu uma donzela tão bela, vestida com um traje de seda brocada dourada. Observou atentamente a donzela e foi preenchido por um grande amor por ela. E assim continuou contemplando a donzela da manhã até o meio-dia, e do meio-dia até a tarde. E assim o torneio encontrou seu fim e ele seguiu para seu alojamento, onde retirou sua armadura e perguntou ao moleiro se ele podia lhe emprestar dinheiro. A esposa do moleiro estava zangada com Peredur, mas, mesmo assim, o moleiro o emprestou dinheiro. No dia seguinte, ele fez o mesmo do dia anterior. Naquela noite, ele foi até seu alojamento e pediu dinheiro emprestado ao moleiro. No terceiro dia, quando ele estava no mesmo lugar contemplando a donzela, ele sentiu um forte golpe com o punho de um machado entre seu ombro e pescoço. Quando ele olhou para trás, o moleiro disse a ele: "Faz uma entre essas duas coisas: ou viras tua cabeça para o lado ou vais para o torneio."

Peredur sorriu para o moleiro e foi para o torneio. Ele derrubou todos aqueles que encontrou naquele dia. Dos homens que foram derrubados, ele os enviou como um presente para a imperatriz, e os cavalos e armaduras como um presente para a esposa do moleiro, como garantia do dinheiro que ele pegou emprestado. Peredur participou do torneio até que ele derrubou a todos.

A imperatriz enviou uma mensagem ao Cavaleiro do Moinho pedindo que ele fosse ter com ela. Mas ele rejeitou o primeiro mensageiro e também o segundo. Na terceira vez, ela enviou uma centena de cavaleiros para pedir a ele que fosse com eles para encontrá-la e, a menos que ele fosse voluntariamente, eles o levariam contra sua vontade. Os cavaleiros foram até ele, levando a mensagem da imperatriz. Lutou bem contra eles, amarrou-os como quem amarra um cabrito e jogou-os no fosso do moinho. Então a imperatriz pediu conselho a um sábio que estava em seu concílio.

Ele disse:

"Eu irei até ele com tua mensagem." Ele foi até Peredur e o saudou, pedindo a ele, pelo bem da sua mulher amada, que fosse ter com a imperatriz. E assim foram Peredur e o moleiro.

Peredur se sentou na entrada do pavilhão, e ela se sentou próximo a ele, onde conversaram por um tempo. Ele se despediu e foi para seu alojamento. No dia seguinte, foi visitá-la. Quando ele chegou ao pavilhão, se sentou próximo à imperatriz, e eles conversaram afetuosamente. Enquanto estavam sentados ali, eles viram entrar um homem moreno comum, com um cálice dourado repleto de vinho em sua mão. Ele se ajoelhou diante da imperatriz e disse a ela para entregá-lo apenas ao homem que fosse enfrentá-lo. Ela olhou para Peredur.

"Senhora", disse ele, "dá-me este cálice." Então bebeu o vinho e entregou o cálice para a esposa do moleiro.

Enquanto isso, de repente, chegou um homem moreno mais alto que o outro com uma garra de um animal selvagem no formato de um cálice e repleta de vinho em sua mão. Ele a entregou para a imperatriz e disse a ela para entregá-la apenas ao homem que fosse enfrenta-lo.

"Senhora", disse Peredur, "dá para mim." Ela entregou o cálice para Peredur, que bebeu o vinho e deu o objeto para a esposa do moleiro.

Enquanto isso, de repente, chegou um homem com cabelos ruivos e cacheados que era ainda mais alto que qualquer um dos outros homens, com um cálice de cristal em suas mãos, repleto de vinho. Ele se ajoelhou e o colocou nas mãos da imperatriz, dizendo para ela entregar apenas ao homem que fosse enfrentá-lo. E ela entregou para Peredur, que, depois de beber, o deu para a mulher do moleiro.

Naquela noite ele foi para seu alojamento e no dia seguinte armou a si próprio e a seu cavalo, seguindo em direção ao prado. Peredur matou os três homens e, então, foi até o pavilhão. A imperatriz disse para ele:

"Belo Peredur, lembra da promessa que me fizeste quando eu te dei a pedra, quando matou o monstro."

"Senhora", respondeu ele, "o que me disseste é verdade, e eu lembro também." Peredur, então, reinou com a imperatriz por catorze anos de acordo com a história.[9]

Artur estava em Caerleon ar Wysg, uma de suas principais cortes, e no meio do salão estavam quatro homens sentados em um manto de seda brocada: Owain, filho de Urien, Gwalchmai, filho de Gwyar, Hywel, filho de Emyr Llydaw, e Peredur Baladr Hir. Subitamente, eles viram uma donzela de cabelos negros cacheados entrar montada em

---

[9] Em versões mais curtas da história o relato termina aqui. No entanto, nas versões *do Livro Branco de Rhydderch* e no *Livro Vermelho de Hergest*, o conto segue tal qual se apresenta aqui. Esta variante mais longa do conto acabou se tornando a versão mais conhecida do mesmo. [N. T.]

uma mula amarela, com rédeas ásperas nas mãos, impelindo a mula para frente com uma aparência tosca e hostil. Seu rosto e suas mãos eram mais escuros que o mais negro ferro emplastrado com piche. Mas a cor não era o que havia de feio nela, mas sim o seu corpo: bochechas protuberantes e um rosto flácido e largo, com um nariz arrebitado e com narinas dilatadas, um olho salpicado de verde penetrante, e o outro preto, como azeviche, fundido em sua cabeça. Os dentes eram compridos e amarelos, mais amarelos que as flores da retama, e a sua barriga subia do esterno até o queixo. Sua coluna era curvada; seus quadris eram largos e ossudos, mas tudo dali para baixo era esquelético, exceto seus pés e joelhos, que eram robustos. Ela saudou Artur e toda a sua comitiva, exceto Peredur, a quem ela proferiu palavras iradas e insolentes:

"Peredur, eu não te saudarei, pois tu não és merecedor. O destino estava cego quando te deu talento e fama. Quando tu foste à corte do rei coxo, viste lá um rapaz carregando uma lança afiada cuja ponta fluía um rastro de sangue até o braço dele, bem como outros assombros, e tu não perguntaste o significado nem a causa. Se assim tivesse feito, o rei teria recuperado sua saúde e governado seu reino em paz. Mas agora há guerras e combates, cavaleiros perdidos, esposas deixadas viúvas e donzelas sem sustento, e tudo isto por tua culpa."

Então ela disse a Artur:

"Com tua permissão, senhor, minha morada é bem distante daqui, no Castelo do Orgulho, não sei se já ouviu falar dele. Lá existem sessenta e seis cavaleiros e quinhentos cavaleiros ordenados, cada um com a mulher que mais ama. Quem desejar ganhar fama pelas armas, combates e pelejas vai conseguir lá, se for merecedor. No entanto, quem desejar a fama e admiração extraordinária, eu sei onde pode conseguir. Há um castelo em uma montanha proeminente onde vive uma donzela, mas o castelo está sitiado. Quem conseguir libertá-la receberá a maior honraria do mundo."

E assim ela partiu. Gwalchmai disse:

"Por minha fé, eu não dormirei em paz até saber se conseguirei libertar a donzela." E muitos do séquito de Artur concordaram com ele.

Peredur, entretanto, era de outra opinião:

"Por minha fé, eu não dormirei em paz até saber a história e o significado da lança que falou a mulher morena."

Enquanto todos se preparavam, de súbito, um cavaleiro apareceu no portão, com o tamanho e a força de um guerreiro, e equipado com cavalo e armadura. Ele entrou e saudou Artur e todo o seu séquito, com exceção de Gwalchmai. Sobre os ombros do cavaleiro havia um escudo gravado em ouro com uma cruzeta azul-celeste, e todas as suas armas eram da mesma cor. Ele disse a Gwalchmai:

"Tu mataste meu senhor por meio de engodo e traição, e eu te provarei."

Gwalchmai se levantou e disse:

"Aqui está minha réplica, seja aqui ou em qualquer lugar de tua escolha, que não sou nem enganador nem traidor."

"Eu desejo que nosso combate seja na frente de meu rei."

"Com prazer", respondeu Gwalchmai. "Segue em frente que eu te seguirei."

O cavaleiro partiu e Gwalchmai se preparou. Ofereceram muitas armas a ele, mas ele apenas desejava as suas próprias. Gwalchmai e Peredur se armaram e o seguiram por conta da amizade e do grande amor que nutriam um pelo outro. Mas eles não continuaram juntos, pois cada um seguiu seu próprio caminho.

Ao amanhecer Gwalchmai chegou a um vale onde pôde ver uma fortaleza com uma enorme corte dentro, cercada por torres altas e admiráveis. Também pôde ver um cavaleiro saindo de um portão para caçar em um palafrém preto brilhante, de narinas largas e de movimentos rápidos, com uma marcha constante e imponente, de passos firmes e vigorosos. Ele era o senhor da corte. Gwalchmai o saudou.

"Que Deus te dê prosperidade, senhor. De onde vens?"

"Eu venho da corte de Artur", respondeu Gwalchmai.

"És um homem de Artur?"

"Por minha fé, eu sou", confirmou ele.

"Eu tenho um conselho para te dar", disse o cavaleiro. "Vejo que estás cansado e abatido. Vai até a corte e fica lá esta noite se desejares."

"Eu irei, senhor, e que Deus te pague."

"Pega este anel como um sinal ao porteiro e segue para a torre. Uma irmã minha está lá."

Gwalchmai foi até o portão, mostrou o anel e seguiu para a torre. Quando lá chegou, havia um grande fogo resplandecente com uma chama alta e brilhante que não deixava fumaça, e uma bela e nobre donzela sentada em uma cadeira junto ao fogo. A donzela estava contente ao vê-lo, o saudou e se levantou para recebê-lo. Ele, então, se sentou próximo da donzela, e juntos eles jantaram.

Após o jantar, eles iniciaram uma agradável conversa, e, enquanto conversavam, um belo homem de cabelos grisalhos entrou.

"Sua rameira desgraçada", exclamou ele. "Se soubesses o quão errado é sentar e se entreter com esse homem, não o farias." Então saiu e se foi.

"Senhor, disse a donzela, "se aceitares meu conselho, protegerias a porta no caso de o homem te preparar uma armadilha", disse ela.

Gwalchmai se levantou, mas, quando chegou à porta, o homem estava com outros trinta, totalmente armados, subindo a torre. Gwalchmai usou um tabuleiro de *gwyddbwyll* para que ninguém pudesse subir, até o homem retornar da caça. Então o *jarl* chegou e indagou:

"O que é isso?"

"Não está correto que aquela desgraçada se sente e beba até o anoitecer com o homem que matou teu pai", respondeu o homem de cabelos grisalhos. "Ele é Gwalchmai, filho de Gwyar."

"Já basta disso", disse o *jarl*. "Eu entrarei." O *jarl* deu as boas-vindas a Gwalchmai.

"Senhor, não foi correto vir até nossa corte se sabias que havias matado nosso pai. Já que não podemos vingá-lo, que Deus assim o faça."

"Amigo", comentou Gwalchmai, "isso é o que ocorre: vim até aqui nem para admitir o assassinato de teu pai, nem para negá-lo. Eu estou em uma jornada para Artur e para mim. No entanto, peço-te um ano de trégua até que eu retorne de minha jornada, então tens minha palavra: eu virei até esta corte para fazer uma das duas coisas, admitir ou negar."

Eles deram a ele um ano de trégua de bom grado. Ele ficou lá naquela noite, e no dia seguinte partiu, mas a história nada mais diz sobre Gwalchmai e o assunto.

Peredur, por sua vez, seguiu seu caminho. Ele vagou pela ilha procurando notícias da donzela morena, mas nada encontrou. E acabou por chegar a uma terra onde havia um vale com um rio que não reconheceu. Enquanto seguia pelo vale, ele pôde ver um cavaleiro vindo em sua direção portando a identificação de um sacerdote. Peredur pediu sua bênção.

"Canalha miserável", exclamou o cavaleiro, "tu não mereces receber bênção! Além disso, para nada te servirá, pois carregas uma armadura em um dia tão distinto como este."

"E que dia é hoje?", perguntou Peredur.

"Hoje é Sexta-Feira Santa."

"Não me repreendas, pois eu não sabia. Hoje faz um ano que parti de minha terra."

Então Peredur desmontou e conduziu seu cavalo pelos arreios. Ele andou por parte do caminho até chegar em uma pequena estrada, e seguiu por ela até a floresta. Do outro lado da floresta, pôde ver uma fortaleza sem torres, onde era possível ver sinais de que estava habitada. Ele seguiu para a fortaleza e, no portão, se deparou com o sacerdote que havia encontrado anteriormente. Peredur pediu sua benção.

"Deus te abençoe", disse ele, "e é melhor que viaje assim. Ficará comigo esta noite."

Peredur passou a noite lá, e no dia seguinte pediu permissão para partir.

"Hoje não é dia para ninguém viajar. Tu ficarás comigo hoje, amanhã e no dia seguinte. E eu te darei a melhor informação que sei sobre o que procuras."

Ao quarto dia, Peredur pediu permissão para partir e implorou ao sacerdote para lhe dar as informações sobre a Fortaleza dos Assombros.

"Tudo o que eu sei eu te direi. Atravessa a montanha ali e, ao teu lado, tu verás um rio. No vale do rio há uma corte de um rei, onde estive durante a Páscoa. Se há algum lugar para se obter notícias sobre a Fortaleza dos Assombros, tu conseguirás lá."

Então ele seguiu seu caminho e chegou até o vale do rio, onde encontrou vários homens indo caçar. Ele percebeu entre a multidão um homem de reputação elevada e o saudou.

"Escolhe, senhor, se preferes ir até a corte ou caçar comigo. Eu enviarei um de meus seguidores para que se assegure de cuidar de uma de minhas filhas que lá se encontra e para que tu possas comer e beber até que eu retorne da caça. E se algum de teus afazeres for qualquer coisa que eu possa te ajudar, eu o farei de bom grado."

O rei enviou um pequeno rapaz loiro com ele. Quando eles chegaram à corte, uma senhora havia se levantado e estava se encaminhando para se lavar. Peredur se aproximou, e ela o recebeu com calorosas boas-vindas e preparou um lugar para ele próximo a ela; então foram jantar. Qualquer coisa que Peredur dizia para ela era motivo de risadas tão altas que todos na corte conseguiam escutar. Então o pequeno rapaz de cabelos loiros disse para a senhora:

"Por minha fé, se alguma vez tiveste algum amante, tenho certeza que foi este escudeiro. E se não tiveste um amante, então teu coração e mente estão fixos nele."

O pequeno rapaz de cabelos loiros foi até o rei e contou a ele que é muito provável que o escudeiro que eles encontraram fosse amante de sua filha.

"E se não for teu amante, tenho certeza que ele será muito em breve, a menos que a proteja dele."

"Qual é teu conselho, rapaz?"

"Eu aconselho que envies homens valentes sobre ele para segurá-lo até que estejas seguro."

O rei enviou homens sobre Peredur para prendê-lo e colocá-lo na prisão. A donzela veio até seu pai e perguntou por que ele aprisionou o escudeiro da corte de Artur.

"Deus sabe", respondeu ele, "que ele não será liberto esta noite, amanhã ou no dia depois de amanhã, e que não sairá do lugar onde está."

Ela não confrontou o rei sobre o que ele disse, mas foi até o escudeiro.

"É desagradável ficar aqui?"

"Eu preferiria não estar aqui."

"Tua cama e tua situação não serão melhores que as de um rei, e as melhores canções da corte estarão as tuas ordens. Se preferires que minha cama fique aqui para que possamos conversar, eu assim o farei de bom grado."

"Eu não vou me opor a isso." Ele ficou na prisão naquela noite, e a donzela cumpriu sua promessa para com ele.

No dia seguinte, Peredur pôde escutar um tumulto na cidade.

"Bela donzela, o que é este tumulto?"

"A tropa do rei e seu exército estão chegando à cidade hoje."

"O que eles querem?"

"Há um *jarl* aqui perto que tem dois domínios e que é tão poderoso quanto um rei. Hoje haverá uma batalha contra eles."

"Preciso que me arrume um cavalo e armadura para que eu possa ver a batalha", disse Peredur. "Tens minha palavra que retornarei para minha prisão."

"Com prazer", respondeu ela. "Eu te arrumarei um cavalo e armadura."

Ela, então, providenciou para ele cavalo, armadura, um tabardo vermelho por cima e um escudo amarelo sobre o ombro. Ele, então, foi para a batalha, derrubou todos os homens do *jarl* que encontrou naquele dia e retornou para sua prisão. Ela pediu notícias a Peredur, mas ele não proferiu uma única palavra. Então, ela foi pedir notícias a seu pai, perguntando quem foi o melhor entre seu séquito, mas ele respondeu que não conseguiu reconhecê-lo:

"Era um homem em um tabardo vermelho e um escudo amarelo sobre os ombros."

Ela sorriu e foi até Peredur, que gozou de grande estima naquela noite. Por três dias consecutivos Peredur matou os homens do *jarl*, e, antes de ser reconhecido por alguém, ele retornava para sua prisão. Ao quarto dia, Peredur matou o próprio *jarl*, e a donzela se encontrou com seu pai pedindo notícias.

"Boas notícias", comentou o rei. "O *jarl* foi morto, e eu agora possuo os dois domínios."

"Sabes, senhor, quem o matou?"

"Eu sei", respondeu o rei. "O cavaleiro com o tabardo vermelho e escudo amarelo o matou."

"Senhor", disse ela, "eu sei quem ele é."

"Por Deus", indagou ele, "quem é ele?"

"Senhor, ele é o cavaleiro que tu aprisionaste."

O rei foi, então, até Peredur, saudou-o e disse que pagaria o que fosse pelo serviço prestado. Quando eles foram comer, Peredur foi colocado ao lado do rei e a donzela, ao lado de Peredur.

Depois de comerem, o rei disse a Peredur:

"Eu te darei minha filha em casamento e metade do meu reino com ela, e os dois domínios como um presente de casamento."

"Que Deus te pague, mas não vim até aqui para tomar uma esposa."

"Então o que procuras, senhor?"

"Eu procuro informações sobre a Fortaleza dos Assombros."

"Os pensamentos do senhor são mais elevados do que esperávamos", disse a donzela. "Terás as informações sobre a fortaleza e um guia para te conduzir pelas terras de meu pai, além de comida e bebida abundantes. Tu, senhor, és o homem que eu mais amo."

Então o rei disse a Peredur:

"Cruza aquelas montanhas e verás um lago com uma fortaleza. Esta é a Fortaleza dos Assombros. Nada sabemos de seus assombros, apenas que ela é assim chamada."

Peredur seguiu, então, até a fortaleza, que estava com seus portões abertos. Quando chegou até o salão, a porta também estava aberta. Ao entrar, ele pode ver um *gwyddbwyll* no salão com dois grupos de peças jogando um contra o outro. O lado que ele estava torcendo perdeu o jogo, e o outro lado gritou como se fossem homens. Ele se enfureceu, colocou as peças sobre o colo e jogou o tabuleiro no lago. Enquanto ele fazia isso, de súbito, a dama morena entrou.

"Que não recebas as boas-vindas de Deus! Frequentemente fazes mais o mal que o bem."

"Do que estás a me acusar, donzela morena?"

"Fizeste a imperatriz perder seu tabuleiro, e ela não desejava isso para seu império."

"Existe alguma maneira de recuperar o tabuleiro?"

"Sim, se fores até a Fortaleza de Ysbidinongyl. Lá existe um homem moreno assolando muitas das terras da imperatriz. Mata-o e conseguirás o tabuleiro. Mas, se fores até lá, não voltarás com vida."

"Me guiarias até lá?"

"Te mostrarei um caminho."

Peredur chegou até a Fortaleza de Ysbidinongyl e lutou contra o homem moreno, que pediu clemência a Peredur.

"Eu te oferecerei clemência, mas vê se o tabuleiro está onde anteriormente estava quando eu entrei no salão."

A donzela morena então apareceu e disse:

"Que Deus te amaldiçoe pelo teu esforço em deixar vivo o opressor que está assolando as terras da imperatriz."

"Eu o deixei com vida", respondeu Peredur, "para que ele possa me trazer o tabuleiro."

"O tabuleiro não está onde o viste pela primeira vez. Volta e mata-o."

Peredur foi e matou o homem. Quando retornou para a corte, a donzela morena estava lá.

"Donzela", disse Peredur, "onde está a imperatriz?"

"Por Deus, não verás ela outra vez a menos que mates uma ameaça que se encontra naquela floresta."

"Que tipo de ameaça é essa?"

"Um cervo mais veloz que o pássaro mais veloz e com um chifre em sua testa tão grande quanto a haste de uma lança e tão afiado quanto o que há de mais afiado. Ele se alimenta da copa das árvores e de toda a grama que existe na floresta. Ele mata todo animal que encontra lá, e aqueles que ele não mata morrem de fome. E, pior que isso, ele vem todos os dias e bebe da lagoa até secar, deixando os peixes expostos, e muitos deles morrem antes que a lagoa volte a se encher com água."

"Donzela", perguntou Peredur, "me mostrarias essa criatura?"

"Não, eu não mostrarei. Nenhum homem se atreveu a entrar na floresta por um ano. O cão de estimação da senhora vai atrair o cervo, levando-te até ele, e o cervo te atacará."

O cão de estimação serviu como guia, atraindo o cervo e levando-o até Peredur. O cervo partiu em ataque a Peredur, mas ele deixou o ataque passar por ele e cortou sua cabeça fora com a espada. Enquanto ele sondava a cabeça do cervo, pôde ver a dama vindo até ele montada em um cavalo e carregando seu cão de estimação na dobra de sua capa. Ela colocou a cabeça do cervo entre ela e o pito da sela, junto do colar de ouro avermelhado que estava ao redor do pescoço.

"Senhor", disse ela, "tu fizeste algo deveras descortês, matando a mais bela joia de minhas terras."

"Disseram-me para assim o fazer. Existe alguma maneira de ganhar a tua amizade?"

"Sim, existe. Vá até a encosta da montanha e lá tu verás um arbusto. Na base do arbusto há uma laje. Pede para lutar com um homem três vezes e, assim, conseguirás minha amizade."

Peredur seguiu seu caminho e chegou até a beira do arbusto, onde pediu um homem para lutar. Um homem moreno apareceu sob a laje montando um cavalo esquelético e equipado com uma armadura grande e enferrujada, colocada sobre ele e seu cavalo. Eles lutaram e, ao derrubar o cavaleiro moreno no chão, este conseguiu montar novamente em sua sela. Peredur desmontou e sacou sua espada. Subitamente o homem moreno desapareceu, e com ele o cavalo de Peredur e o seu próprio, de tal maneira que Peredur não conseguiu vê-los outra vez.

Peredur caminhou ao redor da montanha e, do outro lado, pôde ver uma fortaleza em um vale com um rio. Ele se aproximou da fortaleza e, enquanto entrava nela, viu um salão com a porta aberta. Ele entrou e pôde ver um homem de cabelos grisalhos e coxo sentado ao fundo do salão, com Gwalchmai sentado ao seu lado. Ele também viu seu cavalo no mesmo estábulo onde estava o cavalo de Gwalchmai. Eles deram as boas-vindas a Peredur, e ele se sentou no outro lado do homem de cabelos grisalhos. De repente, um rapaz de cabelos loiros se colocou de joelhos diante de Peredur e pediu sua amizade.

"Senhor", disse o rapaz, "eu fui à corte de Artur disfarçado de donzela morena, e também quando jogastes fora o tabuleiro de *gwyddbwyll*, quando matastes o homem moreno de Ysbidinongyl e o cervo, e quando lutastes contra o homem moreno sob a laje. Também fui aquele que trouxe a cabeça ensanguentada sobre a bandeja e a lança cuja ponta fluía um rastro de sangue sobre seu cabo. A cabeça era de teu primo, e foram as bruxas de Caerloyw que o mataram e deixaram teu tio coxo. Também sou teu primo e é profetizado que tu te vingarás de tudo isso."

Peredur e Gwalchmai decidiram chamar Artur e seu séquito, e pediram que eles lidassem com as bruxas. Eles começaram o combate contra as bruxas, e uma delas matou um dos homens de Artur bem diante de Peredur, que a ordenou que parasse. Uma segunda vez a bruxa matou um homem diante de Peredur, e uma segunda vez Peredur a ordenou que parasse. Uma terceira vez a bruxa matou um homem diante de Peredur, e ele então desembainhou sua espada e a golpeou sobre o elmo, de tal maneira que a armadura e a cabeça se partiram em dois. Ela deu um grito e falou para as outras bruxas fugirem, dizendo que este era Peredur, o homem que aprendeu a cavalaria com elas e que estava destinado a matá-las. Então Artur e seu séquito as atacaram, e todas as bruxas de Caerloyw foram mortas. E isso é o que se conta da Fortaleza dos Assombros.

O Sonho de Maxen Uledig

axen Wledig[1] era imperador de Roma e também o mais justo, sábio e melhor imperador dentre todos os seus predecessores. Certo dia, em um conselho de reis, ele disse aos seus companheiros: "Eu desejo caçar amanhã."

Então, cedo no dia seguinte, ele partiu com seu séquito, e chegaram ao vale do rio que corre em direção a Roma. Caçou no vale até que se passou meio-dia. Além disso, naquele dia estavam com ele trinta reis coroados, vassalos seus. Mas não era pelo prazer da caça que o imperador caçou por tanto tempo, mas porque ele alcançara tamanho posto

[1] Este personagem é identificado com o comandante romano Magnus Maximus, proclamado imperador por seu exército na Bretanha no ano de 383. Por essa razão, em alguns casos seu título é traduzido como imperador, não como Wledig (*gwledig*), que seria algo como "chefe" em um contexto tribal. Sua referência aqui demonstra a intenção galesa de se reivindicar uma memória política relacionada ao passado romano. [N. T.]

na hierarquia que ele era senhor de todos aqueles reis. O sol estava alto no céu sobre sua cabeça e o calor era grande, e por isso Maxen adormeceu. Seus camareiros o protegeram do sol intenso, cobrindo-o com escudos sobre as hastes das lanças e colocando abaixo de sua cabeça um escudo gravado em ouro, e assim o imperador dormiu.

Então, ele teve um sonho que foi assim: estava viajando pelo vale do rio até sua nascente e chegou na montanha mais alta que já havia visto, tanto que parecia que ela era tão alta quanto o céu. Ao subir a montanha, ele pôde ver que viajava por planícies, as mais belas que alguém já havia visto do outro lado da montanha. Podia ver rios grandiosos e largos que fluíam das montanhas em direção ao mar e a estuários e rios.

Após viajar por um tempo desta maneira, ele chegou até a foz de um grande rio, o mais largo que alguém já havia visto, onde pôde ver uma grande cidade cercada por uma enorme muralha com altas torres multicoloridas. Na foz do rio ele avistou uma frota, a maior que já havia visto. Entre a frota, ele viu uma embarcação muito bela e maior que todas as outras. Do que se podia ver sobre o nível do mar, suas tábuas eram de ouro e prata. Ele pôde ver uma ponte de osso de baleia saindo de uma embarcação em direção ao porto e se imaginou caminhando pela ponte até o barco. Uma vela foi içada na embarcação, que singrou pelo mar e oceano. Se viu em direção da mais bela ilha no mundo e, ao atravessar a ilha de um mar ao outro, ele pôde ver, no ponto mais extremo da ilha, montanhas íngremes, penhascos elevados e terrenos acidentados e escarpados de um tipo que ele nunca havia visto anteriormente. De lá, avistou uma ilha no mar de frente para o terreno acidentado e, entre ele e a ilha, pôde ver uma terra cuja planície era do comprimento de sua orla e cuja floresta era do tamanho de sua montanha. Desta montanha, avistou um rio cortando o território em direção ao mar, em cuja foz havia um grande castelo, o mais belo que alguém já viu. Ao ver que os portões estavam abertos, ele adentrou o castelo. Lá encontrou um salão, e lhe pareceu que o telhado era todo feito de ouro. A parede do salão aparentava ser feita de valiosas pedras brilhantes, e os pisos lhe pareciam ser de puro ouro com divãs dourados e mesas prateadas. Sobre um divã a sua frente ele viu dois jovens ruivos jogando *gwyddbwyll*, e o tabuleiro do jogo era prateado e as peças, de ouro vermelho. As vestimentas dos jovens eram de seda brocada bem negra, e sobre suas cabeças, diademas de ouro vermelho mantinham seus cabelos no lugar com pedras brilhantes e preciosas e rubis e gemas brancas alternadas com pedras imperiais. Em seus pés haviam botas de couro cordovão presas por cadarços de ouro vermelho. Aos pés da coluna central do salão, ele viu um homem de cabelos grisalhos em uma cadeira de marfim de elefante com duas imagens de águias de ouro vermelho gravadas. Ostentava dois braceletes dourados em seus braços e muitos anéis de ouro em seus dedos. Um torque de ouro em seu pescoço e um diadema dourado segurando seus cabelos. Havia certo ar de nobreza nele. Também havia um tabuleiro de *gwyddbwyll* a sua frente e uma barra de ouro em sua mão, e com uma lima de aço ele talhava peças de *gwyddbwyll* a partir da barra.

Viu uma donzela sentada diante dele em uma cadeira de ouro vermelho. Por conta de sua beleza não era fácil contemplá-la, pois olhar para ela era como olhar para o sol quando ele estivesse em seu momento mais intenso e radiante. A donzela usava vestes de seda branca com fivelas de ouro vermelho sobre o peito, uma túnica de seda brocada dourada com uma manta para combinar, e uma fíbula de ouro vermelho segurando o manto que a cobria; uma tiara de ouro vermelho em sua cabeça, com rubis, gemas brancas e pérolas alternadas com pedras imperiais; um cinto de ouro vermelho em sua cintura; era a visão mais bela que alguém poderia contemplar. A donzela se levantou para encontrá-lo e ele a abraçou, e se sentaram juntos na cadeira dourada que não era mais estreita para os dois juntos que para a donzela sozinha. Enquanto ele abraçava a donzela, estando juntos de rosto colado, por conta dos cães que puxavam as coleiras, do bater dos escudos entre si, das hastes das lanças se chocando e do pisar dos cavalos, o imperador acordou. E, quando ele acordou, não tinha mais vontade de viver, respirar ou existir, por conta da donzela que havia visto em seu sonho. Não havia um único osso de seu corpo, nenhuma raiz de unha ou alguma parte maior que não fosse preenchida de amor pela donzela.

Então seu séquito disse: "Senhor, já passou da hora de te alimentares."

Assim, o imperador, o homem mais triste que qualquer um já havia visto, montou em seu palafrém e seguiu seu caminho para Roma. Qualquer que fosse a mensagem recebida não havia resposta por conta de sua tristeza e apatia. Desta maneira chegou na cidade de Roma e assim ficou por toda a semana. Todas as vezes que seu séquito saía para beber em taças douradas e se regozijar, ele não acompanhava nenhum deles. Todas as vezes que eles saíam para escutar canções e se divertir, ele não os acompanhava. Ele nada fazia além de dormir, pois sempre que dormia podia ver em seus sonhos a mulher que mais amava. Quando não estava dormindo, por causa dela, nada o incomodava, pois não sabia onde no mundo ela se encontrava.

Certo dia, um camareiro (que também era um rei entre os romanos), lhe disse:

"Senhor, todos os teus homens te criticam."

"Por que me criticam?", questionou o imperador.

"Porque nem teus homens nem ninguém mais recebe de ti mensagem ou qualquer resposta das quais se espera de seu senhor. Por isso te criticam."

"Rapaz", solicitou o imperador, "traz os mais sábios de Roma até mim, pois eu os direi por que estou triste."

Assim, os mais sábios de Roma foram levados diante do imperador.

"Como podeis ver, homens, eu tive um sonho. E neste sonho eu vi uma donzela. E por causa dela eu não posso mais viver, respirar ou mesmo existir."

"Senhor", responderam eles, "por ter pedido um conselho, nós o daremos. Eis o nosso conselho: envia mensageiros por três anos para os três cantos do mundo[2] em busca de teu sonho. E como não saberás em qual dia ou noite as boas-novas te chegarão, tua esperança te manterá firme."

Então os mensageiros viajaram até o final daquele ano, vagando pelo mundo em busca de notícias do sonho do imperador. Quando eles retornaram ao final do ano, não possuíam mais notícias que aquelas do dia em que partiram. O imperador se entristeceu ao pensar que nunca receberia notícias da dama que mais amava, então outros mensageiros foram enviados para uma nova busca em uma segunda região do mundo. Quando eles retornaram ao final daquele ano, não possuíam mais notícias sobre o sonho que aquelas do primeiro dia. Desta maneira, o imperador se entristeceu ao pensar que nunca em sua vida receberia a sorte de encontrar a mulher que mais amava. Com isso, o rei dos romanos disse ao imperador:

"Senhor, começa a caçar na floresta na direção em que se viu, seja leste ou oeste."

O imperador começou a caça e chegou às margens do rio que viu em seus sonhos, onde disse: "Aqui é onde eu estava quando tive o sonho. E eu andava na direção oeste até a nascente do rio."

Então treze homens foram enviados como mensageiros do imperador. Diante deles se avistou uma enorme montanha que parecia tocar o céu. Assim era a aparência dos mensageiros enquanto viajavam: cada um levava consigo uma manga do manto na parte da frente para mostrar que eram mensageiros, e assim não importava o país em guerra por onde passassem, nada de ruim aconteceria com eles. Ao cruzar essa montanha puderam ver planícies e rios grandes e amplos fluindo por elas. Então eles disseram: "Esta é a terra que nosso senhor viu."

Viajaram pelos estuários dos rios até chegar à foz de um rio que corria para o mar. Viram também uma grande

---

[2] Ásia, África e Europa. [N. T.]

cidade com enormes torres de muitas cores. Na foz do rio também viram a maior frota do mundo e uma embarcação que era maior do que todas as outras. Então disseram eles: "Mais uma vez este é o sonho de nosso senhor."

E navegaram com a grande embarcação até chegar em terra na Ilha da Bretanha. Atravessaram a ilha, até que avistaram Eryri, ao que disseram: "Este é o terreno acidentado que nosso senhor viu."

Continuaram até avistarem a Ilha de Môn diante deles e até avistarem Arfon também. Então disseram: "Esta é a terra que nosso senhor viu em seu sonho."

Viram também Aber Saint e o castelo na foz do rio. Os portões estavam abertos e, assim, adentraram o castelo e viram o salão dentro dele. "Este é o salão que nosso senhor viu em seu sonho", disseram eles.

Entraram no salão e viram dois rapazes jogando *gwyddbwyll* em um divã dourado e o homem de cabelos grisalhos aos pés de uma coluna, sentado em uma cadeira de marfim de elefante e esculpindo peças de *gwyddbwyll*. Viram também a donzela sentada em uma cadeira de ouro vermelho. Os mensageiros se colocaram de joelhos e falaram com ela assim: "Imperatriz de Roma, saudações! Nós somos mensageiros do imperador de Roma."

"Nobres senhores, vejo que carregais a aparência de homens bem-nascidos e também as insígnias de mensageiros. Por que fazeis troça de mim?"

"Senhora", responderam eles, "não estamos fazendo troça de forma alguma. Mas o imperador de Roma te viu em seu sonho e ele não pode viver, respirar ou existir por tua causa. Senhora, nós te daremos a escolha: ir conosco para ser coroada imperatriz de Roma, ou o imperador vir até aqui para te tomar como esposa."

"Nobres senhores", disse a donzela, "Eu não duvido do que dizeis, tampouco posso acreditar. Mas se sou eu quem o imperador ama, que ele venha aqui para me buscar."

Os mensageiros regressaram, viajando dia e noite; quando os cavalos falharam, eles os deixaram para trás e compraram novos. E assim eles chegaram em Roma, saudaram o imperador e pediram sua recompensa, que receberam à medida que a mencionavam. Falaram assim com ele: "Senhor, nós seremos teu guia por terra e mar até o lugar onde se encontra a dama que mais amas. Nós sabemos o nome dela, sua família e linhagem."

Imediatamente o imperador despachou seu exército tendo aqueles homens como guias. Ele foi até a Ilha da Bretanha com sua frota através do mar e do oceano. Tomou a ilha pela força de Beli, filho de Manogan, e seus filhos, impelindo-os ao mar e seguindo dali em direção a Arfon. O imperador reconheceu a terra no momento em que seus olhos a tocaram. E quando ele avistou o castelo de Aber Saint, disse: "Meus homens, ali está o castelo em que eu vi a dama que eu mais amo."

Ele foi até o castelo e ao salão, e lá viu Cynan, filho de Eudaf, e Gadeon, filho de Eudaf, jogando *gwyddbwyll*, além de Eudaf, filho de Caradog, sentado em uma cadeira de marfim, esculpindo peças para o jogo de *gwyddbwyll*. Pôde ver também, sentada em uma cadeira de ouro vermelho, a donzela que havia visto em seus sonhos.

"Imperatriz de Roma, saudações!" O imperador a envolveu com seus braços e, naquela noite, dormiu com ela.

Cedo, no dia seguinte, a donzela solicitou sua taxa de virgindade,[3] já que ele a encontrou virgem. Ele pediu que ela dissesse qual era a sua taxa de virgindade, e assim ela enumerou: a Ilha da Bretanha para seu pai, do Mar do Norte até o Mar da Irlanda, e as Três Ilhas Adjacentes para serem mantidas sob a tutela da imperatriz de Roma; e três grandes fortalezas a serem construídas para ela em três locais de sua escolha na Ilha da Bretanha. Solicitou que sua fortaleza principal fosse construída em Arfon,[4] e terra de Roma foi levada para lá, pois, desse modo, seria mais saudável para o imperador dormir, se sentar e passear ali.

---

[3] A taxa de virgindade aqui solicitada pela noiva se trada do *cowyll*, um acordo pré-fixado pela virgindade. [N. T.]
[4] Na localidade onde hoje está presente o castelo de Caernarfon. *Caer* significa "fortaleza". [N. T.]

Assim foram construídas outras duas fortalezas para ela, chamadas Caerleon e Caerfyrddin.

Um dia o imperador foi caçar desde Caerfyrddin até o topo de Y Freni Fawr,[5] e lá ele montou seu pavilhão. Esse acampamento foi chamado de Cadair Maxen[6] desde então. Por outro lado, por causa da fortaleza que foi ali construída por uma tropa de homens, ela foi chamada Caerfyrddin.[7] Logo após isso, Elen, a imperatriz de Roma, decidiu construir grandes estradas de um forte até o outro, cortando a Ilha da Bretanha. Por conta disso eles são chamados Ffyrdd Elen Luyddog,[8] já que ela veio da Ilha da Bretanha, e os homens da Ilha da Bretanha nunca teriam reunido aquelas grandes hostes para ninguém mais além dela.

Por sete anos o imperador ficou nessa ilha. Era um costume dos romanos naquela época que, sempre que um imperador permanecesse em outros territórios em campanha por sete anos, ele deveria ficar no território conquistado, sem ser autorizado a retornar para Roma. Então eles declararam um novo imperador, que enviou uma carta de ameaça para Maxen. No entanto, não havia muito na carta além de um "Se voltar, e se alguma vez voltar para Roma!".

A carta com as notícias chegou a Maxen em Caerleon, e de lá ele enviou uma outra carta ao homem que se proclamava imperador de Roma. Tampouco havia naquela carta algo além de "Se eu for a Roma, e se eu for!"

Então Maxen viajou até Roma com sua hoste e conquistou a França, a Borgonha e todos os territórios no

---

[5] Ou seja, "A Grande Proa", termo figurativo para indicar o pico de uma montanha que, no caso, é o ponto mais alto das montanhas de Preseli, a leste e a norte de Pembrokeshire. [N. T.]
[6] O "assento de Maxen", também usado para indicar o ponto mais alto de uma elevação. [N. T.]
[7] Caerfyrddin é a junção de *Caer* (fortaleza) e *myrdd* (uma miríade/uma quantidade indefinida). Em alguns relatos essa fortaleza é associada a lenda de Merlin (Myrddin). [N. T.]
[8] Algo como "Os caminhos de Elen das Hostes". [N. T.]

caminho até Roma. E lá ele montou um cerco à cidade de Roma. Por um ano o imperador ficou do lado de fora da cidade, porém, não esteve mais perto de tomá-la que no primeiro dia. Mas os irmãos de Elen Luyddog, da Ilha da Bretanha, o seguiram com um pequeno bando, e neste pequeno bando havia melhores guerreiros que duas vezes o número de romanos. O imperador ficou sabendo que o bando foi visto desmontando e montando pavilhões próximo de sua própria hoste. E nunca ninguém viu um bando mais admirável, mais bem equipado ou com estandartes mais notáveis. Elen veio para examinar a comitiva e reconheceu os estandartes de seus irmãos. Então Cynan e Gadeon, filhos de Eudaf, foram ter com o imperador, que os deu as boas-vindas e os abraçou. Em seguida, eles observaram os homens de Roma atacarem a cidade, e Cynan disse ao seu irmão: "Nós devemos tentar atacar a cidade de uma maneira mais sagaz que essa."

Durante a noite eles mediram o tamanho das muralhas e enviaram seus carpinteiros até a floresta, onde construíram uma escada para cada quatro homens seus. Quando elas estavam prontas, a cada meio-dia os dois imperadores faziam sua refeição, e ambos os lados paravam de lutar até que todos terminassem de comer. No entanto, os homens da Ilha da Bretanha comeram de manhã e beberam até que estivessem embriagados. Enquanto os dois imperadores estavam comendo, os Bretões se aproximaram das muralhas, colocaram suas escadas sobre elas e rapidamente escalaram o muramento. O novo imperador não teve nem tempo de colocar sua armadura antes que eles estivessem sobre ele, e assim o mataram, bem como a muitos outros. Eles passaram três dias e três noites subjugando os homens da cidade e tomando o castelo, enquanto outro grupo guardava a cidade para o caso de alguém da hoste de Maxen entrar antes que eles dominassem todos.

Maxen disse, então, para Elen Luyddog: "Eu estou deveras surpreso, senhora, pois não foi para mim que teus irmãos conquistaram a cidade."

"Senhor imperador, meus irmãos são os jovens mais sábios do mundo. Vai até lá e pede pela cidade, pois, se eles a controlam, tu a receberás de bom grado."

Então o imperador e Elen foram pedir a cidade. Eles contaram ao imperador que conquistar a cidade e entregá-la a ele não era demanda para mais ninguém, exceto para os homens da Ilha da Bretanha. Assim, os portões da cidade de Roma foram abertos, e o imperador sentou em seu trono e todos os romanos prestaram homenagem a ele. Então o imperador disse a Cynan e Gadeon: "Nobres senhores, eu retomei todo o meu império e vos deixarei com essa hoste para que possam conquistar qualquer parte do mundo que desejeis."

Eles partiram e conquistaram terras, castelos e cidades, matando todos os homens, mas deixando as mulheres vivas. E assim continuaram até que aqueles jovens que os acompanharam viraram homens de cabelos grisalhos, pois passaram muito tempo em conquistas. Então Cynan disse a seu irmão Gadeon: "O que desejas? Permanecer neste território ou voltar para a tua terra natal?"

Ele decidiu por retornar para sua própria terra, junto de muitos outros, mas Cynan e outro grupo ficou para se assentar ali. E decidiram cortar fora as línguas das mulheres por receio de que seu próprio idioma se corrompesse. E, por conta do silenciamento das mulheres e seus idiomas, enquanto os homens continuaram a falar, que os Bretões foram chamados de "Homens Llydaw".[9] Desde então esse idioma é falado entre os que vêm da Ilha da Bretanha, e ainda assim é feito.

Este conto é chamado de "O Sonho de Maxen Wledig", imperador de Roma. E aqui termina.

---

[9] Aqui temos mais uma explicação onomástica para o termo Llydaw (Bretanha), que seria a junção de *lled* (metade) + *taw* (silencioso); isso explicaria como os bretões continentais se misturaram com a população da Bretanha insular. [N. T.]

Lludd e Llefelys

Beli, o Grande, filho de Manogan, possuía três filhos: Lludd, Caswallon e Nyniaw. De acordo com a história, Llefelys era o quarto filho. Após a morte de Beli, o reino da Ilha da Bretanha foi parar nas mãos de Lludd, seu filho mais velho, que reinou satisfatoriamente. Ele renovou as muralhas de Londres e a rodeou com incontáveis torres, e logo ordenou aos cidadãos que construíssem casas dentro delas para que nenhum outro reino pudesse ter construções e casas como aquelas. Além disso, era um excelente guerreiro, generoso e benevolente ao distribuir comida e bebida para todos que o suplicassem. E mesmo que possuísse muitas fortalezas e cidades, ele amava essa sobre todas as outras e lá viveu a maior parte do ano. Por essa razão era chamada

de Caer Ludd, e, finalmente, Caer Lundain, mas, logo após a chegada dos estrangeiros, ela foi chamada de Llundain ou Lwndrys.

Acima de todos os seus irmãos, Ludd amava Llefelys, pois ele era um homem sábio e prudente. Quando Llefelys soube que o rei da França morrera sem deixar um herdeiro além de uma filha e que havia deixado o reino nas mãos dela, ele foi ter com seu irmão Lludd para pedir conselho e apoio, não apenas em seu próprio benefício, mas também com o intento de incrementar a honra, a dignidade e o status de seu povo ao ir até o reino da França buscando fazer dessa donzela sua esposa. Seu irmão logo concordou com ele, e Llefelys se alegrou com seu conselho sobre o assunto. Imediatamente prepararam barcos e os encheram de cavaleiros armados, zarpando diretamente para a França. Assim que desembarcaram, enviaram mensageiros para anunciar aos nobres da França a natureza de sua pretensão, e, após o conselho dos nobres da França com sua princesa, a donzela foi entregue a Llefelys junto com a coroa e o reino. Posteriormente ele reinou aquela terra com sabedoria, prudência e prosperidade enquanto viveu.

Depois de um tempo, três pragas[1] caíram sobre a Ilha da Bretanha, do tipo nunca antes vistas.

A primeira delas foi a chegada de um povo chamado de Coraniaid. Tamanho era seu saber que não havia conversação em qualquer parte da ilha que eles não conheciam, não importa o quão baixo se sussurrava, pois o vento a levava. Por conta disso, nenhum dano poderia ser feito a eles. A segunda praga era um grito que se escutava todo dia primeiro de maio por todos os lares da Ilha da Bretanha, o qual penetrava os corações das pessoas e as assustava tanto que os homens perdiam sua cor e força, as mulheres abortavam, os jovens e as donzelas perdiam seus sentidos e

---

[1] A praga (*gormes*) também pode indicar um tipo de opressão sofrida por um povo estrangeiro. [N. T.]

todos os animais, árvores, a terra e as águas ficavam desolados. A terceira foi que, não importando quanto de comida
e provisões fossem preparadas nas cortes do rei, mesmo que
houvesse suprimento de comida e bebida por um ano, nada
daquilo seria consumido, exceto o que foi degustado na primeira noite. A primeira praga era clara e evidente, mas das
outras duas pragas ninguém sabia de seu significado, e por
esta razão havia mais esperança em se livrar da primeira
que da segunda ou da terceira.

Uma vez que o rei Lludd ficou deveras preocupado e
aflito, pois não sabia como se livrar daquelas pragas, convocou todos os nobres do reino e pediu-lhes conselho sobre
o que fazer contra as pragas. Os nobres foram unânimes
para que Lludd, filho de Beli, fosse ter com seu irmão
Llefelys, rei da França, e buscasse sua opinião, pois ele era
um homem sábio em dar conselhos. Eles prepararam uma
frota com discrição e silêncio, para que nem aquele povo
dos Coraniaid ou qualquer outro, além do rei e seus conselheiros, soubesse o motivo de sua jornada. Quando estavam
prontos, Lludd e aqueles escolhidos por ele seguiram para
seus barcos e zarparam em direção aos mares da França.
Quando a notícia chegou a Llefelys, pois ele não sabia o
motivo da frota de seu irmão, ele foi ao seu encontro partindo de outra costa com uma enorme frota. No momento
que Lludd viu isso, ele deixou todas as suas embarcações no
mar, exceto por uma única, e foi se encontrar com Llefelys,
que veio encontrar com seu irmão da mesma forma. No
momento que se encontraram, eles se abraçaram e sauda-
ram-se com afeto fraternal.

Assim que Lludd contou ao seu irmão o intuito de sua
missão, Llefelys disse que já sabia o motivo da chegada
dele naquelas paragens. Então debateram como deliberar
seus assuntos de alguma outra forma para que o vento não
levasse suas palavras e os Coraniaid não descobrissem o
que eles falavam. Llefelys ordenou para si um longo chifre
de bronze, o qual foi usado para que falassem por ele, mas,
qualquer que fosse a palavra dita através daquele chifre,

apenas declarações odiosas e hostis eram escutadas. Llefelys, quando soube disso e percebeu que havia um demônio estorvando e causando transtorno no chifre, determinou que vertessem vinho dentro do objeto para lavá-lo e, pelo poder do vinho, o demônio foi expulso dali.

Quando já não havia nenhum obstáculo para a conversa, Llefelys disse ao irmão que lhe daria alguns insetos, e que deveria manter alguns deles vivos para procriação — para o caso de aquele tipo de praga surgir uma segunda vez —, mas que agarrasse os outros e os esmagasse na água. Assim, dizia ele, era a maneira mais eficaz para se destruir os Coraniaid. Ou seja, quando Lludd voltasse para seu reino, ele deveria convocar todo o povo, os Coraniaid e o seu próprio, para um encontro, sob o pretexto de fazer a paz entre eles; e, quando estivessem todos juntos, ele deveria tomar aquela água poderosa e borrifá-la sobre todos. Llefelys assegurou que a água envenenaria os Coraniaid, mas não mataria nem causaria qualquer dano em seu próprio povo.

"A segunda praga de tua terra", disse ele, "é um dragão, mas um dragão estrangeiro de outro povo está a lutar contra ele, e é por tentar abatê-lo que o outro dragão solta gritos terríveis. Eis como poderás descobrir mais sobre isso: quando voltares ao lar, ordena que se meça a ilha em seu comprimento e largura e, onde estiver o ponto médio exato, manda escavar. Então, no interior da cratera, coloca uma cuba do melhor hidromel que pode ser feito e um lençol de seda brocada sobre a cuba, ficando tu mesmo de guarda. Assim, tu verás os dragões lutando na forma de animais monstruosos, mas eventualmente eles ascenderão aos céus com a forma de dragões e, finalmente, quando estiverem exaustos após feroz e terrível luta, eles cairão dentro da cuba na forma de dois porquinhos; então, faz com que o lençol afunde com eles, arrastando-os até o fundo da cuba, pois beberão todo o hidromel e, assim, adormecerão. Imediatamente envolve-os no lençol e, no local mais seguro que encontrares em teu reino, enterra-os em uma arca de pedra e esconde-a dentro da terra. E, enquanto eles estiverem neste local seguro, nenhuma praga cairá sobre a Ilha da Bretanha vinda de qualquer outro lugar.[2]

"A causa da terceira praga", prosseguiu ele, "é um poderoso mago que furta tua comida, bebida e provisões. Com sua magia e encantamento ele coloca a todos para dormir, e por isso, tu mesmo deves vigiar os banquetes e as provisões. Para que o sono não te pegue, tenha uma tina de água gelada por perto e, quando o sono estiver te vencendo, entre na tina."

Assim Lludd retornou para sua terra e sem demora convocou cada um de seu próprio povo e dos Coraniaid. E como Llefelys o ensinou, ele esmagou os insetos na água e os borrifou sobre todos. Dessa maneira, todos os Coraniaid foram destruídos sem ferir qualquer um dos Bretões.

Algum tempo depois, Lludd mandou medir o comprimento e a largura da ilha, e descobriu-se que o ponto médio ficava em Oxford. Ele escavou o terreno e colocou ali uma tina cheia com o melhor hidromel que se podia fazer e um lençol de seda brocada por cima, ficando de guarda ele mesmo naquela noite. Enquanto estava de guarda, ele viu os dragões lutando. Ao ficarem cansados e esgotados, eles pousaram sobre o lençol e afundaram até o fundo da tina. Então beberam o hidromel e adormeceram, e, enquanto dormiam, Lludd os envolveu no lençol e os escondeu em uma arca de pedra no lugar mais seguro que conseguiu encontrar em Eryri. Após este episódio, o lugar foi chamado de Dinas Emrys;[3] antes disso era chamado de Dinas Ffaraon Dandde.[4] Ffaraon Dandde foi um dos Três Chefes

---

[2] A narrativa dos dois dragões simboliza o conflito entre Gales (o dragão vermelho) e os saxões (dragão branco). Também presente no texto *Historia Regum Britanniae*, de Geoffrey Monmouth. Na tríade galesa 37, que fala das ocultações da Bretanha, o enterramento dos dragões é alocado em conjunto com os enterramentos dos ossos de Gwrthefyr, o Abençoado, e da cabeça de Bendigeidfran. [N. T.]

[3] Dinas Emrys (a Cidadela de Emrys) é um trecho onomástico do texto, mas que contém certo anacronismo, visto que cita Emrys (Ambrosius), conhecido por enfrentar os saxões. [N. T.]

[4] Ffaraon Dandde, ou seja, "Faraó Feroz" é colocado como um dos Três Chefes cujo Coração se Partiu de Tristeza. Os outros dois foram Branwen, filha de Llŷr, e Caradog filho de Brân. [N. T.]

cujo Coração se Partiu de Tristeza. E assim terminou o tempestuoso grito que afligia o reino.

Ao pôr um fim nisto, o rei Lludd mandou que se preparasse um grande banquete e, quando tudo estava pronto, manteve uma tina de água gelada perto de si e pessoalmente ficou de guarda. Enquanto lá estava portando suas armas, próximo do terceiro turno de guarda da noite, ele escutou muitas canções maravilhosas e toda sorte de músicas que o fez se sentir sonolento e o forçavam a dormir. Desta maneira, para evitar que seu plano fosse frustrado, ele se jogava na água repetidas vezes. Por fim, um homem de tamanho enorme e portando uma armadura forte e pesada entrou carregando um balaio e, como era seu costume, ele colocou toda a comida, a bebida e as provisões dentro do balaio e retirou-se com elas. Nada assombrou mais a Lludd que ver como tantas coisas cabiam dentro do balaio. Então, o rei Lludd partiu em seu encalço e falou com ele desta maneira:

"Pare, Pare! Embora tenhas me ultrajado e causado perdas, tu não o farás mais, a menos que tuas habilidades de luta demonstrem que és mais forte e valente que eu."

Imediatamente o homem colocou o balaio no chão e esperou Lludd se aproximar. Houve uma luta violenta entre eles, até que faíscas saltaram de suas armas. Finalmente Lludd o derrubou, e o destino se encarregou de a vitória recair sobre o rei, que jogou aquela ameaça ao chão. Sendo conquistado pela força e poderio, o homem pediu clemência.

"Como posso te conceder clemência", disse o rei, "após todo o ultraje e as perdas que me causaste?"

"Todas as perdas que eu te causei", respondeu ele, "eu hei de compensar na mesma proporção que as ocasionei. E eu nunca mais farei algo assim, pois serei teu fiel vassalo de agora em diante."

O rei aceitou este juramento, e foi assim que Lludd libertou a Ilha da Bretanha das três pragas. Desse momento até o fim de sua vida, Lludd, filho de Beli, reinou a Ilha da Bretanha com paz e prosperidade. Esta história é chamada "Lludd e Llefelys". E assim termina.

A Dama da Fonte

Imperador Artur encontrava-se em Caerleon sobre Usk. Certo dia, estava sentado em seus aposentos com Owain, filho de Urien, Cynon, filho de Clydno, e Cai, filho de Cynyr, enquanto Gwenhwyfar e suas damas de companhia bordavam próximas da janela. E mesmo que dissessem haver um guarda nos portões da corte de Artur, em verdade, não havia.

No entanto, Glewlwyd Gafaelfawr[1] lá estava no papel de guarda para dar boas-vindas aos convidados e viajantes, dando atenção e os informando dos costumes e tradições da corte, mas também para instruir aqueles que eram permitidos adentrar no salão ou nos aposentos e aqueles que

---

[1] Glewlwyd Gafaelfawr ("Valente Cinzento Grande Punho") aparece como porteiro da corte de Artur em outras narrativas galesas como Geraint filho de Erbin e Culhwch e Olwen também. [N. T.]

solicitavam albergagem. No centro do quarto sentava o imperador Artur sobre um assento de juncos ainda verdes, com uma coberta de seda vermelho-amarelada e apoiando-se em uma almofada com fronha de seda vermelha brocada.

Então disse Artur, "Homens, se não fizerem troça de mim, eu gostaria de cochilar enquanto espero por minha comida. Podem se distrair contando histórias, pois Cai vai trazer uma jarra de hidromel e algumas costeletas." E assim o imperador adormeceu. Cynon filho de Clydno então perguntou a Cai por aquilo que Artur os prometeu.

"Mas eu também quero as boas histórias que foram prometidas", disse Cai.

"Senhor", disse Cynon, "é melhor que cumpras a promessa de Artur e depois nós poderemos te contar a melhor história que conhecemos."

Cai foi até a cozinha e adega e retornou com uma jarra de hidromel, uma taça de ouro e um punhado de costeletas. Eles comeram as costeletas e começaram a beber o hidromel.

"Agora", disse Cai, "tu me deves uma história." "Cynon", disse Owain, "conte uma história a Cai."

"Por Deus", disse Cynon, "tu és um homem mais velho e um narrador melhor que eu, pois já viu coisas assombrosas. Conta tu uma história a Cai!"

"Começa tu", disse Owain, "com a história mais assombrosa que conheças."

"Muito bem", disse Cynon. "Eu era o único filho de meu pai e minha mãe e era deveras ousado e arrogante. Não achava que existisse alguém no mundo capaz de me desbaratar em força e valor. E quando superei todos os desafios em minha terra, me preparei e viajei para as regiões remotas e ermas do mundo. Eventualmente cheguei ao vale mais bonito do mundo todo, com todas as árvores do mesmo tamanho, um rio fluindo ligeiro pelo vale e um caminho ao lado do rio. Eu segui pelo caminho até o meio-dia e pelo caminho do outro lado até bem tarde. Assim cheguei em uma grande planície e ao seu final pude ver um castelo grande e reluzente junto ao mar. Me aproximei do castelo e

me deparei com dois rapazes de cabelos loiros cacheados e um diadema de ouro na testa, cada um vestindo uma túnica de seda brocada amarela, botas novas de couro cordovão nos pés e com fivelas douradas as prendendo ao redor tornozelo. Em suas mãos havia um arco de osso de elefante, com cordas de tendões de cervo e flechas com hastes de marfim, e também penas de pavão e pontas douradas nas hastes; Suas facas com lâminas de ouro e punhos de marfim eram alvos, e eles para lá atiravam.

"De uma curta distância deles, pude ver um homem com cabelos loiros cacheados na flor da idade, com sua barba recém-aparada e vestindo uma túnica e um manto amarelo de seda de brocada, com um laço de fios de ouro em seu manto, botas de couro cordovão mosqueado em torno de seus pés e dois botões dourados as prendendo. Ao vê-lo, me aproximei e o saudei. Mas ele era tão cortês que me saudou antes mesmo que eu pudesse saudá-lo e me acompanhou até o castelo. Não havia qualquer sinal de vida no castelo, exceto pelo salão, onde estavam vinte e quatro donzelas bordando seda ao lado da janela. E eu te digo, Cai, estou certo de que a mais feia de todas era mais bela que a donzela mais bela que tu já vistes na Ilha da Bretanha. A menos bela era mais bela que Gwenhwyfar, a esposa de Artur, quando esta está em seu auge no dia de Natal ou na Missa de Páscoa. Elas se levantaram para me encontrar e seis delas levaram meu cavalo e removeram minhas botas. Outras seis tomaram minhas armas e as lustraram até que estas ficaram tão brilhantes como se pode imaginar. As terceiras seis puseram uma toalha na mesa e serviram a comida; e as quartas seis removeram minhas roupas manchadas de viagem e me vestiram com outras vestimentas, a saber, uma camisa e calças de linho fino, uma túnica, um tabardo e um manto de seda amarela brocada com uma borda larga. E me envolveram com muitas almofadas cobertas com fronhas de linho vermelho fino. Então me sentei. As seis que tomaram meu cavalo cuidaram dele perfeitamente, tal qual os melhores cavalariços da Ilha da Bretanha.

"E com isso, trouxeram tigelas de prata com água para nos lavarmos e algumas toalhas brancas e verdes de linho fino. Nos lavamos e o homem que eu mencionei agora a pouco veio se sentar na mesa comigo ao meu lado. E todas as mulheres se sentaram abaixo de mim, exceto aquelas que estavam servindo. A mesa era de prata com toalhas de linho fino e não havia uma uma única vasilha na mesa que não fosse de ouro, prata ou chifre de búfalo.

"Quando nossa comida chegou, eu te asseguro Cai, que nunca antes vi ou provei comida ou bebida como as que eu vi ali, sem contar que o preparo ali era o melhor que já vi.

"E comemos até que estávamos na metade da refeição e nem o homem ou as donzelas falaram uma única palavra comigo até aquele momento. Mas quando o homem percebeu que eu preferiria falar ao invés de comer, ele me perguntou para onde eu me encaminhava e quem eu era. Eu disse que já era hora de alguém ter comigo e que a maior falta de sua corte era sua pobreza nas conversações. 'Senhor', disse o homem, 'nós teríamos conversado há muito tempo se isso não fosse interromper sua refeição. Mas agora conversaremos.' E eu contei ao homem quem eu era e a jornada que estava a fazer. Disse que eu estava procurando por alguém melhor que eu para me vencer.

"Então o homem olhou para mim e sorrindo gentilmente, me disse: 'Se eu não achasse que isso te traria muito transtorno, eu te revelaria aquilo que procuras.' Eu fui tomado pela tristeza e a ansiedade. E o homem ao perceber isso, disse para mim: 'Já que tu preferes que eu te diga o que é ruim para ti ao invés do que seria proveitoso, eu te direi. Durma aqui esta noite, "levante-se cedo e pegue aquela estrada junto ao vale de onde veio até chegar à floresta que tu já atravessaste. Próximo a floresta, a tua direita, tu encontrarás um caminho alternativo. Siga por ele até chegar a uma grande clareira em terreno rebaixado, com um monte em seu centro. No topo do monte tu verás um homem enorme de cabelos negros, não menor que dois homens desse mundo. Ele tem apenas um pé, um olho no centro de sua cabeça e uma clava de ferro que eu te asseguro serem necessários dois homens desse mundo para levantá--la. Ele não é um homem violento, apenas feio. E ele é o guardião da floresta. Tu verás milhares de animais selvagens ao seu redor. Pergunte para ele o caminho para sair da clareira e ele será rude contigo, mas mesmo assim te dirá o caminho e assim encontrarás o que desejas.'

"Aquela foi uma longa noite para mim. Na manhã seguinte eu me levantei, me vesti, montei meu cavalo e segui meu caminho pelo vale até a floresta, fui pelo caminho secundário que o homem me falou e cheguei até a clareira. Quando lá cheguei, os animais selvagens que eu vi eram três vezes mais extraordinários que a descrição do homem. E o homem de cabelos negros estava lá, sentado no topo do morro. O homem havia me contado que ele era grande, mas ele era bem maior. E a clava de ferro que o homem havia dito ser necessário dois homens para levantar, eu te asseguro Cai, seria preciso quatro guerreiros. E mesmo assim ele a segurava com uma mão só!

"Eu saudei o homem de cabelos negros, mas ele me respondeu de forma grosseira. Perguntei que poder ele tinha sobre aqueles animais. 'Eu te mostrarei, homem pequeno', respondeu ele. Segurou a clava com sua mão e com ela acertou um cervo com forte golpe, fazendo-o soltar um grande berro. E com o berro, os animais selvagens começaram a se aglomerar até que eles se tornaram tão numerosos quanto as estrelas do céu e não mais sobrava espaço para que eu ficasse ali na clareira com eles, junto de serpentes, leões, víboras e outros tipos de animais. Ele olhou para eles e ordenou que fossem se alimentar. E assim eles baixaram suas cabeças e prestaram homenagem a ele da mesma forma obediente que os homens fazem com seu senhor. Vê, homem pequeno, o poder que eu tenho sobre esses animais?'

"Então eu o perguntei pelo caminho. Ele foi rude comigo, mas mesmo assim me perguntou para onde eu desejava ir. Eu disse a ele quem eu era e o que estava procurando. E ele me mostrou. 'Pegue a estrada até o fim de clareira', disse ele, 'e suba aquele morro até chegar ao topo. De lá tu verás um vale largo com um rio, como uma larga depressão e em seu centro tu verás uma grande árvore com os galhos mais verdes que os pinheiros mais verdes. Abaixo desta árvore tem uma fonte e próxima a ela uma laje de mármore. Sobre a laje encontra-se uma tigela de prata presa por uma corrente de prata para que não se separem. Pegue a tigela, encha de água e despeje sobre a laje. Assim, tu escutarás um barulho tempestuoso que te fará pensar que o céu e a terra tremem com o som. Logo após o baralho começará uma chuva fria com granizo e que te será difícil de suportar. Depois da chuva, o tempo ficará bom e não haverá uma única folha na árvore que a chuva não levará embora. Logo em seguida, um bando de pássaros pousará na árvore, com um cantar que tu nunca escutaste em teu próprio país. E quando estiver já aproveitando da canção, tu ouvirás um grande gemido e lamúria vindo em tua direção pelo vale. Com isso tu verás um cavaleiro montado em um cavalo totalmente negro, vestido com uma seda brocada totalmente negra e um estandarte de linho totalmente negro sobre sua lança. Ele te atacará o mais rápido que puder. Se fugir, ele te alcançará. Se o esperar sobre o cavalo ele te deixará a pé. Se não arrumar sofrimento lá, tu não deverás procurá-lo enquanto viver.'

"Eu segui a estrada até chegar no topo do morro e de lá eu pude ver tudo aquilo que o homem de cabelos negros me descreveu. Cheguei até a árvore e pude ver a fonte abaixo dela, com a laje de mármore e a tigela de prata presa pela corrente. Eu peguei a tigela e despejei a água sobre a laje. De súbito veio o barulho, muito maior que o que me foi dito pelo homem de cabelos negros e, logo após o barulho, a chuva. E eu te asseguro, Cai, que nem homem ou fera pegos por aquela chuva escapariam com vida, pois nenhuma pedra de granizo se deteria em pele ou carne até que chegasse ao osso. Mas eu virei a traseira de meu cavalo para a chuva e coloquei a ponta de meu escudo sobre a cabeça e a crina dele, com meu visor por cima da minha própria cabeça e assim eu resisti a chuva.

"E quando minha vida estava por deixar meu corpo, a chuva parou. Quando eu olhei para a árvore não havia uma única folha nela. Subitamente o tempo clareou, os pássaros pousaram sobre a árvore e começaram a cantar e, eu te juro, Cai que eu nunca escutei um cantar como aquele. E quando eu estava a aproveitar o canto dos pássaros, um gemido veio pelo vale até onde eu estava, dizendo: 'Cavaleiro, o que tu desejas de mim? Que prejuízo eu te causei, para que tenha feito o que fez ao meu reino e a mim hoje? Não sabe que a chuva de hoje não deixou vivo nem homem ou fera que estivesse descoberta em meu reino?'

"E com isso apareceu um cavaleiro montado em um cavalo todo negro, vestido com uma seda brocada toda negra e com um estandarte de linho todo negro em sua lança. Eu o ataquei e embora tenha sido um ataque feroz, não demorou para que eu fosse jogado ao chão. Então o cavaleiro passou a haste de sua lança pelas rédeas de meu cavalo e foi embora com os dois cavalos, deixando-me lá. O homem negro não me levou a sério nem para me tornar prisioneiro e nem me retirar as armas.

"Eu retornei pela estrada que vim anteriormente e quando cheguei na clareira, o homem moreno lá estava. E eu devo te confessar, Cai, que foi surpreendente eu não ter derretido em uma poça de suor de tanta vergonha com a troça que eu recebi do homem moreno. Naquela noite eu fui ao castelo em que estive na noite anterior. Lá eu recebi boas-vindas mais calorosas que na noite anterior, sendo melhor alimentado e recebendo as conversas que desejei dos homens e mulheres. Mas ninguém mencionou qualquer coisa sobre minha jornada até a fonte e nem eu a mencionei para qualquer um ali.

"Lá eu passei aquela noite e quando eu me levantei na manhã seguinte, encontrei um palafrém marrom com uma crina vermelha brilhante, tão vermelha quanto líquens, completamente aparelhado. Após colocar minhas armas e receber a bênção para partir, eu cheguei em minha própria corte. E eu ainda tenho aquele cavalo no estábulo ali, e por Deus, Cai, eu não o trocaria pelo melhor palafrém da Ilha da Bretanha. Deus sabe, Cai, ninguém antes já confessou uma história que trouxe tanta desonra sobre si mesmo, e, no entanto, acho deveras estranho não ter ouvido falar de ninguém, antes ou depois, que saiba alguma coisa sobre esta história, além do que eu contei, e estranho também que ela esteja localizada no reino do imperador Artur sem que ninguém tenha se deparado com ela."

"Homens", disse Owain, "Não seria bom tentarmos encontrar este lugar?"

"Pela mão de meu amigo", disse Cai, "com certa frequência falas com tua língua o que não conseguiria fazer em atos."

"Deus sabe", disse Gwenhwyfar, "que tu deverias ser enforcado, Cai, por proferir tamanho insulto a um homem como Owain."

"Pela mão de meu amigo, senhora", disse Cai, "tu não elogiaste mais Owain que eu mesmo." E com isso Artur acordou, perguntando se havia dormido muito.

"Sim, senhor", disse Owain, "por demasiado tempo." "Já é hora para ir comer?"

"Sim, senhor", respondeu Owain. E assim se escutou a trompa os chamando para se lavarem, e o imperador e todo o seu séquito foram comer.

Quando terminaram a refeição, Owain esgueirou-se sem ser notado, foi até seu alojamento e preparou seu cavalo e suas armas.

Ao amanhecer do dia seguinte, Owain se armou, montou em seu cavalo e seguiu para regiões ermas do mundo e montanhas desoladas. Finalmente chegou até o vale que Cynon havia contado, tendo a certeza que aquele era o vale correto. Viajou ao longo do vale pelo lado do rio e também pelo outro lado do rio até chegar a planície. Seguiu por ali até avistar o castelo e para lá se adiantou. Ele pode ver os rapazes lançando suas facas no mesmo lugar onde Cynon os viu com o homem loiro que era o dono do castelo parado próximo a eles. E quando Owain estava prestes a saudar o homem loiro, ele saudou Owain e seguiu para o castelo. Ele pode ver uma sala no castelo e ao chegar a esta sala, pode ver as donzelas nas cadeiras douradas, bordando seda brocada. Owain julgou que elas eram bem mais belas e atraentes que a descrição de Cynon. Elas então se levantaram para atender Owain da mesma forma que atenderam Cynon e Owain julgou que sua comida era mais impressionante que a descrita por Cynon; Na metade da refeição, o homem de cabelos loiros perguntou a Owain para onde ele seguia. Owain o contou tudo sobre sua jornada "e desejo lutar contra o cavaleiro que guarda a fonte." O homem de cabelos loiros sorriu gentilmente e foi difícil para ele contar sobre a jornada para Owain da mesma maneira que foi difícil para ele contar para Cynon. Ainda assim ele contou tudo para Owain e foram dormir.

Na manhã seguinte, Owain soube que as donzelas prepararam seu cavalo e assim ele viajou até chegar na clareira onde estava o homem moreno. Owain julgou que o homem moreno era bem maior que o descrito por Cynon. Pediu a ele por direções e o homem as indicou. Owain seguiu pela estrada, como Cynon, até chegar a árvore verde. Lá ele pode ver a fonte com a laje por cima e sobre ela, a tigela. Owain pegou a tigela e despejou a água sobre a laje. E de súbito veio o barulho e após, a chuva. E eles eram muito mais intensos que os descritos por Cynon. Após a chuva, o céu ficou mais claro e Owain observou que não havia mais uma única folha sobre a árvore. Com isso, os pássaros pousaram na árvore e começaram a cantar. Quando o cantar dos pássaros se mostrava deveras prazeroso para Owain, ele avistou um cavaleiro vindo pelo vale. Owain foi ao seu encontro e combateram ferozmente. Quebraram as suas lanças, desembainharam suas espadas e assim lutaram. Desta maneira, Owain acertou um golpe no cavaleiro que perpassou seu elmo, coifa de malha, capuz de tecido de Borgonha e adentrou pela pele, carne e osso até ferir seu cérbero. O Cavaleiro Negro ao saber que recebera um golpe mortal, conduziu seu cavalo de volta e fugiu.

Owain o perseguiu, mas não conseguiu acertá-lo com sua espada mesmo ele não estando muito atrás. Neste momento, Owain pode ver um grande e brilhante castelo. Seguiram até o portão e o Cavaleiro negro foi permitido entrar, mas a ponte levadiça foi fechada sobre Owain. E o atingiu abaixo da parte traseira da sela, de tal modo que o cavalo foi cortado ao meio, cortando também as ranhuras das esporas nos calcanhares de Owain; e assim a ponte levadiça fechou sobre o solo, com as com as ranhuras das esporas e metade do cavalo do lado de fora, e Owain e o resto do cavalo do outro lado entre os dois portões. O portão de dentro estava fechado e por isso Owain não podia sair dali.

Owain se encontrava em um dilema. Enquanto estivesse ali, ele conseguia ver através da fresta do portão uma rua logo a frente, com uma fileira de casas em cada lado do caminho. Podia ver também uma donzela de cabelos loiros e cacheados vindo até o portão, com uma tiara de ouro em sua cabeça e trajando um vestido de seda brocada amarela com botas de couro mosqueado em seus pés. E ela pediu para que o portão fosse aberto.

"Deus sabe, senhora", disse Owain, "que não se pode abrir a porta daqui tanto quanto tu não podes me libertar daí."

"Deus sabe", disse a donzela, "que é uma grande vergonha que tu não possas ser resgatado, pois seria apropriado que qualquer mulher te ajudasse. Afinal, Deus sabe que nunca antes vi melhor jovem para uma mulher. Se tivesses uma amiga, tu serias o melhor amigo que uma mulher poderia ter. Se tivesses uma amante, tu serias o melhor amante. E por conta disso", disse ela, "tudo o que for possível para que eu possa te libertar, eu o farei. Pegue este anel e o coloque em teu dedo. Gire a pedra na direção da palma de tua mão e a feche ao redor da pedra, pois enquanto ela estiver escondida, tu também estarás. Pois quando voltarem a atenção para este lugar, te buscarão para matá-lo por conta do que aconteceu com o homem. Mas quando eles não te verem, ficarão coléricos. Eu estarei naquela pedra de montar ali te esperando. Tu me verás mesmo que eu não possa te ver. Venha e coloque sua mão em meus ombros, pois assim eu saberei que tu vieste. E tu me seguirás pelo caminho que eu tomar a partir dali." Com isso ela deixou Owain que fez tudo exatamente como a donzela o instruiu. Assim, os homens da corte foram procurar Owain para matá-lo, mas quando eles foram até lá não conseguiram ver nada além da metade do cavalo, o que os deixou coléricos. Owain esgueirou-se entre eles e foi até a donzela, colocando a mão em seus ombros. Ela seguiu caminho e Owain a seguiu até que chegaram a uma porta de uma sala de uma bela câmara superior. A donzela abriu a porta e, ao entrarem, a fecharam.

Owain olhou ao redor da câmara. Não havia sequer um único prego ali que não estivesse pintado com uma cor preciosa e nem um único painel que não estivesse com desenho dourado diferente. A donzela acendeu o fogo com carvão e pegou uma tigela de prata com água juntamente com uma bela toalha de linha branco sobre o ombro e deu a água para que Owain se lavasse. Colocou diante dele uma mesa de prata gravada em ouro com uma toalha de mesa do melhor linho amarelo a qual ela trouxe o jantar para ele. Owain esteve certo de nunca antes viu tanta comida diferente, e de certo nunca antes viu também pratos melhor preparados. Ele também nunca antes viu tantos pratos com comida e bebida quanto ali, e não havia um único recipiente que não fosse de prata ou ouro. Owain comeu e bebeu até que fosse já tarde.

Subitamente ele escutou um berro no castelo e Owain perguntou a donzela, "O que é este gemido?"

"Eles estão dando a extrema unção ao senhor do castelo", disse a donzela.

Owain foi dormir e a excelente cama que ela preparou para ele com lençol escarlate, pele de arminho, seda brocada, cendal e linho fino era digna do próprio Artur. A meia noite eles escutaram um berro terrível.

"Que grito foi esse a essa hora?"

"O senhor do castelo acabou de morrer", disse a donzela.

Logo após o amanhecer, eles escutaram um grande grito e gemidos e Owain perguntou a donzela, "O que significa este gemido?"

"Eles estão levando o corpo do senhor do castelo para a Igreja." Owain se levantou, se vestiu e abriu a janela da câmara e olhou na direção do castelo. Ele pode ver uma multidão sem início ou fim preenchendo as ruas, todos completamente armados, com muitas mulheres montadas a cavalo ou a pé e todos os clérigos da cidade cantando. Owain sentiu que céu vibrava por conta de todo o barulho, as trombetas e o cantar dos clérigos.

Em meio a multidão ele pode ver um esquife coberto com um lençol do mais fino linho branco e muitas velas queimando ao redor. E nenhum dos homens que carregava o esquife era de menor hierarquia que a de um rico barão. Owain estava certo de que ele nunca havia visto um grupo tão fabuloso quanto aquele, vestidos de damasco brocado, seda e cendal. Seguindo essa multidão ele pode ver uma dama loira com os cabelos jogados sobre os ombros e coberta com o sangue de muitas feridas, trajando um vestido de seda brocada amarela esfarrapado e botas de couro mosqueado em seus pés. E era surpreendente que a ponta de seus dedos não estava desgastada, pois as juntava violentamente uma contra as outras. Owain estava certo de que nunca havia visto mulher tão bela se ela estivesse em sua forma habitual. Seus lamentos eram mais altos que de todos os homens e trombetas na multidão. E quando ele viu a mulher ele se inflamou de amor de tal maneira que todo seu corpo foi preenchido pelo sentimento.

Owain perguntou a donzela quem era a senhora.

"Deus sabe", disse a donzela, "que é uma mulher que se pode dizer que é a mais bela, a mais casta, a mais generosa, a mais sábia e a mais nobre. Ela é minha senhora, conhecida como a Dama da Fonte, a esposa do homem que tu matastes ontem."

"Deus sabe", disse Owain, "que ela é a mulher que eu mais amo."

"Deus sabe", disse a donzela, "que não há como ela te amar, nem um pouco."

Então a donzela se levantou e acendeu o fogo com o carvão, encheu uma panela com água e esquentou. Tomou uma toalha do melhor linho branco e a colocou ao redor do pescoço de Owain e, tomando uma tigela de marfim e uma bacia de prata, a encheu com água quente e lavou a cabeça de Owain. Em seguida ela abriu uma caixa e retirou de lá uma navalha com cabo de marfim e duas ranhuras douradas na lâmina e com ela fez a sua barba e secou sua cabeça e pescoço com a toalha. logo depois a donzela preparou a mesa a frente de Owain e trouxe seu jantar. E ele estava seguro de que nunca provou um jantar tão bom ou com melhor comida. Quando ele terminou de comer, a donzela preparou sua cama.

"Venha dormir aqui", disse ela, "enquanto cortejarei em teu nome." Owain adormeceu e a donzela fechou a porta do quarto e seguiu para o castelo.

Quando lá chegou, se deparou apenas com tristeza e lamentação e a própria condessa em seu quarto sem poder se encontrar com ninguém por conta do pesar. Luned se dirigiu até a dama para saudá-la, mas a condessa não lhe respondeu. A donzela perdeu a cabeça e disse, "O que há de errado contigo, por que não responde a ninguém hoje?"

"Luned", respondeu a condessa, "como pode ser tão atrevida, vendo que não veio me visitar em meu pesar? E eu te fiz rica. Isso foi terrível de tua parte."

"Deus sabe", disse Luned, "eu realmente pensei que teria mais juízo. Seria melhor que se preocupasse em substituir teu marido ao invés de desejar algo que não poderá ter outra vez."

"Por deus", disse a condessa, "eu não poderia substituir meu senhor com nenhum outro homem no mundo."

"Sim, poderia", disse Luned. "case com alguém tão bom quanto ele ou melhor."

"Por Deus", disse a condessa, "se não me fosse repugnante a ideia de matar alguém que eu havia criado, eu mandaria executá-la por me propor algo tão desleal. Mas certamente te banirei!"

"Fico grata", disse Luned, "que tua única razão seja que tenha dito o que era melhor para ti quando tu mesma não

podia ver por si. E que recaia a vergonha para a primeira entre nós que enviar uma mensagem para a outra, seja eu que implore por um convite seu ou tu que me envies um convite." E com isso, Luned partiu.

A condessa se levantou em direção a porta do quarto deixado por Luned e a fechou agressivamente. Ela olhou para trás e a condessa acenou para ela. Luned então retornou até a condessa.

"Por Deus", disse a condessa para Luned, "que temperamento é o teu! Mas já que me diz o que é o melhor para mim, explique-me como seria possível."

"Assim o farei", disse ela. "Tu sabes que o teu reino apenas pode ser preservado pela força das armas e por tanto deve procurar rapidamente alguém para defendê-lo."

"Como posso fazer isso?", disse a condessa. "Eu te direi", respondeu Luned. "A menos que possa defender a fonte, não poderás defender teu reino. Ninguém pode defender teu reino exceto alguém do séquito de Artur. Então eu deverei seguir até a corte de Artur e que me cubra de vergonha se eu não voltar com um guerreiro que possa defender a fonte tão bem ou até melhor que o homem que a defendia antes."

"Isso será difícil", disse a condessa, "mas vá mesmo assim e os convença." Luned partiu como se fosse para a corte de Artur, mas ao invés disso foi até Owain na câmara superior. E lá ficou com Owain até que fosse o tempo de ter retornado da corte de Artur.

Ela então se vestiu e foi ver a condessa, que a recebeu com boas-vindas.

"Tens alguma novidade da corte de Artur?", disse a condessa.

"A melhor novidade, senhora. Eu tive êxito em minha jornada. Quando desejas ver o cavaleiro que veio comigo?"

"Venha me visitar com ele ao meio dia amanhã", disse a condessa, "e eu terei a cidade vazia então." E seguiu para o seu lar.

Ao meio dia do dia seguinte, Owain colocou uma túnica, um tabardo, um manto de seda brocada amarela com uma larga borda de fios de ouro e botas de couro mosqueado em seus pés com a imagem de um leão dourado prendendo-os. Então, eles foram ao quarto da condessa, e a ela lhes deu as boas-vindas. Ela observou atentamente Owain.

"Luned", disse ela, "esse cavaleiro não aparenta ter passado por uma jornada."

"Qual problema há nisso, senhora?", indagou Luned.

"Por Deus", disse a condessa, "Esse homem não é outro que aquele que tirou a vida de meu senhor."

"O melhor para ti, senhora, pois se ele não fosse mais poderoso que o teu senhor ele não o teria tirado a vida. Nada pode ser feito quanto a isso, visto que já passou."

"Vá para casa", disse a condessa, pois eu tomarei conselho."

No dia seguinte a condessa convocou o reino inteiro em um único lugar e contou a eles que o seu senhorio estava desocupado e que apenas poderia ser protegido por meio de cavalos, armas e forças militares. "Por tanto eu vos coloco uma escolha: ou um de vocês aceita minha mão ou me permitam escolher um marido em outro lugar para que defenda o reino."

Eles decidiram por permiti-la escolher um marido em outro lugar. Desta forma, ela trouxe bispos e arcebispos até a corte para celebrar o casamento entre ela e Owain. E os homens do reino prestaram homenagem a Owain que defendeu a fonte com lança e espada. E assim ele a defendeu: qualquer cavaleiro que lá chegasse, Owain o derrotaria e cobraria um resgate no maior valor possível. Ele compartilharia o valor entre seus barões e cavaleiros e, assim, ninguém foi mais amado por seus súditos que ele. E por lá ficou por três anos.

Certo dia, Gwalchmai estava caminhando com o imperador Artur e ao olhá-lo percebeu que ele estava triste e desolado. Gwalchmai estava extremamente entristecido ao ver Artur naquele estado e o perguntou, "Senhor, o que há de errado contigo?"

"Por Deus, Gwalchmai", disse Artur, "eu sinto falta de Owain que se foi tem três anos. Se eu passar por um quarto ano sem vê-lo, eu morrerei. Pois eu estou seguro que foi por conta do conto de Cynon filho de Clydno que nós perdemos Owain."

Não há necessidade que convoque o teu reino por conta disso, disse Gwalchmai. Tu e os homens da tua casa podem vingar Owain se foi morto ou libertá-lo se estiver na prisão e, se estiver vivo, trazê-lo de volta contigo. E eles concordaram com o que Gwalchmai disse.

Artur se preparou para procurar por Owain junto dos homens de sua casa. Havia cerca de três mil homens entre eles, sem contar os criados e Cynon filho de Clydno como guia. Artur então chegou até o castelo em que esteve Cynon e quando lá chegaram, os rapazes estavam lançando suas facas no mesmo lugar de outrora e o homem loiro estava parado próximo a eles. Quando o homem de cabelos loiros viu Artur, o saudou e o convidou para ficar. Artur aceitou o convite e assim entrou no castelo. E embora estivessem em grande número, sua presença foi pouco notada no castelo. As donzelas se levantaram para servi-los e eles passaram a ver defeitos em todos os erviços recebidos até então, exceto estes dessas mulheres. E o serviço dos criados naquela noite era tão bom quanto os que Artur teria recebido em sua própria corte.

Na manhã seguinte, Artur de lá com Cynon como guia e chegaram onde o homem moreno estava. Artur pensou que o tamanho do homem moreno era bem maior do que foi dito a ele. Alcançaram o topo do morro, em seguida a planície até chegar até a árvore verde e verem a fonte com a tigela e a laje. Então Cai foi até Artur e disse, Meu senhor, eu sei o motivo dessa jornada e te imploro para que me deixe despejar a água sobre a laje e enfrentar o primeiro ordálio que aparecer. Artur deu permissão e Cai despejou a água da tigela sobre a laje. Logo após escutaram um barulho e em seguida a chuva. Eles nunca antes escutaram um barulho e chuva como aquela e muitos dos homens de Artur morreram com o temporal. Quando a chuva parou, o céu ficou claro e assim observaram que não havia mais uma única folha sobre a árvore. Os pássaros pousaram sobre a árvore e eles estavam certos de que nunca antes escutaram uma canção tão prazerosa quanto aquela entoada pelos pássaros. Com isso eles avistaram um cavaleiro montado em um cavalo todo negro, vestido com uma seda brocada toda negra e com um estandarte de linho todo negro em sua lança. Cai o encarou e lutou com ele. A luta, entretanto, não durou muito e Cai foi derrubado. Então o cavaleiro montou seu pavilhão para passara quela noite tal qual Artur e sua hoste.

Quando eles se levantaram no dia seguinte, o sinal da batalha estava presente na lança do cavaleiro negro. Cai foi até Artur e disse a ele, "senhor, eu fui derrubado injustamente ontem, tu me permitiras lutar com o cavaleiro hoje?"

"Sim", respondeu Artur. Então Cai marchou em direção ao cavaleiro, mas este o derrubou de imediato e, olhando para ele, o estocou em sua fronte com a base de sua lança de tal maneira que seu elmo, coifa de malha, pele e carne foram rasgadas até o osso na medida da base da lança. Cai retornou a seus companheiros e dali em diante o séquito de Artur se revezou em tornou para lutar com o cavaleiro, até que cada um deles acabou derrubado por ele, exceto Artur e Gwalchmai. Artur colocou suas armas para lutar com o cavaleiro, mas disse Gwalchmai, "Meu senhor, deixe-me ir e lutar primeiro com o cavaleiro." Artur deu sua permissão e Gwalchmai foi lutar com o cavaleiro com seu manto de seda brocada, enviado para ele pela filha do *jarl* de Anjou, cobrindo seu cavalo e a si e por conta disso ninguém em meio a hoste o reconheceu. Eles então se atacaram e lutaram até o anoitecer, mas nenhum deles chegou perto de derrubar o outro. No dia seguinte eles foram lutar com lanças afiadas, mas nenhum dos dois conseguiu derrotar o outro. Ao terceiro dia, eles voltaram a se enfrentar com suas fortes, robustas e afiadas lanças. Eles estavam fervilhantes de raiva e entraram em combate ao meio dia, cada um empurrando o outro de tal modo que as cilhas da sela de ambos os cavalos se partiram, e cada um deles foi jogado da traseira de seus cavalos ao chão. Se levantaram rapidamente, sacaram suas espadas e, ao se golpearem, aqueles que os viam assim estavam certos de que nunca haviam visto dois homens tão fortes ou tão esplêndidos quanto aqueles; se fosse uma noite escura, esta estaria clara com as faíscas de suas armas. Neste momento, o cavaleiro executou tamanho golpe em Gwalchmai que o seu visor se levantou em seu rosto e com isso o cavaleiro se deu conta que este era Gwalchmai. Então disse Owain, "Senhor Gwalchmai, eu não o reconheci por conta de teu manto. Sou teu primo de sangue. Pegue minha espada e armas."

"Tu, Owain, és superior e a vitória é tua", disse Owain, "Portanto, fique com minha espada." A seguir, Artur os viu e se aproximou deles.

"Senhor", disse Gwalchmai, "eis Owain que me derrotou, mas não pretende tomar minhas armas."

"Senhor", disse Owain, "foi Gwalchmai que me derrotou e ele não pretende tomar minha espada."

"Entreguem tuas espadas a mim", disse Artur, "pois assim nenhum de vocês derrotou o outro." Owain passou seus braços ao redor do imperador Artur e ambos se abraçaram. Logo depois a hoste se aproximou deles, se acotovelando aflitos em tentar ver Owain e abraçá-lo. Tanto foi assim que muitos homens quase morreram em meio a multidão. Nesta noite todos dormiram em seus pavilhões e no dia seguinte, o imperador Artur pediu permissão para partir.

"Senhor", disse Owain, "isto não estaria certo. Três anos atrás eu o deixei, senhor, e este lugar é meu. Deste dia até hoje eu tenho te preparado um banquete, pois eu sabia que viria me buscar. Venha comigo para se recuperar de tua fadiga, junto com teus homens, e tomem um banho." Eles então foram todos juntos ao castelo da Dama da Fonte e o banquete que levou três anos para ser preparado foi consumido em apenas três meses, e eles nunca antes tiveram um banquete mais prazeroso ou melhor que aquele.

Então Artur pediu permissão para partir e enviou mensageiro até a condessa pedindo que ela permitisse Owain acompanhá-lo para que os nobres e as damas da Ilha da Bretanha pudessem vê-lo por um período de três meses.

A condessa deu seu consentimento, embora não fosse fácil para ela. Owain acompanhou Artur até a Ilha da Bretanha e uma vez entre seu povo e seus companheiros de bebida, ele ficou lá por três anos ao invés de três meses.

Certo dia, enquanto Owain estava comendo a mesa na corte do imperador Artur em Caerleon sobre Usk, de repente, uma donzela se aproximou montada em um cavalo marrom com uma crina encaracolada que chegava até o chão. Ela estava vestida em seda brocada amarela e as rédeas e o que podia se ver da sela eram de ouro puro. Ela se dirigiu até Owain e segurou o anel que estava em seu dedo.

"Isto", disse ela, "é o que fazemos com um falso, enganador e traidor: vergonha sobre tua barba!" E virando a cabeça do cavalo, ela se foi. Então Owain se lembrou de sua jornada e se entristeceu. Quando ele terminou de comer, foi até seus aposentos passou aquela noite inquieto.

Na manhã seguinte ele se levantou, mas não seguiu para a corte de Artur, mas sim para regiões ermas do mundo e montanhas desoladas. Perambulou desta maneira até que suas roupas se desfizeram, seu corpo mortificou-se e um longa cabeleira cresceu por todas as partes. Andava com os animais silvestres e se alimentavam juntos, pois estes já estavam acostumados com ele. Certo momento, já enfraquecido, ele se separou deles e desceu as montanhas em direção ao vale, chegando em um parque, o mais belo do mundo, que pertencia a uma dama viúva.

Um dia, a dama com suas acompanhantes foram passear próximo ao lago no parque, seguindo até metade do caminho. Assim elas viram no parque algo na forma de um homem e se assustaram. Mesmo assim elas se aproximaram dele, o tocaram e o observaram com cuidado. Conseguiam ver suas veias latejando e como ele queixava-se do sol. A dama retornou ao castelo, pegou uma jarra com bálsamo valioso e o entregou a uma de suas acompanhantes.

"Vá", disse ela, "e leve isso contigo, pegue aquele cavalo e roupas e os coloque junto do homem que vimos

anteriormente. Esfregue este bálsamo sobre seu coração e se ainda existir vida nele, ele se levantará graças a este unguento. E observe como ele se comportará." A donzela partiu, passou todo o bálsamo sobre ele, deixou o cavalo e as roupas em um lugar próximo, correu para se afastar dele e o observou escondida.

Depois de um bom tempo, ela pode vê-lo esticando seus braços, levantando, examinando a própria pele e se envergonhando do quão horrível estava sua aparência. Ele viu o cavalo e as roupas próximas e se arrastou até alcançá-las e as puxando através da sela, as vestiu e com dificuldade montou o cavalo. Neste momento a donzela apareceu e o saudou e ele se alegrou ao vê-la, perguntando-a que terra era aquela e qual lugar.

"Deus sabe", disse a donzela, "que uma dama viúva é a dona daquele castelo e quando o senhor seu esposo faleceu, deixou para ela dois senhorios, porém, esta noite ela nada mais possui além daquela única casa que não foi tomada pelo jovem *jarl*, seu vizinho, pois ela se recusou a casar-se com ele."

"É uma história triste", disse Owain. A donzela e Owain se dirigiram ao castelo e ele desmontou quando lá chegou. A donzela o conduziu até um quarto confortável, acendeu o fogo para ele e o deixou lá. A donzela em seguida foi até a dama e colocou em sua mão o jarro.

"Menina", disse a dama, "onde está todo o bálsamo?" "Acabou, senhora", respondeu ela.

"Menina", disse a dama, "não é fácil para mim repreendê-la, mas é desafortunado gastar cento e quarenta libras de um balsamo valioso com um homem sem nem saber quem ele é. Contudo, menina, o acolha bem para que não lhe falte nada." A donzela assim o fez, servindo-o com comida, bebida, fogo, cama e banho até que ele estivesse bem mais saudável e seus pelos caíssem em tufos escamosos. Levou três meses e sua pele aparentava estar mais branca que antes.

Certo dia, Owain escutou uma comoção no castelo, com grandes preparativos e armas sendo depositadas em seu interior. Owain então perguntou a donzela, "Que comoção é esta?"

O *jarl* que eu te falei está se aproximando do castelo para tentar destruir da dama com uma grande hoste.

Owain então perguntou para a donzela, A dama possui um cavalo e armas?

Sim, disse a donzela, as melhores do mundo.

"Poderia ir até a condessa e perguntar e eu poderia pegar emprestados o cavalo e as armas?", perguntou Owain.

"De bom grado", disse a donzela. A donzela foi até a condessa e contou a ela tudo o que ele havia dito. Então a condessa riu.

"Por Deus, eu o darei o cavalo e as armas, pois ele nunca teve em sua posse melhor cavalo ou armas. E fico contente que ele fique com elas, pois receio que meus inimigos possam tomá-las amanhã contra minha vontade. Mas não sei o que ele pretende fazer com eles."

Então levaram um belo cavalo gascão negro, com uma sela feita com madeira de feia e armas suficientes para o homem e o cavalo. Owain se armou, montou o cavalo e marchou junto de dois escudeiros totalmente equipados com cavalos e armas.

E quando chegaram até a hoste do *jarl* eles não conseguiram ver nem seu limite ou final. Owain perguntou então aos escudeiros em que tropa se encontrava o *jarl*.

"Naquela tropa com quatro estandartes amarelos", eles disseram. "Dois estão a sua frente e dois atrás."

"Bem", disse Owain, "retornem e me esperem no portão do castelo." Então eles retornaram e Owain, por sua parte, cavalgou entre as primeiras duas tropas até encontrar o *jarl*. Owain o arrancou da sela e o colocou entre ele e a cabeça da sela. Virou o cavalo e seguiu na direção do castelo. Sem se importar com qualquer obstáculo, ele levou o *jarl* junto de si até que chegou aos portões do castelo onde os escudeiros esperavam por ele. Quando lá chegaram, Owain entregou o *jarl* como um presente para a condessa, dizendo assim: "Eis o pagamento pelo Bálsamo curativo que eu recebi de ti."

A hoste montou acampamento ao redor do castelo e para preservar sua vida, o *jarl* devolveu dois condados para a dama. E para garantir sua liberdade ele devolveu metade de seu próprio domínio, bem como todo o seu ouro, prata e joias e a certeza de que cumpriria o acordo. Owain seguiu seu caminho, e a condessa o convidou para ficar e converter tudo isso em seu próprio domínio, mas Owain não desejava nada além de seguir viagem para as regiões mais remotas e ermas do mundo.

Enquanto seguia viagem, ele escutou um forte berro na floresta, bem como um segundo berro e um terceiro. Quando se aproximou e lá chegou, pode ver um enorme penhasco no meio da floresta e uma rocha cinza ao lado do penhasco. Havia uma fenda na rocha, uma cobra na fenda e um leão totalmente branco perto da cobra. E sempre que o leão tentava escapar, a cobra avançava sobre ele fazendo com que o leão ululasse. Owain sacou sua espada e se aproximou da rocha. E enquanto a cobra saia da rocha, Owain a golpeou de tal maneira com sua espada que a jogou ao chão dividida em duas metades. Em seguida limpou sua espada e continuou sua marcha como antes. Mas ele pode ver que o leão o seguia, brincando ao seu redor como um cão de caça que ele próprio houvesse treinado. Eles viajaram por todo o dia até o anoitecer e quando era a hora de Owain descansar, ele desmontou e soltou seu cavalo para que pastasse em um prado arborizado. Owain acendeu o fogo e quando terminou de preparar a fogueira, o leão apareceu com lenha suficiente para três noites. O leão desapareceu, mas logo depois retornou com uma grande e bela corça, o largou aos pés de Owain, e foi se deitar do outro lado da fogueira. Owain tomou a corça, esfolou e colocou umas costelas em espetos no fogo deu todo o resto do animal para o que o leão se alimentasse. Enquanto Owain estava fazendo isso, ele escutou um gemido alto, bem como um segundo e um terceiro não muito distante dele. Owain se perguntou se era um humano que gemia.

"Sim, de fato", disse a criatura.

"Quem és?", perguntou Owain.

"Deus sabe", respondeu ela, "que sou Luned, a dama de companhia da Dama da Fonte."

"O que fazes ali?", disse Owain.

"Eu estive presa", disse ela, "por causa de um jovem vindo da corte do imperador com a intenção de se casar com a condessa e que ficou por lá um curto período de tempo. Ele foi visitar a corte de Artur, mas não retornou. Era o amigo que eu pensei mais amar no mundo todo. Então os os mordomos da condessa fizeram troça dele na minha frente, o chamando de enganador e traidor. Eu respondi que os dois juntos não conseguiriam enfrentá-lo sozinho. E por conta disso eles me prenderam nesse recipiente de pedra e disseram que eu morreria a menos que ele viesse me defender em um dia exato. Esse dia está próximo, sendo o dia depois de amanhã e eu não tenho ninguém para procurá-lo para mim. Ele era Owain filho de Urien."

"Está realmente segura de que esse jovem sabia que viria para te defender?"

"Sim, por Deus", respondeu ela. Quando as costelas estavam devidamente cozidas, Owain as dividiu ao meio entre a donzela e ele, e assim comeram. Logo depois conversaram até que o próximo dia clareava.

No dia seguinte, Owain perguntou a donzela se havia algum lugar onde ele poderia encontrar comida e hospitalidade naquela noite.

"Sim, senhor", respondeu ela. "Atravesse o vau e pegue o caminho junto ao rio e depois de um tempo verás um grande castelo com muitas torres. O *jarl* dono deste castelo é o melhor homem para providenciar comida e tu poderás passar lá a noite." E nenhum vigia jamais guardou seu senhor tão bem quanto o leão guardou Owain na noite anterior.

Owain selou seu cavalo e viajou pelo vau até que pode ver o castelo. Ele adentrou o castelo e foi recebido de maneira honrada e seu cavalo foi perfeitamente cuidado, recebendo bastante comida. O leão se deitou na manjedoura do cavalo e assim ninguém do castelo ousou chegar perto do cavalo por conta do leão. Owain estava certo de que nunca antes havia visto um lugar com melhor serviço que aquele. No entanto, todos ali estavam tão tristes como se a morte estivesse em cada um deles. Eles foram comer e o *jarl* se sentou ao lado de Owain com sua única filha sentada do outro lado. Owain estava certo de que ele nunca antes viu donzela tão bela. O leão veio se deitar entre os pés de Owain abaixo da mesa e ele o alimentou com todos os pratos que recebia. No entanto, Owain não via ali nada além da grande tristeza dos homens.

Na metade da refeição, o *jarl* deu as boas-vindas a Owain.

"Já passou da hora de te alegrar", disse Owain.

"Deus sabe que não é por ti que estamos tristes, mas porque recai sobre nós um assunto que nos causa dor e tristeza."

"E o que seria?", perguntou Owain.

"Eu tinha dois filhos e ontem eles foram caçar na montanha. Mas lá existe um monstro que mata homens e os devora. Meus filhos foram por ele capturados e amanhã é o dia acertado para que se entregue esta donzela, pois do contrário ele matará meus filhos na minha frente. E mesmo que tenha aparência humana, ele é tão grande quanto um gigante."

"Deus sabe que isso é deveras trágico", respondeu Owain. "Qual destas opções escolherás?"

"Deus sabe", disse o *jarl*, "que é mais honrado que mate meus filhos, que foram tomados contra minha vontade, que entregar minha filha voluntariamente para ser violada e morta." Então eles conversaram sobre outros assuntos e Owain passou a noite lá.

Na manhã seguinte eles escutaram barulho incrivelmente alto. Era o gigante que chegava com os dois rapazes. O *jarl* queria defender o castelo dele e abandonar seus dois filhos. Owain se armou e foi confrontar o homem, seguido pelo leão. Quando o homem viu Owain armado, se dirigiu até ele e o enfrentou. O leão, entretanto, lutou muito melhor contra o homem que Owain.

"Por Deus", disse o homem a Owain, "não seria difícil para mim lutar contra ti se o animal não estivesse contigo."

Então Owain deixou o leão dentro do castelo, fechou o portão e retornou para lutar como antes contra o gigante. Mas o leão rugiu ao escutar a aflição de Owain e escalou até chegar ao salão do *jarl*, dali para as muralhas do castelo e das muralhas saltou até chegar em Owain. O leão golpeou o ombro do gigante com suas patas até a pata sair pela bifurcação de suas pernas, de tal modo que todas as suas entranhas foram vistas escorrendo dele. Ali o gigante caiu morto e Owain devolveu ao *jarl* seus dois filhos. O *jarl* o convidou para ficar, mas Owain não desejava nada além de voltar para o prado onde estava Luned.

Ele pode ver uma enorme fogueira ardendo, bem como dois belos rapazes de cabelos ruivos cacheados levando a donzela para jogá-la no fogo. Owain os perguntou o que pretendiam fazer com a donzela e eles o contaram a história que a donzela o havia dito na noite anterior: "E Owain falhou com ela e por isso não vamos queimá-la."

"Deus sabe", disse Owain, "que ele era um bom cavaleiro e eu não me surpreenderia se ele viesse para defendê-la se ele soubesse que a donzela precisava dele." Se desejarem que eu tome seu lugar, eu o farei."

"Nós gostaríamos", disseram os rapazes, "pelo nosso criador." E foram lutar contra Owain. Como este estava recebendo muito dano dos dois rapazes, o leão veio em seu auxílio e os derrubou. Então disseram, "Senhor, nós concordamos em lutar contigo sozinho, pois é mais difícil para nós lutar com esse animal que contigo."

Owain então deixou o leão onde a donzela havia ficado presa, fez um muro de pedras na entrada e foi lutar contra os homens como antes. Mas a força de Owain não estava totalmente recuperada e os dois rapazes estavam levando a melhor. O leão rugia o tempo todo, pois Owain passava por problemas. Até que o leão derrubou o muro até encontrar uma maneira de escapar, e rapidamente matou um dos rapazes e em seguida matou o outro. Assim eles salvaram

Luned de ser queimada. Em seguida, Owain e Luned foram para o reino da Dama da Fonte e de lá ele levou a condessa com ele até a corte de Artur e ela foi sua esposa até o fim de seus dias.

Após esse episódio, Owain seguiu em direção a corte do Opressor Negro, lutou contra ele e o leão não o abandonou até que Owain derrotasse o Opressor Negro. Quando Owain estava a caminho da corte do Opressor Negro ele seguiu para o salão, onde avistou vinte e quatro damas, as mais belas que qualquer um já vira, mas vestindo roupas que não valiam nem vinte e quatro peças de prata e tão tristes quanto a própria morte.

Owain os perguntou por que estavam tristes e elas disseram que eram filhas de *jarls* e que cada um delas havia chegado lá junto do homem que mais amavam. "E quando chegamos aqui nos receberam muito bem e nos trataram adequadamente, mas nos embriagaram. Quando estávamos embriagadas, o diabo dono desta corte veio e matou todos os nossos maridos, roubou nossos cavalos, roupas, ouro e prata. Os corpos de nossos maridos se encontram nesta mesma casa, junto muitos outros corpos. Por esta razão, senhor, que nós estamos tristes. Lamentamos, senhor, que tenhas chegado até aqui, pois tememos que sofra algum mal." Owain ficou triste ao escutar isso e saiu para caminhar.

E viu um cavaleiro se aproximando dele e o saudando com alegria e afeto como se fosse seu irmão. Este era o Opressor Negro.

"Deus sabe", disse Owain, "que eu não vim até aqui para receber tuas boas-vindas."

"Deus sabe", respondeu ele, "que tu não a terás."

E marcharam um em direção ao outro, lutando um contra o outro ferozmente, mas Owain levou a melhor sobre ele e amarrou suas duas mãos atrás de suas costas. O Opressor Negro pediu clemência a Owain e lhe disse: "Senhor Owain, foi profetizado que chegarias aqui para me derrotar e tu veio e assim o fez. Eu aqui vivi como um larápio e minha casa é um antro de ladroagem. Mas poupe minha vida e eu me tonarei em um hospitalário e enquanto eu viver, esta casa será um hospital para os fracos e os fortes em teu nome." Owain concordou com isso e passou aquela noite lá.

No dia seguinte, ele juntou as vinte e quatro damas com seus cavalos, roupas e todas as riquezas e joias que elas trouxeram com elas e viajaram juntos até a corte de Artur.

Artur que ficou contente em vê-lo antes dele se perder, agora estava muito mais feliz. As mulheres que desejaram ficar na corte de Artur foram bem acolhidas e aquelas que desejaram partir receberam permissão. Owain permaneceu na corte de Artur como chefe do séquito e amado por Artur até o momento que voltou para seu próprio povo que eram os das Trezentas Espadas de Cenferchyn[2] e O Esquadrão dos Corvos.[3] E para onde Owain fosse com eles, terminavam vitoriosos.

E esse conto se chama "A Dama da Fonte".

---

[2] Cynfarch era o avô de Owain, logo Cenferchyn seria algo como "Os descendentes de Cynfarch". [N. T.]

[3] Corvo (Brân) é um termo evocado em algumas poesias galesas do medievo como uma metáfora para um guerreiro. [N. T.]

Geraint, filho de Erbin

Era costume de Artur manter sua corte em Caerleon sobre Usk, e assim o fez continuamente por sete Páscoas e cinco Natais. Certa vez ele manteve a corte lá durante o período da festa do divino Espírito Santo, pois Caerleon era o lugar mais acessível no território, seja por terra ou pelo mar. Ele reuniu cerca de nove reis coroados que eram seus vassalos, e com eles também haviam *jarls* e barões, pois eram sempre seus convidados em cada grande festividade a menos que grandes adversidades os impedissem. Sempre que estavam com a corte em Caerleon, treze igrejas eram destinadas para missas. É assim que elas foram utilizadas: uma igreja para Artur, seus reis e convidados, a segunda para Gwenhwyfar e suas damas, a

terceira seria para o senescal e os peticionários e a quarta para Odiar, o Franco, e demais oficiais. Nove igrejas seriam reservadas para os nove chefes das tropas, sendo Gwalchmai o mais importante de todos, pois ele possuía reputação militar elevada por seus feitos militares e nobre distinção, sendo o líder de todos os outros chefes das tropas. E nenhuma das igrejas poderia comportar mais pessoas que aquelas mencionadas anteriormente.

Glewlwyd Gafaelfawr era o principal guardião dos portões de Artur, mas não precisava montar guarda além das três grandes festividades. Sete homens que o serviam eram encarregados do dever e se revezavam, sendo eles Gryn e Penpingion, Llaesgymyn e Gogyfwlch e Gwrddnei Lygaid Cath (que podia ver tão bem de noite quanto de dia) e Drem, filho de Dremidydd, e Clust, filho de Clustfeinydd. Todos eles eram guerreiros de Artur.

Na terça-feira da semana da festividade, enquanto o imperador estava sentado à mesa do banquete, eis que surge um rapaz alto de cabelos ruivos, vestindo uma túnica e um tabardo de seda brocada, com uma espada de empunhadura dourada presa ao pescoço e duas botas curtas de couro cordovão em seus pés. Ele se aproximou de Artur e disse:

"Saudações, senhor."

"Que Deus te dê prosperidade", respondeu Artur, "e Deus te dê as boas-vindas. Possuis alguma novidade?"

"Sim, senhor", afirmou ele.

"Eu não te reconheço", comentou Artur.

"Surpreende-me que não me reconheças. Sou teu guarda florestal, senhor, da Floresta de Dean. Madog, filho de Twrgadarn, é o meu nome."

"Conta-nos tuas novidades", disse Artur.

"Assim o farei, senhor", assentiu ele. "Eu avistei um cervo na floresta e eu nunca vi nada igual em minha vida."

"O que nele havia para que nunca tenhas visto algo parecido?", indagou Artur.

"Ele era totalmente branco, senhor, e não caminhava como qualquer outro animal, pois demonstrava o orgulho e a arrogância de sua grande majestade. Vim então pedir-te conselho, senhor. Qual é o teu parecer sobre o assunto?"

"Eu farei o que for mais apropriado", disse Artur. "Irei caçá-lo amanhã ao amanhecer; e que todos nos alojamentos saibam disso, bem como Rhyferys (que era o caçador-mor de Artur), Elifri (que era o escudeiro-mor), e todos os outros." Eles concordaram com isso, e Artur enviou o escudeiro na frente.

Em seguida Gwenhwyfar perguntou a Artur:

"Senhor", disse ela, "me permitirias ir amanhã para assistir e ouvir a caça ao cervo que o escudeiro mencionou?"

"Sim, de bom grado", afirmou Artur.

"Então irei", disse ela.

Gwalchmai então disse a Artur:

"Senhor, não seria apropriado que tu permitas que aquele que capturar o cervo na caçada, seja um homem montado ou a pé, possa cortar sua cabeça e entregá-la a quem desejar, que seja a sua pessoa amada ou aquela amada por um amigo seu?"

"Permitirei isso, com prazer", assentiu Artur, "e que o senescal seja punido se todos não estiverem prontos pela manhã para ir caçar."

Eles passaram a noite moderadamente cantando e se entretendo com histórias e uma refeição abundante. Quando todos consideraram ser a melhor hora para dormir, assim o fizeram.

Ao amanhecer do dia seguinte, eles acordaram e Artur chamou os criados que cuidavam de sua cama, a saber, quatro escudeiros. Estes eram: Cadyriaith, filho de Porthor Gandwy, Amhren, filho de Bedwyr, Amhar, filho de Artur, e Gorau, filho de Custennin. Esses homens foram até Artur, o saudaram e o vestiram. Artur, de sua parte, se surpreendeu por Gwenhwyfar não ter acordado e não ter nem se virado na cama. Os escudeiros queriam acordá-la.

"Não a acorde", disse Artur, "já que ela prefere dormir a ir e assistir a caçada."

Artur seguiu seu caminho e pôde ouvir o som de duas trompas, uma perto do alojamento do líder dos caçadores e a outra perto do alojamento do escudeiro-mor. Uma companhia formada com todos os homens veio até Artur, e eles seguiram em direção à floresta. Cruzando o Usk, eles se encaminharam para a floresta, deixando a estrada e caminhando por altas colinas até chegarem à floresta.

Depois que Artur já havia deixado a corte, Gwenhwyfar acordou e chamou suas donzelas, que a vestiram.

"Donzelas", disse ela, "eu recebi permissão ontem à noite para ir e assistir à caçada. Que uma de vós vá ao estábulo e traga todos os cavalos adequados para que as mulheres montem."

Uma delas foi, mas encontrou apenas dois cavalos no estábulo. Então Gwenhwyfar e uma de suas donzelas partiram nos dois cavalos. Cruzaram o Usk e seguiram a trilha e os rastros dos homens e cavalos. Enquanto seguiam viagem, elas escutaram um som poderoso e feroz. Elas olharam para trás e viram um cavaleiro montado em um potro cinza-salgueiro, enorme em tamanho. O jovem rapaz de aspecto nobre possuía cabelos ruivos, pernas descobertas, com uma espada com empunhadura de ouro junto à coxa e vestia uma túnica e um tabardo de seda brocada com duas botas baixas de couro cordovão nos pés, bem como um manto roxo azulado por cima com um símbolo dourado em cada canto. O cavalo era alto e imponente, ágil e vigoroso, com um passo curto e firme. O cavaleiro alcançou Gwenhwyfar e a saudou.

"Que Deus te dê prosperidade, Geraint", comentou ela, "te reconheci assim que te vi. Que Deus te dê as boas-vindas. Por que não foste caçar com teu senhor?"

"Porque não me dei conta de que ele havia partido."

"Eu também me surpreendi que ele se foi sem meu conhecimento", respondeu ela.

"Sim, senhora", disse ele. "Eu também estava dormindo e por isso não sei que hora ele partiu."

"De minha parte te digo que não há jovem em todo o reino para me servir de acompanhante", afirmou ela. "Poderíamos nos entreter com a caça tanto quanto eles, pois ouviríamos as trompas quando soassem e os cães quando fossem soltos e começassem a latir."

Eles chegaram até a borda da floresta e ali ficaram.

"Daqui escutaremos quando os cães forem soltos", disse ela.

Subitamente escutaram um barulho. Eles olharam na direção do barulho e puderam ver um anão cavalgando um cavalo grande, robusto, poderoso, de narinas largas, devorador de solo e corajoso. E na mão do anão havia um chicote. Próximo ao anão, eles puderam ver uma mulher montada em um cavalo branco e belo, com passo suave e imponente. Ela trajava um vestido dourado de seda brocada. E perto dela havia um cavaleiro em um grande cavalo enlameado, ambos com uma armadura pesada e brilhante. Eles estavam certos de que nunca tinham visto um homem, cavalo ou armadura tão imponentes, e todos cavalgando juntos.

"Geraint", disse Gwenhwyfar, "reconheces o grande cavaleiro ali?"

"Não", respondeu ele. "Essa enorme e estranha armadura não permite que eu veja nem o seu rosto e nem sua fisionomia."

"Vai, donzela", disse Gwenhwyfar, "e pergunta ao anão quem é o cavaleiro."

A donzela foi se encontrar com o anão, que a esperou quando viu que ela se aproximava. Ela então perguntou ao anão:

"Quem é o cavaleiro?"

"Eu não te direi isso", respondeu ele.

"Já que és tão grosseiro a ponto de não me responder isso", insistiu ela, "eu o perguntarei diretamente."

"Por Deus, tu não perguntarás", afirmou ele.

"Por quê?"

"Porque tua posição não é adequada para te dirigires diretamente ao meu senhor."

Então a donzela virou a cabeça de seu cavalo em direção ao cavaleiro e o anão a golpeou no rosto e nos olhos com seu chicote empunhado, de tal maneira que ela sangrou.

Por conta da dor do golpe recebido a donzela retornou a Gwenhwyfar, lamuriando-se.

"O anão te tratou muito mal", disse Geraint. "Eu descobrirei quem é o cavaleiro."

"Vai", disse Gwenhwyfar.

Geraint se aproximou do anão e perguntou:

"Quem é o cavaleiro?"

"Não vou te contar", respondeu o anão.

"Vou perguntar ao cavaleiro diretamente", afirmou ele.

"Por Deus, tu não perguntarás", disse o anão. "Pois tua posição não é alta o suficiente para que possas dirigir a palavra ao meu senhor."

"Eu", disse Geraint, "já falei com um homem de posição tão alta quanto o teu senhor", e virou a cabeça do cavalo em direção ao cavaleiro. O anão o alcançou e o golpeou onde ele havia golpeado a donzela, e o sangue escorreu pelo manto que Geraint usava. Geraint colocou a mão no punho de sua espada e pensou consigo mesmo, mas decidiu que não se vingaria matando ao anão enquanto o cavaleiro armado pudesse pegá-lo em forma tão simplória e desarmada. Retornou então até Gwenhwyfar.

"Te comportaste de forma sábia e prudente", disse ela.

"Senhora", comentou ele, " com tua permissão, eu irei atrás dele novamente. Ele acabará por chegar a um lugar povoado, onde poderei conseguir armas, seja por empréstimo ou em troca de fiança, para ter a oportunidade de enfrentar esse cavaleiro."

"Vai, então", disse ela, "mas não te aproximes muito dele até conseguir uma boa armadura. Me preocuparei em demasia até receber notícias tuas."

"Se estiver vivo amanhã ao entardecer, tu receberás notícias, pois terei sobrevivido." E assim partiu.

Eles tomaram caminho abaixo da corte de Caerleon seguindo para o vau sobre o Usk, cruzando-o e continuando por uma bela planície, muito alta e elevada, até que chegaram a um vilarejo murado. Ao final do vilarejo eles puderam ver um castelo fortificado e rumaram para lá.

Enquanto o cavaleiro cavalgava pelo vilarejo, as pessoas de todas as casas se levantavam para saudá-lo e recebê--lo. Quando Geraint chegou ao vilarejo, ele olhou em cada casa para ver se reconhecia alguém (mas não reconheceu ninguém, nem ninguém o reconheceu), para que pudesse obter uma armadura de favor, seja por empréstimo ou em troca de fiança. No entanto, ele podia ver que todas as casas estavam cheias de homens, armaduras e cavalos, bem como escudos, espadas e armaduras sendo polidas e cavalos sendo ferrageados. O cavaleiro, a dama e o anão dirigiram-se para o castelo que havia no vilarejo. E todos no castelo ficaram felizes em vê-los, nas ameias, nos portões e em todos os lugares, as pessoas esticavam seus pescoços para saudá-los e dar as boas-vindas.

Geraint se levantou e olhou para ver se o cavaleiro permaneceria no castelo. Quando ele teve certeza que o cavaleiro ficaria por lá, Geraint olhou ao seu redor e pôde ver, a uma pequena distância do vilarejo, uma antiga corte em ruínas contendo um salão deteriorado em seu interior. Já que não conhecia ninguém no vilarejo, ele rumou para a antiga corte. Quando chegou lá, ele pôde ver quase nada, exceto um piso superior e uma escada de mármore seguindo em direção ao salão. Na escada estava sentado um homem de cabelos grisalhos, vestindo roupas velhas e surradas. Geraint o observou atentamente por um bom tempo. O homem de cabelos grisalhos disse então a ele:

"Escudeiro, o que estás pensando?"

"Estou a pensar que não sei onde passarei esta noite", respondeu Geraint.

"Não gostarias ficar por aqui, senhor?", indagou o homem. "Receberás o melhor que eu possa te proporcionar."

"Ficarei", respondeu ele, "e que Deus te pague."

Ele avançou, e o homem de cabelos grisalhos seguiu para o salão à sua frente. Geraint desmontou no salão, deixou seu cavalo lá e rumou para o piso superior junto do homem de cabelos grisalhos. No salão ele reparou em uma senhora idosa sentada em uma almofada, vestida com roupas velhas

e surradas de seda brocada. E lhe pareceu que ninguém deveria ter visto mulher mais bela que aquela quando na flor da idade. Havia uma donzela ao lado dela, vestida com um avental e um manto de linho bem velho e começando a se desfazer. Geraint estava certo de que ele nunca antes havia encontrado uma donzela mais perfeita em beleza, elegância e graça. O homem de cabelos grisalhos disse à donzela:

"Não há cavalariço para o cavalo deste escudeiro esta noite além de ti."

"Prestarei o melhor serviço possível", disse ela, "tanto para ele como para o seu cavalo."

A donzela retirou os calçados do escudeiro e, em seguida, deu ao cavalo feno e grãos e retornou ao salão e para o piso do andar de cima. Então o homem de cabelos grisalhos disse à donzela:

"Vai para o vilarejo e traz aqui a melhor provisão de comida e bebida que puderes arranjar."

"Eu irei de bom grado", disse ela.

A donzela foi até o vilarejo e enquanto ela estava fora, eles conversaram. Logo, eis que a donzela voltou junto de um servo que carregava nas costas um jarro comprado cheio de hidromel e um quarto de um novilho. Nas mãos da donzela também havia uma pequena porção de pão branco e um pedaço do melhor pão de trigo embrulhado em seu manto de linho. Ela se encaminhou para o andar de cima.

"Não encontrei melhores provisões que estas", disse ela, "nem consegui crédito para algo melhor."

"Será mais que o suficiente", disse Geraint.

Eles fizeram carne ensopada e, quando a comida estava pronta, foram se sentar. Geraint sentou-se entre o homem de cabelos grisalhos e sua esposa, e a donzela os serviu. Comeram e beberam e, quando terminaram de comer, Geraint começou a conversar com o homem de cabelos grisalhos; perguntou se ele era o primeiro a ser dono da corte em que estava.

"Fui eu mesmo que a construí", disse ele, "e também fui o senhor do povoado e do castelo que viu."

"Ai de mim, senhor!", exclamou Geraint. "Por que os perdeste?"

"Perdi também um enorme domínio senhorial", respondeu ele. "E eis a razão pela qual os perdi: eu tinha um sobrinho, filho de meu irmão, e tomei sob meu controle seu reino e o meu próprio. Quando atingiu a maturidade, ele o reclamou para si, mas eu mantive. Então ele declarou guerra contra minha pessoa e tomou tudo o que estava sob meu comando."

"Senhor", comentou Geraint, "podes me contar sobre a chegada do cavaleiro que veio para a cidade mais cedo, e da senhora e do anão, e por que vi toda uma preparação para consertar armas?"

"Te contarei", disse ele. "São preparativos para o dia de amanhã, para um jogo do jovem *jarl*, a saber, para colocar dois forcados no prado ali adiante e também colocar sobre os forcados uma vara de prata. Sobre a vara será colocado um gavião, por quem será feito um torneio. E toda a multidão de homens, cavalos e armas que viste na cidade virá para o torneio; e cada homem estará acompanhado da mulher que mais ama, e qualquer homem que não esteja acompanhado pela mulher que mais ama não terá permissão para justar pelo gavião. O cavaleiro que tu viste ganhou o gavião por dois anos e, se ele ganhar por um terceiro, o gavião será dele para sempre, e ele não precisará mais voltar, pois será chamado de O Cavaleiro do Gavião a partir de então."

"Senhor", disse Geraint, "qual é o teu conselho sobre este cavaleiro e o insulto que eu e uma serva de Gwenhwyfar, esposa de Artur, recebemos do anão?" Então Geraint contou a história do insulto ao homem de cabelos grisalhos.

"Não posso aconselhar-te facilmente, uma vez que não tenho mulher nem donzela para que possa lutar e justar contigo. Aquelas armas que eram minhas, podes ficar para ti e, se preferir, também podes ficar com meu cavalo em vez do teu."

"Senhor", respondeu ele, "que Deus te pague. Meu próprio cavalo é bom o suficiente para mim (estou acostumado a ele), mas aceito tuas armas. E tu me permitirias, senhor, lutar junto daquela dama ali, tua filha, no horário marcado amanhã? Se eu sobreviver ao torneio, minha lealdade e amor serão da donzela enquanto eu viver. Se eu não sobreviver, a donzela será tão casta quanto antes."

"Concordarei de bom grado", disse o homem de cabelos grisalhos. "E já que está decidido neste intento, amanhã cedo teu cavalo e tua armadura precisarão estar prontos, pois é neste momento que o Cavaleiro do Gavião fará uma proclamação, ou seja, ele pedirá à mulher que ele mais ama para pegar o gavião: 'Já que te corresponde e por ti ganhei por um ano e também dois anos', ele dirá, 'se existir alguém que te negue hoje o prêmio pela força, eu o defenderei por ti.' E em razão disso", disse o homem de cabelos grisalhos, "deverás estar lá ao amanhecer, e nós três estaremos contigo." Assim decidiram, e naquela hora da noite foram dormir.

Antes do amanhecer eles despertaram e se vestiram. E, quando já era dia, os quatro estavam parados às bordas do prado. Neste momento, o Cavaleiro do Gavião fazia sua proclamação e pedia a sua senhora que pegasse o gavião.

"Não o pegues", exclamou Geraint. "Pois aqui há uma donzela que é mais bela, mais honrada e mais nobre que tu e, por isso, tem mais direito ao gavião."

"Se tu consideras que o gavião é dela, te aproxima e justa comigo."

Geraint avançou até a extremidade do prado, equipado com um cavalo e uma armadura pesada, enferrujada, inútil e estranha envolvendo sua montaria e ele próprio. Eles se atacaram mutuamente, quebrando suas lanças e, logo em seguida, quebrando um segundo jogo de lanças e imediatamente um terceiro alternadamente, quebrando-os enquanto recebiam outras lanças. Quando o *jarl* e seus seguidores perceberam o Cavaleiro do Gavião estava levando a melhor sobre Geraint, davam gritos, se mostravam em júbilo e alegria, mas o homem de cabelos grisalhos, sua esposa e sua filha ficavam tristes.

O homem de cabelos grisalhos servia a Geraint com as lanças quando ele as quebrava, e o anão servia ao Cavaleiro do Gavião. Então o homem de cabelos grisalhos foi até Geraint.

"Senhor", disse ele, "aqui está a lança que estava na minha mão no dia em que fui ordenado cavaleiro, e daquele dia em diante não a quebrei. Tem uma excelente ponta, já que nenhuma outra lança te serviu."

Geraint pegou a lança, agradecendo ao homem de cabelos grisalhos por isso. Eis que o anão também foi com uma lança até o seu senhor.

"Aqui está uma lança que é tão boa quanto", disse o anão. "Lembra-te de que nenhum cavaleiro jamais te enfrentou por tanto tempo quanto este."

"Por Deus", comentou Geraint, "a menos que me leve a uma morte súbita, não te será de grande ajuda."

Tomando certa distância, Geraint esporeou seu cavalo e avançou contra ele, avisando-o e desferindo-lhe um golpe severo e profundo, sangrento e ousado na parte mais forte de seu escudo, de modo que seu escudo se partiu e a armadura se quebrou na direção do ataque. As cilhas se romperam de tal maneira que ele e sua sela foram jogados da garupa do cavalo direto ao chão.

Rapidamente Geraint desmontou e, irado, sacou sua espada para atacá-lo com fúria e ferocidade. Então o cavaleiro se levantou e sacou outra espada contra Geraint, e os dois se bateram a pé com espadas até que a armadura de cada um fosse esmagada pelo outro e até que o suor e o sangue estivessem atrapalhando a visão de seus olhos. Quando Geraint estava em vantagem, o homem de cabelos grisalhos e sua esposa e filha se alegraram; e quando o cavaleiro ganhou a vantagem, o *jarl* e seus seguidores se regozijaram. No momento em que o homem de cabelos grisalhos viu que Geraint havia recebido um golpe forte e poderoso, ele se aproximou dele rapidamente e disse:

"Senhor, tem em mente o insulto que tu recebeste do anão. Afinal, não vieste aqui para tentar vingar teu insulto e o insulto a Gwenhwyfar, esposa de Artur?"

Veio à mente de Geraint as palavras do anão, então ele reuniu toda sua força e ergueu sua espada, atingindo o cavaleiro no topo de sua cabeça de modo que toda a armadura em sua cabeça se estilhaçou, cortando a carne, a pele e perfurando até o osso, fazendo o cavaleiro cair de joelhos. Este jogou sua espada fora e pediu clemência a Geraint.

"Minha arrogância e falso orgulho me impediram de pedir clemência antes que fosse muito tarde", afirmou ele, "e, a menos que eu receba uma trégua para me retratar com Deus acerca de meus pecados e falar com um padre, não poderei ser poupado."

"Te darei clemência nestas condições", respondeu Geraint. "Vai a Gwenhwyfar, esposa de Artur, e repara o insulto feito à donzela pelo anão — por minha parte, estou satisfeito com o que te fiz em troca do insulto que recebi de ti e de teu anão — e tu não desmontará do momento em que sair daqui até estar na presença de Gwenhwyfar para fazer as pazes com ela, conforme será decidido na corte de Artur."

"Eu o farei de bom grado. E quem és tu?", perguntou o cavaleiro.

"Sou Geraint, filho de Erbin. E tu também diz quem és."

"Eu sou Edern, filho de Nudd." Então ele foi colocado em seu cavalo e seguiu para a corte de Artur com a mulher que ele mais amava cavalgando à sua frente e seu anão, lamentando fortemente.

Eis aqui a história até então.

O jovem *jarl* e seus homens foram até Geraint, saudaram-no e convidaram-no para ir ao castelo.

"Não", disse Geraint. "Onde eu fiquei na última noite ficarei hoje também."

"Já que recusas nosso convite, certamente não vais recusar as provisões abundantes que eu posso te preparar para que leves até o lugar onde passou a última noite. Vou te preparar também um banho, para que te livres de todo o cansaço e esgotamento."

"Deus te pague", respondeu ele, "agora seguirei para meus alojamentos." Então Geraint foi, junto com o *jarl*

Ynywl, sua esposa e filha, e quando chegaram ao andar de cima, os camareiros do jovem *jarl* já haviam chegado à corte com suas guarnições e preparavam todos os quartos, abastecendo-os com palha e fogo. Em pouco tempo o banho estava já preparado e Geraint tomou parte dele, e sua cabeça foi lavada. Eis que chegou o jovem *jarl*, um dos quarenta cavaleiros ordenados com seus próprios homens e convidados do torneio. Geraint saiu do banho, e o *jarl* pediu que ele fosse até o salão para se alimentar.

"Onde está o *jarl* Ynywl", perguntou Geraint, "bem como sua mulher e filha?"

"Eles estão nos aposentos acima", disse o senescal do *jarl*, "colocando as roupas que o *jarl* comprou para eles."

"Que a donzela não use nada além de seu avental e manto de linho", comentou Geraint, "até que ela chegue à corte de Artur, para que então Gwenhwyfar possa vesti-la com a roupa que melhor lhe aprouver." E a donzela não trocou de roupas.

Então todos foram até o salão, se lavaram e se sentaram para comer. Assim foi como se sentaram: ao lado de Geraint estava o jovem *jarl* e, em seguida, o *jarl* Ynywl; do outro lado de Geraint estavam sentadas a donzela e sua mãe; e dali em diante por ordem de hierarquia. Eles comeram, foram servidos generosamente, recebendo vários pratos com abundância. Também conversaram, e o jovem *jarl* convidou Geraint para ser seu convidado no dia seguinte.

"Por Deus, não", respondeu Geraint, "pois seguirei amanhã mesmo para a corte de Artur junto desta donzela. Além disso, por muito tempo, eu suponho, que o *jarl* Ynywl viveu na pobreza e na miséria, sobretudo para tentar aumentar o seu sustento que partirei."

"Senhor", argumentou o jovem *jarl*, "não é por nenhuma falta minha que Ynywl ficou sem suas terras."

"Por minha fé", disse Geraint, "ele não ficará sem as terras que são dele por direito a menos que a morte súbita me leve."

"Senhor", respondeu o jovem *jarl*, "em relação a qualquer desacordo que tenha havido entre Ynywl e minha pessoa, terei todo prazer em submeter-me ao teu conselho, uma vez que és imparcial entre nós no que diz respeito ao que é certo".

"Não peço que ele receba nada, exceto o que tem direito", disse Geraint, "bem como tudo o que perdeu desde o momento em que ficou sem suas terras até o dia de hoje."

"E isso farei por ti de bom grado", mencionou o outro.

"Muito bom", exclamou Geraint. "Todos os presentes que deveriam ser vassalos de Ynywl, que prestem homenagem para ele aqui e agora."

Todos os homens assim o fizeram, e o acordo foi estabelecido. Seu castelo, seu vilarejo e sua terra lhe foram devolvidos, bem como tudo aquilo que ele perdeu, mesmo a menor das joias. Então Ynywl se virou para Geraint:

"Senhor", disse ele, "a donzela pela qual lutou no dia do torneio está pronta para cumprir tuas ordens. Eis aqui para que possa colocá-la sob tua autoridade."

"Não quero nada", respondeu ele, "exceto que a donzela permaneça como está até chegar à corte de Artur, pois desejo que Artur e Gwenhwyfar a entreguem para mim." No dia seguinte, eles partiram para a corte de Artur.

Até aqui, eis a aventura de Geraint.

Entretanto é assim que Artur caçou o cervo: eles distribuíram postos de caça entre os homens com cães e soltaram os animais sobre o cervo; o último cão que foi solto sobre ele foi o favorito de Artur, chamado de Cafall.[1] Ele deixou todos os outros cães para trás e fez o cervo retornar. Ao fazer a segunda curva, o cervo chegou à estação de caça de Artur, que se lançou sobre ele e, antes que alguém pudesse matá-lo, cortou sua cabeça. Então a trompa soou, anunciando a morte, e todos se reuniram. Cadyriaith veio até Artur e disse-lhe:

"Senhor, Gwenhwyfar está ali, e ela está sozinha com apenas uma donzela."

---

[1] O cão de Artur se chama Cafall, que significa "Cavalo". Ele é figura recorrente em outras narrativas também, como em "Culhwch e Olwen". [N. T.]

"Pois pede a Gildas, filho de Caw, e a todos os clérigos da corte que prossigam com Gwenhwyfar até a corte", disse Artur. E assim foi o que fizeram.

Todos então se retiraram e conversaram sobre a cabeça de veado, para quem ela deveria ser entregue, um querendo dá-la à dama que ele mais amava, outro para a dama que ele mais amava, e cada um da comitiva e dos cavaleiros passaram a brigar amargamente pela cabeça. Eis então que eles chegaram até a corte, e assim que Artur e Gwenhwyfar escutaram a briga pela cabeça, ela disse a Artur:

"Senhor, este é o meu conselho a respeito da cabeça do cervo: não a entregues até que Geraint, filho de Erbin, retorne da jornada em que partiu." Em seguida, contou a ele o propósito da missão.

"Que assim se faça, com prazer", respondeu Artur. E eles assim concordaram.

No dia seguinte, Gwenhwyfar providenciou que os vigias estivessem nas ameias, prontos para a chegada de Geraint. Quando passou do meio-dia, eles puderam ver a corcunda de um homenzinho a cavalo, e atrás dele uma mulher ou uma donzela, assim eles supunham, em um cavalo, e logo atrás um grande cavaleiro curvado, de cabeça baixa, abatido e usando uma armadura quebrada em péssimas condições. Antes de chegarem perto do portão, um dos vigias foi a Gwenhwyfar e contou a ela sobre os tipos de pessoas que eles avistaram, bem como o estado em que se encontravam.

"Não sei quem são", disse ele.

"Pois eu sei", respondeu Gwenhwyfar. "Esse é o cavaleiro que Geraint perseguiu, e acho bem provável que ele não esteja vindo por vontade própria. Se Geraint o alcançou, então ele se vingou ao menos do insulto feito à donzela."

Eis que, então, o guardião do portão foi até Gwenhwyfar.

"Senhora", comentou ele, "há um cavaleiro no portão, e ninguém nunca antes viu figura tão deplorável. Ele veste uma armadura toda danificada, em péssimas condições, e, sobre ela, a cor de seu próprio sangue é mais evidente que a cor da armadura em si."

"Sabes quem ele é?", perguntou ela.

"Eu sei", respondeu ele. "Ele diz ser Edern, filho de Nudd, mas eu não o conheço."

Então Gwenhwyfar foi até o portão para encontrá-lo, e o cavaleiro entrou. Gwenhwyfar teria ficado angustiada ao ver o estado em que ele se encontrava se não tivesse permitido também que o anão o acompanhasse, o qual era terrivelmente rude.

Em seguida Edern saudou Gwenhwyfar.

"Que Deus te dê prosperidade", disse ela.

"Senhora", comentou Edern, "saudações de Geraint, filho de Erbin, o melhor e mais corajoso dos homens."

"Ele te enfrentou?", perguntou ela.

"Sim", disse ele, "e não em meu proveito. Mas isso não é culpa dele e sim minha, senhora. E ele te envia saudações, e além de saudá-la, ele me forçou a vir aqui para fazer a tua vontade por conta do insulto feito a tua donzela pelo anão. O próprio Geraint perdoou o insulto feito a ele por causa do que ele fez a mim, pois ele pensava que minha vida estava em perigo. Mas ele colocou uma firme, ousada, corajosa e guerreira determinação sobre mim para vir aqui e fazer as pazes contigo, senhora."

"Ai, senhor! Onde ele te encontrou?"

"No lugar onde estávamos lutando e disputando um gavião, na cidade que agora é chamada de Caerdydd. Havia com ele, a título de séquito, apenas três pessoas muito pobres e de aparência miserável, a saber, um homem muito velho de cabelos grisalhos, uma velha e uma jovem e bela donzela, todos vestidos com roupas gastas e surradas. E, ao professar amor pela donzela, Geraint participou do torneio do gavião e disse que aquela donzela tinha mais direitos sobre o pássaro do que esta donzela, que estava comigo. Por esse motivo, nós justamos e, como podes ver, senhora, assim ele me deixou."

"Senhor", indagou ela, "quando achas que Geraint chegará aqui?"

"Acredito que amanhã chegarão ele e a donzela."

Então Artur foi até ele e o cavaleiro o saudou.

"Que Deus te faça prosperar", disse Artur. Ele observou o homem por um longo tempo e ficou horrorizado ao vê-lo naquele estado. Parecia reconhecê-lo, então perguntou: "És Edern, filho de Nudd?"

"Sim, senhor", respondeu ele, "após ter sofrido grande infortúnio e feridas insuportáveis", e relatou todo o infeliz incidente a Artur.

"Sim", comentou Artur, "pelo que ouvi, é certo que Gwenhwyfar tenha misericórdia de ti."

"Seja qual for a misericórdia que desejar, eu mostrarei para com ele, senhor", afirmou ela, "visto que é uma grande desonra para ti, senhor, que eu seja insultada tanto quanto fosse contigo mesmo."

"Eis aqui o que é mais adequado com relação a este assunto", disse Artur. "Deixa que o homem receba tratamento médico até que se saiba se ele sobreviverá. Se ele viver, que repare a falta cometida conforme julgado pelos nobres da corte com as garantias correspondentes. Mas, se ele morrer, a morte de um jovem tão excelente como Edern será mais do que suficiente como o preço pelo insulto de uma donzela."

"Estou de acordo com isto", assentiu Gwenhwyfar.

Então Artur foi como seu fiador, juntamente com Caradog, filho de Llŷr, Gwallog, filho de Llennog, Owain, filho de Nudd, Gwalchmai e muitos outros. Artur chamou Morgan Tud, o principal médico:

"Leva Edern, filho de Nudd, apronta um quarto para ele e prepara remédios tão bons quanto os que faria para mim se eu estivesse ferido. E não deixe que ninguém entre em seu quarto para perturbá-lo, exceto tu e teus aprendizes que o estarão tratando."

"Eu o farei de bom grado, senhor", confirmou Morgan Tud.

Então o senescal disse:

"A quem deve ser confiado os cuidados da donzela, senhor?"

"Gwenhwyfar e suas damas de companhia", respondeu ele. O senescal assim ordenou e eis até aqui a história deles.

No dia seguinte, Geraint foi até a corte. Havia vigias nas ameias enviados por Gwenhwyfar para o caso de ele chegar sem aviso e assim, o vigia veio até Gwenhwyfar.

"Senhora", disse ele, "acho que posso ver Geraint e a donzela. Ele está a cavalo, mas vestindo roupas de andarilho. A donzela, por outro lado, eu a vejo muito branca e trajando algo como um vestido de linho."

"Todas as mulheres se preparem e venham encontrar Geraint para saudá-lo e recebê-lo"

Gwenhwyfar foi ao encontro de Geraint e da donzela. Quando Geraint chegou até Gwenhwyfar, ele a saudou.

"Que Deus te dê prosperidade e boas-vindas, disse ela. Que tua expedição tenha sido produtiva, lucrativa, bem-sucedida e louvável. E que Deus te pague", desejou ela, "por fazer justiça em meu nome de maneira tão corajosa."

"Senhora", disse ele, "Eu desejava obter justiça por ti a qualquer custo. Eis aqui a donzela pela qual tu foste redimida da desonra."

"Sim", disse Gwenhwyfar, "que Deus te dê boas-vindas. E é de bom tom que eu a receba bem."

Eles entraram, desmontaram e Geraint foi até onde estava Artur e o saudou.

"Que Deus te dê prosperidade", disse Artur, "Receba as boas-vindas de Deus. Mesmo que Edern, filho de Nudd, tenha sofrido infortúnios e ferimentos por tuas mãos, é certo que teve uma expedição bem-sucedida."

"Não foi minha culpa", respondeu Geraint, "e sim devido à arrogância do próprio Edern, filho de Nudd, por não ter dito o seu nome. Eu não o largaria até que descobrisse quem ele era, ou até que um de nós superasse o outro."

"Senhor", perguntou Artur, "onde está a donzela que ouvi dizer estar sob tua proteção?"

"Ela se foi com Gwenhwyfar para seus aposentos."

Então Artur foi ver a donzela. O rei e seus companheiros, bem como todos na corte, deram as boas-vindas à donzela, e todos estavam certos de que, se sua ventura igualasse sua beleza, eles nunca veriam pessoa mais esplendorosa que ela.

Artur deu a mão da donzela a Geraint, e o laço que era feito naquela época entre casais foi feito entre Geraint e a donzela. A donzela poderia escolher entre todas as roupas de Gwenhwyfar, e quem quer que visse a donzela naquela roupa por ela escolhida teria uma visão graciosa, bela e magnífica. Passaram aquele dia e noite entre muitas canções e uma abundância de pratos com diferentes tipos de bebida e inúmeros jogos. E quando julgaram ser a hora de dormir, assim o fizeram. No quarto onde ficava a cama de Artur e Gwenhwyfar, uma cama foi montada para Geraint e Enid. Naquela noite, pela primeira vez, eles dormiram juntos. No dia seguinte, Artur satisfez os suplicantes, em nome de Geraint, com presentes generosos.

A donzela se acostumou com a corte, e companheiros, tanto homens quanto mulheres, foram trazidos a ela até não se falar melhor de nenhuma outra donzela na Ilha da Bretanha. Então Gwenhwyfar disse:

"Eu fiz a coisa certa sobre a cabeça do veado que não deveria ser dada a ninguém até que Geraint voltasse. E esta é a ocasião apropriada para dá-lo a Enid, filha de Ynywl, a donzela mais louvável. Tenho certeza de que não há ninguém que vai ressentir-se dela, pois não há nada além de amor e amizade entre ela e os demais."

Todos aplaudiram, e Artur também, quando a cabeça de veado foi dada a Enid. A partir de então, sua reputação aumentou, e por isso ela teve ainda mais companheiros que antes. Enquanto isso, Geraint, deste momento em diante amava torneios e combates difíceis, dos quais sempre retornava vitorioso. Assim se passou ano e dois e três, até que sua fama se espalhou por todas as terras do reino.

Certa vez, durante a festa do divino, Artur mantinha uma corte em Caerleon sobre Usk. Eis que vieram a ele mensageiros sérios e sábios, muitos eruditos e de fala sagaz, os quais saudaram Artur.

"Que Deus vos dê prosperidade", disse Artur, "e recebeis as boas-vindas de Deus. De onde vindes?"

"Nós viemos da Cornualha, senhor. Somos mensageiros de Erbin, filho de Custennin, teu tio. E eis nossa mensagem para ti; além das saudações da parte dele para contigo, como corresponde a um tio proceder para seu sobrinho, e como um vassalo deve cumprimentar seu senhor, viemos dizer-te que ele está ficando lento e fraco, se aproximando de sua velhice. Seus vizinhos de fronteira, sabendo disso, estão invadindo seus limites e cobiçando sua terra e domínio. E ele implora, senhor, que deixes seu filho Geraint ir até ele para defender seu território e conhecer seus limites. E para Geraint ele diz que seria melhor passar o melhor de sua juventude e o auge de sua vida defendendo seus próprios limites, em vez de fazê-lo em torneios infrutíferos, embora esteja ganhando renome com eles.

"Sim", respondeu Artur, "ide agora trocar de roupa, comer algo e jogar fora o cansaço, pois antes de partirdes recebereis uma resposta."

E foram comer. Então Artur considerou como não seria fácil para ele deixar Geraint deixá-lo ou à sua corte, tampouco não seria fácil ou justo para com ele impedir que seu sobrinho fosse defender seu reino e suas fronteiras, já que seu pai não mais conseguia fazê-lo. Não era menor a preocupação e o pesar de Gwenhwyfar, e de todas as mulheres e donzelas, pelo receio de que Enid as deixasse. Eles passaram aquele dia e noite com esse turbilhão de contingências, e, ao final, Artur contou a Geraint sobre a chegada dos mensageiros da Cornualha e sobre a natureza de sua missão.

"Bem, senhor", comentou Geraint, "qualquer vantagem ou desvantagem que possa advir disso, farei o que for de teu agrado em relação a essa missão."

"Eis o conselho que te dou sobre o assunto", disse Artur. "Embora tua partida seja dolorosa para mim, vai, toma posse de teu reino e defende teus limites. E leva contigo como escolta os homens que desejares, e aqueles que mais amas entre meus fiéis seguidores, de teus próprios amigos e de teus companheiros cavaleiros."

"Que Deus te pague. Assim o farei", afirmou Geraint.

"Que murmúrio é esse que escuto entre vocês?", perguntou Gwenhwyfar. "Trata-se da escolta de Geraint para sua terra?"

"Sim", disse Artur.

"Também devo pensar na escolta e nas provisões para a senhora que me acompanha", disse ela.

"Está correta", assentiu Artur. E naquela noite foram dormir.

No dia seguinte, os mensageiros receberam permissão para partir e foram informados de que Geraint os seguiria. No terceiro dia depois disso, Geraint partiu. Estes são os homens que foram com ele: Gwalchmai, filho de Gwyar, Rhiogonedd, filho do rei da Irlanda, Ondiaw, filho do duque de Borgonha, Gwilym, filho do rei da França, Hywel, filho do rei da Bretanha, Elifri Anaw Cyrdd, Gwyn, filho de Tringad, Gorau, filho de Custennin, Gwair Gwrhyd Fawr, Garannaw, filho de Golithmer, Peredur, filho de Efrog, Gwyn Llogell Gwyr, juiz da corte Artur, Dyfyr, filho de Alun Dyfed, Gwrei Gwalstawd Ieithoedd, Bedwyr, filho de Bedrawd, Cadwryn Cyrai, filho de Gwrion, Cai, filho de Cynyr, Odiar, o Franco, senescal da corte de Artur "e Edern, filho de Nudd, o qual ouvi dizer estar apto para cavalgar, e desejo que venha comigo", disse Geraint.

"Mas", disse Artur, "não é adequado que leve este homem contigo, embora ele tenha se recuperado, até que a paz seja feita entre Gwenhwyfar e ele."

"Gwenhwyfar poderia permitir que ele venha comigo em troca de garantias."

"Se ela der a permissão, ela deve fazer livremente e sem garantias, pois o homem já tem problemas e tribulações suficientes por causa do anão insultando a donzela."

"Estou de acordo e farei de bom grado", afirmou Gwenhwyfar, "com o que for que tu e Geraint considerem ser certo nesta questão, senhor." Então ela permitiu que Edern fosse livremente; e muitos mais foram como parte da escolta de Geraint.

Eles seguiram caminho através do Hafren, sendo o melhor séquito que alguém já viu. Do outro lado do Hafren estavam os nobres de Erbin, filho de Custennin, liderados por seu pai adotivo, que recebeu Geraint com alegria. E muitas das mulheres da corte enviadas por sua mãe para encontrar Enid, filha de Ynywl, sua esposa. Toda a corte e todo o reino sentiram grande alegria e felicidade ao encontrar Geraint, pelo tanto que o amavam, e tão grande a fama que ele ganhou desde que os deixou, e também porque ele tinha a intenção de vir para assumir o seu próprio reino e defender suas fronteiras. Eles seguiram para a corte, onde havia uma profusão esplêndida e abundante de vários pratos, muita bebida e serviço generoso com toda sorte de canções e jogos. Em homenagem a Geraint, todos os nobres do reino foram convidados naquela noite para conhecê-lo. Eles passaram aquele dia e noite se divertindo com moderação.

Erbin levantou-se cedo no dia seguinte e chamou Geraint e os nobres que o haviam escoltado, e disse a Geraint:

"Sou um homem cansado pelo peso da idade, e enquanto fui capaz de manter o reino para ti e para mim mesmo, assim o fiz. Mas tu és um homem jovem e estás no auge da vida e no melhor da juventude. *Tu deves manter o reino agora.*"

"Bem", respondeu Geraint, "se fosse minha escolha, tu não estarias a colocar o controle do reino em minhas mãos agora, nem eu teria saído da corte de Artur ainda."

"Agora eu coloco o controle em tuas mãos; recebe também a homenagem de teus homens hoje."

Em seguida, Gwalchmai disse:

"É melhor que satisfaças os pretendentes hoje e que recebas a homenagem de teu reino amanhã."

Então, os pretendentes foram convocados a um lugar específico; e Cadyriaith veio até eles para considerar suas intenções e perguntar a cada um deles o que desejavam. Assim, a comitiva de Artur começou a dar presentes. Imediatamente os homens da Cornualha vieram e também deram presentes, mas nenhum deles se demorou, pois estavam com pressa. Dos que vieram pedir presentes, nenhum saiu de lá sem conseguir o que queria. E passaram aquele dia e noite se divertindo com moderação.

No dia seguinte, Erbin pediu a Geraint que enviasse mensageiros aos seus homens para perguntar se era conveniente para ele vir e receber sua homenagem, e se eles se sentiram zangados ou magoados por algum motivo que tivessem contra ele. Então Geraint enviou mensageiros aos homens da Cornualha para pedir-lhes isso, e eles responderam que sentiam, cada um deles, pura alegria e honra pela vinda de Geraint para receber sua homenagem. Ele recebeu então a homenagem de todos que lá estavam e juntos passaram uma terceira noite. No dia seguinte, a comitiva de Artur pediu permissão para partir.

"Ainda é demasiado cedo para que sigais viagem. Fiqueis comigo até que eu termine de receber a homenagem de todos os meus nobres que pretendem vir até mim."

E eles ficaram até que ele fizesse isso e partiram em seguida para a corte de Artur. Então Geraint foi escoltá-los, junto de Enid, até Dynganwyr, e ali se separaram. Em seguida, Ondiaw, filho do duque da Borgonha, disse a Geraint:

"Primeiro, segue até os confins de teu reino", comentou, "examina seus limites de maneira completa e sutil e, se a ansiedade te dominar, fala sobre com teus companheiros."

"Que Deus te pague", respondeu Geraint, "assim o farei."

Geraint dirigiu-se aos confins de seu reino, levando consigo guias habilidosos dentre os nobres de seu reino e tendo em mente o limite mais distante que lhe foi mostrado.

Como era de costume na corte de Artur, Geraint foi a torneios e ficou conhecido dos homens mais corajosos e fortes até que se tornou tão conhecido naquela região como era nos lugares de outrora. Além disso, ele enriqueceu sua corte, seus companheiros e seus nobres com os melhores cavalos, as melhores armaduras e as melhores e mais excepcionais joias de ouro. E não deixou de assim proceder até que sua fama se espalhasse por todo o reino. Quando se deu conta de seu prestígio, ele passou a desfrutar de certo relaxamento e prazer (já que não havia ninguém com quem valesse a pena lutar) em fazer amor com sua esposa e estar em paz em sua corte com canções e entretenimento. Com isso, ele se acomodou por um tempo. Mas então ele começou a gostar de ficar em seu quarto sozinho com sua esposa, de modo que nada mais o agradava, e até passou a perder a afeição de seus nobres, bem como de sua caçada e seus entretenimentos, e também a afeição de todos os companheiros da corte; até passaram a existir murmúrios e zombarias em segredo por parte dos cortesãos, pois ele estava abandonando completamente sua companhia pelo amor de uma mulher. Essas palavras chegaram até Erbin; e quando ele as ouviu, ele contou para Enid, além de perguntar se era ela quem estava causando isso em Geraint e encorajando-o a abandonar sua casa e seus homens.

"Eu não, por Deus", respondeu ela, "e não tem nada que eu deteste mais que isso." Mas ela não sabia o que fazer, pois não era fácil para ela dizer isso a Geraint, nem escutar o que acabara de ouvir sem informá-lo do assunto. E por isso ela se sentia aflita.

Certa manhã, no verão, eles estavam na cama (ele na borda e Enid sem dormir) em um quarto de vidro, com o sol brilhando na cama; a roupa de cama escorregou de seu peito e braços enquanto ele dormia. Ela olhou para esta visão bonita e maravilhosa e disse:

"Ai de mim se for por minha causa que esses braços e peito perdem a fama e a destreza que outrora possuíam."

Neste momento, seus olhos verteram lágrimas, que escorreram sobre seu peito. Isto foi uma das coisas que o acordaram, juntamente com as palavras por ela ditas. Um pensamento diferente o perturbou, de que não era apenas por preocupação por ele que ela havia falado aquelas palavras, mas porque também pensava em amar outro homem e, por isso, desejava ficar sozinha. Então a mente de Geraint ficou perturbada e ele chamou um de seus escudeiros, o qual foi ter com ele.

"Cuida para que meu cavalo e minha armadura sejam preparados rapidamente. E levanta-te", disse ele a Enid, "veste-te, providencia para que preparem teu cavalo e traz contigo o pior vestido para cavalgar que possuis. E que vergonha será", continuou ele, "se tu voltares para descobrir que eu perdi minha força por completo (como afirmas) e para, além disso, se entregar facilmente (como esperavas) a um encontro a sós com aquele em quem pensas."

Ela, então, se levantou e colocou um vestido simples.

"Não sei o que tens em mente, senhor", comentou ela.

"Nada saberás por agora", respondeu ele. Em seguida, Geraint foi visitar Erbin.

"Senhor", disse ele, "partirei em uma jornada e não sei quando retornarei. Cuida do reino até que eu retorne."

"Assim o farei", assentiu Erbin, "mas estou surpreso que estejas partindo tão de repente. E quem vai contigo, já que não és homem de viajar sozinho pela terra da Inglaterra?"

"Ninguém vem comigo, exceto uma única pessoa."

"Que Deus te guie, filho", disse Erbin, "muitos homens têm contas a acertar contigo na Inglaterra."

Geraint foi até seu cavalo, o qual estava totalmente equipado com uma armadura incomum, pesada e brilhante. Ele ordenou que Enid montasse em seu cavalo e cavalgasse à frente, dando uma boa distância, "e mesmo que vejas ou ouças algo sobre mim", disse ele, "não volta atrás e, a menos que eu te diga, não fala uma única palavra."

Eles seguiram seu caminho. E Geraint não adotou a estrada mais tranquila e bem frequentada, mas sim aquela mais erma e com a maior probabilidade de ter ladrões, saqueadores e animais peçonhentos. Chegaram ao caminho principal e por lá seguiram, podendo ver uma grande floresta à frente deles, a qual adentraram. Da floresta eles puderam ver quatro cavaleiros armados surgirem, os quais olharam para eles; um deles disse:

"Este é um bom lugar para ficarmos com aqueles dois cavalos, a armadura e também a mulher. Conseguiremos isso facilmente daquele cavaleiro solitário, abatido, melancólico e apático."

Enid ouviu a conversa deles, mas ela não sabia o que fazer, se deveria falar ou ficar quieta, por medo de Geraint.

"Que Deus me castigue", pensou ela, "pois prefiro morrer nas mãos de Geraint do que de qualquer outra pessoa; embora ele possa me matar, direi a ele por medo de vê-lo morrer de forma horrível." Ela esperou até que Geraint estivesse perto dela e disse: "Senhor, consegues ouvir o que aqueles homens estão dizendo sobre tua pessoa?"

Ele levantou seu rosto e olhou para ela raivosamente.

"Tu deverias apenas obedecer a ordem que te foi dada, a qual foi ficar quieta. Tua preocupação não é nada para mim, bem como teu aviso. E, embora seja teu desejo me ver morto e destruído por aqueles homens ali, eu não estou com medo."

Com isso, o líder deles apontou sua lança e avançou contra Geraint, que recebeu o golpe, mas não como um homem fraco. Ele deixou a estocada passar e atacou o cavaleiro no centro de seu escudo de maneira que seu escudo se partisse, a armadura se quebrasse e a haste chegasse a perfurar seu braço, fazendo-o ser lançado, tão grande era a lança de Geraint, por sobre a sela de seu cavalo e diretamente ao chão. O segundo cavaleiro o atacou com raiva por ter matado seu companheiro. Com um golpe, Geraint o derrubou e o matou tal qual o outro. O terceiro o atacou, e da mesma forma ele o matou, e também da mesma maneira ele matou o quarto. A donzela ficou triste e aflita ao ver tudo aquilo. Geraint desmontou, retirou a armadura dos mortos e as colocou sobre as selas. Os cavalos foram amarrados pelos arreios e ele montou em seu cavalo.

"Vês o que tens de fazer?", ele a perguntou. "Pega os quatro cavalos, conduza-os na frente e continua a seguir como ordenei antes. E não me diz uma única palavra até que eu fale contigo. Por minha fé em Deus", continuou ele, "se não fizer isso, tu não ficarás sem ser castigada."

"Eu farei o meu melhor para te obedecer, senhor", afirmou ela.

Eles seguiram floresta adentro até deixar a floresta e caminharem por uma grande planície. No meio da planície havia um matagal bem denso e alto, de onde puderam

ver três cavaleiros vindo na direção deles, totalmente equipados com cavalos e vestindo armaduras de corpo inteiro, bem como seus cavalos. A donzela os observou cuidadosamente. Quando eles se aproximaram, ela pôde escutar o que conversavam:

"Eis uma sorte inesperada para nós", disseram eles, "quatro cavalos e quatro armaduras sem nenhum esforço. A despeito daquele cavaleiro triste e abatido, nós conseguiremos o espólio por um preço baixo, e a donzela também será nossa."

"Isso é verdade", pensou Enid. "O homem está cansado de lutar com os homens agora há pouco. Que Deus me puna se eu não o avisar." A donzela esperou por Geraint, até que ele estivesse perto, e disse: "Senhor, não consegues ouvir o que aqueles homens estão a falar de ti?"

"O que é isso?", indagou ele.

"Eles estão a dizer entre eles que conseguirão este espólio por um preço baixo."

"Por Deus", exclamou ele, "mais enfadonho para mim que as palavras daqueles homens é o fato de que não ficas calada, nem fazes o que eu te ordeno."

"Senhor", disse ela, "eu assim o fiz para prevenir que fosses pego de surpresa."

"Fica quieta de agora em diante, pois tuas preocupações não são nada para mim."

Com isso, um dos cavaleiros direcionou sua lança e se jogou sobre Geraint, atacando-o com eficácia, assim ele pensou. Mas Geraint recebeu o golpe com indiferença e se desviou, devolvendo o ataque em seguida e o empurrando bem ao centro, de tal forma que, com o impacto do homem e do cavalo, sua armadura de nada serviu, e a ponta da lança com parte da haste o atravessou na medida de um braço, jogando-o de sua sela ao chão. Os outros dois cavaleiros vieram por sua vez, e seu ataque não foi melhor do que o outro. A donzela, de pé e olhando para isso, estava por um lado aflita, pois supôs que Geraint seria ferido enquanto lutasse com os homens, mas por outro lado contente ao vê-lo triunfar. Então Geraint desmontou, retirou as armaduras dos mortos e as colocou nas selas, amarrando os cavalos pelos arreios, de modo que agora ele ficou com sete cavalos ao todo. Geraint, então, montou em seu próprio cavalo e ordenou que a donzela conduzisse os cavalos:

"Não adianta eu te dizer para ficar quieta", disse ele, "pois não me obedeces."

"Eu vou, senhor, tanto quanto eu puder, a menos que não possa esconder de ti as palavras horríveis e odiosas que ouço sobre tua pessoa, senhor, de bandos de estranhos que viajam por locais ermos como esses."

"Por Deus", insistiu ele, "tua preocupação não me significa nada. Fica calada de agora em diante."

"Assim o farei, senhor, tanto quanto eu puder." A donzela cavalgou com os cavalos à sua frente e manteve a distância.

Do matagal já mencionado, eles cruzaram um terreno aberto, elevado e belo, plano e agradável. De uma certa distância eles puderam ver uma floresta, e além do limite mais próximo, eles não conseguiam enxergar até onde ela terminava. Se aproximaram da floresta e, surgindo dela, eles avistaram cinco cavaleiros, ansiosos e valentes, corajosos e valorosos, em cavalos de carga robustos e atarracados, de ossos grandes, devoradores de campo, com narinas largas e vistosas. Sobre os homens e os cavalos muitas armaduras eram vistas. Quando eles se aproximaram, Enid ouviu a conversa dos cavaleiros:

"Eis uma sorte inesperada para nós, acessível e sem esforço", disseram. "Todos esses cavalos e armaduras serão nossos, e a mulher também, a despeito daquele cavaleiro solitário, apático, molenga e triste ali."

A donzela ficou muito preocupada ao ouvir as palavras dos homens, de modo que não sabia o que fazer. Mas, no final, decidiu avisar Geraint. Ela virou a cabeça do cavalo em sua direção e disse:

"Senhor, se tivesse ouvido a conversa daqueles cavaleiros ali, como eu, seguramente ficaria mais preocupado do que estás."

Geraint deu uma risada raivosa, sarcástica, horrível e odiosa e disse:

"Te escuto ir contra tudo o que te digo para não fazer, mas ainda é possível que venhas a te arrepender."

Então, eis que seu marido os atacou, e Geraint, triunfante e exultante, venceu os cinco homens. Ele colocou as cinco armaduras nas cinco selas e amarrou os doze cavalos pelos arreios. E os confiou a Enid.

"Eu ainda não sei para que serve te dar ordens", comentou ele, "mas, desta vez, como advertência, eu as dou." A donzela seguiu seu caminho para a floresta e manteve distância conforme Geraint lhe ordenara. E, se não fosse por sua raiva, ele teria se sentido triste ao ver uma donzela tão excelente se atrapalhando tanto com os cavalos.

Eles seguiram até a floresta, que era grande e densa. A noite caiu ali sobre eles.

"Donzela", disse Geraint, "está escuro e não existe razão em prosseguirmos."

"Eu concordo, senhor", respondeu ela. "Eu farei o que for de teu agrado."

"O melhor para nós é que fiquemos entre as árvores para descansar e esperemos que chegue o dia para prosseguirmos."

"Muito bem, façamos isso", assentiu ela. E assim o fizeram. Geraint desmontou e a retirou do cavalo.

"Estou tão cansado que não posso evitar cair no sono. Cuida dos cavalos e não dorme."

"Assim o farei, senhor", respondeu ela. Ele dormiu em sua armadura, e assim passou a noite. Naquela estação, as noites não eram longas.

Quando ela viu o amanhecer do dia mostrando sua luz, olhou ao seu redor para ver se ele havia acordado. E naquele momento ele despertava.

"Senhor", disse ela, "eu gostaria de ter te acordado um tempo atrás." Ele permaneceu em silêncio, irado com ela, pois ele não a havia dado permissão para falar. Geraint se levantou e disse: "Pega os cavalos e segue teu caminho, mantendo a distância como fizeste ontem."

Ao longo do dia, eles deixaram a floresta e chegaram a um campo aberto e limpo, onde havia prados e, ao lado, ceifeiros cortando feno. Rumaram para um rio à frente deles. Os cavalos se curvaram para beber água, e do rio subiram até uma colina elevada. Lá eles encontraram um rapaz muito magro com uma toalha no pescoço — eles puderam ver um pacote junto da toalha, mas não sabiam o que era — e uma pequena jarra azul na mão, com uma taça sobre a boca do jarro. O rapaz saudou Geraint.

"Deus te dê prosperidade", respondeu Geraint. "De onde vens?"

"Eu venho do vilarejo logo adiante", informou o rapaz. "Senhor, te importas se eu perguntar de onde vens?"

"Não", respondeu ele, "eu vim daquela floresta ali."

"Não foi hoje que atravessou a floresta."

"Não", comentou Geraint, "eu passei a última noite lá."

"Tenho certeza de que passaram uma noite desconfortável por lá", comentou o rapaz, "e que não comeram nem beberam nada."

"Não, por Deus."

"Então toma meu conselho", disse o rapaz, "aceitas uma refeição de minha parte?"

"Que tipo de refeição?"

"Um desjejum que eu estava levando para os ceifadores ali, a saber, pão, carne e vinho. Se for de teu desejo, senhor, eles não receberão nada."

"Pois sim", respondeu ele. "Deus te pague."

Geraint desmontou e o rapaz colocou a donzela no chão. Eles se lavaram e fizeram sua refeição. O rapaz partiu o pão, entregou a eles a bebida e os serviu em tudo. Quando terminaram, o rapaz se levantou e disse a Geraint:

"Senhor, com tua permissão, vou buscar comida para os ceifadores".

"Vai primeiro ao vilarejo", respondeu Geraint, "e arruma um alojamento para mim no melhor lugar que conheceres, e o lugar mais espaçoso possível para os cavalos. E pega o cavalo que desejares", disse ele, "junto com sua armadura, como pagamento por teu serviço e teu presente."

"Que Deus te pague", agradeceu o rapaz, "pois isso seria pagamento suficiente por um serviço maior do que o que te fiz."

O rapaz foi até o vilarejo e arrumou os melhores e mais confortáveis alojamentos que ele conhecia. Ele seguiu então para a corte com seu cavalo e armadura e foi até o *jarl* para lhe contar toda a história.

"Senhor, vou encontrar o jovem cavaleiro para te mostrar sua hospedagem", disse ele.

"Vai de bom grado", respondeu o *jarl*, "e ele é muito bem--vindo, com todo o prazer, de ficar aqui se for do desejo dele.

O rapaz foi ao encontro de Geraint e disse-lhe que seria muito bem recebido pelo *jarl* em sua própria corte. Mas ele desejava apenas ficar em sua hospedagem. Ele conseguiu um quarto confortável com bastante palha e roupas de cama, bem como um lugar espaçoso e confortável para seus cavalos. O rapaz garantiu que eles tivessem provisões suficientes. Depois de tirarem as roupas de viagem, Geraint disse a Enid:

"Vai para o outro lado do quarto", disse ele, "e não venha até este lado. Chama a mulher da casa, se desejares."

"Eu farei como ordenas, senhor."

Então o homem da casa foi até Geraint, cumprimentou-o e deu-lhe as boas-vindas.

"Senhor", disse ele, "já comestes alguma coisa?"

"Sim", respondeu Geraint.

Então o rapaz disse:

"Gostaria de alguma bebida ou qualquer outra coisa antes de verdes o *jarl*?"

"Sim, de fato", respondeu ele.

Com isso, o rapaz foi até o vilarejo e arrumou bebidas para eles. Eles as tomaram e pouco depois, Geraint disse:

"Não consigo ficar acordado."

"Muito bem", disse o rapaz, "enquanto dormes, eu verei o *jarl*."

"Pois bem, vai", respondeu ele, "mas retorna na hora que te disse para retornar."

Geraint dormiu e Enid também.

O rapaz foi até o *jarl*, que lhe perguntou onde ficava o alojamento do cavaleiro. Ele o contou e disse:

"E agora tenho de ir para atendê-lo."

"Vai", comentou o *jarl*, "envia minhas saudações e diz para que ele venha me ver logo."

"Assim o farei."

O rapaz chegou quando deu a hora de eles despertarem. Levantaram-se e foram dar um passeio. Quando deu a hora de comer, eles assim o fizeram, e o rapaz os serviu. Geraint perguntou ao dono da casa se ele possuía companheiros que gostaria de convidar para se juntar a ele.

"Eu tenho", respondeu ele.

"Então pode trazê-los aqui para receber sua parte, por minha conta, do melhor que pode ser conseguido no vilarejo."

O anfitrião trouxe então os melhores homens que conhecia para se deleitar às custas de Geraint.

Então, eis que o *jarl* chegou com onze cavaleiros ordenados para visitar Geraint. Geraint se levantou e o saudou.

"Que Deus te dê prosperidade", disse o *jarl*.

Eles então se sentaram, cada um de acordo com sua posição. O *jarl* conversou com Geraint e perguntou-lhe qual era sua ocupação.

"Estou apenas seguindo o que a sorte me traz", respondeu ele, "e tomando parte em aventuras que me parecem boas."

O *jarl* olhou fixamente para Enid com atenção e teve certeza de que nunca havia visto uma donzela mais bela, nem mais esplêndida, repousando seu coração e sua mente nela. Perguntou ele a Geraint:

"Tenho a tua permissão para ir até aquela donzela e falar com ela? Parece-me que ela está separada de ti."

"Sim, com prazer", disse Geraint.

Ele foi até a donzela e disse a ela:

"Donzela, esta jornada com aquele homem não pode ter sido agradável para ti."

"Não me foi desagradável percorrer todos esses caminhos com ele."

"Não tem servos nem criadas para te servir."

"Bem", disse ela, "eu prefiro seguir aquele homem do que ter servos e criadas."

"Eu tenho uma proposta melhor para ti", comentou ele. "Eu te darei meu domínio senhorial se ficares comigo."

"Não, por Deus", respondeu ela. "Me comprometi com aquele homem primeiro, e não quebrarei minha promessa".

"Cometes um erro", disse ele. "Se eu matar aquele homem, terei a ti pelo tempo que quiser, e quando eu não quiser mais, te mandarei embora. Mas se fizeres isso por mim por tua própria vontade, haverá um acordo vitalício e inquebrável entre nós enquanto vivermos."

Ela ponderou sobre o que ele lhe disse, e ao final resolveu dar certo incentivo à proposta.

"Eis o que é melhor para ti, senhor", disse ela. "Para que eu não seja acusada de grande infidelidade, vem aqui amanhã e me leva embora como se eu nada soubesse do assunto."

"Assim o farei", assentiu ele. Então ele se levantou, se despediu e partiu, junto com seus homens. Naquele momento, ela nada contou a Geraint que teve com o homem, para que ele não ficasse zangado, preocupado ou angustiado.

No tempo devido eles foram dormir, mas ela pouco dormiu no início da noite. Mas, à meia-noite, ela acordou e preparou toda a armadura de Geraint para que ficasse pronta para ser usada. E, com medo e assustada, ela foi até a beira da cama de Geraint, e com voz muito baixa e calma disse a ele:

"Senhor, acorda e vista-te, pois te contarei toda a conversa que o *jarl* teve comigo, bem como suas intenções para comigo." E ela então repetiu toda a conversa para Geraint.

Embora estivesse furioso com ela, ele aceitou o aviso e se armou. Quando ela acendeu uma vela para iluminá-lo enquanto se vestia, ele comentou:

"Deixa a vela aí e diz ao homem da casa para vir aqui."

Ela foi, e o homem da casa foi até ele. Então Geraint perguntou:

"Quanto eu te devo?"

"Acredito que me devas bem pouco, senhor", disse ele.

"Seja lá o que eu te devo agora, pega os onze cavalos e as onze armaduras."

"Que Deus te pague, senhor", disse ele, "mas não gastei o valor de uma armadura contigo."

"Por que te importas com isso?", perguntou Geraint. "Ficarás mais rico! Senhor, poderias me guiar por caminho que me leve para fora do vilarejo?"

"O farei com prazer", respondeu ele. "Para qual direção pensas seguir?"

"Para o lado oposto ao que entrei no vilarejo."

O homem da hospedagem o acompanhou até que considerou ter ido longe o suficiente, e então Geraint disse à donzela para manter distância na frente; ela assim o fez e seguiu o caminho enquanto o burguês do vilarejo voltou para sua casa. Ele mal havia entrado em casa quando, de repente, caiu sobre a habitação o maior e mais alto tumulto. Quando ele olhou para fora, eis que avistou oitenta cavaleiros cercando a casa, totalmente armados, e o *jarl* pardo à frente deles.

"Onde está o cavaleiro que se hospedava aqui?", disse o *jarl*.

"Por tua mão", respondeu ele, "já se encontra a uma certa distância daqui, pois se foi tem algum tempo."

"Seu patife, por que permitiu que ele partisse sem me avisar?"

"Senhor", comentou ele, "não disseste para que eu o vigiasse. Se assim fizesses, não o teria deixado ir."

"Para qual direção acredita que ele foi?"

"Eu nada sei além de que ele tomou a rua principal."

Eles viraram as cabeças dos cavalos para a rua principal ao ver pegadas dos cavalos, seguiram os rastros e chegaram a uma estrada ampla. Quando a donzela viu o raiar do dia, ela olhou para trás e pôde ver névoa e uma densa neblina se aproximando deles cada vez mais. Por este motivo ela ficou aflita, pois presumiu que o *jarl* e seus homens estavam no encalço deles. Foi quando ela viu um cavaleiro emergindo da névoa.

"Por Deus, vou avisá-lo antes que ele me mate. Prefiro perder minha vida nas mãos dele que vê-lo morrer sem avisá-lo", pensou Enid. Então ela disse: "Senhor, não vês o homem que se aproxima junto de muitos outros?"

"Sim", respondeu ele. "Mas mesmo que muito te ordene para que segures tua língua, nunca consegues ficar calada. Tua advertência não é importante para mim. Fica quieta."

Ele se virou para o cavaleiro e no primeiro golpe o jogou no chão sob os pés de seu cavalo. Enquanto um dos oitenta cavaleiros permaneceu em pé, ele derrubou cada um deles com um único golpe. E de melhor cavaleiro em melhor cavaleiro todos foram até ele, com exceção do *jarl*. Ao final, o próprio *jarl* foi até ele e quebrou uma lança e um segunda também. Geraint se virou contra ele e o atingiu com uma lança no centro de seu escudo, que se partiu, e toda sua armadura se quebrou; naquele ponto, ele foi arremessado da garupa de seu cavalo ao chão, com sua vida correndo perigo.

Geraint se aproximou dele e, por causa dos sons do cavalo, o *jarl* recobrou a consciência.

"Senhor", suplicou ele, "clemência!" E Geraint mostrou-lhe clemência.

Entre a dureza do solo onde os homens foram lançados e a violência dos golpes que receberam, nenhum deles deixou Geraint sem receber queda mortalmente dolorosa, terrível e violenta.

Geraint seguiu pela estrada em que estava viajando e a donzela manteve distância. Em seguida eles avistaram o vale mais belo que alguém já viu, com um amplo rio passando por ele. Eles também observaram uma ponte sobre o rio, por onde passava uma estrada. Sobre a ponte, do outro lado do rio, havia um povoado fortificado, o mais belo que alguém já viu. Enquanto se encaminhavam para a ponte, ele viu um homem se aproximando através de um pequeno trecho de mato denso. Ele montava um cavalo alto e enorme, de passo constante, enérgico, porém domável.

"Cavaleiro", disse Geraint, "de onde vens?"

"Eu venho do vale abaixo", comentou o homem.

"Senhor", continuou Geraint, "podes me dizer quem é o dono deste belo vale e daquele povoado fortificado?"

"Sim, de bom grado", respondeu ele. "Os francos e os ingleses o chamam de Gwiffred Petit, mas os galeses o chamam de Y Brenin Bychan."[2]

"Devo cruzar aquela ponte? Ou aquela estrada menor por debaixo do povoado?", perguntou Geraint.

"Não vá para aquelas terras do outro lado da ponte, a menos que desejes lutar com ele, pois é seu costume lutar com todos os cavaleiros que chegam em suas terras."

"Por Deus", disse Geraint, "seguirei meu próprio caminho, independente dele."

"Acho muito provável", disse o cavaleiro, "que, se fizer isso agora, receberás infâmia e humilhação, bem como furiosa coragem."

Geraint seguiu ao longo da estrada como era sua intenção antes, e não tomou a estrada que levava à cidade a partir da ponte, mas sim a estrada que pelo alto de um terreno escarpado e proeminente, com uma vista ampla. Enquanto avançava em sua viagem, ele pode observar que um cavaleiro o seguia montado em um cavalo robusto e forte, de passo altivo, com cascos largos e peitoral amplo. Ele nunca antes havia visto um homem tão pequeno quanto aquele que estava montado no cavalo. Ambos cobertos com muitas camadas de armaduras. Quando ele alcançou Geraint, disse-lhe:

"Dize-me, senhor, foi ignorância ou audácia que tentavas me tirar o direito e quebrar meu costume especial?"

"Não", respondeu Geraint, "eu não sabia que a estrada era exclusiva."

"Já que não sabias", comentou ele, "vem comigo até minha corte para que façamos as devidas compensações."

"Não, por Deus, eu não irei", decretou ele. "Eu não irei para a corte de teu senhor a menos que este seja Artur."

"Pelas mãos de Artur agora", disse ele, "eu insisto em receber tua compensação, ou então tu me causarás grande aflição."

---

[2] Ou seja, "O Rei Pequeno". [N. T.]

Subitamente ambos se atacaram, e um escudeiro do rei apareceu para equipá-lo com lanças à medida que quebravam. E cada um deles golpeou com golpes duros e dolorosos até que seus escudos perderam toda a cor. Geraint achava desagradável lutar com ele, pois ele era muito pequeno e, por isso, era muito difícil mirar nele, além de os golpes que ele desferia serem bem firmes. Mas eles não se cansaram até que os cavalos caíram de joelhos. Por fim, Geraint o jogou de cabeça no chão. E então eles lutaram a pé, cada um desferindo golpes — velozes e furiosos, ousados e firmes, poderosos e dolorosos — até perfurarem seus elmos, quebraram as cotas de malha, romperem as armaduras até que seus olhos perdessem a visão em razão do suor e sangue. Finalmente Geraint ficou furioso e reuniu suas forças para erguer sua espada, repleto de fúria e valentia, celeridade e ferocidade, resoluto e sanguinário, atingindo-o bem no topo de sua cabeça com um golpe mortalmente doloroso, peçonhento e penetrante, violento e firme, fazendo toda a armadura da cabeça, da pele e da carne se partir, ferindo até o osso e com a espada de Y Brenin Bychan sendo atirada de sua mão em direção ao outro lado do campo aberto, bem longe dele. Então, em nome de Deus, ele implorou pela proteção e clemência de Geraint.

"Receberás clemência", disse Geraint, "embora teu comportamento tenha sido rude e arrogante, com a condição de te tornar meu companheiro e não discordar de mim uma segunda vez, e, se ouvir que estou em aflição, deverás interceder por mim."

"Receberás tudo isso, senhor, de bom grado." E prestou assim juramento.

"Pois então, senhor, virás comigo até minha corte para que possas te despojar do cansaço e esgotamento?"

"Por Deus que não irei."

Então Gwiffred Petit olhou para Enid e ficou aflito ao ver tanta dor em uma dama tão nobre. Em seguida disse ele a Geraint:

"Senhor, fazes mal em não descansar e relaxar. Se encontrar qualquer adversidade estando nessas condições, não te será fácil vencê-la."

Geraint não queria nada além de seguir seu caminho, então montou em seu cavalo mesmo sangrando e desconfortável. A donzela manteve a distância, e assim rumaram para a floresta, a qual podiam ver num caminho logo à frente. Fazia muito calor e, por causa do suor e do sangue, a armadura estava grudando em sua carne. Quando chegaram na floresta, Geraint parou embaixo de uma árvore para escapar do calor, mas sentiu mais dor nesse momento do que quando havia recebido a ferida em si. A donzela, por sua parte, ficou embaixo de outra árvore. De repente, eles puderam ouvir trompas de caça e um tumulto, pois Artur e sua hoste apearem seus cavalos naquela floresta. Geraint ponderou qual caminho deveria seguir para evitá-los, mas, de repente, um homem a pé o avistou. Ele era o servo do senescal e, ao retornar ao seu senhor, disse que tipo de homem havia visto na floresta. O senescal, então, selou seu cavalo, pegou sua lança e escudo e foi até onde Geraint estava.

"Cavaleiro", disse Cai, "o que fazes aí?"

"Estou parado debaixo de uma árvore, escapando do calor do sol."

"Para onde vais e quem és tu?"

"Estou apenas procurando aventuras e indo aonde a sorte me levar."

"Bem", comentou Cai, "venhas então comigo ver Artur, que se encontra aqui perto."

"Não irei, por Deus", respondeu Geraint.

"Tu irás à força", insistiu o outro.

Geraint reconheceu Cai, mas Cai não reconheceu Geraint. Então Cai o atacou da melhor forma que podia. Geraint ficou furioso e, com o cabo de sua lança, pois não desejava causar-lhe mais mal do que isso, o atingiu de tal maneira que ele caiu de cabeça no chão.

Exaltado e temeroso, Cai se levantou, montou em seu cavalo e foi para seu alojamento. De lá, ele se encaminhou para a tenda de Gwalchmai.

"Senhor", disse ele a Gwalchmai, "ouvi de um dos servos que um cavaleiro ferido foi visto na floresta ali, usando uma armadura em terríveis condições. Se fizeres o que é o correto, verás se isso é verdade."

"Não me importo em ir", respondeu Gwalchmai.

"Então pega teu cavalo", comentou Cai, "e veste alguma armadura, pois ouvi dizer que ele não é tão cortês com os que cruzam seu caminho."

Gwalchmai pegou sua lança e seu escudo, montou em seu cavalo e foi até onde Geraint estava.

"Cavaleiro", chamou ele, "para onde vais?"

"Cuidar da minha vida e sigo para onde a ventura me levar."

"Me dirás quem tu és ou vens comigo ver Artur, que se encontra aqui perto?"

"Não direi meu nome e não verei Artur", respondeu ele. Ele reconheceu Gwalchmai, mas ele não o reconheceu.

"Que nunca seja dito de minha pessoa", disse Gwalchmai, "que o deixei partir sem descobrir quem tu és." Então ele o atacou com uma lança e o atingiu no escudo, de modo que a lança se espatifou e se quebrou, e os cavalos terminaram postos frente a frente. Ele o observou então de perto e o reconheceu.

"Oh! Geraint", exclamou ele, "és tu?"

"Eu não sou Geraint", respondeu ele.

"Geraint, por Deus", disse ele, "que situação lamentável e inoportuna" Ele olhou em volta e avistou Enid, saudou-a e ficou contente em vê-la.

"Geraint", disse Gwalchmai, "vem ver Artur: ele é teu senhor e primo."

"Eu não irei", respondeu ele. "Não estou em estado para ir ter com ninguém."

Então, eis que um dos escudeiros veio atrás de Gwalchmai buscando informações. Gwalchmai o mandou dizer a Artur que Geraint estava lá ferido, mas que não o veria e que era lamentável ver o estado em que se encontrava (e isso tudo sem que Geraint soubesse, pois sussurrava para o escudeiro).

"E pede a Artur que mova sua tenda para mais perto da estrada, pois ele não pretende vê-lo por conta própria e não será fácil forçá-lo em seu atual estado."

O escudeiro foi até Artur e contou-o tudo, e ele mudou sua tenda para o lado da estrada. Então o coração da donzela se regozijou. Gwalchmai atraiu Geraint para a estrada até onde Artur estava acampado com seus escudeiros armando uma tenda ao lado do caminho.

"Senhor", disse Geraint, "saudações."

"Que Deus te faça prosperar", respondeu Artur. "Quem és?"

"Este é Geraint", informou Gwalchmai, "e por escolha própria ele não teria vindo te ver hoje."

"Bem", disse Artur, "ele é imprudente."

Então Enid foi até Artur e o saudou.

"Que Deus te faça prosperar", disse Artur. "Que alguém te ajude a desmontar." Um dos escudeiros assim o fez.

"Oh! Enid", disse ele, "que tipo de viagem é essa?"

"Eu não sei, senhor", respondeu ela, "apenas sei que eu tenho de viajar por qualquer caminho que ele viajar."

"Senhor", comentou Geraint, "seguiremos nosso caminho, com tua permissão".

"Para onde vais?", perguntou Artur. "Não podes partir agora, exceto que desejes te encontrar com tua morte."

"Ele não me permitiu convidá-lo para ficar", disse Gwalchmai.

"Ele permitirá", afirmou Artur. "Além disso, ele não vai embora até que esteja bem."

"Eu preferiria, senhor", disse Geraint, "que me deixasse ir."

"Não, eu não permitirei, por Deus", respondeu ele.

Então, ele chamou donzelas para cuidar de Enid e levá-la para a tenda de Gwenhwyfar. Gwenhwyfar e todas as damas ficaram contentes em vê-la; retiraram seu vestido de equitação e o trocaram por outro. Artur chamou Cadyriaith e pediu-lhe que construísse uma tenda para Geraint e seus médicos, e o responsabilizou por garantir que houvesse de tudo um pouco como ele havia solicitado. Cadyriaith fez tudo o que foi pedido a ele, e trouxe Morgan Tud e seus aprendizes para ver Geraint. Artur e sua hoste ficaram lá quase um mês cuidando de Geraint, e quando Geraint pensou havia se recuperado por completo, ele foi até Artur e pediu permissão para partir.

"Não sei se já estás totalmente recuperado."

"Estou, de verdade, senhor", disse Geraint.

"Não é em ti que confio sobre este assunto, mas nos médicos que cuidaram de ti." Ele então convocou os médicos e os perguntou se aquilo era verdade.

"É verdade", disse Morgan Tud.

No dia seguinte, Artur permitiu que ele partisse, e Geraint seguiu com o intento de completar sua jornada. E Artur deixou aquele local naquele mesmo dia.

Geraint disse a Enid que cavalgasse na frente e mantivesse distância, como ela havia feito antes. Ela assim seguiu seguindo pela estrada principal. Enquanto seguiam pelo caminho, escutaram a maior gritaria do mundo.

"Fique aqui", disse ele, "e espere. Eu vou descobrir qual é a razão desta gritaria."

"Assim o farei", disse ela.

Ele seguiu até chegar a uma clareira próxima da estrada. E na clareira ele pode ver dois cavalos, um com sela de masculina e outro com sela feminina, além de um cavaleiro em sua armadura, morto; De pé ao lado do cavaleiro ele viu uma jovem mulher recém-casada[3] em suas roupas de montaria, gritando.

"Senhora", disse Geraint, "o que aconteceu contigo?"

"Eu viajava para cá com o homem que eu mais amava e de repente três gigantes se aproximaram de nós e, sem se importar com a justiça do mundo, eles o mataram."

"Para que lado eles foram?", perguntou Geraint.

"Para aquele lado, pela estrada principal", disse ela.

Ele foi até Enid.

"Vai até aquela dama que está lá embaixo", comentou ele, "e espera por mim, pois eu voltarei para lá." Ela se

---

[3] Existe um termo específico no galês para uma mulher que acabou de se casar, mas ainda não consumou seu casamento, se mantendo ainda virgem. O termo é *morwynwreic* e se enquadra nesse caso. [N. T.]

entristeceu ao receber essa ordem, mas mesmo assim ela foi até a donzela, mesmo que escutá-la fosse terrível. Enid tinha certeza que Geraint nunca mais voltaria.

Ele foi atrás dos gigantes e os alcançou. E cada um deles era maior do que três homens, e cada um deles carregava uma enorme clava no ombro. Geraint investiu contra um deles e o furou com uma lança nas entranhas; em seguida, retirou a lança dele e estocou o outro. Mas o terceiro se voltou contra ele e o atingiu com sua clava, de modo que seu escudo se partiu e seu ombro aparou o golpe, fazendo com que todas as suas feridas se abrissem e todo o seu sangue jorrasse. Com isso, Geraint desembainhou uma espada e, ao atacá-lo, deu-lhe um golpe firme, cortante, impiedoso, feroz e furioso no topo de sua cabeça, de tal maneira que sua cabeça se partiu, seu pescoço se separou de seus ombros e o gigante caiu morto. Ele os deixou assim, mortos, e voltou para onde Enid estava. Quando viu Enid, ele caiu de seu cavalo no chão como se estivesse morto. Enid deu um grito terrível, agudo e de partir o coração. Se aproximou e ficou lá sobre ele, no exato lugar onde havia caído.

De repente, eis que o *jarl* Limwris e uma comitiva que viajava com ele pelo caminho, em resposta ao grito, desviaram seu caminho da estrada. Então o *jarl* disse a Enid:

"Senhora, o que aconteceu contigo?"

"Senhor", disse ela, "o homem que eu mais amei, e sempre amarei, foi morto."

"O que aconteceu contigo?", perguntou ele à outra.

"O homem que eu mais amava também foi morto", respondeu ela.

"O que os matou?", perguntou ele.

"Os gigantes mataram o homem que eu mais amava", disse ela. "O outro cavaleiro foi atrás deles, e, como pode ver, ele perdeu sangue além da conta. Me parece", continuou, "que não voltou sem antes matar algum deles ou a todos."

O *jarl* providenciou para que o cavaleiro deixado morto fosse enterrado. Mas lhe parecia que ainda havia alguma vida em Geraint, e o trouxe consigo sobre seu escudo, como se fosse uma maca, para ver se viveria.

As duas donzelas seguiram para a corte. Depois que lá chegaram, Geraint foi colocado em uma maca sobre uma mesa no salão. Eles retiraram toda a sua roupa de caminhada e o *jarl* pediu a Enid que se trocasse e colocasse outro vestido.

"Por Deus, não farei isso", respondeu ela.

"Senhora", disse ele, "não fiques tão triste."

"Será muito difícil me persuadir do contrário", respondeu ela.

"Pois eu te digo", comentou ele, "que não há motivo para que fiques triste, seja qual for o destino do cavaleiro ali, se ele vive ou morre. Eu tenho posse de um bom domínio senhorial, o qual será teu, junto comigo. Pois fiques, então, feliz e contente de agora em diante!"

"Por minha fé em Deus, eu nunca serei feliz enquanto viver."

"Vem comer", chamou ele.

"Por Deus, eu não farei isso", respondeu ela.

"Por Deus, tu comerás." E a arrastou contra sua vontade até a mesa e a ordenou várias vezes que comesse.

"Não vou comer, pela minha fé em Deus", insistiu ela, "até que o homem que está na maca ali coma."

"Não podes fazer isso acontecer", disse o *jarl*. "Aquele homem está quase morto."

"Eu te provarei ser possível", respondeu ela.

Ele a ofereceu um cálice repleto de vinho.

"Bebe este cálice e mudarás de ideia."

"Que vergonha seria se eu bebesse o que fosse antes que ele também beba."

"Muito bem", disse o *jarl*, "não sou melhor sendo bondoso que sendo cruel."

E desferiu uma bofetada em sua orelha. Ela deu um grito forte e estridente e lamentou muito mais do que antes. Pensou consigo mesma que, se Geraint estivesse vivo, ela não seria agredida assim. Geraint recuperou a consciência com o eco de seu grito, sentou-se, encontrou sua espada dentro de seu escudo e correu até o *jarl*, desferindo um golpe furioso e cortante, forte e corajoso no topo de sua cabeça, de modo que se partiu, e a mesa deteve a espada. Todos abandonaram as mesas e fugiram para fora do salão. E não foi por conta do homem vivo que eles temeram, mas por terem visto um homem morto levantando-se para matá-los. Em seguida, Geraint olhou para Enid e se entristeceu por dois motivos — primeiro por ver como Enid havia perdido a cor e aparência e, segundo, ao perceber que ela estava certa.

"Senhora", disse ele, "sabes onde estão os nossos cavalos?"

"Eu sei para onde foi o teu, senhor, embora eu não saiba para onde o outro foi. Teu cavalo foi para aquela casa." Geraint entrou na casa, retirou o cavalo, o montou, ergueu Enid do chão, colocou-a sobre a sela e seguiu seu rumo.

Enquanto viajavam assim entre duas sebes, e a noite superava o dia, eis que observaram despontar no horizonte as hastes das lanças que os seguiam, além de ouvir o barulho de cavalos e o clamor dos homens.

"Escuto alguém vindo em nosso encalço", disse ele, "te deixarei no outro lado da sebe."

E assim o fez. Então, eis que um cavaleiro partiu para cima dele, apontando sua lança. Quando viu isso, Enid exclamou:

"Senhor", disse ela ao cavaleiro, "que honra receberás por matar um homem morto, seja quem for?"

"Oh, Deus", respondeu ele, "é Geraint?"

"Por Deus, sim. Quem és tu?"

"Eu sou Y Brenin Bychan", informou ele, "venho para ajudar-te após saber que estavas com problemas. Se seguisses meu conselho, estas dificuldades que sofreu não teriam acontecido."

"Nada pode ser feito contra a vontade de Deus", disse Geraint. "Muitas coisas boas vêm de um bom conselho", respondeu ele.

Enfim, disse Y Brenin Bychan:

"Tenho um bom conselho agora para ti: vem comigo para a corte de meu cunhado, que fica nas proximidades, para receber o melhor tratamento médico do reino."

"Vamos de bom grado", disse Geraint.

Enid foi colocada no cavalo de um dos escudeiros de Y Brenin Bychan, e assim seguiram para a corte do barão. Lá foram recebidos e obtiveram cuidados e cortesia. Na manhã seguinte buscaram médicos, os quais chegaram quase imediatamente, e Geraint foi tratado até ficar plenamente curado. Enquanto isso, Y Brenin Bychan mandou consertar a armadura de Geraint para que ficasse como nova, e lá ficaram por um mês e uma quinzena.

Então Y Brenin Bychan disse a Geraint:

"Vamos agora para a minha corte para descansar e relaxar."

"Se for de comum acordo", respondeu Geraint, "viajaremos mais um dia, e depois voltaremos."

"Claro", assentiu Y Brenin Bychan. "Segui vosso caminho."

Eles partiram de manhã cedo e Enid seguiu com eles naquele dia, mais feliz e contente do que nunca. Chegaram a uma grande estrada bifurcada. Ao longo de uma dessas saídas, eles puderam ver um homem a pé vindo ao encontro deles. Gwiffred[4] perguntou de onde ele vinha.

"Estou voltando de uma terra onde fazia negócios e cumpria com meus afazeres", respondeu o homem à pé.

"Dize-me", disse Geraint, "qual dessas duas estradas é a melhor para que eu siga viagem?"

"É melhor que sigas por aquela, pois, se fores por esta, nunca mais retornarás. Aqui por baixo", comentou ele, "há um cinturão de bruma e em seu interior acontecem jogos encantados. Nenhum homem que foi para lá jamais voltou. Ali se encontra a corte do *jarl* Owain, o qual não deixa ninguém se albergar no vilarejo, com exceção daqueles que ficam com ele em sua corte."

"Por Deus", exclamou Geraint, "devemos seguir o caminho debaixo."

---

[4] Y Brenin Bychan também é chamdo de Gwiffred. [N. T.]

Eles seguiram o caminho até chegar ao vilarejo. Se abrigaram no que consideraram ser o melhor e mais agradável lugar do vilarejo. E, enquanto lá estavam, eis que um jovem veio até eles e os saudou.

"Que Deus te dê prosperidade", disseram eles.

"Nobres senhores, quais são teus planos aqui?"

"Nós queremos apenas albergagem por esta noite."

"Não é costume o senhor deste vilarejo permitir que qualquer pessoa de nascimento nobre se hospede aqui, exceto aqueles que ficam com ele em sua própria corte. Por isso venham comigo até a corte."

"Vamos de bom grado", disse Geraint. Eles foram com o escudeiro e foram bem recebidos na corte. O *jarl* foi até o salão para encontrá-los e ordenou que preparassem as mesas. Eles se levaram e foram se sentar. E assim foi como se sentaram: Geraint em um dos lados do *jarl* e Enid do outro; ao lado de Enid, Y Brenin Bychan; depois a dama ao lado de Geraint; todos depois disso, como convinha a eles.

Então Geraint pensou no jogo e presumiu que não o permitiriam participar, o que o fez parar de comer. O *jarl* olhou para ele, refletiu e presumiu que era por não ir ao jogo que Geraint não comia; e lamentava ter criado esses jogos, ao menos para não perder um rapaz tão bom como Geraint. Pois se Geraint tivesse pedido a ele para encerrar o jogo, ele o teria encerrado com prazer para sempre. O *jarl*, então, perguntou a Geraint:

"O que tens em mente, senhor, para não comer? Se é o jogo que te preocupas, não precisas ir; em respeito a ti, ninguém mais precisará."

"Que Deus te pague", disse Geraint. "Mas a única coisa que desejo é ir para o jogo e que indiquem o caminho até lá."

"Se é isso o que mais desejas, eu te darei de bom grado."

"De fato, mais do que tudo", respondeu ele.

Eles comeram e receberam um serviço generoso com numerosos pratos e uma boa quantidade de bebida. Quando acabaram de comer, eles se levantaram e Geraint pediu por seu cavalo e sua armadura, e armou a si mesmo e a seu cavalo.

Todas as pessoas seguiram para perto do cercado que era tão alto como o ponto mais alto que conseguiam ver do céu. E em cada estaca que eles podiam ver na cerca que havia uma cabeça de homem, exceto por duas estacas. Também havia no interior e através do cercado muitas estacas.

Então Y Brenin Bychan disse:

"Alguém tem permissão para acompanhar o nobre?"

"Não", informou o *jarl* Owain.

"Em qual direção se segue a partir daqui?", perguntou Geraint.

"Eu não sei", respondeu Owain, "vai na direção que pareça mais fácil."

Destemido e sem hesitação, Geraint mergulhou na bruma. Quando deixou as brumas para trás, chegou a um enorme pomar. Ele podia ver uma clareira no pomar e um pavilhão com um dossel vermelho de seda brocada no centro da clareira. Ele observou que a entrada para o pavilhão estava aberta e que havia, de frente para aquela entrada, uma macieira com um grande chifre de caça em um dos seus galhos. Então, ele desmontou e entrou no pavilhão. Não havia ninguém ali dentro, exceto uma única donzela, sentada em uma cadeira dourada com uma cadeira vazia de frente para ela. Geraint se sentou na cadeira vazia.

"Senhor", disse a donzela, "te aconselho a não te sentar nessa cadeira."

"Por quê?", indagou Geraint.

"O dono desta cadeira nunca permitiu que ninguém se sentasse nela."

"Não me importo se ele não gosta que ninguém se sente em sua cadeira", respondeu Geraint.

Subitamente eles escutaram um grande tumulto próximo ao pavilhão. Geraint foi ver qual era a causa do tumulto e pôde ver um cavaleiro do lado de fora em um corcel de narizes largos, altivo, impaciente, de bons ossos e com um manto dividido em duas metades cobrindo a ele e a seu cavalo, além de várias partes de armadura o cobrindo.

"Diga-me, senhor", perguntou ele a Geraint, "quem te pediu que te sentasses aí?"

"Eu mesmo", respondeu ele.

"Foi errado de tua parte me envergonhar e me insultar de tal maneira; levanta-te daí para que possas consertar tua própria tolice."

Geraint se levantou, e imediatamente eles começaram a lutar. Eles quebraram um grupo de lanças, um segundo e um terceiro e ambos desferiram golpes duros e dolorosos, velozes e furiosos. Eventualmente, Geraint ficou irado e esporeou seu cavalo avançando contra ele, e assim o atingiu na parte mais dura de seu escudo de tal maneira que este se partiu, e a ponta de sua lança adentrou sua armadura, rompendo todas as cintas de sua sela e arremessando o cavaleiro através da garupa de seu cavalo pela distância da lança de Geraint ao comprimento de seu braço de cabeça para baixo, diretamente ao chão. Rapidamente Geraint sacou sua espada, com a intenção de cortar a cabeça dele.

"Oh, senhor! Tem clemência e terás tudo aquilo que desejares!"

"Eu só quero que este jogo acabe para sempre", respondeu Geraint, "junto com o cercado de bruma, a magia e o encantamento."

"Receberás isso de bom grado, senhor."

"Que a bruma desapareça daqui", disse ele.

"Toque esse chifre", disse o cavaleiro, "e no momento em que tocá-lo, a bruma desaparecerá. Pois até que um cavaleiro me derrubasse e o tocasse, esta bruma nunca desapareceria daqui."

Enid, por sua vez, estava triste e aflita onde estava, pois se preocupava com Geraint. Então Geraint soprou dentro do chifre e, no momento em que soou o primeiro toque, a bruma desapareceu, a multidão se reuniu e todos se reconciliaram. Naquela noite, o *jarl* convidou Geraint e Y Brenin Bychan para ficar. Na manhã seguinte, eles se separaram e Geraint voltou para seu próprio reino. Desde então ele governou com prosperidade, e seus feitos e valentias continuaram sendo louvados e admirados, tanto para ele quanto para Enid, por todo o sempre.

Culhwch e Olwen

Cilydd, filho de Celyddon Wledig, queria uma esposa tão bem-nascida quanto ele, ou seja, ele desejava Goleuddydd, filha de Anlawdd Wledig. Depois de dormir com ela, todo o povo rezou para que eles concebessem um herdeiro.

E assim geraram um filho, pois contaram com as orações de todos. No entanto, desde o momento em que engravidou, ela enlouqueceu e não se aproximava de nenhuma moradia. Quando chegou a sua hora, entretanto, ela recobrou o discernimento. Isso ocorreu no mesmo local onde um porqueiro ajudava a parir uma manada de porcos. Por conta do medo dos porcos, a rainha deu à luz e o porqueiro se encarregou de levar o menino até chegar à corte. O menino foi batizado e recebeu o nome

de Culhwch,[1] pois foi encontrado em verdadeiro chiqueiro. Apesar disso, o menino era de linhagem nobre, primo direto de Artur. Ele foi, então, entregue a pais adotivos, e depois disso sua mãe, Goleuddydd, filha de Anlawdd Wledig, ficou doente. Ela mandou chamar o marido e disse-lhe:

"Morrerei desta doença, e desejarás outra esposa. E hoje são as esposas que distribuem os presentes. Mas seria incorreto prejudicar teu filho. Isto é o que eu te peço: não procure outra esposa até que vejas uma rosa de duas cabeças em meu túmulo."

Ele assim lhe prometeu. Em seguida ela chamou seu capelão e pediu-lhe que limpasse a sepultura todos os anos para que nada crescesse nela. A rainha morreu, e o rei enviava um servo todas as manhãs para ver se algo estava crescendo na sepultura. Ao final de sete anos, o capelão se descuidou do que prometera à rainha.

Certo dia, o rei estava caçando e seguiu para o cemitério, pois queria ver o túmulo pelo qual descobriria se poderia procurar outra esposa. Foi então que ele viu a rosa e, ao vê-la, aconselhou-se sobre onde conseguir uma nova esposa. Um dos conselheiros disse:

"Eu conheço uma mulher que combinaria bem contigo. Ela é a esposa do Rei Doged." Decidiram, então, procurá-la. Mataram o rei e levaram sua esposa de volta para casa com eles, junto com sua única filha, e tomaram posse das terras.

Um dia a senhora saiu para dar um passeio e foi parar na casa de uma velha bruxa desdentada que morava no vilarejo.

A rainha indagou:

"Bruxa, pelo amor de Deus, responderás à minha pergunta? Onde estão os filhos do homem que violentamente me raptou?"

A bruxa comentou:

"Ele não tem filhos."

---

[1] O nome Culhwch significa Chiqueiro. [N. T.]

A rainha disse:

"Ai de mim por ter vindo com um homem sem filhos."

A bruxa respondeu:

"Não precisas te preocupar com isso, pois está profetizado que ele terá um herdeiro; ele pode ter um contigo, uma vez que ele não teve um com mais ninguém. Não fique triste também, já que ele tem um filho."

A senhora voltou para casa feliz e disse ao marido:

"Por que escondes teu filho de mim?"

O rei respondeu:

"Não vou escondê-lo mais."

O menino foi chamado até a corte. A madrasta disse-lhe:

"É hora de te casar, rapaz. E eu tenho uma filha digna de todos os nobres do mundo."

"Ainda não tenho idade para me casar", respondeu o rapaz.

"Eu rogo uma sina sobre ti, pois ao teu lado nunca recostará uma mulher até que Olwen, filha de Ysbaddaden Bencawr,[2] seja tua", declarou a mulher.

O menino corou e o amor pela donzela preencheu cada parte de seu corpo, embora ele nunca a tenha visto. E então seu pai disse a ele:

"Filho, por que estás envergonhado? Qual é o problema?"

"Minha madrasta jurou que eu nunca terei uma esposa até conseguir Olwen, filha de Ysbaddaden Bencawr."

"Isto é fácil que consigas, filho", afirmou seu pai. "Artur é teu primo. Vá até ele para que te corte o cabelo, e peça isso como presente."[3]

O menino partiu em um corcel de cabeça cinza brilhante, com quatro invernos de idade, passadas bem articuladas, cascos em forma de concha e um freio tubular de ouro em sua boca, com uma preciosa sela dourada por baixo e duas lanças afiadas de prata em sua mão. Ele empunhava um

---

[2] Seu nome significa algo como Espinho Chefe dos Gigantes. [N. T.]

[3] O corte e o trato do cabelo aqui é um ato simbólico que significa o reconhecimento do laço de parentesco e aceitação de Culhwch na família. [N. T.]

machado de batalha, cujo comprimento era o do antebraço de um homem adulto de ponta a ponta e que sangraria o vento e seria mais rápido que a gota de orvalho mais rápida a cair do caule ao solo quando o orvalho está mais pesado no mês de junho. Ele tinha uma espada com punho e lâmina de ouro em sua coxa, bem como um escudo talhado em ouro, da cor dos raios do céu e com borda de marfim. Dois cães de caça pintados e de peito branco seguiam na sua frente, com uma coleira de ouro vermelho ao redor do pescoço de cada um, do ombro até a orelha. O do lado esquerdo corria para o lado direito, e o do lado direito corria para o lado esquerdo, tal qual duas andorinhas girando ao seu redor. Os cascos de seu corcel soltavam quatro torrões a cada passo, como quatro andorinhas no ar acima dele, algumas vezes na frente dele, algumas vezes atrás. Vestia também uma capa púrpura com quatro pontas, cada qual com um prendedor dourado. Cada prendedor valia cem vacas. O precioso ouro em suas botas e estribos, do alto da coxa à ponta dos pés, valia trezentas vacas. Nem mesmo um único cacho em seu cabelo se mexia, tão leve era o galope de seu corcel sob ele em seu caminho para o portão da corte de Artur.

O menino perguntou:

"Existe um porteiro?"

"Há. E que percas a tua cabeça por perguntar. Sou o guardião do portão de Artur a cada primeiro dia de janeiro, mas tenho representantes pelo resto do ano, a saber Huandaw, Gogigwr, Llaesgymyn e Penpingion, o qual anda de cabeça baixa para proteger seus pés, sem olhar para o céu nem para o chão, mas como uma pedra que rola no chão da corte."

"Abre o portão."

"Não abrirei."

"Por que não abrirás?"

"A faca está na carne e bebida em chifre, bem como uma multidão no salão de Artur. Além do filho legítimo de um rei ou de um artesão que traz sua arte, ninguém terá permissão para entrar. Tu receberás comida para teus cães, grãos para teu cavalo e costeletas apimentadas para ti, bem como vinho transbordando e canções para entretê-lo. Comida para cinquenta será entregue no albergue para ti. Lá os viajantes de longe comem, junto com os filhos de outras terras que não oferecem um ofício na corte de Artur. Não será pior para você lá do que para Artur no tribunal. Não será pior ali do que na corte de Artur. Uma mulher dormirá contigo e canções devem te entreter. Amanhã cedo, quando o portão for aberto para a multidão que veio aqui hoje, a porta será aberta primeiro para ti. Assim poderás sentar-te no lugar que desejares dentro do salão de Artur, da parte inferior até a superior."

O menino respondeu:

"Não vou fazer nada disso. Se abrires o portão, tudo ficará bem. Se não abrires, eu levarei desonra para teu senhor e para teu próprio nome. Darei três gritos na entrada deste portão que não serão menos audíveis no topo de Pen Pengwaedd, na Cornualha, do que no fundo de Dinsol, no Norte, ou em Esgair Oerfel, na Irlanda. E todas as mulheres grávidas que estão na corte abortarão, e aquelas que não estão ficarão com seus úteros pesados dentro delas, de modo que nunca poderão conceber de hoje em diante."

Glewlwyd Gafaelfawr disse:

"Por mais que grites contra as leis da corte de Artur, tu não terás permissão para entrar até que eu vá falar com ele primeiro."

Glewlwyd entrou no salão. Artur perguntou a ele:

"Alguma notícia do portão?"

"Tenho! Dois terços de minha vida se passaram e dois terços da tua.

"Eu estive em Caer Se e Asse, em Sach e Salach, em Lotor e Ffotor.

"Eu estive uma vez na Grande Índia e na pequena Índia.

"Eu estive uma vez na batalha das duas ilhas, quando os doze reféns foram levados da Noruega. Eu estive na Europa, na África e nas ilhas da Córsega, Caer Brythwch, Brythach e Nerthach. Eu estava lá quando Artur matou o bando de guerra de Gleis, filho de Merin, quando matou Mil Du, filho de Dugum.

"Eu estive lá uma vez quando conquistou a Grécia no Leste. Eu estive em Caer Oeth e Anoeth, em Caer Nefenhyr Nawdant; lá vimos homens majestosos.

"Mas eu nunca na minha vida vi um homem tão maravilhoso como aquele que está na entrada do portão neste exato momento."

Artur comentou:

"Se vieste andando, volta correndo. E aquele que olha para a luz e abre o olho e depois o fecha que receba uma penalidade. Que alguns sirvam bebidas em chifres dourados e outras costeletas apimentadas até que ele tenha bastante comida e bebida. Pois é vergonhoso deixar ao vento e à chuva este homem que descreves."

Cai respondeu:

"Pelas mãos do meu amigo, se seguisses meu conselho, as leis da corte não seriam violadas por causa dele."

"Decerto que não, caro Cai. Somos nobres enquanto outros nos procuram. Quanto maiores os presentes que concedemos, maior será nossa nobreza, nossa fama e nossa honra."

Glewlwyd foi ao portão e o abriu para ele. Enquanto todos os outros desmontariam na pedra de montaria na frente do portão, ele não o fez, pois entrou montado em seu corcel.

Culhwch disse:

"Salve, chefe dos reis desta ilha. Que não seja pior para os da parte mais baixa da casa que para os da parte mais alta. Que esta saudação também alcance igualmente teus nobres, teu séquito e teus chefes de batalha. Que ninguém fique sem seu quinhão. E assim como minha saudação se estende a todos, que tua graça, honra e fama nesta ilha chegue em todos os cantos."

"Eis a verdade de Deus, cavaleiro. Saudações para ti também. Senta-te entre dois de meus guerreiros, com canções para entreter-te e os privilégios de um príncipe, herdeiro natural de um reino enquanto estiveres aqui. E quando eu dividir minhas recompensas entre meus convidados e viajantes de longe, começarei por ti nesta corte."

O rapaz comentou:

"Não vim aqui para me aproveitar de tua comida e bebida, mas se receber aqui minha recompensa, serei merecedor e por ela te homenagearei. Se eu não a receber, desonrar-te-ei tanto que tua má fama chegará aos cantos mais remotos do mundo."

Artur disse:

"Embora não residas aqui, cavaleiro, receberás a recompensa que tua boca e língua nomearão, tão distante quanto o vento for, tanto quanto a chuva molhar, tanto quanto o sol alcançar, tanto quanto o mar se estende e quanto a terra alcança, exceto por meu barco e meu manto, Caledfwlch, minha espada, Rhongomyniad, minha lança, Gwynebg Gwrthucher, meu escudo, Carnwennan, minha adaga, e Gwenhwyfar, minha esposa."

"Juras por Deus?"

"Sim, receberás de bom grado. Nomeia o que desejas."

"Desejo que me cortem o cabelo."

"Pois assim será feito."

Artur pegou um pente de ouro e tesoura com anéis de prata. Penteou seu cabelo e perguntou quem ele era. E disse: "Meu coração se aquece contigo. Sei que és sangue do meu sangue. Dize-me quem és."

"Assim o farei. Culhwch, filho de Cilydd, filho de Celyddon Wledig, e de Goleuddydd, minha mãe, filha de Anlawdd Wledig."

Artur respondeu:

"Isso é verdade. És meu primo, então. Diz o que desejas e o receberás, seja o que for dito por ti."

"Juras por Deus e pelo teu reino?"

"Sim, com prazer."

"Peço-te que consigas para mim Olwen, filha de Ysbaddaden Bencawr. Eu a invoco em nome de teus guerreiros."

Culhwch invocou sua recompensa em nome de Cai e Bedwyr, Greidol Gallddofydd, Gwythyr, filho de Greidol, Graid, filho de Eri, Cynddylig Gyfarwydd, Tathal Twyll

Golau, Maelwys, filho de Baeddan, Cnychwr, filho de Nes, Cubert, filho de Daere, Ffercos, filho de Poch, Lluber Beuthach, Corfil Berfach, Gwyn, filho de Esni, Gwyn, filho de Nwyfre, Gwyn, filho de Nudd, Edern, filho de Nudd, Cadwy, filho de Geraint, Fflewddwr Fflam Wledig, Rhuawn Bebyr, filho de Dorath, Bradwen, filho de Moren Mynog, e o próprio Moren Mynog, Dalldaf, filho de Cimin Cof, filho de Alun Dyfed, filho de Saidi, filho de Gwryon, Uchdryd Ardwyad Cad, Cynwas Cwryfagl, Gwrhyr Gwarthegfras, Isberyr Ewingath, Gallgoid Gofyniad, Duach, Brathach e Nerthach, filhos de Gwawrddydd Cyrfach (esses homens vinham das terras altas do inferno), Cilydd Canhad, Canhad Can Llaw, Cors Cant Ewin, Esgair Gulhwch Gofyncawn, Drwstwrn Haearn, Glewlwyd Gafaelfawr, Lloch Llaw-wyniog, Anwas Edeiniog, Sinnoch, filho de Seithfed, Wadu, filho de Seithfed, Naw, filho de Seithfed, Gwenwynwyn, filho de Naw, filho de Seithfed, Bedyw, filho de Seithfed, Gobrwy, filho de Echel Forddwyd Twll e o próprio Echel Forddwyd Twll, Mael, filho de Roycol, Dadwair Dallben, Garwyli, filho de Gwythog Gwyr, e o próprio Gwythog Gwyr, Gormant, filho de Rica, Menw, filho de Teirgwaedd, Digon, filho de Alar[4] Dallben, Selyf, filho de Sinoid, Gusg, filho de Achen, Nerth, filho de Cadarn,[5] Drudwas, filho de Tryon, Twrch, filho de Perif, Twrch, filho de Anwas, Iona, rei da França, Sel, filho de Selgi, Teregud, filho de Iaen, Sulien, filho de Iaen, Bradwen, filho de Iaen, Moren, filho de Iaen, Siawn, filho de Iaen, Caradog, filho de Iaen (eles eram homens de Caer Dathyl, parentes de Artur por parte de pai), Dirmyg, filho de Caw, Iustig, filho de Caw, Edmyg, filho de Caw, Angawdd, filho de Caw, Gofan, filho de Caw, Celyn, filho de Caw, Conyn, filho de Caw, Mabsant, filho de Caw, Gwyngad, filho de Caw, Llwybyr, filho de Caw, Coch, filho de Caw, Meilyg, filho de Caw, Cynwal, filho de Caw, Ardwyad, filho de

---

[4] "Suficiente, filho de Excesso". [N. T.]
[5] "Poder, filho de Poderoso". [N. T.]

Caw, Ergyriad, filho de Caw, Neb, filho de Caw, Gildas, filho de Caw, Calcas, filho de Caw, Huail, filho de Caw (que nunca se submeteu ao domínio de um senhor), Samson Finsych, Taliesin Ben Beirdd, Manawydan, filho de Llŷr, Llary, filho de Casnar Wledig, Sberin, filho de Fflergant, rei da Bretanha, Saranhon, filho de Glythfyr, Llawr, filho de Erw, Anynnog, filho de Menw Teirg-waedd, Gwyn, filho de Nwyfre, Fflam, filho de Nwyfre,[6] Geraint, filho de Erbin, Ermid, filho de Erbin, Dywel, filho de Erbin, Gwyn, filho de Ermid, Cyndrwyn, filho de Ermid, Hyfaidd Unllen, Eiddon Fawrfrydig, Rheiddwn Arwy, Gormant, filho de Rica (irmão de Artur por parte de mãe, seu pai era o principal ancião da Cornualha), e Llawnrodded Farfog, Nodawl Farf Trwch, Berth, filho de Cado, Rheiddwn, filho de Beli, Isgofan Hael, Ysgawyn, filho de Banon, Morfran, filho de Tegid (nenhum homem ousou golpeá-lo com arma em Camlan,[7] porque ele era demasiado feio e todos pensavam que fosse ajudante do demônio, pois era peludo como um cervo). E Sandde Pryd Angel (ninguém o golpeou com lança em Camlan, pois ele era tão belo que todos pensaram que fosse um auxiliar angelical). E Cynwyl Sant, um dos Três que Escaparam de Camlan, sendo ele o último a se separar de Artur em seu cavalo Hengroen.[8]

E Uchdryd, filho de Erim, Eus, filho de Erim, Henwas[9] Edeiniog, filho de Erim, Henbeddestyr, filho de Erim, e Sgilti Sgafndroed, filho de Erim. Havia três qualidades mágicas nesses últimos três homens: Henbeddestyr nunca encontrou um homem que pudesse acompanhá-lo, seja a cavalo ou a pé; Henwas Edeiniog, nunca encontrou nenhum animal de quatro patas que pudesse acompanhá-lo por mais de um acre, muito menos além disso; Sgilti Sgafndroed nunca andava por estrada conhecida quando seguia em uma missão para

---

[6] "Chama, filho de Firmamento. [N. T.]
[7] A Batalha de Camlan seria a última grande batalha do rei Artur. [N. T.]
[8] "Pele Velha". [N. T.]
[9] "Velho Servo". [N. T.]

seu senhor; enquanto soubesse aonde estava indo e existissem árvores em seu caminho, ele viajaria por suas copas, e se existisse uma montanha, ele viajaria pelos juncos. E ao longo de sua vida nenhum junco jamais se dobrou sob seus pés, muito menos quebrou, pois ele era demasiado leve.

Teithi Hen, filho de Gwynnan, cujo reino o mar invadiu e ao escapar foi até Artur. Sua faca tinha um atributo mágico: desde que ele veio para cá, nenhuma punha permanecia nela, e por essa razão ele ficou doente e cansado durante toda sua vida, e disso morreu. E Carnedyr, filho de Gofynion Hen, Gwenwynwyn, filho de Naf, o principal campeão de Artur, Llygadrudd Emys e Gwrfoddw Hen (tios de Artur, irmãos de sua mãe). E Culfanawyd, filho de Goryon, Llenlleog Wyddel do promontório de Gamon, Dyfnwal Moel, Dunarth, rei do Norte, Teyrnon Twrf Liant, Tegfan Gloff, Tegyr Talgellog, Gwrddywal, filho de Efrei, Morgant Hael, Gwystyl, filho de Nwython, Rhun, filho de Nwython, Llwydeu, filho de Nwython, Gwydre, filho de Llwydeu da parte de Gwenabwy, filha de Caw, sua mãe (seu tio Huail o esfaqueou, e por causa disso havia inimizade entre Artur e Huail).

Drem, filho de Dremidydd,[10] que desde Celliwig, na Cornualha, podia ver quando uma mosca se levantava com o sol da manhã em local tão distante quanto Pen Blathaon, nas terras dos Pictos. E Eidoel, filho de Ner, e Glwyddyn Saer, que construiu Ehangwen,[11] o salão de Artur. Cynyr Ceinfarfog, o qual se dizia ser filho de Cai. Ele disse à esposa:

"Se houver alguma parte de mim em teu filho, donzela, teu coração sempre será frio e não haverá calor em tuas mãos. E outro de teus atributos mágicos terá: se for filho meu, será teimoso. Outro atributo: quando ele carregar um peso, seja ele grande ou pequeno, nunca será visível, nem à sua frente nem atrás. Outro atributo: ninguém vai

---

10 "Visão, filho de Vidente". [N. T.]
11 "Belo e Acolhedor". [N. T.]

suportar água ou fogo tão bem quanto ele. Outro atributo: não haverá servo ou comandante como ele."

Henwas, Hen Wyneb, Hengydymaith e outro companheiro Gallgoig, o qual em qualquer vilarejo que chegasse, mesmo existindo trezentas casas nele, se ele quisesse alguma coisa, não deixaria nenhum homem dormir enquanto lá estivesse. Berwyn, filho de Cyrenyr, Peris, rei da França (e é por isso que assim se chama a cidade de Paris), Osla Gyllellfawr, o qual carrega consigo Bronllafn Ferllydan: quando Artur e suas hostes chegavam à beira de uma torrente fluvial, e se procurava um lugar estreito sobre a água, a adaga seria colocada em sua bainha sobre a correnteza de água e esta seria ponte o suficiente para os homens das Três Ilhas da Grã-Bretanha, suas três ilhas adjacentes e também seu butim. Gwyddog, filho de Menestyr, o qual matou Cai e foi morto por Artur, junto de seus irmãos, como vingança. E Garanwyn, filho de Cai, Amren, filho de Bedwyr, Ely, Myr, Rheu Rhwyddyrys, Rhun Rhuddwern, Eli e Trachmyr, os caçadores-chefes de Artur. E Llwydeu, filho de Cilcoed, Huabwy, filho de Gwryon, Gwyn Godyfron, Gwair Dathar Weinidog, Gwair, filho de Cadellin Tal Arian, Gwair Gwrhyd Enwir, Gwair Gwyn Baladr (tios de Artur, irmãos de sua mãe e filhos de Llwch Llaw-wyniog de além do Mar Tirreno), Llenlleog Wyddel e Ardderchog Prydain, Cas, filho de Saidi, Gwrfan Gwallt Afwyn, Gwilenhin, rei da França, Gwitardd, filho de Aedd, rei da Irlanda, Garselyd Wydbagdel, Panawr Penwradel, Panawr Atlendor, filho de Naf, Gwyn Hyfar, feitor da Cornualha e de Devon (um dos nove que planejaram a batalha de Camlan), Celli, Cuelli e Gilla Goeshydd, o qual cobriria trezentos acres com um único salto, o principal saltador da Irlanda.

E Sol, Gwadn[12] Osol e Gwadn Oddaith:[13] Sol, que podia ficar o dia todo em uma perna só; Gwadn Osol, que, se

[12] "Sola". [N. T.]
[13] "Sola Queimada". [N. T.]

ficasse no topo da maior montanha do mundo, faria dela uma planície nivelada sob seus pés; Gwadn Oddaith, o qual disparava, como metal quente quando retirado da forja, faíscas brilhantes de suas solas quando ele entrava em combates e, por isso, abriria caminho para Artur e suas hostes. Hir Erwm e Hir Atrwm, no dia, chegavam para um banquete, tomavam para si três *cantrefs* para suas necessidades; banqueteavam até o meio-dia e bebiam até a noite. Quando iam dormir, devoravam as cabeças dos insetos por fome, como se nunca tivessem comido. Quando estavam em um banquete, não deixavam nada, nem gordo nem magro, nem quente nem frio, nem azedo nem doce, nem fresco nem salgado, nem cozido nem cru.

Huarwar, filho de Halwn, que pediu sua total satisfação como um presente de Artur, o que foi uma das Três Grandes Pragas da Cornualha e de Devon, até que ele se sentisse satisfeito; ele nunca deu um esboço de sorriso, exceto quando estava pleno. Gwarae Gwallt Eurin, os dois filhotes da cadela Rhymhi, Gwyddrud e Gwydden Astrus, Sugn, filho de Sugnedydd,[14] que podia sugar um mar inteiro até que fosse apenas uma praia seca, mesmo que houvesse trezentos barcos lá. Ele estava com uma sangrenta febre no peito. Cacamwri, o criado de Artur: se o mostrassem um celeiro, mesmo que nele houvesse o trabalho de cinquenta arados, ele investiria nele com um mangual de ferro até que as tábuas, os travessões e as vigas laterais ficassem melhores que a aveia fina na pilha de feixes de cereal no fundo do celeiro. Llwng e Dygyflwng, Annoeth Feiddog, Hir Eiddil e Hir Amren: estes últimos eram dois dos servos de Artur junto de Gwefl, filho de Gwastad, o qual, nos dias em que estava triste, deixava cair seu lábio até o umbigo enquanto o outro era usado como um capuz em sua cabeça. Uchdryd Farf Draws, que podia jogar sua espessa barba ruiva através das cinquenta vigas do salão de Artur. Elidir Gyfarwydd,

---

[14] "Sugar, filho de Sugador". [N. T.]

Ysgyrdaf e Ysgudydd, estes dois últimos eram dois dos servos de Gwenhwyfar; em uma missão, seus pés eram tão velozes quanto seus pensamentos. Brys, filho de Brysethach, do alto da floresta negra em Prydain e Gruddlwyn Gorr.

Bwlch, Cyfwlch e Syfwlch, filhos de Cleddyf Cyfwlch, netos de Cleddyf Difwlch.[15]

Três lustrosos e luzentes seus três escudos;

Três lacerantes e lesadoras suas três lanças;

Três penetrantes e perfurantes suas três espadas;

Glas, Glesig e Gleisiad,[16] seus três cães de caça;

Call, Cuall e Cafall,[17] seus três corcéis;

Hwyr Ddyddwg, Drwg Ddyddwg e Llwyr Ddyddwg,[18] suas três esposas;

Och, Garym e Diasbad,[19] seus três netos;

Lluched, Neued e Eisiwed,[20] suas três filhas;

Drwg, Gwaeth e Gwaethaf Oll,[21] suas três servas.

Eheubryd, filho de Cyfwlch, Gorasgwrn, filho de Nerth, Gwaeddan, filho de Cynfelyn Ceudog, Pwyll Hanner Dyn,[22] Dwn Diesig Unben, Eiladar, filho de Pen Llarcan, Cynedyr Wyllt, filho de Hetwn Tal Arian, Sawyl Pen Uchel, filho de Gwalchmai, Gwalchmai, filho de Gwalchmai Gwyar, Gwrhyr Gwalstawd Ieithoedd, o qual sabia todas as línguas, e Cethdrwm Offeiriad. Clust, filho de Clustfeinydd, que, se fosse enterrado a sete braços de profundidade, poderia ouvir uma formiga a oitenta quilômetros de distância se mexendo em sua cama pela manhã, Medyr, filho de Methredydd, que, desde Esgair Oerfel, na Irlanda, podia acertar uma carriça entre suas duas patas em Celliwig, Gwiawn Llygad

---

[15] Bwlch (Brecha), Cyfwlch (Perfeito), Syfwlch (Inteiro), Cleddyf Cyfwlch (Espada Perfeita) e Cleddyf Difwlch (Espada Inteira). [N. T.]

[16] Glas (Cinza), Gleisiad (Jovem Salmão). [N. T.]

[17] Call (Esperto), Cuall (Rápido) e Cafall (Cavalo). [N. T.]

[18] Hwyr Ddyddwg (A que parteja tarde), Drwg Ddyddwg (A que parteja mal) e Llwyr Ddyddwg (A que parteja completamente). [N. T.]

[19] Och (Oh), Garym (Barulho) e Diasbad (Grito). [N. T.]

[20] Lluched (Raio), Neued (Necessidade) e Eisiwed (Desejo). [N. T.]

[21] Drwg (Má), Gwaeth (Pior) e Gwaethaf Oll (Pior de TodasT). [N. T.]

[22] Meio homem. [N. T.]

Cath, que poderia cortar a membrana do olho de um mosquito sem prejudicá-lo, Ôl, filho de Olwydd,[23] o qual, sete anos antes de nascer, teve os porcos de seu pai roubados e, quando cresceu e se tornou um homem, rastreou os porcos e os trouxe para casa em sete rebanhos, Bedwini, o bispo, que abençoaria a comida e bebida de Artur.

E também as gentis senhoras com torques dourados desta ilha. Além de Gwenhwyfar, rainha principal desta ilha, e Gwenhwyfach, sua irmã, Rathtien, filha única de Clememyl, Celemon, filha de Cai, Tangwen, filha de Gwair Dathar Weinidog, Gwenalarch, filha de Cynwal Canhwch, Eurneid, filha de Clydno Eidin, Eneuog, filha de Bedwyr, Enrhydreg, filha de Tuduathar, Gwenwledyr, filha de Gwaredur Cyrfach, Erdudfyl, filha de Tryffin, Eurolwyn, filha de Gwddolwyn Gorr, Teleri, filha de Peul, Indeg, filha de Garwy Hir, Morfudd, filha de Urien Rheged, Gwenllian Deg, a donzela magnânima, Creiddylad, filha de Lludd Llaw Eraint, a donzela mais majestosa que já existiu nas Três Ilhas da Bretanha e suas Três Ilhas Adjacentes. (E por ela Gwythyr, filho de Greidol, e Gwyn, filho de Nudd, lutam a cada primeiro dia de maio para sempre até o Dia do Juízo Final.) Ellylw, filha de Neol Cyn Crog, a qual viveu por três gerações, Esyllt Fynwen e Esyllt Fyngul. Em nome de todos estes, Culhwch, filho de Cilydd, invocou sua recompensa.

Artur disse:

"Bem, chefe, nunca ouvi falar sobre a donzela que mencionaste, nem de seus pais. De bom grado enviarei mensageiros para procurá-la. Dá-me um tempo nesta busca."

O rapaz respondeu:

"Com prazer, dar-te-ei um ano a partir desta noite."

Então Artur enviou os mensageiros aos confins de todas as terras para procurá-la. E no final do ano os mensageiros

---

[23] Clust, filho de Clustfeinydd (Ouvido, filho de Ouvidor), Medyr, filho de Methredydd (Mira, filho de Mirador), Llygad Cath (Olho de Gato) e Ôl, filho de Olwydd (Rastro, filho de Rastreador). [N. T.]

de Artur retornaram sem ter mais notícias ou informações sobre Olwen do que no primeiro dia.

Culhwch comentou:

"Todo mundo já teve sua recompensa, menos eu. Partirei e levarei comigo tua honra."

Cai disse:

"Chefe, insultas Artur em demasia. Vem conosco. Até admitir que a donzela não existe em nenhum lugar do mundo, ou até que a encontremos, não nos separaremos de ti."

Então Cai se levantou. Possuía características mágicas: por nove noites e nove dias podia segurar a respiração dentro d'água. Por nove noites e nove dias podia ficar sem dormir. Um ferimento da espada de Cai não podia ser curado por nenhum médico. Cai era sagaz. Ele poderia ser tão alto quanto a árvore mais alta da floresta quando quisesse. Havia outra característica peculiar nele: quando a chuva estava mais forte, tudo o que estivesse em sua mão continuaria seco, na distância de um palmo acima e abaixo, de tão grande que era seu calor. E quando seus companheiros sentissem muito frio, ele seria como o acender de uma fogueira para eles.

Artur chamou Bedwyr, o qual nunca temeu as missões feitas por Cai. Havia uma coisa sobre Bedwyr: ninguém era tão bonito quanto ele nesta ilha, exceto Artur e Drych, filho de Cibddar. E, embora ele tivesse uma única mão, três guerreiros não conseguiam derramar sangue mais rápido que ele. Outra qualidade peculiar dele: sua lança desferia um ataque e nove contra-ataques.

Artur chama Cynddylig Gyfarwydd:

"Vai nessa jornada como chefe por mim." Ele não era pior guia em terra desconhecida que em sua própria terra.

Ele chamou Gwrhyr Gwalstawd Ieithoedd, o qual sabia todas as línguas. Chamou Gwalchmai, filho de Gwyar, pois ele nunca retornou sem concluir uma busca a qual foi designado. Ele era o melhor a pé e o melhor a cavalo e era sobrinho de Artur, filho de sua irmã e seu primo.

Artur chamou também Menw, filho de Teirgwaedd, pois, se vierem para uma terra pagã, ele poderia lançar um feitiço sobre eles para que ninguém os visse, mesmo que eles pudessem ver a todos.

Eles viajaram até chegar a uma grande planície e puderam ver uma fortaleza, a maior do mundo. Caminharam o dia todo até anoitecer e, quando pensaram estar próximos da fortaleza, não estavam mais perto dele que de manhã. E no segundo e no terceiro dias eles continuaram a caminhada e com dificuldade chegaram lá. Quando enfim chegaram perto da fortaleza, eles viram um enorme rebanho de ovelhas, sem início ou fim, e um pastor no topo de um monte cuidando das ovelhas, vestindo um gibão de peles e com um mastim peludo maior que um garanhão de nove anos ao seu lado. Nunca havia perdido um cordeiro, muito menos um animal crescido. Nenhuma tropa havia passado perto dele sem que ele a ferisse ou machucasse. E a qualquer árvore ou arbusto morto que estivesse na planície seu hálito queimaria até o chão.

Cai disse:

"Gwrhyr Gwalstawd Ieithoedd, vai falar com aquele homem ali."

"Cai", comentou ele, "eu apenas prometi ir tão longe tu fosses. Vamos lá juntos."

Menw, filho de Teirgwaedd, disse: "Não te preocupes em ir lá. Lançarei um feitiço no cachorro para que ele não machuque ninguém." E foram até onde o pastor estava.

Disseram a ele:

"És próspero, pastor."

"Que nunca sejas mais próspero que eu", respondeu o pastor.

"Sim, por Deus, já que és supremo."

"Não há nada que possa me arruinar, exceto minha esposa."

"Quem é o dono das ovelhas de que cuidas e de quem é aquela fortaleza?

"Seus ignorantes! Em todo o mundo se sabe que aquele é o forte de Ysbaddaden Bencawr."

"E tu, quem és?"

"Sou Custennin, filho de Mynwyedig, e, por causa de minha esposa, meu irmão Ysbaddaden Bencawr me arruinou. E quem sois?"

"Somos mensageiros de Artur, procurando Olwen, filha de Ysbaddaden Bencawr."

"Ah, não, homens! Que Deus vos proteja! Por nada no mundo deveis fazer isso. Ninguém que veio pedir isso retornou com vida."

O pastor se levantou. E, enquanto se levantava, Culhwch deu um anel de ouro para ele. Tentou colocar o anel, mas não coube, e por isso colocou no dedo de sua luva, foi para casa e deu a luva para sua esposa guardar. Ela tirou o anel da luva.

"Onde conseguiste este anel, marido? Não é sempre que encontras tesouros."

"Fui ao mar procurar frutos do mar e eis que vi um cadáver subindo com a maré. Nunca havia visto um cadáver tão belo quanto aquele, e em seu dedo havia este anel."

"Ai, homem, uma vez que o mar não tolera a joia de um homem morto, mostra-me aquele cadáver."

"Esposa, verás o cadáver aqui em breve."

"Quem é?", indagou sua esposa.

"Culhwch, filho de Cilydd, filho de Celyddon Wledig, com Goleuddydd, filha de Anlawdd Wledig, tua mãe. Vim pedir por Olwen."

Ela estava com dois pensamentos: estava feliz pela chegada de seu sobrinho, filho de sua irmã, mas também estava triste, pois nunca tinha visto ninguém que veio fazer aquele pedido sair com vida.

Os mensageiros dirigiram-se ao portão da corte de Custennin, o pastor. Ela os ouviu chegando e correu alegremente para encontrá-los. Cai arrancou uma tora da pilha de lenha e foi ao seu encontro para tentar abraçá-los, colocando o pedaço de madeira entre seus braços. Ela, por sua vez, apertou a estaca até que fosse um galho retorcido.

"Mulher", disse Cai, "se me espremesse assim, ninguém mais conseguiria fazer amor comigo. Isso é um afago infeliz." Eles entraram na casa e foram servidos. Depois de um tempo, quando todos estavam ocupados, a mulher abriu um cofre na no fundo da lareira e dele saiu um rapaz de cabelos louros encaracolados.

Gwrhyr comentou:

"É uma vergonha esconder um rapaz como esse. Eu sei que sofres por uma vingança que não é tua culpa."

A mulher respondeu:

"Este é tudo o que resta dos vinte e três filhos meus que Ysbaddaden Bencawr matou. Não tenho mais esperança por este do que pelos outros."

Cai disse:

"Deixa-o ser meu companheiro, e nenhum de nós será morto a menos que ambos o sejamos."

Eles comeram e a mulher perguntou:

"Que missão te trouxe aqui?"

"Viemos procurar Olwen para este rapaz."

Então a mulher respondeu:

"Pelo amor de Deus, já que ninguém da fortaleza te viu ainda, reconsidera".

"Deus sabe que não voltaremos até ver a donzela", insistiu Cai. "Ela virá até algum lugar em que possamos vê-la?"

"Ela vem aqui todos os sábados para lavar o cabelo e, na tigela em que ela se lava, deixa todos os seus anéis. Nem ela nem seu mensageiro vêm buscá-los."

"Ela viria até aqui se a chamasses?"

"Por Deus, eu não prejudicaria minha amiga nem enganaria alguém que confia em mim. Mas se me deres a tua palavra que não farás nenhum mal a ela, eu a chamarei."

"Tens a nossa palavra."

Ela foi chamada. Olwen chegou vestida em uma túnica de seda de cor vermelho fogo e um torque de ouro vermelho em seu pescoço, com preciosas pérolas e joias vermelhas.

Seu cabelo era mais dourado que as flores da retama.

Sua pele era mais branca que a espuma da onda.

Suas palmas e seus dedos eram mais brancos do que planta úmida de algodão em meio ao cascalho fino de uma primavera desabrochando.

Nem os olhos de um falcão na muda nem os olhos de um falcão três vezes passado pela muda era mais belo que os dela.

Mais brancos eram seus seios do que o de um cisne puro.

Suas bochechas eram mais vermelhas que a dedaleira mais vermelha.

Qualquer um que a visse seria preenchido de amor por ela.

Quatro trevos brancos cresciam atrás dela por onde ela fosse.

E por esse motivo ela se chamava Olwen.[24]

Ela entrou na casa e sentou-se entre Culhwch e um assento elevado. Assim que ele a viu, a reconheceu.

Culhwch disse-lhe:

"Donzela, é a ti que amei. Virias comigo?"

"Por temer que nos acusem de sermos pecadores, eu não posso fazer isso em absoluto. Meu pai me pediu que eu desse a minha palavra de que não iria embora sem consultá-lo, pois ele só viverá até que eu arranje um marido. Há, entretanto, um conselho que posso te dar, se aceitares. Vai até meu pai e pede minha mão e, qualquer coisa que ele te pedir, promete que conseguirás, e assim ganharás minha mão. Mas, se ele tiver dúvidas, tu não conseguirás, e terás sorte se escapar com vida."

"Eu prometo tudo isso e que conseguirei."

E ela seguiu para seus aposentos. Todos se levantaram e a seguiram até a fortaleza e mataram os nove guardas que haviam nos nove portões sem que um único homem gritasse, bem como os nove mastins sem que nenhum deles guinchasse. E assim seguiram para o salão.

Eles exclamaram:

"Saudações, Ysbaddaden Bencawr, da parte de Deus e do homem."

"Vós, de onde vindes?"

"Viemos atrás de Olwen, sua filha, para Culhwch, filho de Cilydd."

---

[24] Olwen significa algo como "Bela trilha/pegada". [N. T.]

"Onde estão meus servos inúteis e meus patifes?", indagou ele. "Levantem os forcados sob minhas pálpebras para que eu possa ver meu futuro genro."

Eles assim o fizeram.

"Venham amanhã. Eu vos darei alguma resposta."

Eles se levantaram, e Ysbaddaden Bencawr agarrou uma das três lanças de pedra envenenadas ao lado dele e a arremessou atrás deles. Bedwyr agarrou uma das três lanças de pedra envenenadas e a lançou de volta, acertando Ysbaddaden Bencawr e atravessando diretamente seu joelho.

Disse ele:

"Maldito e bestial genro! Ficarei ainda pior agora quando descer a encosta. Este ferro envenenado me fere como uma picada de mutuca. Maldito seja o ferreiro que o fez e a bigorna em que foi forjado, de tão doloroso que é."

Passaram aquela noite na casa de Custennin. No segundo dia, recuperados e carregando esplêndidos pentes em seus cabelos, eles foram até a fortaleza e entraram no salão.

Eles disseram:

"Ysbaddaden Bencawr, dá-nos tua filha em troca de teu dote e tua taxa de donzela para que acertemos contigo e com tuas duas parentes. Se não o fizeres, encontrarás a morte por causa dela."

"Ela e seus quatro bisavós e bisavôs ainda estão vivos. Devo consultá-los."

"Faz isso", responderam eles. "Nós vamos comer."

Quando se levantaram, ele pegou a segunda lança de pedra que estava ao lado dele e a arremessou atrás deles. E Menw, filho de Teirgwaedd, a agarrou e arremessou de volta, acertando-o no meio do peito, de modo que ela saiu pela parte inferior de suas costas.

"Maldito e bestial genro! Como a mordida de uma sanguessuga, este ferro duro me machucou. Maldito seja o forno em que foi aquecido, e o ferreiro que o forjou de tão doloroso que é. Quando eu subir a colina sentirei o peito apertado, uma dor de estômago e terei vômitos frequentes."

Eles foram comer.

E no terceiro dia seguiram para a corte. Eles disseram:

"Ysbaddaden Bencawr, não arremesses em nós outra vez. Não busques ataques, ferimentos ou morte sobre ti."

"Onde estão meus servos? Levantem os forcados para que eu possa dar uma olhada em meu futuro genro, pois minhas pálpebras caíram sobre meus olhos."

Eles se levantaram e, enquanto faziam isso, ele pegou a terceira lança de pedra envenenada e atirou-a atrás deles. E Culhwch a agarrou e a arremessou de volta, como muito havia desejado, perfurando seu globo ocular de modo que ele saiu através da nuca.

"Maldito e bestial genro! Enquanto eu viver minha visão será a pior. Quando eu andar contra o vento, meus olhos lacrimejarão; Terei dor de cabeça e tontura a cada lua nova. Maldito seja o forno em que foi aquecida. Como a mordida de um cachorro louco, o ferro envenenado me perfurou." Eles foram comer.

No dia seguinte, eles retornaram à corte.

Eles disseram:

"Não arremesses em nós outra vez. Não leves ataque, ferimento e martírio sobre ti, pois haverá mais se assim desejar. Entrega-nos tua filha."

"Onde está aquele que busca minha filha?"

"Sou eu quem procuras, Culhwch, filho de Cilydd."

"Vem aqui, onde poderei ver-te." Um assento foi colocado abaixo, bem de frente para ele.

Ysbaddaden Bencawr comentou:

"És tu quem busca a minha filha?"

"Sou", respondeu Culhwch.

"Eu quero a tua palavra de que não serás menos que honesto comigo."

"Tens a minha palavra."

"Quando eu receber o que te pedirei, ganharás minha filha."

"Diz o que desejas."

"Assim o farei. Enxerga o grande matagal ali?"

"Sim."

"Quero que seja arrancado pela raiz e queimado sobre o solo para que as cinzas e restos o fertilizem; e quero que seja arado e semeado para que amadureça de manhã quando o orvalho desaparecer, para que se possa fazer comida e bebida para os convidados do casamento de minha filha contigo. E quero tudo isso feito em um único dia."

"Conseguir isso é bem fácil para mim, embora não te pareça."

"Embora consigas isso, há algo que não conseguirás. Não há lavrador que cultive aquela terra ou que consiga prepará-la além de Amaethon, filho de Dôn. E ele não irá contigo de boa vontade, nem poderás obrigá-lo."

"Conseguir isso é bem fácil para mim, embora não te pareça."

"Embora consigas isso, há algo que não conseguirás. Gofannon, filho de Dôn, para delimitar a terra que será arada. Ele só trabalhará de boa vontade para um rei legítimo, e não poderás obrigá-lo."

"Conseguir isso é bem fácil para mim, embora não te pareça."

"Embora consigas isso, há algo que não conseguirás. Os dois bois de Gwlwlydd Winau juntos, para que possam arar aquele terreno de forma apropriada. Ele não os entregará de bom grado, nem poderás forçá-lo."

"Conseguir isso é bem fácil para mim, embora não te pareça."

"Embora consigas isso, há algo que não conseguirás. Eu quero Melyn Gwanwyn e Ych Brych juntos."

"Conseguir isso é bem fácil para mim, embora não te pareça."

"Embora consigas isso, há algo que não conseguirás. Dois bois com chifres, um que vem do outro lado do Monte Bannog e o outro deste lado, unidos pelo mesmo arado. Eles, Nyniaw e Peibiaw, são aqueles que Deus transformou em bois por conta de seus pecados."

"Conseguir isso é bem fácil para mim, embora não te pareça."

"Embora consigas isso, há algo que não conseguirás. Enxerga aquela terra vermelha trabalhada?"

"Sim."

"Quando conheci a mãe de Olwen, havia nove fangas de sementes de linho semeadas nela, mas não brotaram nem flores brancas nem flores negras, e eu ainda guardo essa medida. Quero que plante esse linho naquela terra recém--arada, para que possa se converter em um véu branco na cabeça de minha filha em sua festa de casamento."

"Conseguir isso é bem fácil para mim, embora não te pareça."

"Embora consigas isso, há algo que não conseguirás. Mel nove vezes mais doce que o mel do primeiro enxame, sem zangões sem abelhas, para se fazer o hidromel da festa."

"Conseguir isso é bem fácil para mim, embora não te pareça."

"Embora consigas isso, há algo que não conseguirás. A taça de Llwyr, filho de Llwyrion, que contém a melhor bebida, pois é o único recipiente no mundo capaz de conter bebida tão forte. Não conseguirás a taça dele de bom grado, nem poderás obrigá-lo."

"Conseguir isso é bem fácil para mim, embora não te pareça."

"Embora consigas isso, há algo que não conseguirás. O cesto de Gwyddnau Garan Hir. Se o mundo inteiro se reunir ao seu redor, a cada três grupos de nove por vez, todos encontrariam nele o alimento que quisessem, da maneira que melhor lhes aprouvesse. Quero aproveitar dele na noite em que minha filha dormir contigo. Ele não te entregará de bom grado, nem poderás forçá-lo."

"Conseguir isso é bem fácil para mim, embora não te pareça."

"Embora consigas isso, há algo que não conseguirás. O chifre de Gwlgawd Gododdin para nos servir nessa noite. Ele não te dará de bom grado, nem poderás forçá-lo."

"Conseguir isso é bem fácil para mim, embora não te pareça."

"Embora consigas isso, há algo que não conseguirás. A harpa de Teirtu para me entreter nessa noite. Quando assim o quer, ela toca sozinha. Quando se deseja silêncio, ela para. Ele não te dará de bom grado, nem poderás forçá-lo."

"Conseguir isso é bem fácil para mim, embora não te pareça."

"Embora consigas isso, há algo que não conseguirás. Eu quero que os pássaros de Rhiannon, aqueles que acordam os mortos e embalam os vivos para dormir, me entretenham nessa noite."

"Conseguir isso é bem fácil para mim, embora não te pareça."

"Embora consigas isso, há algo que não conseguirás. O caldeirão de Diwrnach Wyddel, o senescal de Odgar, filho de Aedd, rei da Irlanda, para ferver comida para os convidados do teu casamento."

"Conseguir isso é bem fácil para mim, embora não te pareça."

"Embora consigas isso, há algo que não conseguirás. Eu preciso lavar minha cabeça e fazer a barba. Quero a presa de Ysgithrwyn Pen Baedd[25] para me barbear. Não será de qualquer serventia a menos que seja arrancado de sua boca enquanto ainda vive."

"Conseguir isso é bem fácil para mim, embora não te pareça."

"Embora consigas isso, há algo que não conseguirás. Não há ninguém neste mundo que consiga arrancar esta presa, exceto Odgar, filho de Aedd, rei da Irlanda."

"Conseguir isso é bem fácil para mim, embora não te pareça."

"Embora consigas isso, há algo que não conseguirás. Não confiarei a guarda da presa a ninguém, exceto a Caw de Prydyn.[26] Os sessenta *cantrefs* de Prydyn estão sob seu

---

25 "Talho Branco Chefe dos Javalis". [N. T.]
26 "Protetor da Terra dos Pictos". [N. T.]

poder. Ele não sairá de seu reino de bom grado e nem poderá ser obrigado."

"Conseguir isso é bem fácil para mim, embora não te pareça."

"Embora consigas isso, há algo que não conseguirás. Eu preciso pentear minha barba antes de me barbear. Ela nunca se endireitará até que obtenha o sangue da Bruxa Muito Negra, filha da Bruxa Muito Branca, de Pennant Gofid, nas terras altas do inferno.

"Conseguir isso é bem fácil para mim, embora não te pareça."

"Embora consigas isso, há algo que não conseguirás. O sangue será inútil a menos que seja obtido enquanto quente. Não há nenhum recipiente no mundo que possa manter o líquido aquecido, exceto as garrafas de Gwyddolwyn Gorr, que protegem o calor desde quando o líquido é colocado nelas no leste até que se chegue ao oeste. Ele não as entregará de bom grado, nem poderás forçá-lo."

"Conseguir isso é bem fácil para mim, embora não te pareça."

"Embora consigas isso, há algo que não conseguirás. Alguns desejarão leite. Não há como conseguir leite para todos até que consiga as garrafas de Rhynnon Ryn Barfog. Nenhum líquido azeda nelas. Ele não as dará voluntariamente a ninguém, nem poderás forçá-lo."

"Conseguir isso é bem fácil para mim, embora não te pareça."

"Embora consigas isso, há algo que não conseguirás. Não há pente e tesoura no mundo que possam pentear minha barba por sua rigidez, exceto o pente e a tesoura que ficam entre as orelhas de Twrch Trwyth,[27] filho de Taredd Wledig. Ele não as dará de bom grado, nem poderás forçá-lo."

"Conseguir isso é bem fácil para mim, embora não te pareça."

---

[27] "Javali Trwyth". [N. T.]

"Embora consigas isso, há algo que não conseguirás. Twrch Trwyth não pode ser caçado até que se obtenha Drudwyn, o filhote de Graid, filho de Eri."

"Conseguir isso é bem fácil para mim, embora não te pareça."

"Embora consigas isso, há algo que não conseguirás. Não há correia no mundo que possa prendê-lo, exceto a correia de Cors Cant Ewin."

"Conseguir isso é bem fácil para mim, embora não te pareça."

"Embora consigas isso, há algo que não conseguirás. Não há coleira no mundo que possa segurar aguentar essa correia, exceto a coleira de Canhastyr Can Llaw."

"Conseguir isso é bem fácil para mim, embora não te pareça."

"Embora consigas isso, há algo que não conseguirás. A corrente de Cilydd Canhastyr para segurar a coleira junto com a correia."

"Conseguir isso é bem fácil para mim, embora não te pareça."

"Embora consigas isso, há algo que não conseguirás. Não há caçador no mundo que possa caçar com aquele cachorro, exceto Mabon, filho de Modron, que foi levado de sua mãe quando tinha apenas três noites. Ninguém sabe onde ele está, nem em que estado está, se está vivo ou morto."

"Conseguir isso é bem fácil para mim, embora não te pareça."

"Embora consigas isso, há algo que não conseguirás. Gwyn Myngddwn,[28] o corcel de Gweddw. Ele é tão rápido quanto uma onda e com ele Mabon poderá caçar Twrch Trwyth. Ele não te dará de bom grado, nem poderás forçá-lo."

"Conseguir isso é bem fácil para mim, embora não te pareça."

---

[28] "Juba escura embranquecida". [N. T.]

"Embora consigas isso, há algo que não conseguirás. Como ninguém sabe onde ele está, Mabon não será encontrado nunca até que se encontre primeiro Eidoel, filho de Aer, seu parente, já que será incansável em sua busca, pois é seu primo direto."

"Conseguir isso é bem fácil para mim, embora não te pareça."

"Embora consigas isso, há algo que não conseguirás. Garselyd Wyddel, ele é o caçador-chefe da Irlanda. Twrch Trwyth nunca será capturado sem ele."

"Conseguir isso é bem fácil para mim, embora não te pareça."

"Embora consigas isso, há algo que não conseguirás. Uma correia feita da barba de Dillus Farfog,[29] pois nada segurará aqueles dois filhotes além disso. E será inútil a menos que seja retirado de sua barba enquanto ele ainda estiver vivo, arrancado com pinças de madeira. Ele não permitirá que ninguém faça isso com ele enquanto estiver vivo. E será inútil se ele for morto, pois ficará quebradiça."

"Conseguir isso é bem fácil para mim, embora não te pareça."

"Embora consigas isso, há algo que não conseguirás. Não há caçador no mundo que possa segurar esses dois filhotes, exceto Cynedyr Wyllt, filho de Hetwn Glafyriog.[30] Ele é nove vezes mais selvagem do que a fera mais selvagem da montanha. Nunca o pegará para si, tampouco minha filha."

"Conseguir isso é bem fácil para mim, embora não te pareça."

"Embora consigas isso, há algo que não conseguirás. Twrch Trwyth não será caçado até que Gwyn, filho de Nudd, seja encontrado. Mas Deus colocou o espírito dos demônios de Annwfn nele, para evitar a destruição do mundo e não o libertaram de lá."

---

[29] "Dillus Barbudo". [N. T.]
[30] "Cynedyr Selvagem, filho de Hetwn, o Leproso". [N. T.]

"Conseguir isso é bem fácil para mim, embora não te pareça."

"Embora consigas isso, há algo que não conseguirás. Nenhum corcel será útil para Gwyn na caça de Twrch Trwyth, exceto Du,[31] o corcel de Moro Oerfeddog."

"Conseguir isso é bem fácil para mim, embora não te pareça."

"Embora consigas isso, há algo que não conseguirás. Até que venha Gwilenhin,[32] rei da França, Trwyth nunca poderá ser caçado. Seria inapropriado que ele deixe seu reino e ele nunca viria até aqui."

"Conseguir isso é bem fácil para mim, embora não te pareça."

"Embora consigas isso, há algo que não conseguirás. Twrch Trwyth nunca será capturado sem o filho de Alun Dyfed. Ele é um bom libertador."

"Conseguir isso é bem fácil para mim, embora não te pareça."

"Embora consigas isso, há algo que não conseguirás. Twrch Trwyth nunca será capturado sem Aned e Aethlem.[33] Eles são tão rápidos quanto uma rajada de vento; e nunca foram soltos atrás de uma fera que eles não mataram."

"Conseguir isso é bem fácil para mim, embora não te pareça."

"Embora consigas isso, há algo que não conseguirás. Artur e seus caçadores para ir atrás de Twrch Trwyth. Ele é um homem poderoso e não vai te acompanhar, nem poderás obrigá-lo. A razão é porque ele está sob meu comando."

"Conseguir isso é bem fácil para mim, embora não te pareça."

"Embora consigas isso, há algo que não conseguirás. Twrch Trwyth nunca será capturado sem Bwlch, Cyfwlch e Syfwlch, filhos de Cilydd Cyfwlch, netos de Cleddyf Difwlch.

---

[31] "Negro". [N. T.]
[32] Referência a Guilherme, o Conquistador. [N. T.]
[33] No caso, dois cães de caça. [N. T.]

"Três lustrosos e luzentes seus três escudos;

"Três lacerantes e lesadoras suas três lanças;

"Três penetrantes e perfurantes suas três espadas;

"Glas, Glesig, Gleisiad seus três cães de caça;

"Call, Cuall, Cafall, seus três corcéis;

"Hwyr Ddyddwg, Drwg Ddyddwg e Llwyr Ddyddwg, suas três esposas;

"Och, Garym e Diasbad, suas três bruxas;

"Lluched, Neued e Eisiwed, suas três filhas;

"Drwg, Gwaeth e Gwaethaf Oll, suas três servas.

"Esses três homens tocam suas trompas, e todos os outros vêm gritar até que ninguém se importe se o céu caiu sobre a terra."

"Conseguir isso é bem fácil para mim, embora não te pareça."

"Embora consigas isso, há algo que não conseguirás. A espada de Wrnach Gawr.[34] Ele só pode ser morto com ela, mas ele nunca a entregará a ninguém, seja por dinheiro ou como um presente; nem poderás forçá-lo."

"Conseguir isso é bem fácil para mim, embora não te pareça."

"Embora consigas isso, há algo que não conseguirás. Ao buscar tudo isso, sem descanso à noite, terás insônia, e desta forma não as conseguirás, tampouco minha filha."

"Obterei cavalos e cavaleiros. Artur, meu senhor e parente, vai me dar todas essas coisas. E eu conseguirei tua filha e tu perderás a vida."

"Siga teu caminho agora! Pois não serás responsável pela comida ou roupas de minha filha. Busque estas coisas e quando as conseguir, ganharás a mão de minha filha."

Eles viajaram naquele dia até o anoitecer e até que enxergaram uma fortaleza de pedra e argamassa, a maior do mundo. Eis que viram saindo da fortaleza um homem de cabelos negros, maior do que três homens deste mundo.

Disseram a ele:

---

[34] "Wrnach Gigante". [N. T.]

"De onde vens, senhor?"

"Da fortaleza, a qual podem ver ver ali."

"De quem é essa fortaleza?"

"Homens estúpidos! Não há ninguém no mundo que não saiba quem é o dono desta fortaleza. Ela pertence ao gigante Wrnach Gawr."

"Que costumes existem com relação aos hóspedes e viajantes que chegam a esta fortaleza?"

"Ah, senhor, que Deus os proteja! Nenhum visitante jamais saiu de lá com vida. Ninguém é permitido dentro exceto aquele que ofereça um ofício."

Eles seguiram para o portão, e Gwrhyr Gwalstawd Ieithoedd disse:

"Existe um guardião do portão?"

"Sim. E que percas tua cabeça por ter perguntado."

"Abre o portão."

"Não abrirei."

"Por que não abrirás?"

"A faca está na comida, a bebida nos chifres e uma multidão no salão de Wrnach. O portão só abrirá esta noite para um artesão que venha com seu ofício."

Cai disse:

"Guardião do portão, eu tenho um ofício."

"Qual ofício?"

"Eu sou o melhor cuteleiro de espadas do mundo."

"Vou dizer isso a Wrnach Gawr e te trarei uma resposta."

O guardião do portão entrou e Wrnach Gawr disse:

"Alguma notícia do portão?"

"Sim. Há um bando de homens na entrada do portão e eles querem entrar."

"Perguntaste se eles tinham um ofício?"

"Sim. E um deles disse que sabia polir espadas."

"Ele me seria necessário. Por algum tempo eu tenho buscado alguém que possa polir minha arma e nunca encontro. Que ele entre, já que tem um ofício."

O guardião do portão veio, abriu o portão, e Cai entrou sozinho. Ele saudou Wrnach Gawr e um assento foi colocado para ele.

Wrnach disse:

"Bem, senhor, é verdade o que dizem de ti, que és capaz de polir espadas?"

"Sim."

Trouxeram-lhe a espada e Cai apoiou uma pedra de amolar em seu braço.

"O que preferes? Lâmina embranquecida ou azul escura?"

"Faz como preferir, como se fosse tua."

Cai limpou metade da lâmina e a colocou em sua mão.

"É do teu agrado?"

"Me agradaria mais se todas as outras coisas em minha terra fossem assim. É uma vergonha que um homem tão bom quanto tu não tenha companheiro."

"Mas senhor, eu tenho sim um companheiro, embora não pratique este ofício."

"Quem é?"

"Deixe o guardião do portão sair e descreverei seus sinais característicos para ele. A ponta de sua lança se afasta de sua haste, tira sangue do vento e pousa na haste novamente."

O portão foi aberto e Bedwyr entrou. Cai disse:

"Bedwyr é habilidoso, embora não pratique deste ofício."

Mas houve uma grande discussão entre aqueles homens do lado de fora, pois Cai e Bedwyr haviam entrado. Um jovem rapaz também entrou com eles, o filho único de Custennin, o pastor. Ele e seus companheiros, que se mantiveram próximos a ele, cruzaram as três muralhas como se não fossem nada, até entrarem no forte. Eles então falaram sobre o filho de Custennin: "Ele é o melhor dos homens." A partir de então passou a ser chamado de Gorau, filho de Custennin.[35] Cada um deles se retirou para seus aposentos, pois não queriam que o gigante soubesse que eles o matariam. O polimento da espada foi concluído e Cai a colocou nas mãos de Wrnach Gawr, como se para ver se o trabalho o agradava.

---

[35] "O Melhor, filho de Custennin". [N. T.]

O gigante disse:

"O trabalho é bom e estou satisfeito."

Cai respondeu:

"Tua bainha danificou a espada. Dá-me para remover as peças laterais de madeira e deixa-me fazer novas para ela."

Ele pega a bainha dele tendo a espada na outra mão e monta sobre o gigante como se fosse colocar a espada em sua bainha, mas a enfia na cabeça do gigante e arranca sua cabeça com um golpe. Em seguida saqueiam a fortaleza e levam todo o tesouro que desejam. Um ano depois daquele dia, eles voltaram à corte de Artur, e com eles a espada de Wrnach Gawr.

Contaram a Artur o que havia acontecido com eles e Artur disse:

"Qual dessas maravilhas é melhor procurar primeiro?"

"É melhor", eles responderam, "procurar Mabon, filho de Modron, mas ele não pode ser encontrado até que primeiro encontremos Eidoel, filho de Aer, seu parente."

Artur levantou-se, e com ele os guerreiros da Ilha da Bretanha para procurar Eidoel. Chegaram até a muralha externa da fortaleza de Gliwi, onde Eidoel estava preso. Gliwi ficou no topo da fortaleza e disse:

"Artur, o que desejas de mim, já que não vais me deixar em paz neste rochedo? Nada de bom me acomete aqui e nenhum prazer. Já não tenho trigo nem aveia sem que tu me venhas fazer mal."

Artur respondeu:

"Eu não vim aqui para te fazer mal, mas para procurar o prisioneiro que guardas."

"Eu te darei o prisioneiro, embora eu não tivesse a intenção de entregá-lo a ninguém. Além disso, ganharás minha ajuda e amparo."

Os guerreiros de Artur disseram a ele:

"Senhor, vai para casa. Não deves vir com tua hoste buscar coisas tão triviais como essas."

Artur disse:

"Gwrhyr Gwalstawd Ieithoedd, é teu direito seguir nessa missão, pois conheces todas as línguas e podes falar a mesma língua de alguns pássaros e das feras. Eidoel, também deves seguir e buscá-lo junto de meus homens, afinal, ele é teu primo direto. Cai e Bedwyr, espero que cumprais a missão que estais a empreender. Continuai esta jornada em meu nome."

Eles viajaram até chegarem ao Melro de Cilgwri. Gwrhyr o perguntou:

"Pelo amor de Deus, sabes de algo sobre Mabon, filho de Modron, o qual foi levado de sua mãe quando tinha apenas três noites de vida?"

O Melro disse:

"Quando eu era um pássaro jovem e aqui cheguei pela primeira vez, havia aqui uma bigorna de ferreiro. Nenhum trabalho foi feito nela além de meu bico todas as noites, mas hoje não resta dela nada mais que uma noz de tão gasta. Que me caia a vingança de Deus por eu nunca ter escutado sobre esse homem de que me perguntas. No entanto, eu farei o que for certo e apropriado para os mensageiros de Artur. Tem um tipo de animal que Deus deu forma antes de mim. Eu os conduzirei até ele."

Seguiram até onde estava o Cervo de Rhedynfre.

"Cervo de Rhedynfre, nós, mensageiros de Artur, viemos diante de ti, pois não conhecemos nenhum animal mais velho do que tu. Dize-nos, sabe algo de Mabon, filho de Modron, que foi levado de sua mãe quando tinha apenas três noites de idade?"

O Cervo disse:

"Quando cheguei aqui pela primeira vez, havia apenas um chifre em cada lado de minha cabeça, e não havia árvores aqui, exceto por uma pequena muda de carvalho, que cresceu até se tornar uma árvore com cem ramos, mas o carvalho murchou depois disso, e hoje nada resta dele a não ser um toco vermelho. Desde então estou aqui, mas não ouvi nada sobre aquele de que me perguntas. No entanto, uma vez que sois os mensageiros de Artur, eu vos guiarei até onde habita um animal que Deus moldou antes de mim."

Seguiram então até onde vivia a Coruja de Cwm Cawlwyd.

"Coruja de Cwm Cawlwyd, aqui estão os mensageiros de Artur. Sabe algo sobre Mabon, filho de Modron, que foi levado de sua mãe quando tinha apenas três noites de idade?"

"Se soubesse de algo, eu diria. Quando cheguei aqui pela primeira vez, o grande vale que vedes era um vale arborizado, no qual alguns homens se instalaram e que destruíram. No entanto, um segundo bosque cresceu nele, e este já é o terceiro. E, quanto a mim, minhas asas estão atrofiadas. Daquele dia até hoje, não soube nada sobre o homem de que me perguntas. No entanto, serei teu guia até encontrares o animal mais antigo deste mundo, e aquele que mais vagou, a Águia de Gwernabwy."

Gwrhyr disse:

"Águia de Gwernabwy, nós, mensageiros de Artur, viemos diante de ti para perguntar se sabes algo sobre Mabon, filho de Modron, que foi levado de sua mãe quando tinha apenas três noites de idade"

A Águia respondeu:

"Venho aqui há muito tempo e, quando cheguei aqui pela primeira vez, havia uma pedra de cujo topo bicava as estrelas todas as noites. Agora esta pedra não tem nem um palmo de altura. Daquele dia em diante eu estou aqui e nada soube do homem de que me perguntas. Mas uma vez fui buscar minha comida em Llyn Lliw,[36] e, quando cheguei lá, cravei minhas garras em um salmão, pensando que ele me serviria de comida por muito tempo, mas ele me puxou para o fundo, de modo que foi com dificuldade que consegui me afastar dele. Eis o que eu fiz, junto com todos os meus parentes, marchamos para tentar destruí-lo. Mas ele enviou mensageiros de sua parte, com o intento de se reconciliar comigo e também para vir até mim para que eu arrancasse cinquenta arpões de suas costas. Se ele nada souber da pessoa que procuram, eu não sei de ninguém mais que poderia saber. Eu os guiarei até onde ele habita."

---

[36] "Lago Claro". [N. T.]

Seguiram até sua habitação. A Águia, então, disse:

"Salmão de Llyn Lliw, venho diante de ti com os mensageiros de Artur para te perguntar se sabes alguma coisa sobre Mabon, filho de Modron, que foi levado de sua mãe quando tinha apenas três noites de idade."

"Do pouco que sei, eu direi. Em toda maré alta eu viajo rio acima até chegar à curva da muralha de Caerloyw; nunca antes em minha vida eu encontrei tanta maldade quanto a que existe lá. E para que acreditem em mim, deixai que um de vós venha comigo em minhas barbatanas."

Os que subiram nas barbatanas do salmão foram Cai e Gwrhyr Gwalstawd Ieithoedd. E eles viajaram até que chegaram ao outro lado do muro do prisioneiro, onde ouviram lamentações e gemidos.

Gwrhyr disse:

"Quem se lamenta nesta casa de pedra?"

"Ai, senhor, aquele que aqui está tem razão para se lamuriar. É Mabon, filho de Modron, que está preso aqui, e ninguém foi tão dolorosamente confinado em uma prisão como eu, nem Lludd Llaw Eraint, nem Graid, filho de Eri."

"Tens alguma esperança de ser libertado, seja por ouro, prata, posses ou por meio da batalha e combate?"

"Tudo que conseguirem de mim será por meio do combate."

Eles voltaram de lá e vieram para onde Artur estava. Relataram onde Mabon, filho de Modron, estava preso. Artur convocou os guerreiros desta ilha e marcharam para Caerloyw, onde Mabon estava preso. Cai e Bedwyr foram nos barbatanas dos peixes. Enquanto os guerreiros de Artur atacavam a fortaleza, Cai abriu uma fenda no muro, colocou o prisioneiro nas costas e lutou contra os homens como antes. Artur voltou para casa com ele, Mabon, um homem livre.

Artur disse:

"Qual dessas maravilhas é melhor buscarmos primeiro?"

"É melhor procurar os dois filhotes da cadela Rhymhi."

"Alguém sabe", indagou Artur, "onde ela está?"

"Ela se encontra em Aber Daugleddyf", respondeu alguém.

Artur seguiu para a casa de Tringad em Aber Cleddyf e lhe perguntou:

"Já ouviu falar de Rhymhi aqui? Em que forma ela se encontra?"

"Na forma de uma loba", comentou ele, "e ela anda por aí com seus dois filhotes. Com frequência ela mata meu rebanho e se encontra logo ali abaixo de Aber Cleddyf, em uma caverna."

O que Artur fez foi seguir por mar em Prydwen, seu barco, enquanto outros seguiam por terra para caçar a cadela, e assim cercá-la com seus dois filhotes. E Deus a transformou de volta em sua própria forma para Artur. E assim sua hoste se dispersou, um a um, dois a dois.

Até que um dia, enquanto Gwythyr, filho de Greidol, seguia pelas montanhas, ele escutou um choro e gemidos tão assombrosos que era terrível escutá-los. Ele avançou nessa direção e, ao chegar lá, desembainhou a espada e cortou o formigueiro na base do solo, salvando as formigas do fogo.

E elas lhe disseram:

"Leva contigo a bênção de Deus e a nossa, e aquela que nenhum homem pode conseguir, nós iremos e conquistaremos para ti."

Em seguida, elas mesmas trouxeram os nove fangas de semente de linho que Ysbaddaden Bencawr exigira de Culhwch, na medida certa, sem que faltasse uma única semente de linho, pois a formiga manca as trouxe antes do anoitecer.

Enquanto Cai e Bedwyr estavam sentados no topo de Pumlumon em Garn Gwylathr, no vento mais forte do mundo, eles olharam ao redor e puderam ver muita fumaça ao sul, longe deles e sem se mover com o vento.

E então Cai disse:

"Pela mão do meu amigo, olha ali: o fogo de um guerreiro."

Eles seguiram rapidamente em direção à fumaça e se aproximaram do local, observando de longe, enquanto Dillus Farfog assava um javali. Ele, sem dúvida, foi o maior guerreiro que já fugiu de Artur.

Em seguida, Bedwyr indagou Cai:

"O conheces?"

"Sim", respondeu Cai. "Aquele é Dillus Farfog. Não há correia no mundo que possa prender Drudwyn, o filhote de Graid, filho de Eri, exceto correia feita com a barba do homem que vês ali. E também será inútil, a menos que a correia seja arrancada com pinças de madeira de sua barba enquanto ele ainda está vivo, pois do contrário ficará quebradiça caso ele morra."

"O que faremos a respeito disso?", perguntou Bedwyr.

"Vamos deixá-lo", disse Cai, "para que se sacie de carne, porque depois disso ele adormecerá."

Enquanto Dillus fazia exatamente isso, eles produziram pinças de madeira. Quando Cai teve certeza de que ele estava dormindo, cavou um buraco sob seus pés, o maior do mundo, e deu-lhe um golpe poderoso, pressionando-o para baixo na cova até arrancarem sua barba completamente com a pinça de madeira. Logo em seguida, eles o mataram e de lá ambos seguiram para Celliwig, na Cornualha, levando consigo a correia feita da barba de Dillus Farfog, a qual Cai entregou a Artur. Então Artur cantou este *englyn*:

> *"Uma correia foi feita por Cai.*
> *Da barba de Dillus, filho de Efrai.*
> *Se vivo fosses, tu morto estarias sem mais."*

Por conta disso Cai ficou chateado, de tal modo que os guerreiros desta ilha encontraram dificuldade em reconciliá-lo com Artur. Inclusive, dali para frente, nem a desgraça que caiu sobre Artur e nem a matança de seus homens fez com que Cai se preocupasse com ele nos momentos de necessidade.

Então Artur disse:

"Qual dessas maravilhas é melhor buscarmos agora?"

"É melhor procurar Drudwyn, o filhote de Graid, filho de Eri."

Um tempo atrás, Creiddylad, filha de Llud Law Eraint, escapou com Gwythyr, filho de Greidol, mas, antes que pudesse dormir com ela, Gwyn, filho de Nudd, apareceu e a tomou à força. Gwythyr, filho de Greidol, reuniu um exército e foi lutar contra Gwyn, filho de Nudd, mas Gwyn triunfou e capturou Graid, filho de Eri, Glinneu, filho de Taran, bem como Gwrgwst Ledlwm e Dyf-narth, seu filho. Ele também capturou Pen, filho de Nethog, Nwython, Cyledyr Wyllt, seu filho, e matou Nwython, arrancou seu coração e forçou Cyledyr a comer o coração de seu pai. E por conta disso Cyledyr enlouqueceu. Artur soube disso, veio para o Norte, convocou Gwyn, filho de Nudd, libertou seus nobres de sua prisão e fez as pazes entre Gwyn, filho de Nudd, e Gwythyr, filho de Greidol. Este foi o acordo feito: a donzela deveria ser deixada na casa de seu pai, intocada por qualquer uma das partes, e Gwyn e Gwythyr deveriam se enfrentar todo dia primeiro de maio para todo o sempre daquele dia em diante até o Juízo Final, e aquele que triunfar ficaria com a donzela.

Depois de reconciliar aqueles nobres, Artur conseguiu Myngddwn, o corcel de Gweddw e a correia de Cors Cant Ewin.

Em seguida Artur foi para a Bretanha junto com Mabon, filho de Mellt e Gware Gwallt Euryn para procurar os dois cães de Glythfyr Ledewig. Depois de capturá-los, Artur seguiu com Odgar, filho de Aedd, rei da Irlanda, para o oeste dessa ilha em busca de Gwrgi Seferi. De lá Artur foi para o Norte, capturou Cyledyr Wyllt e foi atrás de Ysgithrwyn Pen Baedd. Mabon, filho de Mellt, levava consigo os dois cães de Glythfyr Ledewig e Drudwyn, o filhote de Graid, filho de Eri. O próprio Artur se encarregou da perseguição levando Cafall, seu cachorro. Caw de Prydyn montou Llamrei,[37] a égua de Artur, e manteve o javali à distância. Então Caw de Prydyn empunhou uma machadinha e, com vigor feroz, atacou o javali, partindo sua cabeça em duas. E assim ele obteve sua presa. Não foram os cães que Ysbaddaden exigiu de Culhwch que mataram o javali, mas Cafall, o próprio cão de Artur.

---

[37] "Trotadora". [N. T.]

E depois de matar Ysgithrwyn Pen Baedd, Artur e sua comitiva seguiram para Celliwig, na Cornualha. De lá ele enviou Menw, filho de Teirgwaedd, para ver se os tesouros estavam entre as orelhas de Twrch Trwyth, pois seria inútil lutar com ele a menos que ele os tivesse. Era certo, porém, que ele estava lá: já havia desolado um terço da Irlanda. Menw foi procurá-los e os encontrou em Esgair Oerfel, na Irlanda. Ele se transformou em um pássaro, se acomodou sobre seu esconderijo e tentou tomar um dos seus tesouros. Mas ele nada conseguiu além de uma de suas cerdas. O javali levantou em fúria e se sacudiu para que um pouco do veneno o pegasse, e desde então Menw nunca deixou de sentir dor.

Em seguida Artur enviou um mensageiro a Odgar, filho de Aedd, rei da Irlanda, para pedir o caldeirão de Diwrnach Wyddel, um de seus administradores. Odgar pediu que o entregasse, e Diwrnach disse:

"Deus sabe, mesmo se ele fosse o melhor para se conseguir apenas uma olhada, eu não o daria."

E o mensageiro de Artur veio com um "não" da Irlanda.

Artur partiu então com uma pequena tropa e navegou em seu navio Prydwen até chegar na Irlanda, marchando até a casa de Diwrnach Wyddel. O séquito de Odgar notou seu tamanho e, depois de comer e se fartar, Artur pediu o caldeirão. Diwrnach disse que se ele fosse dar a alguém, o teria dado ao pedido do rei Odgar da Irlanda. Tendo ouvido um "não", Bedwyr se levantou, pegou o caldeirão e colocou-o nas costas de Hygwydd, o servo de Artur (ele era irmão da mesma mãe de Cacamwri, outro de seus servos). Seu dever era sempre carregar o caldeirão de Artur e acender o fogo sob ele. Llenlleog Wyddel agarrou Caledfwlch, o girou no ar e matou Diwrnach Wyddel junto de todo o seu séquito. Logo depois as hostes da Irlanda surgiram para lutar contra eles. E quando todas as hostes se dispersaram, Artur e seus homens embarcaram no barco diante deles com o caldeirão repleto de tesouros irlandeses. Eles atracaram na casa de Llwydeu, filho de Cilcoed, em Porth Cerddin, Dyfed. E Mesur y Pair lá estava.

Então Artur reuniu todos os guerreiros nas Três Ilhas da Bretanha e suas Três Ilhas Adjacentes e na França, Bretanha, Normandia, a Terra do Verão, bem como todos os cães de caça e corcéis famosos. Ele foi com todas aquelas hostes para a Irlanda, e havia muito medo e pânico por sua causa. E quando Artur desembarcou, os santos da Irlanda vieram até ele para pedir proteção. Artur os deu proteção, e eles lhe deram sua bênção. Os homens da Irlanda foram então até Artur e lhe entregaram um tributo em comida. Em seguida Artur marchou até Esgair Oerfel, onde Twrch Trwyth habitava com suas sete crias. Cães de caça foram soltos em todas as direções, e naquele dia os irlandeses o enfrentaram até o anoitecer. Apesar disso, ele devastou um quinto da Irlanda, e no dia seguinte a comitiva de Artur enfrentou Twrch Trwyth; e ele os trouxe apenas ferimentos. No terceiro dia, o próprio Artur lutou e o enfrentou durante nove noites e nove dias. Mas apenas conseguiu matar uma de suas pequenas crias. Os homens perguntaram a Artur qual era a história daquele porco e ele disse:

"Ele foi um rei anteriormente, e por seus pecados Deus o transformou em um suíno."

Artur enviou Gwrhyr Gwalstawd Ieithoedd para tentar então falar com Twrch Trwyth. Gwrhyr assumiu a forma de um pássaro e instalou-se sobre a toca do javali e de suas sete crias.

Então Gwrhyr Gwalstawd Ieithoedd o perguntou:

"Pelo bem daquele que o colocou nesta forma, se consegues falar, estou pedindo a um de vocês para vir ter com Artur."

Grugyn Gwrych Eraint respondeu; todas as suas cerdas eram como asas de prata e podia-se ver o caminho que ele percorreu na floresta e nos campos pela maneira como suas cerdas cintilavam. Esta é a resposta que Grugyn deu:

"Por aquele que nos colocou nesta forma, não faremos e não diremos nada para ajudar Artur. Deus nos desgraçou o suficiente em nos colocar nesta forma sem precisar que lutem também conosco."

"Eu te digo que Artur lutará pelo pente, pela navalha e pela tesoura que estão entre as orelhas de Twrch Trwyth."

Grugyn respondeu:

"Enquanto a vida dele prevalecer, não conseguireis estes tesouros. Amanhã cedo partiremos daqui e iremos para a terra de Artur e lá causaremos a maior destruição possível."

Eles zarparam em direção a Gales, e Artur, seus homens, seus corcéis e seus cães chegaram até Prydwen. Lá eles tiveram um pequeno vislumbre de Twrch Trwyth e de suas crias. Twrch Trwyth aportou em Porth Clais, em Dyfed. Naquela noite, Artur chegou em Mynyw. No dia seguinte, o informaram que Twrch Trwyth havia passado por ali e ele o alcançou enquanto matava o gado de Cynwas Cwryfagyl, depois de ter matado todos os homens e animais que havia em Daugleddyf antes da chegada de Artur. Assim que Artur chegou, Twrch Trwyth partiu de lá para Preseli. Artur e os exércitos desse mundo o seguiram. Ele enviou seus homens para a caça — Eli, Trachymyr e Drudwyn, o filhote de Graid, filho de Eri —, enquanto Gwarthegydd, filho de Caw, seguia por outro flanco conduzindo os dois cães de Glythfyr Ledewig e Bedwyr guiava Cafall, o cachorro de Artur. Artur organizou todos os guerreiros nas duas margens do Nyfer. Chegaram então os três filhos de Cleddyf Difwlch, homens que receberam grandes elogios ao matar Ysgithrwyn Pen Baedd. Então Twrch Trwyth partiu de Glyn Nyfer, rumando para Cwm Cerwyn, e lá permaneceu. Lá ele matou quatro dos campeões de Artur: Gwarthegydd, filho de Caw, Tarog Allt Clwyd, Rheiddwn, filho de Eli Adfer, e Isgofan Hael. Depois de matar aqueles homens, ele se deteve uma segunda vez no mesmo lugar e matou Gwydre, filho de Artur, Garselyd Wyddel, Glew, filho de Ysgod, e Isgawyn, filho de Panon. E ele próprio foi também ferido.

No dia seguinte, de manhã cedo, alguns dos homens alcançaram Twrch Trwyth com suas crias e Twrch Trwyth matou Huandaw, Gogigwr e Penpingion, os três servos de Glewlwyd Gafaelfawr, para que Deus soubesse que não lhe restou nenhum servo no mundo, exceto o próprio

Llaesgymyn, um homem que não servia para ninguém. Ele também matou muitos homens do reino e Gwlyddyn Saer, o mestre de ofícios de Artur. Artur enfim o alcançou em Peuliniog e lá Twrch Trwyth matou Madog, filho de Teithion, Gwyn, filho de Tringad, filho de Neued, e Eiriawn Pennlloran. Ele seguiu então para Aber Tywi: lá ele se deteve e matou Cynlas, filho de Cynan, e Gwilenhin, rei da França. Em seguida partiu para Glyn Ystun, onde os homens e cães o perderam.

Artur convocou Gwyn, filho de Nudd, e perguntou se ele sabia alguma coisa sobre Twrch Trwyth. Ele disse que nada sabia e com isso, todos os caçadores foram caçar os porcos, até Dyffryn Llychwr. Grugyn Gwallt Eraint e Llwydog Gofyniad avançaram contra eles e mataram os caçadores para que nenhum deles escapasse com vida, com exceção de um homem. Artur levou seus homens para onde Grugyn e Llwydog estavam, e soltou sobre eles todos os cães anteriormente nomeados. E por conta da balbúrdia e latidos que resultaram disso, Twrch Trwyth veio e defendeu seus porcos. Afinal, ele não os via desde o momento em que cruzaram o mar da Irlanda. Então Twrch Trwyth foi atacado por homens e cães, e tentou escapar seguindo para Mynydd Amanw, onde um de seus porcos foi morto. Eles o envolveram em um combate mortal e ali também abateram Twrch Llawin. Em seguida outro de seus porcos foi morto, Gwys era seu nome. E de lá ele seguiu para Dyffryn Amanw, onde Banw e Benwig foram mortos. Dos seus porcos os únicos a sobreviverem foi Grugyn Gwallt Eraint e Llwydog Gofyniad.

Seguiram então para Llwch Ewin, onde Artur alcançou Twrch Trwyth. Ele por lá se deteve e matou Echel Forddwyd Twll e Arwyli, filho de Gwyddog Gwyr, além de muitos homens e cães. De lá, partiram para Llwch Tawy. Grugyn Gwrych Eraint então se separou deles e foi para Din Tywi. De lá foi para Ceredigion, seguido por Eli e Trachmyr, bem como uma multidão atrás. Ele continuou até Garth Grugyn e foi lá que Grugyn foi morto no meio deles, mas não antes de

matar Rhyddfyw Rhys e muitos outros. Então Llwydog foi para Ystrad Yw e foi lá que os homens da Bretanha o encontraram. Ele matou Hir Peisog o rei da Bretanha, Llygadrudd Emys e Gwrfoddw, tios de Artur, irmãos de sua mãe. Em seguida o próprio Llwydog foi morto.

Twrch Trwyth então passou entre os rios Tawy e Ewias. Artur convocou toda a Cornualha e Devon para encontrá-lo em Aber Hafren e lá disse aos homens desta ilha:

"Twrch Trwyth matou muitos dos meus homens. Pela valentia dos homens, ele não irá para a Cornualha enquanto eu viver. Eu não mais o perseguirei, mas o enfrentarei em um combate até a morte. Fazei o que desejardes."

Isto foi o que aconteceu por conta deste seu conselho: enviaram um grupo de cavaleiros junto com os cães de caça da Ilha até Ewias, de lá retornaram para o Hafren e o emboscaram com todos os soldados experientes desta ilha, o empurrando à força até o Hafren. Mabon, filho de Modron, foi com Artur até o Hafren montado em Gwyn Myngddwn, enquanto Gorau, filho de Custennin, e Menw, filho de Teirgwaedd, passavam entre Llyn Lliwan e Aber Gwy. Artur caiu então sobre Twrch Trwyth, junto com os guerreiros de Prydain: Osla Gyllellfawr se aproximou enquanto Manawydan, filho de Llŷr, Cacamwri, o servo de Artur, e Gwyngelli o cercaram. Eles o agarraram primeiro pelos pés e o empurraram no Hafren até que ele ficasse imerso no rio. Em seguida, Mabon, filho de Modron, esporeou seu cavalo de um lado e pegou a navalha dele, enquanto do outro lado Cyledyr Wyllt correu para o Hafren em outro cavalo e pegou a tesoura dele. Antes que pudessem remover o pente, ele firmou seus pés no chão e, a partir do momento em que encontrou terra firme, nem o cão, nem o homem, nem o corcel puderam acompanhá-lo até que alcançasse a Cornualha. Por pior que fosse tentar conseguir aqueles tesouros dele, pior era tentar salvar os dois homens do afogamento. Quando Cacamwri foi puxado para cima, duas pedras de moinho o puxaram de volta para as profundezas. E enquanto corria atrás do javali, a faca de Osla Gyllellfawr caiu de sua bainha e se perdeu. Por isso sua bainha ficou cheia de água e conforme ele era puxado para cima, ele era puxado de volta para as profundezas.

Artur seguiu com seus homens até alcançar Twrch Trwyth, na Cornualha. E todas as atribulações causadas a eles antes eram mera brincadeira em comparação com o que eles sofreram ao procurar o pente. Mas depois de uma dificuldade atrás da outra, o pente foi conquistado. Em seguida o javali foi expulso da Cornualha e levado diretamente para o mar. Desde então não se soube para onde ele, Aned e Aethlem foram. Afinal, Artur seguiu para Celliwig, na Cornualha, para se banhar e se livrar do cansaço.

Artur disse:

"Existe alguma das maravilhas que ainda não obtivemos?"

Um dos homens respondeu:

"Sim, o sangue da Bruxa Muito Negra, filha da Bruxa Muito Branca de Pennant Gofid nas terras altas do inferno."

Artur partiu para o norte e chegou onde se encontrava a caverna da bruxa. Gwyn, filho de Nudd, e Gwythyr, filho de Greidol, aconselharam enviar Cacamwri e Hygwydd, seu irmão, para lutarem contra a bruxa. Quando eles entraram na caverna, a bruxa os atacou, agarrou Hygwydd pelos cabelos e o jogou no piso abaixo dela. Cacamwri agarrou-a pelos cabelos e a separou de Hygwydd em direção ao chão. Ela se virou para Cacamwri e golpeou os dois e os desarmou. Eles então saíram gritando e se esgoelando. Artur se aborreceu ao ver seus dois servos quase mortos e correu para a caverna. Então Gwyn e Gwythyr disseram a ele:

"Não é adequado e não nos agrada ver-te lutando com uma bruxa. Deixa que Hir Amren e Hir Eiddil entrem na caverna."

E assim o fizeram. Mas se os dois primeiros tiveram dificuldades, muito pior foi para os outros dois, de tal modo que Deus sabe como qualquer um dos quatro poderia ter deixado o local não fosse pela forma como todos foram colocados sobre Llamrei, a égua de Artur. Então Artur correu para a entrada da caverna, mirou na bruxa com

Carnwennan, sua faca, e a golpeou bem no meio, fazendo com que ela parecesse duas vasilhas. Caw de Prydyn coletou o sangue da bruxa e o manteve com ele.

Culhwch então partiu com Gorau, filho de Custennin, e aqueles que desejavam mal a Ysbaddaden Bencawr, levando com eles as maravilhas para a corte. Caw de Prydyn raspou a barba de Ysbaddaden, mas também a carne e a pele até os ossos, além de ambas as orelhas completamente.

Culhwch disse:

"Estás barbeado, senhor?"

"Sim", respondeu ele.

"Tua filha é minha agora?"

"Sim", respondeu ele. "E não precisa me agradecer por isso, mas sim a Artur, o homem que providenciou tudo isso para ti. Se fosse por mim, nunca conseguiria. Agora é a hora de pôr um fim em minha vida."

Então Gorau, filho de Custennin, o agarrou pelos cabelos e o arrastou até o monte. Cortou sua cabeça e a enfiou em uma estaca na muralha. E também tomou posse de sua fortaleza e de suas terras.

Naquela noite, Culhwch dormiu com Olwen, a qual foi sua única esposa até o fim de seus dias. Os homens de Artur se dispersaram, cada um para sua terra. E foi assim que Culhwch conquistou Olwen, filha de Ysbaddaden Bencawr.

O Sonho de Rhonabwy

Madog, filho de Maredudd, governava Powys[1] de um canto a outro, ou seja, de Porffordd até Gwafan nas terras altas de Arwystli. E naquela época ele tinha um irmão chamado Iorwerth, filho de Maredudd, que não tinha a mesma posição que ele.

Iorwerth ficava muito preocupado e entristecido com essa situação, ao ver a honra, o poder e as posses de seu irmão, enquanto ele nada possuía. Então ele buscou seus companheiros e irmãos de criação e os consultou sobre o que deveria ser feito sobre o assunto. Eles decidiram que deveriam pedir amparo

[1] Madog foi um rei histórico que governou Powys de 1130 até 1160. Durante seu reino ele teve de defender suas terras contra a ameaça de Gwynedd e para isso juntou forças com Henrique II contra Owain. Após sua morte, seu reino foi dividido entre seus filhos, seu irmão Iorwerth Goch (Iorwerth, o Vermelho) e seu sobrinho Owain Cyfeiliog, o que levou a um conflito interno. [N. T.]

a Madog. Este, por sua vez, lhe ofereceu a posição de chefe do séquito com o mesmo status dele, bem como cavalos, armamentos e honra. Mas Iorwerth se recusou e seguiu incursão na Inglaterra, onde cometeu assassinatos, queimou casas e tomou prisioneiros. Madog aconselhou-se conjuntamente com os homens de Powys, que decidiram despachar uma centena de homens para três regiões de Powys com o intuito de encontrá-lo. E consideraram que Rhychdir Powys,[2] desde Aber Ceiriog, em Halictwn, até Rhyd Wilfre, em Efyrnwy,[3] eram as três melhores regiões em Powys, e aquele que em um séquito não obtivesse êxito nestas terras aráveis não o teria em nenhum lugar em Powys. Esses homens, então, se espalharam até chegar em Didlystwn,[4] um pequeno povoado dessa região.

Havia um homem nesta jornada cujo nome era Rhonabwy. Ele, Cynwrig Frychgoch, um homem de Mawddwy, e Cadwgan Fras, um homem de Moelfre, em Cynllaith, chegaram até a casa de Heilyn, filho de Cadwgan, filho de Iddon, buscando por hospedagem. Quando se aproximaram da casa, eles puderam ver uma construção muito antiga e de cor muito escura, com uma pontuda cumeeira de onde saía bastante fumaça. Ao adentrarem, observaram um piso desnivelado, repleto de buracos. Nos locais onde havia alteamentos era praticamente impossível para um homem ficar de pé, de tão escorregadio que ficava o chão com o estrume e a urina do gado. Nos locais com buracos, um homem poderia torcer o tornozelo em meio à mistura de água e urina dos animais. Havia também ramos de azevinho em abundância sobre o piso, com suas pontas comidas pelos bichos. Quando chegaram até a parte superior do salão, conseguiram ver tábuas de um palanque,

[2] "Terra Arável" de Powys. [N. T.]
[3] Do rio Ceiriog que corre por Dee e Halton (Halictwn) e do vau sobre o rio Vyrnwy (Efyrnwy) entre Llanymunech e Melverdley em Montomeryshire. [N. T.]
[4] Dudleston, sudeste de Aber Ceiriog. [N. T.]

364

lisas e empoeiradas, bem como uma bruxa alimentando o fogo com uma delas. Quando ela ficava com frio, jogava um punhado de palha no fogo, para que não fosse fácil para ninguém suportar a fumaça que entrava pelas narinas. Sobre outro palanque, eles perceberam uma pele de boi amarela que traria boa sorte para qualquer um que se deitasse sobre ela.

Quando se sentaram, eles perguntaram para a bruxa onde estavam os moradores daquela casa, mas ela apenas proferiu insultos para eles. De repente os moradores da casa chegaram, um homem ruivo, meio calvo e enrugado, carregando gravetos nas costas, e uma mulher pequena, magra e grisalha, também com um feixe de gravetos embaixo do braço. Os receberam com frieza. A mulher acendeu o fogo com os gravetos, foi cozinhar e lhes trouxe comida: pão de cevada, queijo e leite aguado. Subitamente uma erupção de vento e chuva tomou forma, de tal maneira que não era fácil para ninguém sair para fazer suas necessidades. E como sua viagem havia sido penosa, estavam bem fatigados e foram dormir. Quando examinaram o local de dormir, havia nele apenas pontas de palha empoeiradas e infestadas de pulgas, misturadas com pedaços de galho, além de o gado ter devorado toda a palha que havia sob suas cabeças e abaixo de seus pés. Estendido havia um cobertor vermelho-acinzentado, áspero, puído e repleto de buracos, e sobre o cobertor, um lençol áspero e esfarrapado com grandes buracos, bem como um travesseiro meio vazio com uma capa imunda por cima do lençol. Assim eles foram dormir. Um sono deveras atormentado, pois o desconforto das moscas e da cama recaiu sobre os dois companheiros de Rhonabwy. Mas Rhonabwy, como não podia nem dormir nem descansar, pensou que sofreria menos se fosse dormir na pele amarela de boi sobre o palanque. E assim dormiu.

Assim que o sono o dominou, ele teve a visão de que ele e seus companheiros estavam viajando por Maes Argyngroeg, e seu objetivo e intento era seguir na direção de Rhyd-y-groes no Hafren.[5] Enquanto viajava ele ouviu um tumulto muito grande como nunca antes havia escutado. Olhou para trás e avistou um jovem com cabelos loiros cacheados e uma barba recém-aparada montado em um cavalo amarelo que era verde do alto de suas patas dianteiras e de seus joelhos para baixo. O cavaleiro vestia uma túnica de seda amarelada bordada com fio verde, além de uma espada com punho de ouro sobre a coxa, uma bainha de couro cordovão novo e uma tira de couro de veado com uma fivela dourada. Sobre tudo isso, um manto de seda brocada amarela, com costura verde e bordados também verdes. O que era verde da roupa do cavaleiro e do cavalo era tão verde quanto as folhas dos pinheiros, e o que era amarelo era tão amarelo quanto as flores da retama. E como o cavaleiro demonstrava ferocidade, Rhonabwy e seus companheiros se assustaram e começaram a recuar. Mas ele os perseguiu, e quando o cavalo expirava pelas ventas, os homens se afastavam dele; mas, quando ele inspirava, eles se aproximaram até o peito do cavalo. Quando ele os alcançou, pediram piedade.

"A desfrutareis, de bom grado, e nada temei."

"Senhor, já que nos ofereceste piedade, poderias nos dizer quem és?", perguntou Rhonabwy.

"Eu não te esconderei minha identidade. Sou Iddog, filho de Mynio. Mas normalmente não sou conhecido por meu nome, mas sim por meu apelido."

"Nos dirás qual é teu apelido?"

"De fato. Sou chamado de Iddog Cordd Prydain."[6]

"Senhor", disse Rhonabwy, "por que te chamam assim?"

"Eu te direi o motivo. Eu era um dos mensageiros entre Artur e seu sobrinho Medrawd na batalha de Camlan. Naquele tempo, eu era um homem deveras espirituoso e,

---

[5] Maes Anrgyngroeg (Planície de Argyngroeg) fica próxima de Welshpool atualmente, com o nome de Gungrog. Rhyd-y-groes (Vau da Cruz) é provavelmente um dos entroncamentos próximos. [N. T.]
[6] Ou seja, Iddog "Agitador da Bretanha". [N. T.]

por causa de minha avidez por batalhas, arrumei problemas entre eles. Isto foi o que eu fiz: sempre que o imperador Artur me enviava para lembrar Medrawd que ele era seu pai adotivo e tio, ou para pedir a paz entre os filhos dos reis da Ilha da Bretanha para que seus homens não fossem mortos, Artur usava das palavras mais belas, e eu as repetia para Medrawd da maneira mais ofensiva possível. Por conta disso que eu fui chamado de Iddog Cordd Prydain, e assim teve início a batalha de Camlan. No entanto, três noites antes do fim da batalha de Camlan eu os deixei e vim para Y Lech Las[7] na Bretanha como penitência. Ali fiquei por sete anos, expiando meus erros, e recebi misericórdia."

Então eles escutaram um tumulto ainda mais alto que o primeiro. Quando eles olharam na direção do tumulto, de repente, surgiu um jovem rapaz de cabelo loiro acobreado, sem barba ou bigode, de aparência nobre e montado em um grande cavalo que era amarelo desde seus ombros até seus joelhos mais abaixo. O homem estava vestindo um traje vermelho de seda brocada, costurado com seda amarela e com o bordado do manto também em amarelo. O que era amarelo em sua veste e na de seu cavalo era tão amarelo quanto as flores da retama, e o que era vermelho era tão vermelho quanto o sangue mais vermelho do mundo. Então, subitamente, o cavaleiro os alcançou e perguntou a Iddog se ele poderia ter uma parte daqueles homenzinhos.

"A parte que me for permitido dar eu te darei: serei amigo deles como tenho sido." O cavaleiro concordou e seguiu seu rumo.

"Iddog", disse Rhonabwy, "quem era aquele homem?"

"Rhuawn Bebyr,[8] filho de Deorthach Wledig."

Então eles marcharam através da grande planície de Argyngroeg até Rhyd-y-groes sobre o Hafren. A uma milha do vau, em cada um dos lados da estrada, eles puderam ver

---

[7] "A Rocha Cinzenta", na terra dos Pictos. [N. T.]
[8] Rhuawn, "Esplêndido". De acordo com as Tríades da Bretanha, ele é um dos "Três Príncipes afortunados da Ilha da Bretanha". [N. T.]

cabanas e tendas e uma grande hoste reunida. Eles chegaram à beira do vau e viram Artur sentado em um campo plano logo abaixo, com Bedwin, o bispo, de um lado e Gwarthegydd, filho de Caw, do outro. Um jovem alto de cabelos ruivos estava de pé ao lado deles, segurando sua espada na bainha, e vestindo uma túnica e capa de seda brocada bem negra, com seu rosto branco como marfim e suas sobrancelhas pretas como azeviche. O que podia ser visto de seu pulso entre as luvas e as mangas era mais branco do que o lírio e mais grosso do que a panturrilha de um guerreiro. Então Iddog, acompanhado por eles, se aproximou de Artur e o saudou.

"Deus te dê prosperidade", respondeu Artur. "Iddog, onde encontraste estes homens?"

"Eu os encontrei mais ao norte, senhor, na estrada." O imperador riu desdenhosamente.

"Senhor", perguntou Iddog, "do que estás a rir?"

"Iddog", disse Artur, "eu não estou rindo, mas sim me lamentando, pois uma corja como esta está protegendo a ilha depois que homens tão bons a protegeram no passado."

"Então", comentou Iddog, "Rhonabwy, podes ver o anel com uma pedra na mão do imperador?"

"Sim", confirmou ele.

"Uma das propriedades dessa pedra é que tu te lembrarás do que viu aqui esta noite; e se não tivesses visto a pedra, não te lembrarias de nada sobre isso."

Em seguida, Rhonabwy viu um exército se aproximando do vau.

"Iddog", indagou Rhonabwy, "de quem são essas tropas?"

"São os companheiros de Rhuawn Bebyr, filho de Deorthach Wledig. Aqueles homens recebem hidromel e se gabam com honras, e conseguem se deitar com as filhas dos reis da Ilha da Bretanha sem objeções, e eles têm direito a isso, pois eles lideram cada batalha e ainda protegem a retaguarda."

Rhonabwy pôde observar que não havia nenhuma outra cor em cavalo ou homem da tropa que não fosse vermelho como sangue. E se um dos cavaleiros se afastasse da tropa, este seria como uma coluna de fogo subindo ao céu. Essa tropa acampou logo acima do vau.

Com isso, eles viram outra tropa se aproximando do vau. Desde a parte frontal de suas selas em diante eles eram tão brancos quanto lírios, e da traseira em diante tão negros quanto o azeviche. Subitamente eles avistaram um cavaleiro se aproximando e esporeando seu cavalo no vau de tal forma que a água respingou sobre Artur, o bispo e todos os demais que conferenciavam com eles de maneira tal que todos ficaram tão molhados como se tivessem acabado de sair do rio. Enquanto o cavaleiro virava a cabeça de seu cavalo, o rapaz que estava ao lado de Artur golpeou o animal nas narinas com a espada ainda embainhada, de tal forma que teria sido incrível se não tivesse quebrado o aço, deixando de lado carne ou osso. O cavaleiro desembainhou metade da espada e perguntou:

"Por que bateu em meu cavalo? Foi por atrevimento ou conselho?"

"Necessitavas de um conselho. Que sandice te fez cavalgar tão insensatamente, fazendo com que a água espirrasse do vau sobre Artur, o bispo consagrado e seus conselheiros, de modo que eles ficaram tão molhados como se tivessem acabado de sair do rio?"

"Eu, então, tomarei isto como conselho." E levou seu cavalo de volta em direção ao seu exército.

"Iddog", perguntou Rhonabwy, "quem era o cavaleiro agora?"

"Um jovem considerado o mais sábio e o mais talentoso do reino, Addaon,[9] filho de Taliesin."

"Quem era o homem que golpeou seu cavalo?"

"Um teimoso e feroz rapaz, Elphin, filho de Gwyddno."

Então, um homem orgulhoso, belo e de fala eloquente e ousada disse que era estranho que uma hoste tão grande

---

[9] Também aparece nas tríades como um dos "Três Chefes da Ilha da Bretanha" e "Três Líderes de Batalha". Sua morte também é descrita como uma das "Três Carnificinas Desafortunadas da Ilha da Bretanha". [N. T.]

pudesse ser acomodada em um lugar tão pequeno, e que era ainda mais estranho que ainda estivessem ali aqueles que haviam prometido estar na batalha de Baddon ao meio-dia para lutar contra Osla Gyllellfawr. "Decida se irá ou não, pois eu irei."

"Está correto", disse Artur. "Vamos juntos."

"Iddog", disse Rhonabwy, "quem é o homem que fala tão destemidamente com Artur?"

"Um homem que tem o direito de falar com ele da maneira que desejar, Caradog Freichfras,[10] filho de Llŷr Marini, seu principal conselheiro e sobrinho."

Então Iddog levou Rhonabwy na garupa de seu cavalo, e aquele grande exército marchou em direção a Cefn Digoll[11] com cada tropa em seu devido lugar. Quando estavam na metade do trajeto pelo vau sobre o Hafren, Iddog virou seu cavalo em outra direção e Rhonabwy pode contemplar o vale do Hafren. Ele viu duas tropas disciplinadas se aproximando. Uma tropa branca brilhante se aproximava, cada homem vestindo um manto de seda brocada branca com costuras pretas, e dos joelhos às pontas das patas dianteiras dos cavalos eram totalmente pretas, mas, fora isso, todo o resto era branco. E seus estandartes eram de branco puro, com as pontas de cada um deles totalmente pretas.

"Iddog", disse Rhonabwy, "quem é aquela tropa toda branca?"

"Eles são os homens da Noruega, liderados por March,[12] filho de Meirchawn, primo de Artur."

Então Rhonabwy pôde ver outra tropa, e nela cada homem usava uma vestimenta totalmente negra com costuras totalmente brancas, e da ponta das patas dianteiras dos cavalos e de suas patas para baixo, eles eram totalmente brancos. E seus estandartes eram totalmente negros, com as pontas de cada um deles de um branco puro.

---

[10] Caradog "Braço Forte". [N. T.]
[11] A Longa Montanha, também próximo de Welshpool. [N. T.]
[12] Este no caso é o Rei Mark, tio de Tristão do romance *Tristão e Isolda*. [N. T.]

"Iddog", comentou Rhonabwy, "quem é aquela tropa vestida de negro?"

"Os homens da Dinamarca, liderados por Edern, filho de Nudd."

Quando eles os alcançaram, Artur e sua hoste de guerreiros haviam apeado abaixo de Caer Faddon. Rhonabwy observou que Iddog e ele estavam seguindo na mesma direção de Artur. Quando eles desmontaram, ele ouviu um grande e terrível tumulto em meio à hoste. O homem que estaria no final da hoste em dado momento estava no meio deles, e aquele que estaria no meio deles acabou na ponta. De repente, ele pôde ver um cavaleiro se aproximando, ambos, ele e seu cavalo, vestidos com cota de malha, com seus anéis tão brancos quanto o mais branco lírio e seus rebites tão vermelhos quanto o sangue mais vermelho, e ele cavalgava em meio à hoste.

"Iddog", disse Rhonabwy, "está a hoste se afastando de mim?"

"O imperador Artur nunca retrocedeu, e se escutassem essas tuas palavras, serias um homem morto. Mas o cavaleiro que vês ali é Cai, o homem mais notável que cavalga na corte de Artur. O homem na ponta da hoste está avançando para ver Cai, e o homem no meio recua para a ponta com medo de ser ferido pelo cavalo. E esse é o significado do tumulto na hoste."

Então eles ouviram Cadwr, *jarl* da Cornualha, ser convocado. Ele portava a espada de Artur em sua mão, na qual havia a imagem de duas serpentes douradas. Quando a espada era retirada da bainha, era como ver duas chamas de fogo saindo das bocas das serpentes. Era de fato uma visão atemorizante, pois não era fácil para ninguém contemplá-la. Então, eis que a hoste se acalmou e o tumulto cessou; e o *jarl* voltou para a tenda.

"Iddog", disse Rhonabwy, "quem era o homem que trouxe a espada para Artur?"

"Cadwr, *jarl* da Cornualha, o homem cujo dever é vestir o rei com sua armadura no dia da batalha e combate."

Então eles escutaram que fora convocado Eiryn Wych Amheibyn,[13] o servo de Artur, um homem ruivo, rude, feio e com um bigode ruivo cheio de pelos eriçados. Eis que ele veio em um grande cavalo vermelho, que tinha a crina repartida em ambos os lados do pescoço, carregando uma caixa grande e bonita. O grande servo ruivo desmontou na frente de Artur e puxou da caixa uma cadeira dourada e um manto de seda brocada adamascada. Ele estendeu o manto na frente de Artur, com marcas em forma de maçãs de ouro vermelho em cada um de seus cantos. Ele colocou a cadeira sobre o manto, e tão grande era que três homens de armadura poderiam se sentar nela. O nome do manto era Gwen[14] e uma de suas propriedades era que a pessoa que se enrolasse nele poderia ver a todos e ninguém poderia vê-la. Além disso, nenhuma outra cor seria absorvida no manto exceto sua própria cor branca. Artur sentou-se no manto e Owain, filho de Urien, estava parado perto dele.

"Owain", disse Artur, "tu queres jogar *gwyddbwyll*?"

"Sim, senhor", respondeu Owain. E o servo ruivo trouxe o *gwyddbwyll* para Artur e Owain: eram peças de ouro e um tabuleiro de prata.

Começaram, então, a jogar, e quando o jogo de *gwyddbwyll* estava no auge da diversão, eis que eles viram vindo de uma tenda branca com o toldo vermelho — no qual repousava o emblema de uma serpente totalmente negra, com olhos vermelho-carmesim venenosos na cabeça e uma língua vermelho-fogo — um jovem escudeiro com cabelo loiro encaracolado, olhos azuis, barbado e vestindo túnica e manto de seda brocada amarela com meias de tecido fino amarelo-esverdeado nos pés. Sobre as meias ele calçava duas botas de couro cordovão mosqueado, com fivelas de ouro ao redor de seus tornozelos para prendê-las e uma espada

---

[13] Eiryn, o Contundente. [N. T.]
[14] Nesse caso, o nome do manto (*llen*) de Artur tem o sentido de ser "claro", e é listado nas tríades como um dos treze tesouros da Ilha da Bretanha. Aquele que estiver sob sua cobertura não poderia ser visto, mas poderia ver a todos. [N. T.]

de punho dourado, pesada, de três ranhuras trabalhadas em uma bainha de couro cordovão preto, com a ponta trabalhada em ouro vermelho. E ele se encaminhava para onde o imperador e Owain jogavam *gwyddbwyll*. O escudeiro saudou Owain, que se surpreendeu com o fato de ele o saudar, mas não ter feito o mesmo com o imperador Artur. E Artur sabia o que Owain estava pensando e disse a ele:

"Não te surpreendas que o escudeiro o tenha saudado agora há pouco. Ele me saudou antes e sua mensagem é para ti."

Então disse o escudeiro para Owain:

"Senhor, é com tua permissão que os rapazes e escudeiros do imperador estão molestando, assediando e brigando com teus corvos? Se eles não têm tua permissão, pede ao imperador para chamá-los de volta."

"Senhor", respondeu Owain, "escutaste o que o escudeiro disse. Por favor, ordena-os para que parem de atacar meus pequenos corvos."

"Tua jogada", disse ele. O escudeiro, então, retornou para sua tenda.

Eles terminaram o jogo e começaram outra partida. Quando estavam na metade do jogo, eis que um jovem rapaz de rosto avermelhado e com cabelo ruivo muito encaracolado, olhos afiados, bem constituído e de barba aparada surgiu de uma tenda amarela brilhante com a imagem de um leão vermelho em seu topo. Ele vestia uma túnica de seda brocada amarela até a panturrilha, bordada com fios de seda vermelha, e nos pés, duas meias de fino linho branco. Sobre as meias, duas botas de couro cordovão preto com fechos dourados. E ele tinha uma espada grande, pesada, com ranhuras triplas na mão, bem como uma bainha de pele de veado vermelha com uma ponta dourada. E ele se encaminhava para onde Artur e Owain jogavam *gwyddbwyll*. O rapaz os saudou e Owain se irritou com isso, mas Artur não aparentou se perturbar. O escudeiro disse a Owain:

"É contra a tua vontade que os escudeiros do imperador estejam ferindo teus corvos, matando alguns e incomodando outros? Se for contra tua vontade, implora a ele para que os detenha."

"Senhor", comentou Owain, "detém teus homens, por favor."

"Tua jogada", disse o imperador. O escudeiro, então, retornou para sua tenda.

Eles terminaram o jogo e começaram outra partida. Quando eles estavam começando o primeiro movimento no jogo, eles observaram, a uma curta distância, uma tenda amarela mosqueada, maior do que qualquer outra que alguém já tinha visto, com a imagem de uma águia feita de ouro e com pedras preciosas em sua cabeça. Vindo da tenda eles viram um escudeiro de cabelo loiro e brilhante, belo e gracioso, vestindo um manto de seda brocada verde, um alfinete dourado em seu ombro direito, o qual era tão grosso quanto o dedo médio de um guerreiro, e duas meias em seus pés de fino tecido de Totnes, bem como dois sapatos de couro cordovão mosqueado e com fechos dourados. O jovem rapaz tinha uma aparência nobre, um rosto branco com bochechas rosadas e olhos grandes e atentos. Na mão do escudeiro havia uma lança amarela grossa e mosqueada, com uma ponta recém-afiada, e um estandarte visível sobre ela. O escudeiro cavalgava rapidamente com raiva e furor até o local onde Artur estava jogando *gwyddbwyll* com Owain. E ambos perceberam que ele estava irado. Ainda assim, ele cumprimentou Owain e disse-lhe que os corvos mais valorosos haviam sido mortos:

"E aqueles que não foram mortos foram feridos e tão gravemente que nenhum deles consegue levantar as asas a dois metros do solo."

"Senhor", disse Owain, "detém teus homens."

"Joga", respondeu ele, "se assim desejares."

Então Owain disse ao escudeiro:

"Volta e levanta o estandarte no lugar onde a batalha estiver mais intensa. E seja o que Deus quiser."

Então o escudeiro cavalgou até onde a batalha estava mais intensa para os corvos e ergueu o estandarte. Quando ele o ergueu, os corvos voaram para o céu com raiva, furor e êxtase, deixando o vento entrar em suas asas para livrá-los do cansaço. Quando eles recuperaram sua força e poder, desceram juntos com fúria e euforia sobre os homens que anteriormente os haviam causado danos, sofrimento e perdas. Eles carregaram a cabeça de alguns, os olhos, as orelhas e os braços de outros e os levaram para o céu. Houve um grande tumulto no céu com o esvoaçar dos corvos jubilantes com seus grasnidos, e outro grande tumulto com os gritos dos homens sendo atacados e feridos, incluindo alguns sendo mortos. Ouvir todo esse tumulto sobre o jogo *gwyddbwyll* foi tão aterrorizante para Artur quanto para Owain.

E quando se deram por si, escutaram um cavaleiro em um cavalo vindo na direção deles. O cavalo era de uma cor muito inusitada, era cinza mosqueado, mas com a pata dianteira direita de um vermelha intenso, com a ponta das patas ao topo do casco em um amarelo brilhante. O cavaleiro e seu cavalo estavam vestidos com uma armadura estranha e pesada. A cobertura de seu cavalo, do punho dianteiro de sua sela para cima, era de cendal vermelho intenso, e do punho para baixo, de cendal amarelo brilhante.

Havia uma espada grande de um único gume e punho dourado junto à coxa do rapaz, bem como uma bainha verde brilhante e nova com a ponta feita de latão espanhol. O cinto que prendia a espada era de couro cordovão áspero e preto com peças cruzadas douradas e um fecho de marfim com uma fivela totalmente preta. Sobre a cabeça do cavaleiro havia um elmo dourado com pedras preciosas valiosas, e no topo figurava uma imagem de um leopardo alaranjado com duas pedras vermelho-carmesim na cabeça, o qual aterrorizava qualquer guerreiro que olhasse, não importando se ele tivesse um coração forte o suficiente para encarar o leopardo ou mesmo o guerreiro. Em sua mão havia uma lança com uma haste verde longa e pesada, e do cabo para cima estava coberta com o sangue dos corvos e suas penas. O cavaleiro aproximou-se do local onde Artur e Owain debruçavam-se sobre o *gwyddbwyll*. Eles observaram que

ele estava irado, fatigado e atormentado. O escudeiro cumprimentou Artur e disse que os corvos de Owain estavam matando seus jovens rapazes e escudeiros. Artur olhou para Owain e disse:

"Chama teus corvos."

"Senhor", respondeu Owain, "faz tua jogada." E continuaram a jogar. O cavaleiro voltou-se para a batalha e os corvos continuaram fazendo o mesmo que antes.

Depois de terem jogado um pouco, eles ouviram um grande tumulto com os gritos dos homens e o crocitar dos corvos nos céus enquanto estes jogavam brutalmente as partes dos homens que despedaçavam ao solo. Fora do tumulto eles perceberam um cavaleiro se aproximando em um cavalo branco claro, com a pata dianteira esquerda do cavalo totalmente preta até a ponta do casco. O cavaleiro e seu cavalo estavam vestidos com uma armadura verde grande e pesada. Ele vestia também um manto de seda brocada amarelo adamascado com costuras verdes no manto. O manto de seu cavalo era totalmente preto com costuras amarelas brilhantes. Sobre a coxa do escudeiro havia uma espada longa, pesada, com ranhuras triplas e uma bainha de couro vermelho gravado, bem como um cinto novo de pele de veado avermelhado, com muitas cruzes de ouro e um fecho feito de osso de baleia com uma fivela totalmente preta. Na cabeça do cavaleiro, um elmo dourado com safiras mágicas, e no topo a imagem de um leão alaranjado, com a língua vermelho-fogo com cerca de trinta centímetros saindo da boca e olhos venenosos e avermelhados em seu rosto. O cavaleiro carregava uma rígida lança de freixo em suas mãos, com uma ponta nova feita com rebites de prata e totalmente ensanguentada. O escudeiro saudou o imperador.

"Senhor", comentou ele, "teus escudeiros e os jovens rapazes foram mortos, bem como os filhos dos nobres da Ilha da Bretanha; assim, não será mais possível proteger esta terra."

"Owain", respondeu Artur, "chama de volta teus corvos."

"Senhor", disse Owain, "sua vez."

Eles terminaram o jogo e começaram outra partida. Quando eles estavam no final daquele jogo, eis que ouviram um grande tumulto, com gritos de homens armados, e o crocitar de corvos revoando no céu enquanto deixavam caírem no chão armas inteiras, mas homens e cavalos em pedaços. Subitamente eles avistaram um cavaleiro em um corcel de casco preto e cabeça altiva, cuja perna esquerda era de um vermelho intenso, e, da sua pata dianteira direita até o topo do casco, de um branco puro. O cavaleiro e sua montaria estavam vestidos com uma armadura amarela mosqueada, salpicada de latão espanhol. Ele e seu cavalo usavam um manto em duas metades, branco e preto, com as costuras roxas e douradas. Sobre o seu manto havia uma espada com ranhuras triplas e com um punho dourado brilhante. O cinto que prendia a espada era de tecido dourado amarelo, com um fecho feito da pálpebra de baleia na cor preta e uma fivela de ouro amarelo. Sobre a cabeça do cavaleiro havia um elmo reluzente de latão amarelo com cristais brilhantes, e, no topo do elmo, destacava-se a imagem de um grifo com pedras mágicas. Em sua mão estava uma lança de freixo com uma haste arredondada, de cor azul-celeste, com uma ponta nova feita com rebites de prata e totalmente ensanguentada. O cavaleiro aproximou-se furiosamente de onde Artur estava e disse que os corvos haviam matado seu séquito e os filhos dos nobres da ilha, e pediu que persuadisse Owain a chamar de volta seus corvos — o que Artur fez logo em seguida. Então Artur esmagou as peças de ouro que estavam no tabuleiro até que não passassem de pó; e Owain pediu a Gwres, filho de Rheged, que baixasse seu estandarte. Ele foi baixado e tudo se acalmou.

Rhonabwy perguntou a Iddog quem foram os primeiros três homens que vieram dizer a Owain que seus corvos estavam sendo mortos. Iddog respondeu:

"Homens que ficaram tristes com a perda de Owain, nobres próximos e companheiros, Selyf, filho de Cynan, Garwyn de Powys, Gwgawn Gleddyfrudd, e Gwres, filho de Rheged, o homem que carrega o estandarte de Owain no dia da batalha e combate."

"Quem foram os últimos três homens que vieram dizer a Artur que os corvos estavam matando seus homens?", perguntou Rhonabwy.

"Os melhores e mais valentes homens", afirmou Iddog, "e eles odeiam ver Artur sofrer alguma perda: Blathaon, filho de Mwrheth, Rhuawn Bebyr, filho de Deorthach Wledig, e Hyfaidd Unllen.

Então, de súbito, vinte e quatro cavaleiros vieram de Osla Gyllellfawr para pedir a Artur uma trégua até o final de um mês e uma quinzena. Artur se levantou e foi tomar conselho e se dirigiu até um lugar a uma certa distância de um homem grande com cabelos ruivos encaracolados que estava parado a uma pequena distância dele. E esses eram os conselheiros que foram levados até ele: Bedwin, o bispo, Gwarthegydd, filho de Caw, March, filho de Meirchawn, Caradog Freichfras, Gwalchmai, filho de Gwyar, Edern, filho de Nudd, Rhuawn Bebyr, filho de Deorthach Wledig, Rhiogan, filho do rei da Irlanda, Gwenwynwyn, filho de Naf, Hywel, filho de Emyr Llydaw, Gwilym, filho do rei da França, Daned, filho de Oth, Gorau, filho de Custennin, Mabon, filho de Modron, Peredur Paladr Hir, Hyfaidd Unllen, Twrch, filho de Perif, Nerth, filho de Cadarn, Gobrw, filho de Echel Forddwyd Twll, Gwair, filho de Gwystyl, Adwy, filho de Geraint, Dyrstan, filho de Tallwch, Morien Manog, Granwen, filho de Llŷr, Llacheu, filho de Artur, Llawfrodedd Farfog, Cadwr, *jarl* da Cornualha, Morfran, filho de Tegid, Rhyawdd, filho de Morgant, Dyfyr, filho de Alun Dyfed, Gwrhyr Gwalstawd Ieithoedd, Addaon, filho de Taliesin, Llara, filho de Casnar Wledig, Fflewddwrd Ffldbert, filho de Greidof de Cadgyffro, Menw, filho de Teirgwaedd, Gyrthmwl Wledig, Cawrdaf, filho de Caradog Freichfras, Gildas, filho de Caw, Cadyriaith, filho de Saidi e muitos homens da Noruega e Dinamarca, junto com muitos homens da Grécia. E muitos outros guerreiros assistiram a esse conselho.

"Iddog", disse Rhonabwy, "quem é o homem com cabelo ruivo que eles abordaram agora há pouco?"

"Rhun, filho de Maelgwn Gwynedd, um homem que tem tanta autoridade que todos vão até ele para pedir conselhos."

"Por que um rapaz tão jovem quanto Cadyriaith, filho de Saidi, foi levado a um conselho de homens de alto escalão como aqueles?"

"Porque em toda a Bretanha não há pessoa que dê conselhos mais valorosos que ele."

Então, eis que os poetas vieram recitar um poema para Artur. Mas ninguém entendia o poema, salvo o próprio Cadyriaith, exceto de que se tratava de um um elogio a Artur. Então, subitamente vinte e quatro mulas chegaram com cargas de ouro e prata junto de homem cansado e fatigado por trazer tal tributo para Artur das Ilhas da Grécia. Em seguida, Cadyriaith, filho de Saidi, pediu que uma trégua fosse dada a Osla Gyllellfawr por um mês e uma quinzena; e que as mulas que trouxeram o tributo fossem dadas aos poetas, junto com o que estava sobre elas, como uma recompensa pela espera; e também que durante a trégua eles deveriam receber um pagamento por seu canto. E assim foi acertado.

"Rhonabwy", disse Iddog, "não seria errado impedir um jovem que pode dar conselhos tão generosos como este de participar do conselho de seu senhor?"

Então Cai se levantou e comentou:

"Quem quiser seguir Artur, que esteja com ele esta noite na Cornualha. E quem não quiser, que fique contra Artur até o fim da trégua."

Tão alto foi o tumulto que se seguiu que Rhonabwy despertou. E, ao acordar, ele estava sobre a pele de boi amarela, tendo dormido por três noites e três dias.

Esta história se chama "O Sonho de Rhonabwy". E é por isso que ninguém, nem poeta nem contador de histórias, pode saber do sonho sem um livro: por conta da variedade de cores nos cavalos e da abundância de tonalidades incomuns tanto das armaduras e seus adornos, como dos mantos preciosos e pedras mágicas.

eferências

Material em galês e traduções para outras línguas

MABINOGION. Luft, Diana, Peter Wynn Thomas and D. Mark Smith. eds. 2013. Rhyddiaith Gymraeg 1300–1425. Disponível em: http://www.rhyddiaithgano-loesol.caerdydd.ac.uk/en/texts.php?genre=mabinogion

Gwyn Jones and Thomas Jones, The Mabinogion. Dragon's Dream, 1982. [1949]

Lady Charlotte Guest, The Mabinogion. Dover Publications, 1997. [1849]

Luciana Cordo Russo. Mabinogion: Relatos Galeses Medievales, LOM, 2019.

Sinoed Davies, The Mabinogion: The Great medieval Celtic Tales, Oxford University Press, 2008.

Livros de referência

C. W. Sullivan III (ed.), *The Mabinogi: A Book of Essays*. New York and London, 1996.

Dafydd Jenkins. *The Law of Hywel Dda*. Llandysul, 1986.

Derick Thomson, *Branwen uerch Lyr*, Medieval and Modern Welsh Series 2, Dublin, DIAS, 1961.

Rachel Bromwich, *Trioedd Ynys Prydein: The Triads of the Island of Britain*. Cardiff, 2006.

Sinoed Davies. Translating the Mabinogion. In: *Anglistik: International Journal of English Studies 21.1* , 2010. p. 59-74.

Este livro foi impresso na China
para a HarperCollins Brasil em 2024.